데카메론

# 데카메론 <sup>중</sup>

Decameron

조반니 보카치오 지음   김운찬 옮김

**DECAMERON**
**by GIOVANNI BOCCACCIO(1349~1353)**

### 일러두기

1. 외래어 표기는 국립 국어원의 외래어 표기법을 기준으로 하되 일부는 관용에 따랐다.

2. 등장인물의 이름은 이탈리아어 이름으로 표기하고, 지명은 해당 나라 언어의 이름으로 표기하였지만, 일부는 관용에 따랐다.

3. 『성경』에 나오는 고유 명사 표기나 번역은 〈한국 천주교 주교회의〉의 새 번역 『성경』 (2005)을 기준으로 하였고, 교황이나 성인의 이름은 학계의 라틴어 표기 방식을 기준으로 하였지만, 일부는 관용에 따랐다.

이 책은 실로 꿰매어 제본하는 정통적인 사철 방식으로 만들어졌습니다.
사철 방식으로 제본된 책은 오랫동안 보관해도 손상되지 않습니다.

# 넷째 날

『데카메론』의 넷째 날이 시작된다.
여기에서는 필로스트라토의 통솔 아래
사랑이 불행한 결말로 끝나는 사람들에 대해
이야기한다.

사랑하는 여인들이여, 저는 현명한 사람들의 말이나 제가 여러 번 보고 읽은 것들을 통하여 질투의 격렬하고 불타는 바람이 높은 탑이나 나무의 가장 높은 꼭대기만 뒤흔든다고 생각했습니다만, 그런 제 판단이 틀렸다는 것을 발견하기도 합니다. 왜냐하면 저는 언제나 그 난폭한 정신의 강렬한 충동을 피하려고 하면서 평야뿐만 아니라 아주 깊은 계곡으로 몰래 가려고 노력했기 때문입니다. 저를 위해 피렌체 속어로 제목도 없이 산문으로 썼을 뿐만 아니라 가능한 한 소박하고 겸손한 문체로 쓴 이 이야기들을 읽는 사람에게 그것은 명백해 보일 것입니다. 그 모든 것에도 불구하고 그런 바람에 잔인하게 흔들리는 것, 아니, 거의 뿌리 뽑히고 질투에 물려 완전히 찢어지는 것을 피할 수 없었습니다. 그러므로 저는 이 세상에서 오직 비참함만이 질투가 없다는, 현자들의 말이 사실임을 분명하게 이해할 수 있습니다.

그러므로 신중한 여인들이여, 어떤 사람은 이 이야기들을 읽으면서 제가 여러분을 지나치게 좋아한다고 말했습니다.

또 어떤 사람은 더 나쁘게도, 제가 지금 하고 있듯이 여러분을 즐겁게 하고 위로하고 칭찬하는 데에서 즐거움을 얻는 것은 정숙하지 않다고 했습니다. 다른 사람들은 더 성숙하게 말하고 싶었는지, 제 나이에는 이제 그런 것을 뒤쫓는 것, 말하자면 여인들에 대해 이야기하거나 여인들을 즐겁게 해주는 것은 어울리지 않는다고 말했습니다. 또 많은 사람은 제 명성에 매우 우호적인 것처럼 제가 이런 잡담으로 여러분 사이에 뒤섞이는 것보다는 파르나소스에서 무사 여신들[1]과 함께하는 것이 더 현명할 것이라고 말했습니다. 그중에는 현명하기보다는 경멸적으로 말하면서 제가 그런 가벼운 여자들을 뒤쫓으며 바람만 먹는 것보다 어디에서 빵을 벌어야 할 것인가 생각하는 것이 더 낫겠다고 말한 사람도 있습니다. 또 다른 사람은 저의 노고를 깎아내리려는 듯이, 현실은 제가 여러분에게 하는 이야기와 다르다는 것을 증명하려고 노력합니다.

그러니까 훌륭한 여인들이여, 여러분에게 봉사하는 동안 저는 그런 바람에 휩쓸리고, 그런 잔인하고 날카로운 이빨에 괴롭힘을 당하고 심지어 생생하게 물리기도 했습니다. 하느님께서 알고 계시듯이, 그런 것들을 저는 즐거운 마음으로 듣고 또 이해하며, 저를 변호하는 것은 완전히 여러분의 몫

1 고전 신화에서 제우스와 기억의 여신 므네모시네 사이에 탄생한 아홉 쌍둥이 자매로 서사시를 비롯하여 다양한 예술과 역사, 천문학 등의 학문을 수호하는 여신들이다. 파르나소스는 그리스 중부 델포이 근처의 산으로 신화에서 아폴론에게 바쳐진 신성한 산이며 무사 여신들이 머무는 곳이다.

이지만, 그렇다고 해서 저의 힘을 아끼지는 않으렵니다. 오히려 해야 할 만큼 충분하게 대답하지 않고 약간 가벼운 대답으로써 망설임 없이 그것들을 제 귀에서 없애 버리려고 합니다. 왜냐하면 저는 아직 노고의 3분의 1에도 이르지 않았는데, 많은 사람이 그렇게 여기고 있으며, 제가 끝내기도 전에 그들은 더 늘어날 수 있으니, 만약 제가 먼저 어떤 반박을 하지 않으면, 그들은 별로 힘들이지 않고 저를 쓰러뜨릴 수 있고, 여러분의 힘이 아무리 커도 저항할 수 없을 것이기 때문입니다.

하지만 저는 누군가에게 반박하기 전에 저 자신을 위하여 이야기를 하나 하고 싶은데, 제가 지금까지 보여 준 칭찬받을 만한 모임의 이야기와 제 이야기를 뒤섞고 싶은 것처럼 보이지 않도록 말하자면, 이것은 온전한 이야기가 아니라, 이야기의 한 부분입니다. 이런 결점 자체가 그들의 이야기와 다르다는 것을 증명합니다. 그래서 저를 공격하는 분들에게 이야기합니다.

우리 도시에 오래전에 한 시민이 있었는데, 이름은 필리포 발두치로 낮은 신분 출신이지만 부자이고 자기 상황에 알맞게 직업에 유능하고 숙련된 사람이었습니다. 그에게 아내가 있었으니, 그는 그녀를 정말로 사랑하고 그녀는 그를 사랑했으며, 함께 편안한 삶을 살면서 서로가 서로에게 완전히 즐거움을 주는 것 외에 달리 걱정할 일이 없었습니다.

그런데 모두에게 그런 일이 일어나듯이 착한 아내가 이 세상을 떠났고 필리포에게는 두 살 정도의 어린 아들만 남았지요. 사랑하는 사람을 잃은 이들이 그러듯이 필리포는 아내의 죽음으로 절망에 빠졌습니다. 그리고 자신이 가장 사랑하던 동반자 없이 혼자 남게 되자 이제 더 이상 속세에 살지 않고 하느님을 섬기는 일에 몰두하려고 결심하였고, 어린 아들에게도 똑같이 하려고 했습니다. 그리하여 모든 것을 하느님께 기부한 뒤 곧바로 아들과 함께 아시나이오[2]산의 조그마한 동굴로 들어갔습니다. 그리고 단식하고 기도하면서 사람들의 기부로 살기 시작했고, 아들과 어떤 세속적인 일에 대해서도 말하지 않고 그가 아무것도 보지 못하게 극도로 조심했으니, 그로 인해 하느님을 섬기는 일에서 벗어나지 않도록 하였고, 언제나 영원한 삶과 하느님과 성인들의 영광에 대해서만 말하고 오로지 거룩한 기도만 가르쳤습니다. 그런 생활 속에 아들을 오랫동안 붙잡아 두었고, 절대 동굴 밖으로 나가게 놔두지 않았고, 자기 외에는 아무것도 보여 주지 않았습니다.

그 착한 사람은 이따금 피렌체로 나갔고, 필요에 따라 하느님을 섬기는 사람들로부터 도움을 받아 동굴로 돌아오곤 했습니다. 그런데 아들이 벌써 열여덟 살 청년이 되고 필리포는 늙었을 무렵, 어느 날 아들이 어디에 가느냐고 물었습니다. 필리포는 대답했지요. 그러자 아들이 말했습니다.

「아버지, 이제 아버지는 늙으셔서 그런 노고는 해로울 수 있습니다. 저를 한번 피렌체로 데려가지 않겠습니까? 저에게 하느님을 섬기는 분들과 친구들을 알려 주시면, 저는 젊고

---

2 Asinaio. 현재는 세나리오Senario산으로 피렌체 북쪽에 있는 나지막한 산이다.

아버지보다 힘들지 않으니까, 나중에 아버지가 원하실 때 제가 필요한 것을 구하러 피렌체에 다녀올 수 있지 않겠습니까?」

착한 사람은 아들이 벌써 다 컸고 하느님을 섬기는 데 익숙해졌으니 세상의 것들이 아들을 유혹하기 어려우리라고 생각하며 속으로 혼자 말했습니다.

〈옳은 말을 하는구나.〉

그래서 함께 데리고 갔습니다. 피렌체에서 청년은 궁전이나 집, 성당, 그리고 도시에 온통 가득한 다른 모든 것을 처음 보는 사람답게 깜짝 놀랐고, 아버지에게 많은 것에 대해 그것이 무엇이며 이름이 무엇인지 물었습니다. 아버지는 대답해 주었고, 대답을 들은 아들은 만족하여 다른 것에 대해 질문했습니다. 그렇게 아들은 질문하고 아버지는 대답하는 동안 우연히 결혼식에서 돌아오던 아름답고 잘 차려입은 젊은 여인들의 무리와 마주치게 되었는데, 그녀들을 보자 청년은 아버지에게 저것은 무엇이냐고 물었습니다. 그러자 아버지는 대답했습니다.

「아들아, 눈을 땅으로 내리깔거라. 저것들은 나쁜 것이니까.」

그러자 아들이 말했습니다.

「오, 뭐라고 부르는데요?」

아버지는 아들의 색욕 본능에 유익하지 않은 욕망을 불러일으키지 않기 위하여 원래 이름, 말하자면 〈여자〉라는 이름을 부르고 싶지 않아서 말했습니다.

「저것들은 거위라고 부른다.」

얼마나 놀라운지요! 여자를 본 적이 전혀 없었던 청년은 궁전이나 황소, 말, 당나귀, 돈이나 다른 것들에는 신경도 쓰지 않고 곧바로 말했습니다.

「아버지, 부탁합니다. 저 거위 하나 갖게 해주세요.」

아버지는 말했습니다.

「오, 아들아. 입 다물어라. 저것들은 나쁜 것이다.」

그러자 아들은 질문했습니다.

「아니, 나쁜 것들이 저래요?」

「그렇다.」

아버지는 대답했지요. 그러자 아들이 말했습니다.

「저는 아버지가 무슨 말을 하시는지, 왜 저것들이 나쁜 것인지 모르겠어요. 저로서는 저렇게 아름답고 기분 좋은 것은 본 적이 없는 것 같아요. 저것들은 아버지가 여러 번 그림으로 보여 주신 천사들보다 더 아름다워요. 세상에! 만약 저를 배려하신다면, 저 거위 중 하나를 우리가 데려가요. 제가 먹을 것을 줄게요.」

아버지는 말했습니다.

「나는 그러고 싶지 않다. 너는 저것들이 어디로 먹는지도 모르잖아!」

그리고 곧바로 자신의 계책보다 자연의 힘이 더 세다는 것을 느꼈고, 아들을 피렌체로 데려온 것을 후회했습니다.

하지만 지금까지 한 이 이야기가 저에게나 제가 이야기한 사람들에게 충분하다고 생각합니다. 그러니까 저를 비난하는 사람들은, 젊은 여인들이여, 제가 여러분을 너무 좋아하고 또 여러분을 즐겁게 해주려는 노력이 잘못이라고 말합니다. 공개적으로 고백하는데, 저는 여러분을 좋아하고 또 여러분을 즐겁게 해주려고 노력하고 있습니다. 그리고 그것이 그들에게 놀라운 일인지 묻고 싶습니다. 사랑의 입맞춤과 즐거운 포옹과, 달콤한 여인들이여, 종종 여러분에게서 얻는 즐거운 결합을 그들이 알고 있다는 것은 말할 것도 없고, 우아한 아름다움과 고상한 사랑스러움, 게다가 여러분의 여성스러운 정숙함을 이미 보았고 또 지금도 보고 있는 그들에게 말입니다. 외롭고 야생적인 산 위의 조그마한 동굴 안에서 아버지 외에 아무도 없이 부양되고 양육되고 성장한 청년이, 여러분이 들은 것처럼 오로지 여러분을 원하고, 요구하고, 애정과 함께 뒤따르고 있습니다.

하늘이 저에게 여러분을 사랑하는 데 가장 적합한 육체를 만들어 주었고, 어렸을 때부터 여러분 눈빛의 힘과 꿀이 흐르듯 달콤한 말, 애틋한 한숨의 불타는 불꽃을 느끼면서 영혼을 여러분에게 바친 제가 여러분을 좋아하고 여러분을 즐겁게 해주려고 노력한다는 이유로, 그들이 저를 비난하고 깨물고 찢으려고 하는 것일까요? 특히 무엇보다도 은둔자, 감정 없는 청년, 아니, 야생 동물조차도 여러분을 좋아하는 것을 보면서도 말입니까? 여러분을 사랑하지 않는 사람은 분명히 여러분으로부터 사랑받기를 원하지 않습니다. 자연스러운 애정의 힘이나 즐거움을 느끼지 못하고 알지도 못하는 사람처럼 말입니다. 그래서 저를 비난해도, 저는 별로 신경 쓰지 않습니다.

그리고 제 나이에 대해 비난하는 사람들은 왜 서양 대파[3]의 머리는 희고 꼬리는 녹색인지에 대해 잘못 알고 있다는 것을 보여 줍니다. 농담은 한쪽에 제쳐 두고, 이미 늙은 귀도 카발칸티나 단테 알리기에리, 많이 늙은 치노 다 피스토이[4] 씨가 찬양하였고 그 즐거움을 소중하게 여긴 여인들을 즐겁게 해 주는 일을 저는, 제 삶의 끝까지 절대 부끄럽게 생각하지 않을 것이라고 그들에게 대답하겠습니다. 그리고 만약 통상적인 이야기 방식에서 벗어나지 않는다면, 저는 역사를 중간에 개입시켜서 역사에는 아주 성숙한 나이에 여인들을 즐겁게 해주려고 노력한 훌륭한 옛날 사람들이 가득하다는 것을 보여 주고 싶은데, 만약 잘 모르고 있다면 가서 찾아보기를 바랍니다.

제가 파르나소스에서 무사 여신들과 함께 있어야 한다는 것에 대해 저는 좋은 충고라고 생각합니다만, 우리는 무사 여신들과 함께 거주할 수 없고, 그녀들이 우리와 함께 거주할 수도 없습니다. 그러니 인간이 무사 여신들과 떨어져 있을 때 그녀들을 닮은 것을 보며 즐거워하는 것은 비난할 일

3 첫째 날 열째 이야기의 주석 118 참조. 여기에서도 〈머리〉는 파의 뿌리가 달린 둥근 부분을 가리키고, 〈꼬리〉는 잎 부분을 가리킨다.

4 귀도 카발칸티Guido Cavalcanti(1255?~1300)는 위대한 『신곡』을 남긴 단테 알리기에리Dante Alighieri(1265~1321)의 친구이자 시인으로, 두 사람 모두 〈청신체(淸新體)〉, 즉 〈달콤한 새로운 문체dolce stil novo〉(단테가 『신곡』「연옥」24곡 57행에서 사용한 표현이다)의 대표자들이었다. 치노 다 피스토이아Cino da Pistoia(1270?~1336) 역시 청신체 시인이자 법학자였다.

이 아닙니다. 무사 여신들은 여성이고, 비록 여인들이 무사 여신들만큼 가치는 없을지라도, 그래도 첫 모습에서는 그녀들과 닮았고, 따라서 다른 것에서 저를 기쁘게 하지 않더라도 그 점에 있어서는 기쁘게 해줍니다. 다만 여인들은 예전부터 제가 많은 시를 쓴 동기가 되었지만, 무사 여신들은 어떤 동기도 되지 않았습니다. 그래도 무사 여신들은 저에게 나타나 바로 그 많은 시를 쓰도록 잘 도와주었고, 소박한 이 이야기를 쓰는 데에도 여러 번 저에게 와서 함께 머물렀으니, 아마도 여인들이 자신들과 닮은 것을 존중하고 봉사하기 위해서일 것입니다. 그러므로 이런 것을 쓰는 동안 저는 많은 사람이 생각하듯이 파르나소스산이나 무사 여신들로부터 멀리 있는 것은 아닙니다.

하지만 저의 굶주림에 많은 연민을 가지고 빵을 얻으라고 충고하는 사람들에게는 뭐라고 말할까요? 저는 잘 모르겠습니다. 다만 만약 제가 필요할 때 그들에게 빵을 요구하면 그들의 대답은 무엇일지 혼자 생각해 보니, 아마 이렇게 말하리라고 생각합니다.

「이야기 안에서 찾아봐.」

그런데 자기 재물에서 빵을 얻는 많은 부자들 이상으로 자기 이야기 속에서 빵을 얻는 시인들이 전부터 많이 있었습니다. 자기 이야기를 뒤쫓으면서 화려하게 살았던 시인도 많았고, 반면에 그와는 반대로 많은 사람이 필요 이상으로 많은 빵을 찾으려다 이른 나이에 죽기도 했습니다. 더 무슨 말을 할까요? 그런 사람들은 제가 그들에게 빵을 요구하면 저를 쫓아낼 것이지만, 하느님 덕택에 저는 아직 그럴 필요가 없으며, 만약 필요할 때가 있더라도 저는 사도의 말처럼[5] 넘치거나 필요한 것을 참을 줄 알고, 따라서 저에 대해 저보다 더 걱정하지 말기를 바랍니다.

이런 이야기들이 실제로 그렇지 않았다고 말하는 사람들이 저에게 원본을 가져다주면 무척 감사할 것이니, 만약 원본이 제가 쓰는 것과 일치하지 않는다면 저는 그들의 비난이 정당하다고 말할 것이며, 스스로 수정하도록 노력하겠습니다. 하지만 단지 말뿐이라면, 저는 그들을 자기 의견과 함께 놔두고 저의 길을 가면서 그들이 저에 대해 말하는 것을 그들에게 들려줄 것입니다.

이번에는 충분히 대답했으니, 친절한 여인들이여, 저는 여러분과 하느님의 도움으로 무장하고 좋은 인내심과 함께 그런 바람이 불게 놔두고 등을 돌린 채 그냥 앞으로 나아가고 싶습니다. 작은 먼지에게 일어나는 일 외에 다른 일이 저에게 일어날 수 있다고 생각하지 않기 때문입니다. 몰아치는 회오리바람은 땅에서 먼지를 날리지 않으니, 날아가게 하더라도 높이 날려 보내 종종 사람들의 머리 위로, 왕과 황제의 왕관 위로, 때로는 높은 궁전과 치솟은 탑 위로 날아가게 하지요. 그러니까 거기에서 떨어지더라도 날려 갔던 곳에 떨어질 수밖에 없습니다.

5 〈나는 비천하게 살 줄도 알고 풍족하게 살 줄도 압니다. 배부르거나 배고프거나 넉넉하거나 모자라거나 그 어떠한 경우에도 잘 지내는 비결을 알고 있습니다.〉(「필리피 서간」 4장 12절 참조)

제가 모든 힘을 기울여 이야기로 여러분을 즐겁게 해주려고 했듯이 이제는 어느 때보다 더 노력하겠습니다. 제가 아는 한 여러분을 사랑하는 저나 다른 남자들은 자연히 그렇게 행동한다고, 합리적인 사람이라면 말할 수밖에 없기 때문입니다. 그런 자연의 법칙에 거스르기 위해서는 너무 많은 힘이 필요하며, 그것은 종종 헛일일 뿐만 아니라 그런 노고를 하는 사람에게 큰 피해가 됩니다. 고백하건대 저는 그런 힘을 갖고 있지 않으며 갖고 싶지도 않고, 만약 갖고 있다면 저를 위해 사용하는 것보다 차라리 다른 사람에게 빌려주고 싶습니다. 그러니 비난하는 사람들은 침묵하십시오. 만약 사랑에 불타오를 수 없다면 차갑게 얼어붙어 살아가고, 자신의 즐거움, 아니, 타락한 욕망 속에 머무르고, 저는 제 즐거움 안에서 주어진 이 짧은 삶을 살아가도록 내버려두십시오. 이제 우리는 오랫동안 방황했으니, 오, 아름다운 여인들이여, 떠났던 곳으로 돌아가 정해진 순서를 따라가야겠습니다.

　필로스트라토가 일어나 동료들을 모두 깨웠을 때, 태양은 벌써 하늘에서 별을 모두 쫓아내고 땅에서 밤의 축축한 그림자를 모두 쫓아낸 다음이었습니다. 그들은 아름다운 정원으로 나가 즐겁게 놀기 시작했고, 식사 시간이 되자 전날 저녁에 식사한 곳에서 식사했습니다. 그리고 태양이 가장 높은 곳에 이르자 낮잠에서 일어나 평소처럼 아름다운 분수 옆에 앉았습니다. 필로스트라토는 피암메타에게 이야기를 시작하라고 명령했고, 그녀는 기다리지 않고 우아한 모습으로 이렇게 시작했습니다.

# 첫째 이야기

살레르노의 군주 탄크레디는 딸의 연인을 죽이고
그의 심장을 황금 잔에 담아 딸에게 보낸다.
딸은 심장 위에 독약을 부어 마시고 죽는다.

[우리의 왕은 오늘 우리에게 잔인한 주제를 주셨습니다. 우리가 즐겁게 지내기 위하여 온 곳에서, 이야기하는 사람이나 듣는 사람이 연민을 느끼지 않을 수 없도록 다른 사람의 슬픈 이야기를 해야 하니까 말입니다. 아마 지난 며칠 동안 누린 즐거움을 약간 완화하기 위한 것이겠지만, 어떤 뜻이 있어서건, 저는 왕의 즐거움을 바꾸고 싶지 않기 때문에 불쌍한 사건, 아니, 우리의 눈물을 자아낼 불행한 사건을 이야기하겠습니다.

살레르노의 군주 탄크레디[6]는 노년에 사랑의 피로 자기 손을 더럽히지 않았다면 매우 인간적이고 너그러운 군주였을 것입니다. 그는 평생 외동딸 하나만 두었는데, 그 딸마저 없었다면 더 행복했을 것입니다.

딸은 아버지로부터 큰 사랑을 받았으니, 아버지로부터 그렇게 사랑받은 딸은 아무도 없을 정도였습니다. 그런 부드러

---

6 역사상 실존 인물은 아니다. 살레르노Salerno는 이탈리아 남부의 지방으로 9세기 중엽부터 살레르노 군주국이 되었으나, 여러 왕가를 거쳐 시칠리아 왕국이나 나폴리 왕국에 복속되면서 그 왕들이 살레르노의 군주라는 직함으로 일컬어졌다.

운 사랑 때문에 딸이 결혼해야 할 나이가 훨씬 지났는데도 자신에게서 떼어 놓을 수 없어 결혼시키지 않고 있었습니다. 그러다가 마침내 카푸아[7] 공작의 아들에게 시집을 보냈는데, 딸은 그와 잠시 살다가 과부가 되어 아버지에게 돌아왔습니다. 그녀는 다른 어떤 여자보다 몸매와 얼굴이 아름다웠고, 여자에게 요구되는 것보다 현명하고 강건했습니다. 그리고 너그러운 아버지와 함께 살면서, 여러 가지로 매우 세련되고 대단한 여인이었기에, 아버지가 자신에 대한 애정 때문에 재혼시키는 데 별로 신경 쓰지 않는 것을 알았지만 자신이 요구하는 것은 정숙해 보이지 않았으므로, 만약 할 수 있다면 몰래 훌륭한 연인을 갖고 싶다고 생각했습니다.

그래서 우리가 궁정에서 볼 수 있듯이 아버지의 궁정에 출입하는 많은 귀족과 평민 남자를 보면서 그들의 행동과 품행을 살폈고, 아버지의 젊은 시종 한 명이 다른 남자들보다 마음에 들었으니, 그의 이름은 귀스카르도로, 낮은 신분 출신이지만 역량과 품행이 고귀했기 때문입니다. 그를 자주 보면서 더욱더 그의 태도에 이끌렸고 몰래 강렬한 사랑에 불타올랐습니다. 그리고 청년도 아주 둔감하지 않았기에 그녀에 대해 눈치채게 되었고 그녀를 가슴속에 받아들였으니, 그녀를 사랑하는 것 외에 다른 모든 것을 마음속에서 없앴을 정도였지요.

그러니까 그렇게 서로 비밀리에 사랑하면서 그녀는 그와

7 카푸아Capua는 이탈리아 남부 나폴리 북쪽의 도시이다.

만나는 것 말고는 전혀 원하지 않았고, 그 사랑에 대해 누구
도 믿고 싶지 않았기에, 만날 방법을 그에게 알리기 위해 특
이한 술책을 찾아냈습니다. 그녀는 편지를 썼는데, 다음 날
자신과 만나기 위해 해야 할 일을 그에게 설명하는 편지였습
니다. 그리고 편지를 갈대 한 도막 안에 넣었고, 그것을 농담
하듯이 귀스카르도에게 주면서 이렇게 말했습니다.

「오늘 저녁 이것으로 당신 하녀에게 풀무를 만들어 줘요.
풀무로 불을 잘 피울 거예요.」

귀스카르도는 갈대를 받았고, 그녀가 이유 없이 그렇게 말
하지 않았으리라고 생각하면서 그것을 가지고 집으로 돌아
갔습니다. 그리고 살펴보다가 갈대가 쪼개진 것을 발견해 열
어 보고 그 안에서 그녀의 편지를 발견해 읽었고, 자기가 해
야 할 일을 잘 이해했으며, 그녀가 설명한 방법에 따라 그녀
에게 가기 위해 해야 할 일을 준비했습니다.

군주의 궁정 옆에는 산에 뚫어 놓은 동굴이 하나 있었는데
아주 오래전에 만든 것으로, 산에 일부러 뚫어 놓은 구멍을
통하여 어느 정도 빛이 들어왔습니다. 그런데 동굴이 방치된
데다 위에 자라난 풀과 가시덤불[8]에 의해 구멍은 거의 다시
막혀 있었어요. 공주가 사용하는 궁전의 1층 방 중 하나에 있
는 비밀 계단을 통해 동굴 안으로 들어갈 수 있었습니다. 비
록 아주 튼튼한 문으로 막혀 있었지만 말입니다. 계단은 오
래전부터 사용하지 않았기 때문에 모든 사람의 생각 밖에 있

---

8 원문 〈pruno〉는 일반적으로 자두나무를 가리키지만, 가시가 있는 딸기
나무들을 통칭하는 용어로도 사용된다.

었는데 공주 외에는 아무도 기억하지 못했으니, 아모르가 사랑에 빠진 그녀에게 기억을 되살려 주었던 것입니다. 아모르의 눈에는 어떤 것도 절대 감출 수 없으니까요.

공주는 아무도 알아챌 수 없도록 여러 날 동안 자기 도구들로 노력한 끝에 그 문을 열 수 있었습니다. 문을 열자 혼자 동굴로 내려가 구멍을 보았고, 귀스카르도에게 바닥까지의 높이를 가르쳐 주고 구멍을 통해 들어올 방법을 찾아내라고 알려 주었습니다. 그 일을 하기 위하여 귀스카르도는 곧바로 내려가고 올라갈 수 있도록 매듭들과 마디들이 있는 밧줄을 하나 마련하였고, 가시덤불로부터 몸을 보호하기 위해 가죽옷을 입고 다음 날 밤 아무도 눈치채지 못하게 구멍으로 갔고, 밧줄의 한쪽 끝을 구멍 입구에 자라난 튼튼한 나무의 둥치에 잘 묶고 구멍을 통해 동굴로 내려가 공주를 기다렸습니다.

이튿날 공주는 마치 낮잠을 자고 싶은 척하고 하녀들을 내보낸 다음 혼자 방 안에서 문을 잠그고 입구를 열고 동굴로 내려갔고, 귀스카르도를 발견하고 서로 반갑게 맞이했습니다. 그리고 함께 방으로 가서 아주 커다란 기쁨 속에 한참 머물렀고, 자신들의 사랑이 비밀을 유지하도록 신중한 대비책을 마련한 다음 귀스카르도는 동굴로 돌아갔고, 공주는 입구를 잠그고 하녀들이 있는 밖으로 나갔습니다. 그런 다음 귀스카르도는 밤에 밧줄을 타고 위로 올라가서 들어온 구멍을 통해 밖으로 나가 집으로 돌아갔습니다. 그 길을 알게 된 그는 이후에도 여러 번 계속하여 그곳으로 돌아갔지요. 하지만 운명은 그렇게 오래 지속되는 큰 즐거움을 질투하였기에 고통스러운 사건과 함께 두 연인의 기쁨은 슬픈 눈물로 바뀌었습니다.

탄크레디는 이따금 혼자 딸의 방으로 가서 딸과 함께 머물며 이야기를 나누다 가곤 했습니다. 어느 날 그는 식사를 마치고 아래층으로 내려갔는데, 딸 기스몬다가 모든 하녀와 함께 정원에 있었기에, 딸의 즐거움을 방해하고 싶지 않아서 아무도 보거나 듣지 못하게 딸의 방으로 들어갔고, 방의 창문들은 닫혀 있고 침대의 커튼이 내려진 것을 발견하고 침대 끝의 한쪽 구석에 있는 의자에 앉았습니다. 그리고 침대에 머리를 기대고는 마치 일부러 그곳에 숨으려고 한 것처럼 커튼을 당겨 자기 몸을 덮고 잠이 들었습니다.

그렇게 자는 동안 기스몬다는 우연하게도 그날 귀스카르도를 오라고 했기에 하녀들을 정원에 남겨 두고 조용히 방으로 들어가 문을 잠갔습니다. 그리고 누군가 거기 있다는 것을 전혀 눈치채지 못한 채 기다리고 있던 귀스카르도에게 입구를 열어 주었고, 함께 침대로 올라가 으레 그랬던 것처럼 장난하며 즐거움을 누렸는데, 탄크레디가 잠이 깨어 귀스카르도와 딸이 무엇을 하는지 보고 들었습니다. 그는 말할 수 없이 괴로워 처음에는 그들을 꾸짖고 싶었지만 그대로 숨어 있기로 작정했으니, 만약 가능하다면, 벌써 마음속에 떠오른 해야 할 일을 신중하게 처리하여 자신에게 수치가 덜 되도록 하기 위해서였습니다.

두 연인은 언제나 그랬듯이 오랜 시간 함께 머무르면서 탄크레디에 대해 눈치채지 못하였고, 시간이 되었다고 생각하자 침대에서 내려와 귀스카르도는 동굴로 돌아갔고, 공주는 방에서 나갔습니다. 탄크레디는 비록 늙었어도 창문을 통해 방에서 정원으로 나갈 수 있었고, 누구도 눈치채지 못하게 죽을 만큼 괴로운 심정으로 자기 방으로 돌아갔습니다. 그리고 그의 명령에 따라 그날 밤 사람들이 잠들 무렵, 구멍 입구에서 귀스카르도는 가죽옷을 입은 채 두 사람에게 붙잡혀 비밀리에 탄크레디에게 끌려갔습니다. 탄크레디는 그를 보더니 거의 울 듯이 말했습니다.

「귀스카르도, 나는 너를 너그럽게 대해 주었는데, 너는 그 대가로 나에게 모욕과 수치를 주었다. 오늘 내가 두 눈으로 본 것처럼 말이다.」

그러자 귀스카르도는 다른 말 없이 단지 이렇게 말했습니다.

「사랑은 폐하나 저보다 훨씬 더 강합니다.」

그러자 탄크레디는 그를 몰래 그 안의 방에 가두고 감시하라고 명령했고 그렇게 실행되었습니다. 다음 날 기스몬다는 그런 것에 대해 전혀 모르고 있었고, 탄크레디는 혼자 여러 가지 다양한 대책을 생각한 끝에 식사 후 습관처럼 딸의 방으로 갔고, 딸을 불러 안에서 문을 잠그고 울면서 말하기 시작했습니다.

「기스몬다, 나는 너의 덕성과 정숙함을 알고 있다고 생각했기에, 어떤 말을 듣더라도 만약 내 눈으로 직접 보지 않았다면, 네가 남편이 아닌 남자에게 몸을 맡기려고 생각했으리라고 상상도 하지 않았다. 그것을 떠올리면 얼마 남지 않은 이 노년의 삶에 나는 언제나 괴로울 것이다. 그리고 하느님께서 원하시는 대로, 그런 정숙하지 않은 일을 저지를 수밖에 없었다면 네 고귀한 신분에 어울리는 남자를 선택했어야 하는데, 내 궁정에 드나드는 많은 남자 중에 귀스카르도를 선택했구나. 우리 궁정에서 거의 자선을 베풀 듯이 어린아이 때부터 지금까지 길러 준 가장 비천한 출신 청년을 말이다. 그것으로 너는 나를 아주 큰 마음의 고통 속에 몰아넣었으니, 너에 대해 어떤 조치를 해야 할지 모르겠다.

귀스카르도는 어젯밤 구멍에서 나올 때 붙잡아서 감옥에 넣어 두었고 어떻게 처리할지 이미 결정했다. 하지만 너에 대해서는 어떻게 해야 할지 하느님께서 아실 것이다. 한편으로는 어떤 아버지보다도 더 많이 품었던 사랑이 나를 이끌고, 다른 한편으로는 너의 커다란 어리석음에 대한 정당한 분노가 나를 이끄는구나. 사랑은 너를 용서하기를 원하고, 분노는 내 본성에 거슬러 너에게 잔인해지기를 원하고 있다. 하지만 내가 어떻게 할지 결정하기 전에 네가 하고 싶은 말을 듣고 싶구나.」

그렇게 말하고 얼굴을 숙였고, 마치 얻어맞은 아이처럼 크게 울었습니다. 기스몬다는 아버지의 말을 듣고 은밀한 사랑이 발각되었을 뿐만 아니라 귀스카르도가 붙잡혔다는 것을 알고 말할 수 없는 고통을 느꼈고, 거의 모든 여자처럼 몇 번이나 눈물과 함께 소란을 피우며 고통을 표현할 뻔했으나 그녀의 고고한 정신이 그런 천박함을 억눌렀기에, 놀라운 힘으로 자기 얼굴을 확고하게 굳혔고, 귀스카르도가 벌써 죽었으리라고 생각하면서 이제 더 살지 않으려고 작정했습니다. 그래서 고통스러운 여인이나 잘못에 대해 비난받은 여인이 아니라 용감하고 의연한 여인처럼 울지 않고, 당당한 얼굴로 전혀 당황하지 않고 아버지에게 이렇게 말했습니다.

「아버지,[9] 저는 부정하거나 애원하고 싶지 않습니다. 부정해도 소용없을 것이고, 애원해서 도움을 받고 싶지도 않으니까요. 그리고 어떤 식으로든 아버지의 사랑이나 너그러움이 저에게 유익하도록 이끌고 싶지 않습니다. 하지만 고백하자면, 먼저 진실한 이유로 제 명성을 지키고 싶고, 그다음에 사실을 통해 제 담대한 마음을 강력하게 따르고 싶습니다. 사실 저는 귀스카르도를 사랑하였고, 지금도 사랑하고 있으며, 얼마 남지 않았겠지만 제가 사는 한 사랑할 것입니다. 그리고 만약 죽은 뒤에도 사랑할 수 있다면 그이를 사랑하는 것을 멈추지 않을 것입니다. 하지만 이런 일로 저를 이끈 것은, 여자로서 저의 연약함보다는 저를 결혼시키는 것에 대한 아버지의 무심함과 그이의 역량이었습니다.

아버지, 아버지는 육체로 되어 있고, 돌이나 쇠가 아닌 육체로 된 딸을 낳으셨다는 것을 분명히 아실 것이며, 비록 지금은 연로하시지만, 젊음의 법칙이 어떤 것이고, 어떻게, 얼마나 큰 힘을 갖고 있는지 분명히 기억하실 것입니다. 그리고 남자로서 아버지의 좋은 시절에 대부분 무장을 갖추고 활

9 원문에서는 〈탄크레디〉라 부르고 있다.

동하셨지만, 그렇다고 해서 청년뿐만 아니라 노인에게도 여유와 섬세함이 가하는 힘을 모르지 않으셨을 것입니다.

그러니까 저는 아버지에 의해 육체를 가지고 태어났고 그리 오래 살지 않아 아직은 젊습니다. 그 두 가지로 인해 욕정의 열망이 가득한데, 이미 결혼한 적이 있어 그런 욕망을 채우는 것이 어떤 즐거움을 주는지 알기 때문에 놀라울 만큼 강한 힘이 저를 이끌었습니다. 그런 힘에 저는 저항할 수 없었기에 젊은 여자로서 그 힘이 이끄는 대로 따르려고 생각했고, 그래서 사랑에 빠졌습니다. 물론 자연의 죄가 이끄는 일을 하면서, 가능한 한 아버지나 저에게 수치가 되지 않으려고 모든 힘을 기울였습니다. 거기에서 자비로운 아모르와 너그러운 행운이 저에게 비밀의 길을 찾아 주고 보여 주었으니, 그 길을 통해 아무도 눈치채지 못하게 제 욕망을 채웠습니다. 누가 아버지께 알려 주었는지, 어떻게 아버지께서 알게 되었는지 모르지만, 저는 그것을 부정하지 않겠습니다.

많은 여자가 그러하듯이 저는 귀스카르도를 우연히 선택한 것이 아니라, 깊이 생각한 끝에 다른 누구보다 그이를 선택했고 신중한 생각으로 받아들였으며, 저와 그이의 현명한 끈기로 제 욕망의 대상인 그이를 즐겼던 것입니다. 그것에 대해 아버지는 제가 사랑의 죄를 지었을 뿐만 아니라, 진실보다 속된 견해에 따라 천한 신분의 남자를 선택하였다고 아주 강하게 비난하시는 것 같습니다. 만약 제가 귀족 남자를 선택했다면 화를 내지 않았을 것처럼 말이에요. 거기에서 아버지는 저의 죄가 아니라 운명의 죄를 비난하고 있음을 깨달지 못하고 계시는데, 운명은 종종 가치 없는 자들을 높이거나 가치 있는 자들을 낮추기도 합니다.

하지만 지금 그런 것은 제쳐 두고 잠시 사물의 원리를 살펴보십시오. 육체 덩어리에서 태어난 우리는 모두 육체를 가지고 있으며, 같은 창조주에 의해 모든 영혼이 똑같은 힘, 똑같은 능력, 똑같은 역량으로 창조되었다는 것을 아실 것입니다. 그렇게 모두 똑같이 태어난 우리를 무엇보다 역량이 구별하였으니, 역량을 많이 가지고 활용한 사람들을 고귀한 사람[10]이라고 불렀고, 나머지는 고귀하지 않은 사람으로 남아 있었지요. 그리고 비록 나중에 잘못된 관습이 그런 법칙을 잊게 하였지만,[11] 그 법칙은 자연이나 좋은 풍습에 의해 없어지거나 훼손되지도 않았습니다. 그러므로 공개적으로 역량 있게 행동하는 자는 고귀한 사람이라는 것이 증명되는데, 만약 그를 달리 부르는 사람이 있다면, 그렇게 불리는 사람이 아니라 그렇게 부르는 사람이 잘못입니다.

아버지의 모든 귀족을 살펴보고 그들의 역량, 품성, 태도를 잘 조사해 보시고, 다른 한편으로 귀스카르도와 비교해 보십시오. 만약 적대감 없이 판단하신다면, 그가 고귀한 사람이고, 아버지의 귀족들은 모두 천한 사람들이라고 하실 것입니다. 귀스카르도의 역량과 가치에 대해 저는 아버지의 말

---

10 원문은 〈nobile〉로, 여기에서는 사회적 신분을 암시하기 때문에 〈귀족〉으로 옮길 수도 있다. 같은 맥락에서 뒤이어 나오는 〈고귀하지 않은 사람〉은 〈평민〉으로 옮길 수 있다.

11 귀족 신분 또는 고귀함은 개인적 능력이 아니라 혈통과 관련되었다고 간주하는 것은 관습이라는 것이다.

씀과 제 눈의 판단 외에 다른 누구의 판단도 믿지 않았습니다. 가치 있는 사람이 받아야 하는 그 모든 칭찬받을 것에서 아버지께서 칭찬하신 만큼 그이를 칭찬한 사람이 누가 있었습니까? 그리고 분명히 잘못은 아닙니다. 만약 제 눈이 저를 속이지 않았다면, 아버지께서 그이를 칭찬하신 것을, 아버지의 말이 표현할 수 있는 것 이상으로 훌륭하게 그이가 수행하지 않은 일을 저는 본 적이 없습니다. 만약 제가 조금이라도 속았다면 그건 아버지에게 속은 것입니다.

그런데도 제가 천한 신분의 남자와 관계를 맺었다고 말씀하시겠어요? 그렇다면 진실을 말하지 않는 것입니다. 만약 그가 가난하기 때문에 그렇게 말씀하신다면, 부끄럽게도 아버지는 훌륭한 하인을 좋은 신분으로 대해 주지 않음을 인정하는 것입니다. 가난한 사람은 고귀함이 아니라 재산을 빼앗긴 것이지요. 많은 왕, 많은 군주가 전에는 가난했으며, 땅을 파고 양을 돌보는 많은 사람이 전에 부자였거나 지금 부자입니다.

아버지가 제기하신 마지막 망설임, 말하자면 저를 어떻게 처리할지에 대한 망설임은 완전히 없애 버리십시오. 만약 아버지가 마지막 노년에 젊었을 때 하지 않았던 것을 하려고, 말하자면 잔인해지려고 결심하셨다면 저에게 그 잔인함을 사용하세요. 만약 그것이 죄라면, 그 죄의 첫 번째 원인은 바로 아버지였으므로 저는 아버지께 어떤 애원도 하지 않으리라 결심하였으니까요. 그러니까 분명하게 말씀드리지만, 귀스카르도에게 이미 하셨거나 하시려는 것을 저에게도 똑같이 하시지 않는다면, 제 손으로 직접 할 것입니다.

이제 가십시오. 이제 가서 하녀들과 함께 눈물을 흘리십시오. 그리고 우리가 그러기에 마땅하다고 생각하신다면, 잔인한 한 번의 타격으로 그이와 저를 죽이십시오.」

군주는 딸의 담대한 마음을 알았습니다. 하지만 그렇다고 해서 딸이 말처럼 단호하게 결심하고 있다고 믿지는 않았습니다. 그래서 딸과 헤어진 뒤 딸에게 잔인하게 무엇인가 할 생각을 없앴지만, 다른 사람을 처벌함으로써 딸의 불타는 사랑을 식히려고 생각했습니다. 그래서 귀스카르도를 감시하는 두 사람에게 그날 밤 소리 없이 그를 목 졸라 죽이고 심장을 꺼내 자기에게 가져오라고 명령했고, 그들은 명령받은 대로 했습니다.

그리하여 다음 날이 되자 군주는 크고 아름다운 황금 잔을 가져오게 했고 그 안에다 귀스카르도의 심장을 넣은 다음 내밀한 하인을 통하여 딸에게 보내면서 줄 때 이렇게 말하라고 했습니다.

「아버님께서 공주님께 이것을 보내십니다. 아버님께서 가장 사랑하시던 것으로 공주님이 아버님을 위로하였듯이, 공주님이 가장 사랑하는 것으로 공주님을 위로하기 위해서 말입니다.」

기스몬다는 냉혹한 자기 결심에서 흔들리지 않았기에 아버지와 헤어진 다음 독초의 잎과 뿌리를 가져오게 했고, 그것들을 짜내 독약으로 만들어서 만약 두려워하던 일이 일어나면 곧바로 쓸 수 있게 준비했습니다. 군주의 선물과 전갈을 가지고 하인이 오자 공주는 단호한 얼굴로 잔을 받아 뚜껑을 열고 심장을 보았고, 전갈을 들었으니, 그것이 귀스카르도의 심장이라는 것을 확실하게 알았습니다. 그래서 하인을 향해 얼굴을 들고 말했습니다.

「이와 같은 심장에는 황금보다 더 어울리는 무덤이 없지요. 그러니 아버지께서 신중하게도 그 안에 넣으셨군요.」

그리고 심장에 입을 대고 입맞춤하였고, 그런 다음 말했습니다.

「내 삶의 이 막바지까지 나는 언제나 아버지의 사랑이 정말로 자상하다고 생각했는데, 지금은 그 어느 때보다도 자상하군요. 그러니 이렇게 커다란 선물에 대해 이제 마지막 감사의 말씀을 드려야겠군요.」

그렇게 말한 다음 잔으로 몸을 돌려 꼭 껴안고 심장을 바라보면서 말했습니다.

「아! 내 모든 즐거움의 달콤한 집이여, 내 눈으로 그대를 보게 만든 자의 잔인함은 저주받을지어다! 나는 언제나 마음의 눈으로 그대를 바라보았는데. 이제 그대는 그대의 길을, 운명이 그대에게 허용한 그대로 길을 마무리하였고, 모든 사람이 달려가는 목적지에 이르렀군요. 이 세상의 비참함과 노고에서 떠났고, 그대의 가치에 합당한 무덤을 바로 그대의 적에게서 받았군요.

그대가 살았을 때 그렇게 사랑하던 여인의 눈물만큼 그대의 완벽한 장례식에 어울리는 것은 전혀 없군요. 그 눈물을 그대가 받도록 하느님께서는 잔인한 아버지의 마음속에 그대를 나에게 보낼 생각을 하게 해주셨으니, 그대에게 눈물을 흘리겠소. 비록 어떤 것에도 놀라지 않는 얼굴과 눈물 없는 눈으로 죽으려고 결심했지만 말이오. 그리고 그대에게 눈물을 흘린 다음 전혀 망설임 없이 내 영혼이, 그대[12]가 그렇게 소중히 보살피던 영혼과 결합하게 할 것이니, 그대가 도와주오.

그대의 영혼과 함께가 아니라면 내가 어떤 동반자와 함께 미지의 장소[13]로 만족스럽게 잘 갈 수 있겠소? 그대의 영혼은 아직 이 안에 있으면서 그대와 나의 즐거움의 장소들을 바라보고 있다고 나는 확신합니다. 그리고 아직도 나를 사랑한다고 확신하고 있으니, 그대를 가장 사랑했던 내 영혼을 기다려 주오.」

그렇게 말하고는 다른 여자처럼 소란을 피우지도 않고 잔위에 몸을 숙이고 울면서 마치 머리 안에 샘이 있는 것처럼 많은 눈물을 쏟기 시작했고 죽은 심장에 수없이 입을 맞추었으니 보기에도 놀라울 정도였습니다. 주위에 있던 하녀들은 그 심장이 무엇인지, 그녀의 말이 무슨 뜻인지 이해하지 못했지만, 연민에 사로잡혀 모두 울었고, 공주에게 슬픔의 원인이 무엇인지 물어도 헛일이었기에, 할 수 있는 한 위로하려고 노력했습니다. 공주는 원하는 만큼 울고 난 다음 얼굴을 들고 눈물을 닦더니 말했습니다.

「오, 무척이나 사랑한 심장이여, 그대에 대한 내 임무는 이

---

12 계속해서 심장에게 하는 말이다.
13 저승을 가리킨다.

제 끝났고, 그대의 동반자가 되기 위해 내 영혼과 함께 가는 일만 남았군요.」

그리고 전날 만들어 놓은 독약이 담긴 작은 단지를 가져오게 했고, 심장이 담겨 있으며 자신의 많은 눈물로 씻어 낸 잔에다 독약을 부었으며, 전혀 두려움 없이 잔에다 입을 대고 모두 마셨습니다. 다 마신 다음 잔을 손에 들고 침대 위로 올라갔고, 가능한 한 정숙하게 몸의 자세를 가다듬었으며, 자기 심장에다 죽은 연인의 심장을 가까이 갖다 대고 아무 말 없이 죽음을 기다렸습니다.

그것을 보고 들은 하녀들은 공주가 무엇을 마셨는지 몰랐지만 탄크레디에게 사람을 보내 모든 것을 전했습니다. 탄크레디는 무슨 일이 일어났을지 두려워하면서 곧바로 딸의 방으로 내려갔고, 딸이 침대에 누웠을 때 들어갔으니, 부드러운 말로 뒤늦게 위로하려고 했으나 이미 극단적인 상태에 있다는 것을 깨닫고 고통스럽게 울기 시작했습니다. 그러자 공주는 말했습니다.

「아버지, 그 눈물은 이보다 더 나쁜 사건을 위해 아껴 두고, 저에게 주지 마세요. 저는 원하지 않으니까요. 원하는 대로 된 일에 대해 우는 사람이 아버지 외에 누가 있겠어요? 하지만 전에 저에게 보여 주신 사랑의 일부가 아직도 남아 있다면, 제가 귀스카르도와 비밀리에 있는 것을 싫어하셨더라도, 마지막 선물로 죽은 그이를 버리게 하신 곳에 저와 그이를 공개적으로 묻어 주십시오.」

슬픔의 고통에 군주는 대답하지 못했습니다. 그러자 공주는 죽음이 가까이 다가온 것을 느끼고, 죽은 심장을 가슴에 꼭 껴안은 채 말했습니다.

「하느님과 함께 남아 계세요, 이제 저는 떠나니까요.」

그리고 눈이 흐려지고 모든 감각이 사라지면서 이 고통스러운 삶에서 떠났습니다. 여러분이 들은 것처럼 귀스카르도와 기스몬다의 사랑은 그렇게 고통스러운 종말을 맞이했답니다. 탄크레디는 한참 슬퍼한 다음 뒤늦게야 자신의 잔인함을 후회하였고, 모든 살레르노 사람의 슬픔 속에 두 사람을 한 무덤 안에 명예롭게 묻어 주게 했습니다.]


## 둘째 이야기

수도자 알베르토는 어느 여인에게 가브리엘 천사가
그녀를 사랑한다고 믿게 하고, 자기가 가브리엘 천사처럼 꾸며
여러 번 그녀와 잠자리를 함께한다. 그러다가 나중에
그녀의 친척들이 두려워 집 밖으로 몸을 던지고,
어느 가난한 사람의 집으로 피신하는데, 그는 수도자를
야만인 모습으로 분장시켜 다음 날 광장으로 데려가고, 거기에서
정체가 드러나 동료 수도자들에게 붙잡혀 감옥에 갇힌다.


피암메타의 이야기는 여러 번 동료 여인들의 눈에 눈물이 흐르게 했지만, 이야기가 끝나자 왕은 굳은 표정으로 말했습니다.

「기스몬다가 귀스카르도와 가진 즐거움의 절반이라도 가질 수 있다면 제 생명을 주어도 별로 아깝지 않을 것이오. 저에게는 그 모든 즐거움이 조금도 주어지지 않았으니 살아가는 매시간 수많은 죽음을 느끼고 있어도 여러분은 전혀 놀랄 필요가 없습니다. 하지만 지금은 제 상황을 제쳐 두고 팜피네아가 저의 상황과 부분적으로 비슷한 이야기로 계속 이어 가기를 바랍니다. 피암메타가 했듯이 비슷하게 이야기한다면, 저는 분명히 불꽃 위로 이슬 몇 방울을 느끼기 시작할 것입니다.」

팜피네아는 자신에게 내린 명령을 듣고 왕의 말에 담긴 그의 기분 못지않게 자신의 애정으로 동료 여인들의 기분을 알았습니다. 따라서 단지 명령에 따라 왕을 만족시키는 것보다 주제에서 벗어나지 않는 이야기로 그들의 기분을 바꿔야겠다고 결심하였기에 준비가 되자 이렇게 시작했습니다.

[민중들은 이런 속담을 말하지요. 〈사악한 사람이 착한 사람으로 받아들여지면 나쁜 짓을 해도 사람들이 믿지 않는다.〉 이 속담은 제가 이야기하려는 것에 많은 소재를 제공하고, 거기에다 성직자들의 위선이 어떤 것이고 얼마나 많은지 보여 줍니다. 성직자들은 길고 널찍한 옷을 입고, 인위적으로 창백한 얼굴을 하고, 사람들에게 요구할 때는 겸손하고 온순한 목소리로 말하고, 자기도 똑같이 저지르는 잘못으로 사람들을 비난할 때나, 사람들에게서 빼앗고 기부하게 하려고 자기가 구원의 길이라고 주장할 때는, 아주 크고 강력한 목소리로 말하지요. 게다가 우리처럼 천국에 가려고 노력하

는 사람이 아니라 마치 천국의 소유자이며 주인인 것처럼, 죽어 가는 모든 사람에게 그들이 자신에게 남기는 돈의 양에 따라 더 좋거나 덜 좋은 장소를 정해 주고, 그렇게 함으로써 먼저 자기 자신을, 그다음에는 자기 말을 믿는 사람들을 속이려고 노력합니다.

그들에 대해 말하는 것이 허용된다면, 저는 곧바로 그들이 널찍한 옷 안에 감추고 있는 것을 순진한 많은 사람에게 드러내 보여 주겠습니다. 하지만 지금은 하느님께서 원하신다면, 어느 작은형제회[14] 수도자에게 일어난 것과 똑같은 일이 그들 모두의 거짓말의 대가로 일어나기를 바랍니다. 젊지 않은 그는 베네치아에서 프란체스코회의 가장 권위 있는 수도자[15] 중 하나였는데, 저는 그에 대해 이야기하는 것이 정말 좋습니다. 여러분의 마음이 비록 기스몬다의 죽음에 대한 연민으로 가득하더라도 웃음과 즐거움으로 그것을 약간 완화해 줄 수 있으니까요.

그러니까 유능한 여인들이여, 이몰라[16]에 사악하고 타락한 생활을 하는 사람이 있었는데, 이름은 베르토 델라 마사였습니다. 그의 치욕스러운 행동이 이몰라 사람들에게 얼마나 많이 알려져 있었는지, 거짓말은 말할 것도 없고 진실을 말해도 이몰라에서는 그를 믿는 사람이 없을 정도였습니다. 따라

14 첫째 날 여섯째 이야기의 주석 85 참조.

15 원문은 ⟨quelli che de' maggior ch'ha Ascesi⟩, 직역하면 ⟨아시시가 가진 대다수 사람⟩인데, 아시시(또는 아쉐시)의 프란체스코 성인이 세운 수도회 소속 사람들을 가리킨다.

16 Imola. 이탈리아 중북부 내륙의 도시이다.

서 그곳에서는 자기 속임수가 통하지 않는다는 것을 깨닫고 포기한 채 모든 악행이 판치는 베네치아로 이사했고, 거기에서 자신의 사악한 행동을 위해 다른 곳에서 해보지 않은 다른 방법을 찾으려고 생각했습니다.

그래서 과거에 저지른 사악한 행동들에 양심의 가책을 느끼고 누구보다 독실한 가톨릭 신자가 된 것처럼 아주 겸손한 모습을 보이면서 작은형제회 수도자가 되었고, 수도자 알베르토 다 이몰라라고 불렸습니다. 그리고 그런 모습으로 거친 생활을 하고, 참회와 속죄를 높이 칭찬하고, 고기도 먹지 않고 포도주도 마시지 않는 척하기 시작했는데, 입맛이 없을 때만 그랬습니다.

그렇게 대단한 도둑, 뚜쟁이, 위조자, 살인자에서 곧바로 위대한 설교자가 되었다는 것을 아무도 눈치채지 못했는데, 그렇지만 몰래 할 수 있을 때는 앞에서 말한 악행을 버리지 않았습니다. 게다가 사제로서 제단에서 미사를 거행할 때면 언제나 많은 사람이 보는 앞에서 구세주의 수난을 눈물로 슬퍼했으니, 그는 원할 때 별로 힘들이지 않고 눈물을 흘릴 수 있었습니다.

그렇게 설교와 눈물을 통하여 베네치아인들을 유인할 수 있었으니, 짧은 시간에 그는 거기에서 작성되는 거의 모든 유언의 위임자와 수탁자가 되었고, 많은 사람의 재산 관리인, 남녀 대부분의 고해 신부이자 조언자가 되었습니다. 그리하여 늑대에서 목자가 되었으며, 베네치아에서 그가 거룩하다는 명성은 아시시의 프란체스코 성인보다 훨씬 더 높았습니다.

그런데 퀴리니 가문[17]의 리세타 부인이라는 어리석고 어린애 같은 젊은 여자가 있었어요. 그녀는 갤리선들을 이끌고 플랑드르로 간 상인의 아내였는데, 다른 여자들과 함께 그 거룩한 수도자에게 고해 성사를 하러 갔습니다. 그녀는 그의 발치에서 베네치아 여자답게(베네치아인들은 모두 수다쟁이지요) 자신에 대해 일부 말했고, 수도자 알베르토는 혹시 연인이 있냐고 물었습니다. 그러자 그녀는 얼굴을 찌푸리며 대답했어요.

「세상에, 신부님, 신부님은 머리에 눈도 없어요? 제 아름다움이 다른 여자들의 아름다움과 같은 것처럼 보이나요? 만약 제가 원한다면 너무 많은 연인이 있을 거예요. 하지만 제 아름다움은 이런저런 남자의 사랑을 받도록 놔둘 만한 아름다움이 아니에요. 저는 천국에서도 아름다울 것인데, 저 같은 아름다움을 신부님은 본 적이 있나요?」

그 외에도 자기 아름다움에 대해 많은 말을 했으니 듣기에 거북할 정도였습니다. 수도자 알베르토는 그녀가 어리석다는 것을 곧바로 알았고, 자기 술책에 적합한 대상으로 보였으므로 곧바로 그녀를 무척 사랑하게 되었습니다. 하지만 유혹은 더 편안한 기회로 미루고, 여전히 거룩한 표정으로 당시에는 그녀를 꾸짖으려는 듯이 그런 것은 허영이라고 말했고 다른 잡담들을 늘어놓았습니다. 그러자 여자는 그에게 짐승이라고 말했고, 자신이 다른 여자보다 더 아름답다는 것을

---

17 원문은 〈카 퀴리노ca' Quirino〉로, 베네치아의 퀴리니Quirini 가문을 가리킨다.

모른다고 말했습니다. 그래서 수도자 알베르토는 그녀를 너무 화나게 하지 않으려고 고해한 다음 다른 여자들과 함께 돌려보냈습니다.

그리고 며칠 뒤에 신뢰하는 동료 한 사람과 함께 리세타 부인의 집으로 갔고, 다른 사람이 볼 수 없도록 그녀와 함께 거실 한쪽으로 가서 그녀 앞에 무릎을 꿇으면서 말했습니다.

「부인, 지난 일요일 부인의 아름다움에 대해 제가 말한 것을 제발 용서해 달라고 부탁드립니다. 그것 때문에 저는 그날 밤 얼마나 심하게 벌을 받았는지 이후로 계속 누워 있다가 오늘에야 일어날 수 있었습니다.」

그러자 〈국자〉[18] 부인은 말했습니다.

「누가 그렇게 벌을 주었어요?」

수도자 알베르토는 말했습니다.

「누군지 말하겠습니다. 그날 밤 언제나 그렇듯이 저는 기도를 드리고 있었는데, 갑자기 방 안에서 커다란 광채를 보았습니다. 처음에는 무엇인지 보려고 눈을 돌릴 수도 없었는데, 그 위에서 매우 아름다운 청년이 손에 커다란 몽둥이를 들고 있는 것을 보았지요. 그는 제 옷을 붙잡고 발 앞으로 끌어당기더니 얼마나 때렸는지 몸이 완전히 부서질 정도였습니다. 제가 왜 그러느냐고 묻자 그가 대답하더군요. 〈내가 하느님 이외에 다른 무엇보다 사랑하는 리세타 부인의 천상적

18 〈국자mestola〉는 원래 주방의 조리 기구지만 여기에서는 어리석은 사람을 가리킨다. 이어서 보카치오는 단순하고 어리석은 리세타 부인을 다른 여러 비유적 표현으로 부르기 때문에 문자 그대로 옮겼다.

인 아름다움을 네가 감히 비난하였기 때문이다.〉 그래서 제가 물었지요. 〈당신은 누구십니까?〉 그러자 그는 천사 가브리엘이라고 대답했습니다. 그래서 제가 말했어요. 〈오, 천사님,[19] 제발 저를 용서해 주십시오.〉 그분이 말하더군요. 〈네가 가능한 한 빨리 그녀에게 가서 빌고 그녀가 너를 용서해 준다면 나도 용서해 주겠다. 만약 그녀가 용서하지 않는다면 다시 돌아와서 네가 사는 동안 내내 슬퍼할 정도로 때릴 것이다.〉 그리고 그다음에 하신 말씀은, 만약 부인이 저를 먼저 용서하지 않으면, 감히 말할 수 없습니다.」

정말로 바보 같은 〈바람에 흔들리는 호박〉[20] 부인은 그 말을 듣고 무척이나 기뻐하였고 모두 사실이라고 믿었지요. 그리고 잠시 후 말했습니다.

「알베르토 신부님, 제가 분명히 말했지요. 제 아름다움은 천상의 아름다움이라고요. 하지만 만약 하느님께서 도와주신다면, 신부님이 불쌍하니까, 지금부터 더 이상 아프지 않도록 제가 용서할게요. 만약 가브리엘 천사님이 그다음에 말한 것을 정말로 말씀해 주신다면 말이에요.」

수도자 알베르토는 말했습니다.

「부인, 저를 용서해 주셨으니 기꺼이 말씀드리지요. 하지만 한 가지 기억하실 것이 있습니다. 제가 부인에게 말하는 것을 이 세상 어떤 사람에게도 말하지 않도록 조심하십시오. 만약 부인의 일을 망치지 않으려면 말입니다. 지금 부인은

19 원문은 〈나의 주인님〉이다.
20 원문은 〈Zucca-al-vento〉이다.

세상에서 가장 행운 있는 여인이니까요.

그 가브리엘 천사님은 부인에게 이렇게 말하라고 했어요. 자신이 부인을 얼마나 좋아하는지, 만약 부인이 놀라지 않는다면 여러 번 밤에 부인에게 와서 함께 머물고 싶다고 말입니다. 그래서 저를 통하여 부인에게 전하라고 하셨는데, 부인에게 와서 하룻밤 함께 있고 싶다고 말이지요. 그리고 만약 천사의 모습으로 온다면 부인이 만질 수도 없을 것이기 때문에, 부인의 즐거움을 위하여 인간의 모습으로 오고 싶다고 하십니다. 그러니까 부인이 언제 오기를 원하는지 알려주면, 인간의 모습으로 오신다고 합니다. 그리고 부인은 이 세상 어느 여인보다 행복한 여인이라고 하더군요.」

그러자 〈바데를라〉[21] 부인은 가브리엘 천사가 자기를 사랑하니까 정말로 좋다고 말했습니다. 그리고 자기도 가브리엘 천사를 좋아해서 그의 모습이 그려진 그림을 볼 때마다 언제나 앞에 1마타판[22]짜리 초를 켜두곤 했다고 말했고, 그러니 만약 천사가 자신에게 오고 싶다면 자기는 언제나 방에 오롯이 혼자 있으니까 환영한다고 말했어요. 다만 한 가지 조건이 있는데, 성모 마리아 때문에 자신을 버리지 않아야 한다는 것이었지요. 가브리엘 천사가 성모 마리아를 무척 사랑한다는 말을 들었고, 그의 그림이 보이는 모든 곳에서 성모 마리아 앞에서 무릎을 꿇고 있으니까[23] 그렇게 생각한다고 했

21  원문 〈바데를라Baderla〉는 어리석은 여자를 가리키는 용어임은 분명하지만 정확한 어원을 찾지는 못하였다.

22  마타판matapan은 당시 베네치아에서 유통되던 금화이다.

습니다. 그 외에는 자신을 무섭게 하지 않는다면 어떤 모습으로 오고 싶든지 원하는 대로 하라고 했습니다.

그러자 수도자 알베르토는 말했습니다.

「부인, 현명하게 말씀하시는군요. 그러면 저는 부인이 말하는 것을 그분에게 잘 전하겠습니다. 하지만 부인은 저에게 커다란 은혜를 베풀어 줄 수 있는데, 부인에게는 전혀 힘들지 않은 일입니다. 그 은혜란 천사님이 저의 이 몸으로 오시도록 원하는 것입니다. 그러면 어떻게 저에게 은혜를 베풀게 되는지 들어 보세요. 천사님은 제 몸에서 영혼을 끌어내 천국에 두고, 제 몸 안으로 들어오실 것이며, 따라서 그분이 부인과 함께 있는 만큼 제 영혼은 천국에 있을 것입니다.」

그러자 〈포코필라〉[24] 부인은 말했습니다.

「저도 좋아요. 천사님이 저 때문에 신부님을 때린 것에 대한 보상으로 그런 위안을 받으면 좋겠네요.」

그러자 수도자 알베르토가 말했습니다.

「그렇다면 오늘 밤 천사님이 부인 집의 문으로 들어갈 수 있도록 해두십시오. 올 때 인간의 몸으로 오니까 문을 통해서만 들어갈 수 있습니다.」

---

23 소위 수태고지(受胎告知), 즉 성모 마리아가 성령의 힘으로 아기 예수를 잉태했다는 사실을 가브리엘 천사가 알려 주었다는(「루카 복음서」 1장 28절 참조) 사건을 주제로 한 당시의 많은 그림에서 가브리엘 천사는 성모 마리아 앞에 무릎을 꿇고 있는 모습으로 묘사되었다.

24 〈포코필라Pocofila〉는 〈poco〉(조금, 약간)와 〈fila〉(줄, 선)가 합쳐진 표현으로, 이것도 어리석은 여자를 가리키는 용어임은 분명하지만 정확한 어원을 찾지는 못하였다.

부인은 그렇게 하겠다고 대답했지요. 수도자 알베르토는 떠났고, 그녀는 셔츠가 엉덩이에 닿지 않을 만큼 큰 즐거움에 빠져 있었으니,[25] 가브리엘 천사가 올 때까지 천년이나 되는 것 같았습니다.

수도자 알베르토는 그날 밤 천사가 아니라 기사가 되어야 한다고 생각했기에, 말에서 쉽게 떨어지지 않기 위하여 달콤한 과자와 다른 좋은 것들로 원기를 보충하기 시작했습니다.[26] 그리고 허락을 받아 밤이 되자 동료 한 명과 함께 어느 여자 친구의 집으로 들어갔는데, 그녀는 다른 때에도 그가 암말을 타러 갈 때 도와주었지요. 거기에서 시간이 된 것 같았을 때 옷을 바꿔 입고 부인의 집으로 갔고, 가지고 간 여러 가지 물건으로 천사로 변신한 다음 들어가 위로 올라갔고, 부인의 방으로 들어갔습니다.

부인은 그렇게 하얀 모습을 보자 그 앞에 무릎을 꿇었고, 천사는 그녀에게 축복을 내린 다음 일으켜 침대로 가라고 손짓하였습니다. 기꺼이 복종할 준비가 되어 있던 부인은 곧바로 그렇게 했고, 천사는 곧이어 신앙심 깊은 그녀와 함께 누웠습니다.

수도자 알베르토는 멋진 몸매에 튼튼한 남자였고, 두 다리는 너무나도 멋지게 상체를 떠받치고 있었습니다. 그랬기 때문에 생기 있고 부드러운 리세타 부인에게 남편과는 완전히 다른 잠자리를 갖게 해주었으니, 그녀는 그날 밤 날개도 없

25 날아갈 것처럼 기뻐했다는 뜻이다.
26 기사와 말타기는 성적인 은유이다.

이 여러 번 날아올랐고 만족하여 큰소리를 질렀어요. 그 외에도 그녀에게 천상의 영광에 대해 많은 것을 말해 주었습니다. 그런 다음 날이 밝기 시작했으므로 다시 돌아올 약속을 정한 다음 장신구를 갖고 나갔고 동료에게로 돌아갔습니다. 동료에게는 혼자 자면서 무섭지 않도록 미리 그 집의 좋은 하녀가 다정한 친구가 되게 해주었지요.

부인은 식사를 마치자 친구들과 함께 수도자 알베르토에게 갔어요. 그리고 가브리엘 천사에 대해 이야기했고, 영원한 삶의 영광에 대해 천사가 무슨 말을 해주었는지, 천사가 어떻게 했는지, 또 거기에다 놀랍게 꾸며 낸 이야기까지 덧붙여 말했습니다.

그러자 수도자 알베르토가 말했습니다.

「부인, 부인이 천사님과 어떻게 지냈는지 저는 모릅니다. 제가 아는 것은 단지 어젯밤 그분이 저에게 오셨기에 부인의 말을 전하였는데, 그분은 곧바로 이 아래에서는 전혀 본 적이 없을 만큼 수많은 꽃과 장미꽃 사이로 제 영혼을 데려갔고, 그래서 저는 오늘 새벽 기도 시간까지 가장 즐거운 장소에 있었다는 것입니다. 제 육체가 어떻게 되었는지는 모릅니다.」

그러자 부인은 말했습니다.

「제가 말해 주었잖아요? 당신의 육체는 가브리엘 천사님과 함께 밤새도록 제 품에 있었어요. 만약 저를 믿지 못하겠으면 왼쪽 젖가슴 아래를 보아요. 거기에다 제가 천사님께 며칠 동안 흔적이 남을 만큼 아주 큰 입맞춤을 해주었으니까요.」

그러자 수도자 알베르토가 말했어요.

「벌써 오랫동안 하지 않았던 일을 오늘 해봐야겠네요. 부인이 사실을 말하는지 보기 위해 옷을 벗어 보아야겠어요.」

그리고 한참 잡담을 나눈 다음 부인은 집으로 돌아갔고, 그 후에도 천사 모습의 수도자 알베르토는 여러 차례 아무런 방해도 받지 않고 그녀에게 갔습니다.

그런데 어느 날 이런 일이 일어났어요. 리세타 부인이 어느 여자 친구와 함께 아름다움에 대해 말하던 중에 다른 누구보다 자기 아름다움을 앞세우기 위해, 머리에 든 것이 별로 없는[27] 여인답게 이렇게 말했습니다.

「누가 내 아름다움을 좋아하는지 안다면, 당신은 다른 아름다움에 대해서는 입을 다물 거예요.」

그녀를 잘 알고 있던 친구는 무슨 말인지 듣고 싶어 말했지요.

「부인, 부인은 사실을 말하겠지요. 하지만 어쨌든 그가 누구인지 모른다면 다른 사람들이 쉽게 믿지 않을 거예요.」

그러자 지능이 모자란 부인은 말했습니다.

「이봐요, 그분은 밝히려고 하지 않지만, 내가 이해하기로는 가브리엘 천사예요. 그분은 자신보다 나를 더 사랑한다고 말했어요. 내가 세상이나 어디에서도[28] 가장 아름다운 여자

---

27 원문은 〈poco sale aveva in zucca〉, 직역하면 〈호박 안에 소금을 조금만 가진〉이다. 여기에서 〈호박〉은 머리를 의미하고, 〈소금〉은 판단 능력이나 지능을 의미한다.

이기 때문이래요.」

그러자 친구는 웃고 싶었지만, 그래도 더 이야기하게 하려고 참고 말했습니다.

「부인, 하느님께 맹세코, 당신이 이해하기로는 그가 가브리엘 천사이고 당신에게 그런 말을 했다면, 분명히 그럴 거예요. 하지만 천사들은 그런 일을 하지 않는다고 나는 믿었어요.」

부인은 말했지요.

「이봐요, 당신은 잘못 생각했어요. 하느님께 맹세하지만, 그분은 내 남편보다 더 잘해요. 그리고 저 위에서도 그렇게 한다고 말했어요. 하지만 내가 천국에 있는 누구보다도 아름다워서 사랑하게 되었고, 그래서 나와 함께 있으려고 자주 온댔어요. 이제 알겠어요?[29]」

리세타 부인과 헤어진 친구는 그 말을 누군가에게 다시 해주고 싶어 안달이 날 지경이었고, 그래서 어느 잔치에서 많은 여자와 함께 모이자 그들에게 모조리 이야기해 주었습니다. 그 여자들은 다시 자기 남편과 다른 여자들에게 이야기했고, 그 여자들은 또 다른 여자들에게 이야기했으니, 이틀이 지나기도 전에 베네치아에 모두 퍼지게 되었습니다. 그런데 그 이야기가 귀에 닿게 된 사람들에는 부인의 시동생들[30]

28 원문 〈in maremma〉에서 〈maremma〉는 바닷가의 저지대나 습지를 가리킨다. 베네치아는 바닷가 갯벌 지역에 세워진 도시이다.

29 원문인 〈mo vedi vu〉는 베네치아 사투리 표현이다.

30 원문은 〈cognati〉로, 따라서 〈시숙(媤叔)들〉도 포함된다.

도 있었으니, 그들은 부인에게 아무 말도 하지 않은 채 그 천사를 찾아 정말로 날 수 있는지 알아보려고 결정했고, 그래서 여러 날 밤 감시했습니다.

그리고 그런 소식의 일부가 수도자 알베르토의 귀에도 들어가게 되었고, 그래서 그는 부인을 꾸짖기 위해 어느 밤 그녀에게 갔는데, 옷을 벗으려는 순간 그가 오는 것을 본 시동생들이 방문을 열려고 했습니다. 그 소리를 들은 수도자 알베르토는 무슨 일인지 알고 일어났는데, 달리 피할 곳이 없다는 것을 깨닫고 대운하[31] 위로 난 창문을 열고 바다로 뛰어들었습니다.

바다는 깊었고 그는 수영을 잘했기에 전혀 다치지 않았고, 운하 맞은편으로 헤엄쳐 가서 마침 열려 있던 어느 집으로 재빨리 들어갔습니다. 그리고 집 안에 있던 어느 착한 남자에게 제발 하느님을 봐서 목숨을 구해 달라고 애원하면서, 왜 그 시간에 벌거벗고 거기 있게 되었는지 거짓말을 늘어놓았어요. 착한 남자는 불쌍한 마음이 들었으나 필요한 일을 보러 가야 했기 때문에, 그를 침대에 들어가게 하고 자기가 돌아올 때까지 있으라고 말했습니다. 그리고 문을 잠그고 일을 보러 갔습니다.

방 안으로 들어간 부인의 시동생들은 가브리엘 천사가 날개를 놔둔 채 날아가 버린 것을 발견하였고, 조롱당한 기분으로 부인에게 엄청나게 비난을 퍼부은 다음 절망에 빠진 부

---

31 원문 〈il maggior canal〉는 〈가장 중요한 운하〉인데, 베네치아 한가운데에 있는 〈대운하〉를 가리킨다. 일반적인 이름은 〈canal grande〉이다.

인을 남겨 두고 천사의 잡동사니를 갖고 집으로 돌아갔습니다.

그러는 동안 날이 밝았고, 착한 남자는 리알토[32]에서 가브리엘 천사가 밤에 리세타 부인과 잠자리를 하러 갔다가 시동생들에게 발각되자 두려움에 운하로 뛰어들었는데 어떻게 되었는지 모른다는 말을 들었습니다. 그래서 곧바로 집에 있는 사람이 그라는 것을 깨달았습니다. 집으로 돌아와 그를 알아본 착한 남자는 여러 이야기 끝에, 만약 부인의 시동생들에게 넘기는 것을 원하지 않는다면 50두카토[33]를 달라고 합의하였고, 그렇게 되었습니다. 그런 다음 수도자 알베르토가 집에서 나가려고 하자 착한 남자는 이렇게 말했습니다.

「이 일에는 단 한 가지 외에 다른 방법이 없습니다. 오늘은 축제일인데, 누구는 곰으로 가장한 사람을 데리고 가고, 누구는 야생인으로 가장한 사람을 데리고 가고, 또 누구는 이런저런 모습으로 가장한 사람을 데리고 산마르코[34] 광장에 가서 사냥 놀이를 하고, 사냥이 끝나면 축제가 끝나게 됩니다. 그리고 각자 자기가 데려온 사람과 함께 가고 싶은 곳으로 가지요. 당신이 원한다면 여기 있다는 것을 들키기 전에 내가 가장한 당신을 데리고 나가서 원하는 곳으로 데려갈 수 있어요. 그 밖에는 어떻게 당신이 발각되지 않고 나갈 수 있

---

32 리알토Rialto는 베네치아의 중요한 중심 구역 중 하나로 대운하를 가로지르는 리알토 다리도 있다.

33 두카토ducato는 당시 베네치아에서 유통되던 금화였다.

34 산마르코San Marco 광장은 산마르코 성당 앞에 있는 가장 큰 광장이다. 베네치아의 수호성인인 〈마르코 성인〉이라는 뜻이다.

을지 모르겠소. 부인의 시동생들은 당신이 시내 어딘가에 있다는 것을 알고 당신을 잡으려고 사방을 감시하게 했어요.」

그런 방식으로 나가는 것이 수도자 알베르토에게는 괴로웠지만, 그래도 부인의 시동생들에 대한 두려움 때문에 그렇게 하기로 했고, 어디로 또 어떻게 데려가든지 좋다고 말했습니다. 남자는 그의 온몸에 꿀을 바르고 그 위에다 깃털을 잔뜩 붙인 다음 목에다 쇠사슬을 채우고 얼굴에 가면을 씌웠으며, 한쪽 손에 커다란 몽둥이를 들게 하였고, 다른 손에는 도살장에서 끌고 온 커다란 개 두 마리를 끌게 했습니다. 그리고 리알토로 사람을 보내 가브리엘 천사를 보고 싶은 사람은 산마르코 광장으로 가라고 공지하게 했으니, 이것이 바로 베네치아의 신뢰성이었어요.[35]

그렇게 하고 얼마 후에 그를 밖으로 데리고 나가 앞세우고 뒤에서 쇠사슬을 잡고 따라갔으니, 많은 사람의 커다란 소동이 없을 리 없었고, 모두 말했습니다.

「저게 뭐야?[36] 저게 뭐야?」

그렇게 광장으로 데려갔으니, 그를 따라간 사람들과 공지를 듣고 리알토에서 온 사람들이 끝없이 몰려왔습니다. 광장에 도착한 남자는 높은 곳에서 자기 야생인을 기둥에다 묶었고 마치 사냥의 시작을 기다리는 척했습니다. 그러자 몸에 바른 꿀 때문에 파리들과 등에들이 몰려들어 그에게 엄청난 고통을 주었습니다. 남자는 광장이 가득 찬 것을 보고 나서

---

35 베네치아인들은 믿을 수 없다는 관념을 드러내는 표현이다.
36 여기에서는 베네치아 사투리로 〈che xè quel?〉이라 되어 있다.

마치 자기 야생인의 쇠사슬을 푸는 척 수도자 알베르토의 가면을 벗기면서 말했습니다.

「여러분, 돼지가 오지 않아 사냥 놀이를 할 수 없게 되었기 때문에, 여러분이 헛걸음하지 않도록 제가 가브리엘 천사를 보여 드리겠습니다. 베네치아 여인들을 위로하기 위하여 밤에 하늘에서 땅으로 내려오는 천사입니다.」

가면을 벗기자 모든 사람이 수도자 알베르토를 알아보았습니다. 그러자 모두 그를 향해 고함을 지르면서 어떤 악당에게도 퍼붓지 않았을 만큼 엄청난 모욕과 치욕적인 말들을 퍼부었고, 그뿐 아니라 그의 얼굴에다 이런저런 오물을 던지는 사람도 있었습니다. 그렇게 아주 오랫동안 그를 붙잡고 있었으니, 우연히 그 소식이 동료 수도자들에게도 전해졌고, 결국 수도자 여섯 명이 그곳으로 와서 그에게 수도복을 입히고 쇠사슬을 푼 다음 커다란 소동과 함께 수도원으로 데려갔고, 거기에서 감옥에 갇힌 그는 비참한 삶을 살다가 죽은 것으로 전해집니다.

그렇게 착한 척하면서 악행을 저질렀으나 드러나지 않았던 그는 감히 가브리엘 천사인 척하였는데, 천사에서 야생인이 되었고, 결국에는 합당한 모욕을 당하고 저지른 죄를 헛되이 후회하였답니다. 그렇게 하느님께서 다른 모든 악당에게 개입해 주시기를.]

## 셋째 이야기

세 청년이 세 자매를 사랑하고 그녀들과 함께 크레타로 달아난다.
큰언니는 질투심 때문에 자기 연인을 죽이고, 둘째는 크레타 공작에게
자기 몸을 바침으로써 언니를 구하는데, 둘째의 연인이 그녀를 죽이고
큰언니와 함께 달아난다. 셋째와 그녀의 연인은 그 죄를 뒤집어쓰고
붙잡혀 죄를 자백하도록 강요당하는데, 죽을까 두려워서 옥지기를
돈으로 매수한다. 그리고 가난한 상태로 로도스섬으로
달아나고, 거기에서 가난하게 죽는다.

필로스트라토는 팜피네아의 이야기가 끝나는 것을 듣고
한동안 혼자 생각에 잠겨 있다가 그녀에게 말했습니다.

「제 마음에 든 좋은 부분은 당신 이야기의 끝쪽에 있어요.
하지만 그 앞에 웃긴 부분이 너무 많은데, 그것이 없었으면
제 마음에 더 들었을 것입니다.」

그리고는 라우레타를 향해 몸을 돌리고 말했어요.

「여인이여, 가능하다면 더 나은 이야기를 이어서 해주
세요.」

라우레타는 웃으면서 말했습니다.

「당신은 사랑하는 사람들에게 너무 잔인하군요. 그들에게
서 단지 불행한 결과만 원하니까요. 저는 당신 말에 복종하
기 위하여, 세 자매가 똑같이 자신들의 사랑을 별로 즐기지
도 못하고 불행한 결말을 맞이한 이야기를 하겠어요.」

그렇게 말한 다음 이야기를 시작했습니다.

[젊은 여인들이여, 여러분이 분명하게 알 수 있는 것처럼, 모든 악행은 아주 커다란 고통으로 그것을 저지르는 사람에게 돌아가지만, 종종 다른 사람에게 돌아가기도 합니다. 무절제하게 우리를 위험에 빠뜨리는 악행 중 하나는 분노인 것 같습니다. 분노란 슬픔을 겪고 떠밀려 오는 돌발적이고 무분별한 충동인데, 그것은 모든 이성을 내쫓고 마음의 눈을 어둠으로 흐리게 만들면서 우리 영혼을 격렬한 광기로 불태웁니다. 그리고 그것은 남자들에게 자주 일어나고 누구에게는 더 심하게 나타나지요. 하지만 여자들에게 더 큰 피해로 나타나는데, 여자들에게 더 쉽게 불붙고 더 분명한 불꽃으로 타오르며 더 무절제하게 이끌기 때문입니다.

그것은 놀랄 일이 아닙니다. 잘 살펴보면 불은 천성적으로 단단하고 무거운 것보다 가볍고 부드러운 것에 잘 붙는데, 우리는(남자분들은 나쁘게 받아들이지 마세요) 남자들보다 훨씬 더 섬세하고 유동적이기 때문입니다. 그러므로 우리는 천성적으로 그런 경향이 있으며, 따라서 우리의 온순함과 너그러움이 우리가 습관적으로 함께하는 남자들에게 큰 휴식과 기쁨이 된다는 것을 생각해 보면, 분노와 격정이 큰 고통과 위험이 되기도 합니다. 그러니 강한 의지로 그런 것을 조심하도록, 위에서 말했듯이 어떻게 세 청년과 세 여인의 사랑이 그들 중 한 여인의 분노로 인해 행복에서 불행으로 변하게 되었는지, 제 이야기를 들려드리겠습니다.

여러분도 알다시피 마르세유는 프로방스 바닷가에 있는 오래된 고상한 도시로 예전에는 오늘날 볼 수 없는 큰 부자들과 상인들이 아주 많았습니다. 그중에 나르날드 치바다[37]라는 사람이 있었는데, 낮은 신분 출신이지만, 신심이 깊고 충실한 상인으로 엄청난 소유지와 돈이 있는 부자였습니다. 그와 아내 사이에 자녀가 여럿 있었는데, 그중 세 명이 딸로 아들들보다 나이가 많았어요. 딸들 중 둘은 쌍둥이로 태어났고 열다섯 살이었으며, 셋째는 열네 살이었지요. 그래서 친척들은 상업적 용무로 스페인에 간 나르날드 씨가 돌아오면 딸들을 결혼시키려고 기다리고 있었습니다. 쌍둥이 자매 중 하나는 니네타였고, 다른 하나는 마달레나였으며, 셋째는 베르텔라였습니다.

니네타에게는 레스타뇨네라는 가난한 귀족 청년이 있었는데, 그녀를 무척이나 사랑했고, 그녀도 그를 사랑했습니다. 둘은 아주 신중하게 행동했기에 세상에서 아무도 모르게 자신들의 사랑을 즐겼습니다. 그리고 상당히 오래 즐겼을 때 폴코와 우게토라는 젊은 두 친구 중 하나는 마달레나를, 다른 하나는 베르텔라를 사랑하게 되었는데, 두 청년은 모두 아버지가 죽었고 아주 큰 부자였습니다.

니네타에게서 그런 소식을 들은 레스타뇨네는 그들의 사랑을 통하여 자신의 결점을 보완할 수 있다고 생각했습니다. 그래서 그들과 친분을 쌓아 때로는 이쪽, 때로는 저쪽, 또 때로는 두 사람과 함께 그들의 연인과 자기 연인을 함께 만나러 갔고, 상당히 친밀해지고 친구가 된 것 같았을 때 어느 날

---

37 원문은 〈N’Arnald Civada〉로, 앞의 N’는 이름 앞에 붙이는 경칭이다.

둘을 자기 집으로 불러 말했습니다.

「사랑하는 친구들, 내가 자네들에게 품고 있는 사랑만큼 우리의 친밀함을 자네들도 확신하고 있을 테니까, 나 자신에게 하고 싶은 일을 자네들에게도 해주고 싶네. 나는 자네들을 무척 사랑하기 때문에 내 마음속에 떠오른 것을 말해 주고 싶으니, 그다음에 최선이라 생각하는 방법을 나와 함께 선택하도록 하세. 자네들의 말이 거짓이 아니라면, 또 밤이든 낮이든 자네들의 행동으로 내가 이해하는 바에 의하면, 자네들은 두 자매에 대한 큰 사랑에 불타고, 나는 두 자매의 언니를 사랑하고 있네. 만약 자네들이 동의한다면 그런 뜨거운 사랑에 대해 내 심장은 아주 달콤하고 즐거운 해결책을 찾도록 해주었는데, 바로 이런 것이네.

자네들은 큰 부자지만 나는 그렇지 않네. 만약 자네들의 재산을 하나로 통합하고 나를 자네들과 함께 그 재산의 세 번째 소유자로 해주고, 그녀들과 함께 즐거운 삶을 살기 위해 세상의 어딘가로 가려고 한다면, 틀림없이 세 자매는 아버지 재산의 상당 부분을 갖고 우리를 따라올 것이라고 확신하네. 그리고 거기에서 우리는 각자 자기 연인과 함께 세 형제처럼 이 세상 누구보다 행복하게 살 수 있을 것이야. 그런 생활을 즐기고 싶은지, 아니면 버릴 것인지 결정하는 것은 이제 자네들에게 달려 있네.」

한없이 불타고 있던 두 청년은 자기 연인을 가질 수 있다는 말을 듣고 별로 망설이지 않고 결심했고, 자신들은 그렇게 따를 준비가 되어 있다고 말했습니다. 레스타뇨네는 청년들로부터 그런 대답을 듣자 며칠 뒤 니네타와 만났는데, 만나는 데 큰 어려움이 없지 않았습니다. 그녀와 한참 머문 뒤 청년들과 이야기한 것을 말했고, 여러 가지 이유를 들어 그녀가 그런 계획을 좋아하게 만들려고 노력했습니다. 하지만 별로 어렵지 않았으니, 니네타가 그보다 더 아무런 의심 없이 함께 있기를 원했기 때문입니다. 그래서 기꺼이 좋다고, 동생들은 특히 그런 일에는 자기가 원하는 대로 할 것이라고 대답하였고, 그렇게 하는 데 필요한 모든 것을 가능한 대로 빨리 준비하라고 말했어요.

레스타뇨네는 함께 이야기를 나눈 두 청년에게 돌아갔고 여자들 쪽에서도 그렇게 실행하기를 바란다고 말했습니다. 그리고 자기들끼리 크레타로 가려고 결정하였고, 돈을 가지고 장사하러 가고 싶다는 핑계로 갖고 있던 소유지들을 팔고 다른 모든 물건을 돈으로 바꾼 다음 쾌속선을 한 척 사서 비밀리에 호화롭게 장식하고 정해진 날을 기다렸습니다.

다른 한편으로 니네타는 동생들의 욕망을 잘 알고 있었기에 달콤한 말로 욕망을 불붙였으니, 어떻게 사는지 모를 정도로 그렇게 되기를 기다렸습니다. 그리하여 쾌속선을 타야 하는 밤이 되자 세 자매는 아버지의 커다란 금고를 열고 엄청나게 많은 돈과 보석을 꺼내 들고 세 명 모두 몰래 약속한 대로 집에서 나갔고, 기다리고 있던 자신들의 세 연인과 만났습니다. 그들과 함께 곧바로 쾌속선에 올라탔고, 노를 바다에 넣고 출발하여 어느 곳에도 머무르지 않고 다음 날 저녁 제노바에 도착했습니다. 거기에서 세 젊은 연인은 처음으로 자기 사랑의 즐거움과 쾌락을 즐겼습니다.

그리고 필요한 것을 보급한 다음 출발했고, 이 항구에서 저 항구를 거쳐 여덟째 날이 되기 전에 어려움 없이 크레타에 도착했습니다. 거기에서 매우 크고 멋진 소유지를 샀고, 이라클리온[38]에서 가까운 곳에다 멋지고 화려한 집들을 지었으며, 많은 하인과 개와 새, 말을 기르고 잔치와 연회 속에 자기 여인들과 함께 귀족처럼 세상에서 가장 행복한 사람으로 즐겁게 살기 시작했습니다.

그렇게 사는 동안에 우리가 매일 보듯이 아무리 좋아하는 것이라도 너무 많이 갖고 있으면 싫증이 나는 것처럼, 니네타를 무척 사랑하던 레스타뇨네가 아무런 염려 없이 그녀의 모든 즐거움을 즐길 수 있게 되자 그녀에게 싫증을 느끼기 시작했고, 결국 그녀에 대한 사랑이 식기 시작했습니다. 그리고 어느 축제에서 만난 그 고장의 아름다운 귀족 여인이 마음에 들었고, 그래서 온갖 노력으로 그녀를 따라다니며 놀라울 만큼 친절과 호의를 베풀기 시작했습니다. 그것을 눈치챈 니네타는 질투심에 사로잡혔으니, 그는 그녀 몰래 한 발짝도 움직일 수 없을 지경이었고, 이어서 니네타는 말과 투정으로 그와 자신을 괴롭혔습니다.

하지만 지나치게 많으면 싫증이 나고, 원하는 것이 거부되면 욕망이 배가되는 것처럼, 니네타의 불평은 레스타뇨네의 새로운 사랑의 불꽃을 더 불타게 했습니다. 그리고 시간이

---

38 이라클리온Ηράκλειο은 크레타섬의 가장 큰 도시로 이탈리아어 이름은 칸디아Candia이다.

흐르면서 레스타뇨네가 사랑하는 여인의 애정을 받았는지 아니면 받지 못했는지 모르겠으나, 니네타는 누군가 자신에게 알려 준 대로 그 사람을 확실한 것으로 받아들였습니다. 그래서 너무 큰 슬픔에 빠진 나머지 슬픔이 엄청난 분노로 변했고 결국에는 엄청난 격정으로 바뀌었으며, 레스타뇨네에게 품고 있던 사랑이 격렬한 증오로 돌변하였으니, 분노에 눈이 먼 그녀는 레스타뇨네의 죽음으로써 자기가 받았다고 생각하는 치욕을 복수하려고 생각했습니다.

그래서 독약 제조에 유능한 그리스 노파를 만나 많은 선물과 약속으로 치명적인 독약을 만들게 했고, 달리 상의하지도 않고 어느 날 저녁 더위에 지친 레스타뇨네에게 그 독약을 주어 아무렇지 않게 마시게 했습니다. 독약의 효과는 다음날 아침이 되기 전에 그를 죽게 할 정도였습니다. 그가 죽었다는 소식을 들은 폴코와 우게토와 그들의 연인들은 독약으로 죽었다는 것을 모르고 니네타와 함께 쓰라리게 슬퍼하였고 명예롭게 매장해 주었습니다.

그러나 오래 지나지 않아 니네타에게 독약을 만들어 주었던 노파가 다른 나쁜 짓으로 붙잡혔는데, 고문을 당하자 다른 악행들과 함께 그것도 자백했고, 그로 인해 일어난 일도 모두 말해 버렸습니다. 그러자 크레타 공작은 거기에 대해 아무 말도 하지 않고 몰래 어느 밤 폴코의 저택을 포위하였고, 아무런 소동이나 저항도 없이 니네타를 붙잡아 끌고 갔습니다. 그리고 아무런 고문도 없이 곧바로 그녀로부터 레스타뇨네의 죽음에 대해 듣고 싶었던 것을 알아냈지요.

폴코와 우게토는 왜 니네타가 붙잡혔는지 공작에게서 은밀하게 들었고, 그들의 연인들은 그들에게서 들었으니 무척 슬펐습니다. 그리고 니네타를 화형에서 구하려고 온갖 노력을 했습니다. 그녀가 화형당할 일을 저질렀으므로 그런 판결을 받으리라고 생각했던 것입니다. 하지만 모든 것이 소용없어 보였으니, 공작은 확고하게 처형하려고 했기 때문입니다.

그런데 공작은 매우 아름다운 마달레나를 오랫동안 열망하면서도 전혀 얻지 못하고 있었습니다. 따라서 그녀는 공작을 즐겁게 해줌으로써 언니를 화형에서 구할 수 있으리라 생각했고, 신중한 심부름꾼을 통해 두 가지 조건만 들어주면 어떤 명령도 따를 준비가 되어 있다고 전하게 했습니다. 하나는 언니가 안전하게 풀려나는 것이고, 다른 하나는 그것을 비밀로 해달라는 것이었지요.

공작은 그 제안이 마음에 들었으므로 그렇게 할 것인지 한참 생각하더니 마침내 동의하여 그럴 준비가 되었다고 말했습니다. 그리고 마달레나의 동의를 얻어 마치 그 사건에 대해 알아볼 일이 있는 것처럼 하룻밤 동안 폴코와 우게토를 붙잡아 두고 몰래 그녀와 함께 자러 갔어요. 그보다 먼저 니네타를 자루에 넣고 돌을 매달아 바로 그날 밤 바다에 던지게 한 척하고, 그녀를 동생에게 데려가 그날 밤의 대가로 선물했습니다. 아침이 되어 떠나면서 마달레나에게 그날 밤이 그들 사랑의 첫날밤도 아니고 마지막 밤도 아니게 해달라고 부탁했습니다. 그 외에도 죄를 지은 니네타를 멀리 보내서 자신에게 비난이 되거나 다시 그녀에게 잔인한 형벌을 내리지 않게 하라고 명령했습니다.

다음 날 아침 폴코와 우게토는 니네타를 밤에 바다에 던졌다는 말을 듣고 사실이라고 믿었습니다. 그리고 풀려나서 집으로 돌아가 언니의 죽음에 대해 자신들의 연인을 위로했습니다. 그런데 마달레나는 언니를 감추려고 노력했지만, 결국 그녀가 집 안에 있다는 것을 폴코가 알았습니다. 그래서 깜짝 놀랐고, 공작이 마달레나를 사랑한다는 말을 전에 들었기 때문에 곧바로 의심했고, 어떻게 니네타가 거기에 있을 수 있느냐고 물었습니다.

마달레나는 긴 이야기를 지어내 설명하려고 했지만, 영악한 폴코는 믿지 않고 진실을 말하라고 강요했고, 그녀는 여러 변명 끝에 사실을 말했습니다. 폴코는 고통에 사로잡히고 격렬한 분노에 이끌려 칼을 뽑아 들었고 헛되이 애원하는 그녀를 죽였습니다. 그리고 공작의 분노와 처벌이 두려워 죽은 그녀를 방에 내버려두고 니네타가 있는 곳으로 갔고, 한없이 즐거운 표정으로 말했어요.

「당신 동생이 정해 놓은 곳으로 곧바로 갑시다. 내가 안내할게요. 공작의 손에 다시 붙잡히지 않도록 말이에요.」

니네타는 그 말을 믿었고, 두려워서 떠나고 싶은 데다 벌써 밤이 깊었기에 동생에게 작별 인사를 요구하지도 않고 폴코와 함께 길을 떠났습니다. 폴코가 손에 넣을 수 있었던 얼마 되지 않은 돈을 갖고 그들은 바닷가로 가서 어느 배에 올라탔는데, 그들이 어디로 갔는지 전혀 알려지지 않았습니다.

다음 날 마달레나가 살해된 채 발견되자 평소 우게토에게 질투심이나 반감을 갖고 몇 사람이 곧바로 공작에게 알렸습니다. 그러자 마달레나를 무척 사랑했던 공작은 불같이 집으로 달려갔고, 우게토와 그의 연인을 붙잡았습니다. 그리고 폴코와 니네타가 달아난 것에 대해 아무것도 모르고 있던 그들에게, 폴코와 함께 마달레나를 죽인 범인이라고 자백하도록 강요했습니다.

그 자백으로 그들은 당연한 사형이 두려워 교묘한 술책으로 옥지기들을 매수했으니, 필요한 때를 위하여 집에 감추어 두고 있던 상당히 많은 돈을 그들에게 주었습니다. 그리고 옥지기들과 함께 배를 타고 밤에 로도스섬으로 달아났으나, 거기에서 가난하고 비참한 상태로 그리 오래 살지 못했습니다. 그러니까 레스타뇨네의 어리석은 사랑과 니네타의 분노는 자신들과 다른 사람들을 그런 결과로 이끌었던 것입니다. ]

## 넷째 이야기

제르비노는 자기 할아버지 굴리엘모[39] 왕이 내린 서약을 깨뜨리고 튀니지 왕의 공주를 빼앗기 위하여 배를 공격한다. 공주는 배에 타고 있던 사람들에게 살해당하고, 제르비노는 그들을 죽이지만,

39 시칠리아를 통치한 〈착한 왕〉 굴리엘모Guglielmo il Buono 2세(재위 1166~1189)는 알타빌라Altavilla(프랑스어 이름은 오트빌Hauteville) 가문의 후손으로 보카치오는 그를 높게 평가하였다. 하지만 그에게는 자식이 없었다.

나중에 참수형을 당한다.

　라우레타가 이야기를 마치고 입을 다물자 연인들의 불행과 관련하여 누구는 이 사람, 누구는 저 사람에 대해 슬퍼하였고, 누구는 니네타의 분노를 비난하였고, 누구는 이런 말을 했고, 또 누구는 저런 말을 했습니다. 그러자 왕은 마치 깊은 생각에서 벗어난 것처럼 고개를 들었고, 엘리사에게 이어서 이야기하라고 신호했고, 엘리사는 겸손하게 시작했습니다.

　[사랑하는 여인들이여, 아모르는 단지 눈으로 보아야만 불붙어 화살을 쏜다고 믿고 소문만으로도 사랑할 수 있다고 생각하는 사람을 비웃는 자들이 많은데, 그들이 틀렸음을 제가 들려주는 이야기가 분명하게 드러낼 것입니다. 단지 소문이 서로 전혀 본 적 없이도 그런 일이 일어나게 했을 뿐만 아니라 서로를 비참한 죽음으로 이끌었다는 것이 여러분에게 분명해질 것입니다.

　시칠리아의 두 번째 왕 굴리엘모는 시칠리아 사람들의 말에 따르면 자녀를 둘 두었는데, 하나는 아들 루제리였고, 다른 하나는 딸 코스탄차였습니다. 루제리는 아버지보다 먼저 죽으면서 제르비노라는 아들을 남겼어요. 제르비노는 할아버지의 정성스러운 보살핌으로 성장하여 아름다운 청년이되었고 용맹함과 기사도로 유명해졌습니다.

　제르비노에 대한 소문은 단지 시칠리아 안에만 머무르지 않고 세상 여러 곳으로 울려 퍼졌으니, 당시 시칠리아에 조공을 바치던 바르베리아[40]에도 널리 알려졌지요. 제르비노의 역량과 기사도에 대한 놀라운 소문이 귀에 들어간 사람 중에 튀니지 왕의 딸이 있었는데, 그녀를 본 모든 사람이 말하는 바에 의하면 자연이 만든 가장 아름다운 창조물 중 하나였으며 매우 예의 바르고 고귀하고 담대한 여인이었답니다. 훌륭한 남자들의 이야기를 즐겨 듣던 그녀는 이런저런 사람이 말하는 제르비노의 용맹스러운 일들을 커다란 애정과 함께 듣고 얼마나 좋아하였는지 혼자 그가 어떤 모습일까 상상하면서 열렬하게 그에 대한 사랑에 빠졌고, 누구보다 그에 대해 기꺼이 이야기하였고 그에 대한 이야기를 기꺼이 들었습니다.

한편 다른 곳과 마찬가지로 시칠리아에도 그녀의 아름다움과 훌륭함에 대한 소문이 널리 퍼졌고, 제르비노의 귀에도 커다란 즐거움과 함께 헛되지 않게 들어갔습니다. 아니, 그에 대해 공주가 불타오른 것 못지않게 그도 공주에게 불탔습니다. 그러므로 정당한 이유로 할아버지로부터 튀니지로 갈 허락을 얻을 때까지, 그녀를 보고 싶은 엄청난 욕망에 그는 그곳으로 가는 모든 친구에게 가능한 한 좋은 방법으로 자신의 크고 비밀스러운 사랑을 그녀에게 전하고 또 그녀에 대한 소식을 가져오게 했습니다.

그들 중 한 사람이 상인처럼 여인들에게 보석을 보여 주면서 그렇게 했으니, 제르비노의 열정을 온전히 공주에게 전했

40 셋째 날 열째 이야기의 주석 78 참조.

고, 그와 그의 소유물들은 모두 그녀의 명령에 따라 제공될 준비가 되어 있다고 밝혔습니다. 공주는 즐거운 표정으로 심부름꾼과 전갈을 맞이했으며, 자기도 똑같은 사랑으로 불타고 있다고 대답하면서 그 증거로 자신의 가장 소중한 보석 중에서 하나를 그에게 보냈습니다. 제르비노는 받을 수 있는 가장 소중한 것을 받은 것처럼 크게 기뻐하며 보석을 받았고, 공주에게 직접 여러 번 편지를 썼고 귀한 선물들을 보냈으며, 운명이 허락한다면 서로 만나 손을 잡자고 그녀와 확실하게 약속했습니다.

그러나 일이 이런 식으로 필요 이상으로 약간 오래 지속되면서 한쪽에서는 공주가, 다른 한쪽에서는 제르비노가 불타는 동안, 튀니지 왕은 공주를 그라나다 왕과 결혼시켰습니다. 그로 인해 공주는 자기 연인에게서 멀리 떨어져야 할 뿐만 아니라 그와 완전히 헤어져야 한다는 생각에 엄청나게 상심했습니다. 그리고 만약 방법이 있다면 그런 일이 일어나지 않도록 기꺼이 아버지에게서 달아나 제르비노에게 가고 싶었습니다. 마찬가지로 제르비노는 그 결혼 소식을 듣고 무척이나 괴로웠고, 만약 공주가 바다를 통해 남편에게 가야 한다면, 방법을 찾아 무력으로 공주를 빼앗아야겠다고 혼자 자주 생각했습니다.

튀니지 왕은 그런 사랑과 제르비노의 의도에 대해 어느 정도 들었고, 그의 용맹함과 능력이 두려웠으므로 공주를 보내야 할 때가 되자 굴리엘모 왕에게, 사람을 보내 제르비노나 다른 사람들이 방해하지 않게 한다고 보장한다면 공주를 보내겠다고 전했습니다. 굴리엘모 왕은 이미 늙은 군주였고 제르비노의 사랑에 대해 아무것도 듣지 못했기에, 그 때문에 그런 보장을 요구한다는 것을 상상하지도 못한 채 너그럽게 보장을 약속했고, 그 증거로 튀니지 왕에게 자기 장갑 한 짝을 보냈습니다. 튀니지 왕은 안전을 보장받은 다음 카르타고 항구에 크고 멋진 배를 준비하게 했고, 선원들에게 필요한 것을 마련하고 공주를 그라나다로 보내기 위하여 배를 장식하고 준비하게 했으니, 이제 좋은 날씨만 기다리면 되었습니다.

이 모든 것을 알고 보게 된 공주는 비밀리에 하인 하나를 팔레르모로 보내 멋진 제르비노에게 안부를 전하고, 자신이 며칠 안에 그라나다로 가야 한다는 것을 알리게 했으니, 그가 소문처럼 그렇게 용감한 남자인지, 그리고 여러 번 전달했던 것처럼 그렇게 자신을 사랑하는지 이제 드러날 것이라고 말하게 했습니다.

임무를 받은 하인은 훌륭하게 전달하고 튀니지로 돌아왔습니다. 그 말을 들은 제르비노는 할아버지 굴리엘모 왕이 튀니지 왕에게 안전을 보장했다는 것을 알고 있었기에 어떻게 해야 할지 몰랐습니다. 하지만 그래도 사랑에 이끌려 공주의 말을 이해하였으니, 비겁하게 보이지 않으려고 메시나[41]로 갔고, 거기에서 곧바로 날렵한 갤리선 두 척을 무장하게 했습니다. 그리고 용감한 남자들을 태운 다음 공주의 배가 틀림

41 메시나Messina는 시칠리아 동북부 해안의 항구 도시이다.

없이 지나갈 것이라고 예상하는 사르데냐 위쪽으로 갔습니다.

그의 예상은 빗나가지 않았어요. 며칠 있으니 제르비노가 숨어 기다리고 있던 곳에서 멀지 않은 곳에 배가 약한 바람을 받으며 나타났습니다. 배를 보자 제르비노는 동료들에게 말했습니다.

「여러분, 내가 생각하는 것처럼 여러분이 용감하다면, 여러분 중 사랑을 느끼지 않은 사람은 아무도 없다고 생각하오. 나 스스로 그러하듯이 사랑이 없으면 어떤 사람도 덕성이나 선행을 가질 수 없을 것이며, 만약 사랑을 경험했거나 지금 하고 있다면 내 욕망을 쉽게 이해할 것이오. 나는 지금 사랑에 빠졌고, 아모르가 나를 여러분에게 현재의 노고를 시키도록 이끌었소. 내 사랑의 대상은 지금 여러분이 눈앞에 보고 있는 배에 있고, 내가 가장 열망하는 그녀와 함께 저 배는 엄청난 재물로 가득한데, 용감한 여러분이 남자답게 싸운다면 그것을 별로 힘들이지 않고 얻을 수 있소. 그런 승리에서 나는 사랑 때문에 무기를 들게 만든 여자 한 명만 내 몫으로 원하고, 다른 모든 것은 지금부터 자유롭게 여러분의 것이오. 그러니 이제 갑시다. 그리고 행운과 함께 배를 공격합시다. 우리 일에 우호적인 하느님께서 바람 없이 붙잡아 두고 계시니까.」

제르비노에게는 많은 말이 필요 없었습니다. 함께 있던 메시나 사람들은 약탈에 열광하여 제르비노가 독려하는 말대로 할 준비가 이미 되어 있었으니까요. 그래서 그의 말이 끝나자 아주 큰 함성과 함께 나팔을 불었고, 무기를 들고 노로 바닷물을 저어 배로 다가갔습니다. 배 위에 있던 사람들은 멀리서 갤리선들을 보고 달아날 수 없었기에 방어를 준비했습니다. 제르비노는 배에 다가가자, 만약 전투를 원하지 않는다면 배의 책임자들을 갤리선으로 보내라고 명령했습니다.

사라센인들은 그들이 누구이고 무엇을 원하는지 확인한 다음 굴리엘모 왕에게서 서약을 받은 자신들을 공격하려는 것인지 물었습니다. 그리고 그 증거로 왕의 장갑을 보여 주었고, 전투에서 패배하지 않는 한 절대로 항복하지 않을 것이며 배에 있는 것도 주지 않을 것이라고 완강하게 거부하였습니다. 제르비노는 배의 고물에 있는 공주가 상상보다 훨씬 아름다운 것을 보고 전보다 더 불타올랐고, 장갑을 보여 준 것에 대해 매가 없는데 지금 장갑이 왜 필요하냐고 대꾸했고,[42] 그러니 만약 공주를 내주지 않으려면 전투를 준비하라고 말했습니다.

그리고 더 기다리지 않고 서로가 서로에게 격렬하게 활을 쏘고 돌을 던지기 시작했고, 그렇게 서로 피해를 주면서 오랫동안 싸웠습니다. 마침내 제르비노는 전투가 별로 유리하지 않은 것을 보고 사르데냐에서 끌고 온 작은 목선에다 불을 붙여 갤리선 두 척으로 그것을 배에다 가까이 접근시켰습니다. 그것을 보고 사라센인들은 어쩔 수 없이 항복하거나

42 매사냥에 장갑이 필요한 것에 빗대서 하는 말이다.

죽어야 한다는 것을 알고, 갑판 아래에서 울고 있던 왕의 공주를 갑판 위로 데려와 이물로 끌고 간 다음 제르비노를 불렀고, 그의 눈앞에서 자비와 도움을 외치는 공주를 칼로 베고 바다로 던지면서 말했습니다.

「자, 가져가라, 줄 테니까. 이것이 우리가 할 수 있는 일이고, 너의 배신[43]에 합당한 것이니까.」

제르비노는 그들의 잔인함을 보고 마치 죽기를 원하는 사람처럼 화살이나 돌에 아랑곳 않고 배로 가까이 다가갔습니다. 그리고 배 위로 올라가 얼마나 많은 사람이 있는지 상관하지 않고, 마치 송아지 무리 사이로 들어간 굶주린 사자가 이빨과 발톱으로 이놈 저놈을 찢으면서 허기보다 분노를 터뜨리듯이, 손에 든 검으로 여기저기 사라센인들을 잔인하게 베면서 무수하게 죽였습니다. 그리고 이미 불붙어 타고 있는 배에서 뱃사람들에게 보상하기 위해 가능한 것을 끌어내게 하고 배에서 내렸으니, 적들에 대한 승리에서 즐거움을 얻지는 못했습니다. 그리고 아름다운 공주의 시신을 바다에서 수습하여 많은 눈물과 함께 오래 슬퍼하였고, 시칠리아로 돌아가면서 트라파니 맞은편에 있는 조그마한 섬 우스티카[44]에 명예롭게 매장했고, 어떤 남자보다 고통스럽게 집으로 돌아갔습니다.

---

43 원문 〈fede〉는 〈신뢰〉, 〈믿음〉이라는 뜻인데 반어적인 표현으로 보인다. 일부에서는 사랑의 정절을 가리키는 것으로 해석하기도 한다.

44 우스티카Ustica섬은 시칠리아 서쪽의 도시 트라파니Trapani의 북동쪽에 있는 섬으로 팔레르모에서도 가깝다.

튀니지 왕은 그 소식을 듣고 검은 옷을 입은 사절들을 굴리엘모 왕에게 보내 제대로 지키지 않은 약속에 대한 불만을 표현했고 어떻게 되었는지 설명했습니다. 그러자 굴리엘모 왕은 크게 분노했고, 사절들이 요구하는 정당한 처벌을 거부할 방법이 없었기에 제르비노를 체포하게 했습니다. 그리고 자신의 귀족 중 누구도 그를 처벌하지 못하도록 간청하지 않았으므로, 직접 참수형을 선고했고, 자기 앞에서 머리를 자르게 했습니다. 신의 없는 왕으로 평가되는 것보다 차라리 손자를 잃는 것이 낫다고 생각했으니까요.

그러니까 제가 말한 것처럼 두 연인은 자신들 사랑의 결실을 느끼지도 못한 채 며칠 사이에 비참한 죽음을 맞이했답니다.]

## 다섯째 이야기

리사베타의 오빠들은 그녀의 연인을 죽이는데, 그가 그녀의 꿈에 나타나 어디에 묻혔는지 알려 준다. 리사베타는 몰래 연인의 머리를 파내서 바질 화분 안에 넣고, 매일 오랜 시간 동안 거기에 눈물을 흘린다. 오빠들은 화분을 빼앗고, 그녀는 곧이어 고통에 겨워 죽는다.

엘리사의 이야기가 끝나자 왕은 약간 칭찬한 다음 필로메나에게 이야기하라고 명령했어요. 필로메나는 제르비노와 그의 연인에 대한 동정심에 완전히 사로잡혀 연민 어린 한숨을 쉬더니 이렇게 시작했습니다.

[우아한 여인들이여, 제 이야기는 엘리사가 이야기한 사람들처럼 신분이 높은 사람들의 이야기가 아니지만, 우연히도 그에 못지않게 슬픈 이야기일 것입니다. 조금 전에 메시나에 대해 언급할 때 그 이야기가 생각났는데, 바로 그곳에서 일어난 사건입니다.

그러니까 메시나에 젊은 상인 세 형제가 살았는데, 산지미냐노[45] 출신이었던 아버지가 죽은 뒤 큰 부자가 되어 있었습니다. 그들에게는 리사베타라는 젊고 매우 아름답고 예의 바른 여동생이 있었는데, 어떤 이유인지 아직 결혼하지 않고 있었습니다.

그리고 세 형제는 자신들의 가게 중 하나에 피사 출신의 로렌초라는 청년을 데리고 있었는데, 그는 매우 잘생기고 우아했기에 여러 번 그를 본 리사베타의 마음에 들었습니다. 로렌초도 한두 번 그런 사실을 눈치챘고, 마찬가지로 자신의 모든 일시적인 사랑을 버리고 그녀에게만 마음을 기울이기 시작했습니다. 그렇게 서로가 똑같이 서로를 좋아하면서 거의 필연적으로 오래 지나지 않아 서로를 확인한 그들은 각자 가장 원하는 것을 하게 되었습니다.

그런 일이 계속되고 둘이 즐겁고 행복한 시간을 함께 보냈는데 비밀리에 하지 못했으니, 어느 날 밤 리사베타가 로렌초가 자는 곳으로 가는 것을 형제들의 맏이가 눈치챘지만,

---

45 San Gimignano. 토스카나 지방의 도시로 피렌체 남쪽에 있다.

그녀는 모르고 있었어요. 맏이는 그것을 알게 되어 무척 괴로웠지만, 현명한 청년이었기에 더 적절한 조치를 하려고 아무 말도 하지 않고 그 사건에 대해 여러 가지를 혼자 생각하면서 다음 날 아침까지 기다렸습니다.

그리고 날이 밝자 남동생들에게 전날 밤 리사베타와 로렌초를 본 것에 대해 이야기했습니다. 그리고 함께 오랫동안 숙고한 끝에 그 일로 인하여 자신들이나 여동생에게 어떤 치욕이 되지 않도록, 조용하게 지내며 아무것도 보거나 알지 못한 척하기로 했습니다. 자신들에게 어떤 피해나 불미스러움 없이 그런 부끄러운 일이 더 진행되기 전에 눈앞에서 없앨 좋은 기회를 기다리면서 말입니다.

그렇게 결정하고 평소와 다름없이 로렌초와 잡담도 나누고 웃으면서 지내다가 마치 세 사람 모두 도시 밖으로 놀러가는 척하고 로렌초도 함께 데려갔습니다. 그리고 매우 한적하고 외떨어진 곳에 이르자 좋은 기회라고 생각하여 전혀 경계하지 않고 있던 로렌초를 죽였고 아무도 깨닫지 못하게 땅속에 묻었습니다. 그리고 메시나로 돌아와 필요한 일로 그를 다른 곳으로 보냈다는 말을 퍼뜨렸어요. 그를 주변에 보내는 일이 자주 있었으므로 사람들은 쉽게 그 말을 믿었습니다.

그런데 로렌초가 돌아오지 않자 리사베타는 그의 오랜 체류가 마음에 걸려 자주 걱정스럽게 오빠들에게 물었어요. 그리고 어느 날 그녀가 아주 집요하게 묻자 오빠 중 하나가 이렇게 말했어요.

「그게 무슨 말이야? 네가 로렌초와 어떤 관계에 있기에 그렇게 자주 물어보는 것이냐? 다시 더 물으면, 너에게 적합한 대답을 해줄 거야.」

그러자 괴롭고 슬픈 리사베타는 두렵고 어떻게 할지 몰랐기에 더 질문하지 않았습니다. 그리고 밤에 자주 슬프게 그를 불렀고 어서 돌아오라고 기도했으며, 때로는 많은 눈물로 그의 오랜 체류에 괴로워하면서 아무런 즐거움 없이 계속 기다리고 있었습니다. 그러다 어느 날 밤 그녀는 돌아오지 않는 로렌초 때문에 오랫동안 울었고, 울다가 지쳐 마침내 잠들었는데, 꿈에 로렌초가 창백하고 완전히 산발한 모습에 온통 찢어지고 지저분한 옷을 입고 나타나 이렇게 말했습니다.

「오, 리사베타, 그대는 오직 나만 부르면서 내가 돌아가지 않는다고 슬퍼하고, 눈물과 함께 나를 심하게 원망하는구려. 그러니 내가 돌아갈 수 없다는 것을 아시오. 그대가 마지막으로 나를 본 날 그대의 오빠들이 나를 죽였으니까요.」

그리고 자신이 묻힌 장소를 알려 주고 이제 더는 자신을 부르지도 말고 기다리지도 말라고 말한 다음 사라졌습니다. 잠에서 깬 리사베타는 꿈에 본 것을 믿고 쓰라리게 울었습니다. 그리고 아침에 일어나 오빠들에게 뭐라고 감히 말하지도 못하고 알려 준 장소에 가서 꿈에 나타난 것이 사실인지 보려고 마음먹었습니다. 그래서 도시 밖으로 잠시 산책하러 간다고 허락받아 예전에 함께 있었기에 그녀의 모든 것을 아는 하녀와 함께 가능한 한 빨리 그곳으로 갔지요. 그리고 거기에 있던 마른 잎들을 걸어 내고 땅이 덜 단단해 보이는 곳을 팠고, 얼마 파지 않아 아직 부패하거나 훼손되지 않은 불쌍한 자기 연인의 시체를 발견했습니다. 그러니까 꿈이 사실이었다는 것을 분명히 알았습니다.

그리하여 어떤 여자보다 괴로웠으나 거기에서 울고만 있지 않아야 한다는 것을 알고, 할 수만 있다면 기꺼이 시체를 그대로 옮겨 합당하게 묻어 주고 싶었습니다. 하지만 그렇게 할 수 없었기에 그녀는 칼로 가능한 한 섬세하게 몸체에서 머리를 잘라 수건에 쌌고, 나머지 시신을 흙으로 덮은 다음 머리를 하녀가 들게 하고 누구에게도 들키지 않게 거기에서 떠나 집으로 돌아갔습니다.

집에서 그 머리와 함께 자기 방에 틀어박혀 머리 위에서 오랫동안 쓰라리게 울었으니, 눈물로 머리를 깨끗이 씻었고 온 사방에다 수많은 입맞춤을 했지요. 그리고 아름다운 천으로 싸서 마조람[46]이나 바질[47]을 심는 크고 멋진 화분 안에 넣었고, 그 위에다 흙을 덮고 아름다운 살레르노 바질[48]의 밑동 줄기를 여러 개 심었고, 거기에는 장미꽃 물이나 오렌지꽃 물이나 자기 눈물 외에는 어떤 물도 전혀 주지 않았습니다. 그리고 습관처럼 그 화분 옆에 앉아 자신의 모든 욕망과 함께 바라보고 있었으니, 자기 로렌초를 감추고 있었기 때문이지요. 그리고 오래 바라본 다음에는 그 위로 가서 울기 시작

46 꿀풀과의 여러해살이풀로 향기가 강해 향신료나 약재로 쓰이기도 하며, 학명은 〈Origanum majorana〉이다.
47 꿀풀과의 한해살이풀로 마조람과 마찬가지로 향기가 강해 향신료나 방향제로 쓰이며, 학명은 〈Ocimum basilicum〉이다.
48 하지만 살레르노는 바질의 생산지로 유명하지 않았고 북쪽에 약간 떨어진 베네벤토가 유명한 생산지였다고 한다.

했으며 바질이 온통 젖을 만큼 오래 울었습니다.

바질은 그렇게 오랜 보살핌 때문에, 그 안에 있던 부패한 머리로 인해 비옥해진 흙 때문에, 아주 멋지게 자랐고 향기도 셌습니다. 그리고 리사베타가 그 일을 오래 계속하면서 이웃 사람들이 여러 번 보게 되었습니다. 그녀의 아름다움이 망가지고 눈이 머리에서 빠져나간 것 같은 모습에 놀란 오빠들에게 그들이 그 사실을 말해 주었어요.

「우리가 알기로는 그녀가 날마다 그렇게 하고 있답니다.」

그 말을 듣고서야 깨달은 오빠들은 그녀를 여러 번 꾸짖었으나 소용이 없자 그녀 몰래 화분을 가져가 버렸습니다. 화분이 없어진 것을 보고 그녀는 매우 집요하게 여러 번 요구했지만 돌려주지 않자 눈물과 탄식을 그치지 않아 결국 병이 들었고, 병든 상태에서도 자기 화분만 요구했습니다.

오빠들은 그런 요구에 무척 놀랐고 그래서 안에 무엇이 있는지 보려고 하였습니다. 그리하여 흙을 쏟아 내어 헝겊을 발견했고, 그 안에서 아직 완전하게 부패하지 않은 머리를 보았으니, 곱슬머리를 보고 로렌초의 머리라는 것을 알았습니다. 그래서 깜짝 놀란 그들은 그 일이 알려질까 두려웠기에, 머리를 땅속에 묻고 아무 말도 없이 신중하게 메시나에서 나갔고, 사업을 철수할 방법을 찾은 다음 나폴리로 갔습니다.

리사베타는 울기를 그치지 않고 계속해서 자기 화분을 요구했고, 그렇게 울다가 죽었습니다. 그렇게 그녀의 불행한 사랑은 끝났습니다. 하지만 그 일은 나중에 언젠가 많은 사람에게 알려졌고, 누군가가 지은 노래를 사람들이 지금까지도 부르는데, 이런 것이랍니다.

　내 화분을 훔쳐 간
　나쁜 사람은 누구였나요….]


## 여섯째 이야기

　안드레우올라는 가브리오토를 사랑하는데, 꿈속에서 본 것을 그에게
이야기하고, 그는 그녀에게 다른 꿈을 이야기하고 갑자기 그녀의 품에서
죽는다. 안드레우올라는 하녀와 함께 그의 집으로 시신을 운반하다가
시뇨리아에 붙잡히고, 어떻게 된 일인지 말한다. 포데스타는 그녀를
겁탈하려 하지만, 그녀는 완강히 거부한다. 그녀의 아버지는 그 말을
듣고 죄 없는 딸을 석방하게 한다. 그녀는 결국 세상에 살기를
완전히 거부하고 수녀가 된다.


　필로메나의 이야기는 여인들의 마음에 들었으니, 여러 번
그 노래를 들었지만, 물어보아도 그 노래의 연유가 무엇인지
알 수 없었기 때문입니다. 하지만 이야기가 끝나자 왕은 판
필로에게 순서에 따라 이야기하라고 명령했습니다. 그러자
판필로는 시작했습니다.
　[앞 이야기에서 말하는 꿈은 제가 이야기할 소재를 생각
나게 해주네요. 여기에서는 두 개의 꿈이 나오는데, 그것은
이미 일어난 일에 대한 꿈처럼[49] 앞으로 일어날 일에 대한 꿈

들입니다. 말하자면 두 사람이 꿈에서 본 것을 말하고 나서 자신들에게 같은 일이 일어난답니다. 그러므로 사랑하는 여인들이여, 꿈속에서 여러 가지 일을 보는 현상은 살아 있는 사람 모두에게 일반적이라는 것을 알아야 합니다. 자는 사람에게 그런 일은 자고 있어도 모두 사실로 보이고, 깨고 나면 어떤 것은 사실이고, 어떤 것은 사실과 비슷해 보이고, 또 어떤 것은 사실과 어긋난 것처럼 보이기도 합니다. 그런데도 많은 일이 실제로 일어난 것으로 밝혀집니다.

그래서 많은 사람이 깨어 있을 때 보는 것을 믿는 만큼 자기 꿈을 믿고, 자기 꿈 때문에 두려워하거나 희망하고 이에 따라 슬퍼하거나 즐거워하기도 하지요. 그리고 반대로 꿈이 미리 보여 준 위험에 빠지지 않으면, 꿈을 절대 믿지 않는 사람도 있습니다. 저는 이쪽이든 저쪽이든 찬성하지 않는데, 꿈이 언제나 사실도 아니고 언제나 거짓도 아니기 때문입니다. 꿈이 언제나 사실이 아니라는 것은 우리 모두 잘 알고 있습니다. 또 모두 거짓도 아니라는 것은 필로메나의 이야기에서 이미 증명되었고, 또 조금 전에 말했듯이 제 이야기에서 증명하고자 합니다. 그러므로 훌륭하게 살고 행동한다면, 어떤 반대되는 꿈도 절대 두려워할 필요가 없고 꿈 때문에 좋은 의도를 버릴 필요도 없다고 생각합니다. 반면에 불행하고 나쁜 경우에는 아무리 꿈이 우호적으로 보이고 순조로운 환상으로 위로하는 것처럼 보이더라도 절대로 믿지 않아야 하

---

49 앞 이야기에서 리사베타의 꿈이 과거에 일어난 일을 보여 주는 것처럼.

고, 반대의 경우에는 모두 믿어야 합니다. 하지만 이제 이야기로 돌아갑시다.

브레쉬아[50]에 예전에 네그로 다 폰테카라로 씨라는 귀족이 살았는데, 그의 여러 자녀 중에 안드레우올라라는 딸이 있었습니다. 젊고 아름답고 아직 남편이 없던 그녀는 우연하게도 가브리오토라는 이웃 청년을 사랑하게 되었는데, 그는 낮은 신분이었지만 훌륭한 예의범절에 인물이 잘생기고 호감을 주는 청년이었어요. 그래서 안드레우올라는 하녀의 도움을 받아 마음을 전했고, 가브리오토는 안드레우올라의 사랑을 받고 있다는 것을 알았을 뿐만 아니라, 그녀 아버지의 멋진 정원에서 여러 차례 서로의 즐거움에 이끌렸습니다. 그리하여 죽음이 아니라면 어떤 이유로도 그들의 즐거운 사랑을 떼놓을 수 없을 정도로 비밀리에 남편과 아내가 되었지요.

그렇게 은밀한 만남이 지속되던 어느 날 밤, 자고 있던 안드레우올라는 꿈속에 가브리오토와 함께 정원에 있고 서로의 커다란 즐거움으로 그가 자기를 품에 안고 있는 것을 본 것 같았어요. 그리고 그렇게 있는 동안 그의 몸에서 검고 무서운 것이 나오는 걸 보았는데 그 형태는 알았지만 볼 수 없었습니다. 그것은 가브리오토를 붙잡았고 그녀가 막았지만 놀라운 힘으로 그녀의 품에서 그를 빼앗아 함께 땅속으로 들어갔고, 둘 다 다시는 보이지 않았습니다. 그녀는 말할 수 없이 큰 고통을 느꼈고, 그래서 잠에서 깼습니다. 그리고 깨어

---

50 브레쉬아Brescia는 이탈리아 북부 밀라노 동쪽에 있는 도시이다.

나서 꿈꾼 것이 사실이 아니라는 것을 알고 기뻤지만 그래도 꿈에 본 것이 두려웠습니다.

그래서 다음 날 밤 가브리오토가 자기에게 오려고 하는데도 오지 못하도록 막으려고 노력했지만, 오고 싶어 하는 것을 알고 그가 달리 의심하지 않도록 그다음 날 밤 정원에서 만났습니다. 그리고 계절 덕에 하얀 장미와 붉은 장미를 많이 꺾어 들고 그와 함께 정원에 있는 맑고 아름다운 분수 아래로 가 머물렀습니다. 거기에서 함께 오랫동안 큰 즐거움을 가진 뒤 가브리오토는 왜 전날 자기가 오는 것을 막았는지 이유를 물었습니다. 안드레우올라는 전날 밤 꿈에 본 것을 이야기해 주면서 두려움에 그랬다고 말했습니다. 그 말을 듣고 가브리오토는 웃었고, 꿈을 믿는 것은 매우 어리석은 일이라고 말했습니다. 꿈이란 음식을 너무 많이 먹거나 부족하게 먹어서 나타나기 때문에 모든 꿈이 헛되다는 것을 날마다 볼 수 있다고 말했고, 이어서 덧붙였어요.

「만약 내가 꿈을 뒤따르고 싶었다면 여기 오지 않았을 거요. 그대의 꿈 못지않게 나도 어젯밤 꿈을 꾸었기 때문이오. 그 꿈은 이런 것이었소. 내가 아름답고 멋진 숲속에서 사냥하고 있었는데, 지금까지 전혀 본 적이 없을 만큼 아름답고 마음에 드는 암사슴을 잡았다오. 눈보다 하얀 사슴은 금세 나와 친해져서 절대 떠나려고 하지 않았지요. 나는 그것을 소중하게 생각하여 내게서 떠나지 않도록 목에다 황금 목줄을 채웠고, 목줄과 연결된 황금 사슬을 손에 잡고 있었어요.

그런데 뒤이어 그 암사슴이 내 가슴에 머리를 기대고 쉬고 있었는데, 어디에서 나왔는지 숯처럼 시커먼 사냥개 한 마리가 보기에도 무섭게 굶주린 모습으로 나를 향해 다가왔소. 나는 어떤 저항도 할 수 없을 것 같았어요. 그놈은 내 왼쪽 가슴에 주둥이를 대는 것 같더니 심장에 닿도록 세게 물고 심장을 뜯어내 가지고 가버렸소. 그래서 얼마나 고통스러웠는지 나는 잠이 깼고, 곧바로 손으로 왼쪽 가슴을 만져 보았지만 아무 일도 없었소. 아무렇지도 않은 것을 발견하고 가슴을 만져 본 나 자신을 비웃었지요. 그러니 그런 꿈이 무슨 의미가 있겠소? 그런 꿈보다 훨씬 더 놀라운 꿈도 많이 꾸었지만, 그렇다고 해서 현실에서 나에게 크거나 작은 영향을 준 적은 없었어요. 그러니 그냥 놔두고 좋은 시간을 보내려고 생각해요.」

안드레우올라는 자기 꿈 때문에 많이 놀랐는데 그 말을 듣고 더욱더 놀랐어요. 하지만 가브리오토를 불편하게 하지 않으려고 가능한 한 자신의 두려움을 감추었습니다. 그래서 그를 껴안고 여러 번 입을 맞추었고, 또 그의 품에 안겨 입맞춤을 받으면서 즐기려고 했지만, 왜 그런지 의혹이 들어 평소보다 자주 그의 얼굴을 바라보았고, 혹시 어디선가 시커먼 것이 나타나지 않을까 두려워 정원을 둘러보았습니다. 그렇게 있는데 가브리오토가 큰 한숨을 내쉬면서 그녀를 붙잡더니 말했습니다.

「아이고, 내 영혼이여, 도와줘, 죽을 것 같아.」

그렇게 말하더니 풀밭에 쓰러졌습니다. 그것을 보자 안드레우올라는 쓰러진 그를 다시 품에 안으면서 울 것처럼 말했

어요.

「오, 내 사랑,[51] 왜 그래요?」

가브리오토는 대답하지 않았고, 거칠게 헐떡이면서 온통 땀을 흘리더니 잠시 후 이 세상을 떠났습니다. 그를 자기 자신보다 더 사랑했던 안드레우올라가 얼마나 슬프고 괴로웠을지 모두가 알 것입니다. 그녀는 한없이 울었고 수없이 헛되이 그를 불렀습니다. 하지만 그의 몸을 구석구석 만져 보아도 모두 차가워서 그가 죽었다는 것을 깨달은 뒤에도, 무엇을 해야 할지, 무슨 말을 해야 할지 몰랐고, 그렇게 괴로움에 가득하여 울면서 그런 사랑을 알고 있던 하녀를 부르러 가서 자신의 고통과 비참함을 표현했습니다. 그리고 함께 가브리오토의 죽은 얼굴 위로 한참 울고 난 다음 하녀에게 말했습니다.

「하느님께서 나에게서 그이를 빼앗아 가셨으니, 나는 이제 더 살고 싶지 않아. 하지만 우리 사이에 있었던 비밀스러운 사랑과 내 명예를 간직할 합당한 방법을 내가 죽기 전에 찾고 싶구나. 그리고 아름다운 영혼이 떠나간 시신을 묻어 주고 싶어.」

그러자 하녀가 말했습니다.

「아가씨,[52] 죽고 싶다고 말하지 마세요. 왜냐하면 여기에서 그분을 잃었다고 자신을 죽이면 저승에서도 그분을 잃을 테

---

51 원문은 〈signor mio dolce〉, 직역하면 〈달콤한 내 주인이여〉로 되어 있다.
52 원문은 〈내 딸이여〉인데, 나이 든 하녀의 친숙한 표현으로 보인다.

니까요. 그러면 아가씨는 지옥에 가게 될 텐데, 그분은 착한 청년이었으므로 그 영혼은 분명히 지옥에 가지 않았을 테니까요. 그러니까 기운을 차리고 기도와 다른 선행으로 그분의 영혼을 도와줄 생각을 하세요. 혹시 어떤 죄를 지었다면 필요할 테니까요.[53] 그분을 매장하는 가장 빠른 방법은 여기 정원에 묻는 것이에요. 아무도 모를 테니까요. 그분이 여기 왔다는 것은 아무도 모르기 때문이지요. 만약 그렇게 하고 싶지 않다면 정원 밖으로 내놓고 그냥 놔두세요. 내일 아침 발견되면 그분의 집으로 옮겨져 가족들이 묻어 줄 것입니다.」

안드레우올라는 슬픔에 넘쳐 계속 울면서도 하녀의 충고를 듣고 있었으니, 첫 번째 제안에는 동의하지 않았고, 두 번째 제안에 대해 이렇게 대답했습니다.

「그래요, 그렇게 사랑스럽고 그렇게 내가 남편처럼 사랑한 사람을 개처럼 묻거나 길바닥에 내버려두는 것을 하느님께서 원하지 않으실 거예요. 그이는 내 눈물을 받았으니, 가족의 눈물도 받도록 해줄 수 있을 거예요. 그러니 우리가 해야 할 것을 마음속에 이미 갖고 있어요.」

그리고 곧바로 자기 궤짝 안에 넣어 두고 있던 비단 천을 가져오라고 하녀를 보냈습니다. 천이 오자 땅바닥에 펴고 가브리오토의 시신을 그 위에 올려놓았고, 머리를 베게 위에 두고 많은 눈물로 입과 눈을 감게 해주었으며, 꺾어 모은 장

---

53 가톨릭에서는 천국에 올라갈 영혼이 죄를 지었다면, 먼저 연옥에서 그 죄에 대한 속죄 형벌을 받아야 하는데, 이승에 있는 사람들이 그를 위하여 대도(代禱)를 해주면 형벌을 단축할 수 있다고 믿었다.

미꽃으로 화관을 만들어 씌우고 주위를 온통 가득 채운 다음 하녀에게 말했습니다.

「여기에서 그이 집 대문까지는 멀지 않아. 그러니 너와 내가 이렇게 합당하게 장식한 그이를 그곳으로 운반하자. 이제 곧 날이 밝으면 거두어들일 거야. 이것이 그이의 가족에게는 위로가 되지 않겠지만, 그래도 내 품에서 죽었으므로 나에게는 위로가 될 거야.」

그렇게 말하고는 또다시 그의 얼굴 위로 엄청난 눈물을 흘리면서 오래 울었습니다. 벌써 날이 밝고 있었기에 그녀는 하녀의 재촉을 많이 받고서야 몸을 일으켰고, 가브리오토와 결혼하면서 받은 반지를 자기 손가락에서 빼내 그의 손가락에 끼워 주면서 눈물과 함께 말했어요.

「사랑하는 내 임이여, 만약 지금 그대의 영혼이 내 눈물을 본다면, 만약 영혼이 떠난 뒤에도 어떤 느낌이나 인식이 몸에 남아 있다면, 그대가 살아 있을 때 그토록 사랑하던 여인의 마지막 선물을 너그럽게 받아 주오.」

그렇게 말하고는 실신하여 그 위로 쓰러졌어요. 그리고 잠시 후 정신을 차리고 일어나 하녀와 함께 시신이 누워 있는 비단 천을 들고 정원에서 나가 그의 집으로 향했습니다. 그렇게 가는데 우연하게도 그 시간에 다른 사건 때문에 길에 있던 포데스타의 수비대원들[54]에게 발각되어 죽은 시신과 함께 체포되었습니다. 안드레우올라는 살기보다 죽기를 더 원

---

54 원문은 ⟨famiglia⟩, 즉 ⟨하인들⟩ 또는 ⟨부하들⟩이다.

하고 있었기에 관청의 수비대원들을 알아보고 솔직하게 말했습니다.

「나는 당신들이 누구인지 알아요. 또 달아나려 해도 소용없다는 것도 알아요. 당신들과 함께 포데스타[55] 앞에 가서 그에게 모든 것을 말할 준비가 되어 있어요. 하지만 당신들에게 복종할 테니 누구도 나에게 손대려고 하지 말고, 또 만약 나에게서 고발당하고 싶지 않다면 이 시신에서 아무것도 가져가지 마세요.」

그래서 아무런 방해 없이 가브리오토의 온전한 시신과 함께 관청으로 갔습니다. 그 말을 듣고 포데스타는 일어났고, 그녀를 방으로 불러 어떻게 된 일이냐고 물었습니다. 그리고 몇몇 의사에게 혹시 독약이나 다른 방법으로 살해되었는지 살펴보게 했는데 모두 아니라고 했고, 심장 옆의 어떤 종기가 터져 심장을 멈추게 했다고[56] 확인했습니다. 포데스타는 그 말을 듣고 그녀가 조그마한 죄라도 있다고 생각하며, 그녀에게 베풀 수 없는 것[57]을 선물하고 싶은 척 보이려고 노력했고, 만약 그녀가 자기 즐거움을 들어준다면 석방할 것이라고 말했습니다. 하지만 그런 말이 소용없자 모든 체면을 버리고 폭력을 쓰려고 했지요. 그러나 안드레우올라는 분노에 불타올라 매우 완강해져서 용감하게 방어했고, 저속하고 불

---

55 원문은 〈시뇨리아〉이다.

56 원문은 〈affogato l'avea〉, 직역하면 〈그것(심장)을 빠져 죽게 하였다〉이다.

57 원문은 〈quello che vender non le poteva〉, 즉 〈그녀에게 팔 수 없는 것〉이다.

손한 욕설과 함께 그를 뒤로 밀쳐 냈습니다.

그런데 날이 밝으면서 그 일이 네그로 씨에게 알려졌고, 그는 많은 친구와 함께 관청으로 갔습니다. 거기에서 포데스타로부터 상황을 전해 듣고 괴로운 마음으로 딸을 돌려 달라고 요구했습니다. 포데스타는 그녀가 먼저 고발하기 전에 자기가 폭력을 쓰려고 했던 것을 미리 밝히려고 했어요. 그래서 먼저 안드레우올라와 그녀의 정절을 칭찬하면서 그것을 검증하기 위해 그렇게 했다고 말했고, 그것을 통해 그녀의 매우 훌륭한 절개를 보면서 그녀를 더없이 사랑하게 되었다고 말했습니다. 그리고 만약 아버지 네그로 씨와 그녀에게 좋다면, 비록 낮은 신분의 남편을 맞이하고 있었어도 기꺼이 자기 아내로 삼아 결혼하겠다고 말했습니다. 그들이 그렇게 말하는 동안 안드레우올라는 아버지 앞으로 가더니 울면서 몸을 던지고 말했습니다.

「아버지, 저의 대담한 행동과 불행한 이야기는 아버지께 해드릴 필요가 없다고 생각합니다. 들어서 알고 계실 테니까요. 그러니 가능하다면 제 잘못에 대해, 그러니까 아버지 모르게 제가 가장 좋아하는 사람을 남편으로 맞이한 것에 대해 용서해 주시라고 겸손하게 부탁드립니다. 이런 용서를 부탁드리는 것은, 제가 용서받고 살기 위해서가 아니라, 아버지의 원수가 아닌 아버지의 딸로 죽기 위해서입니다.」

그렇게 울면서 아버지의 발 앞에 쓰러졌습니다. 네그로 씨는 벌써 나이가 많은 데다 천성이 너그럽고 사랑스러운 사람이었기에 그 말을 듣고 울기 시작했고, 울면서 부드럽게 딸을 일으켜 세우고 말했습니다.

「내 딸아, 내가 생각하기에 너에게 적합한 남편을 얻었다면 나는 무척 좋았을 것이지만, 만약 네가 좋아하는 사람을 얻었다고 해도 나는 분명히 좋아했을 것이다. 다만 네가 믿음이 부족하여 나에게 감춘 것이 괴롭고, 내가 알기 전에 네가 그 사람을 잃은 것을 보니 더더욱 괴롭구나. 하지만 어쨌든 그렇게 되었으니, 너를 위해 그가 살아 있었다면 기꺼이 해줄 것처럼 하고 싶구나. 말하자면 내 사위로서 그의 죽음을 명예롭게 해주고 싶다.」

그리고 자녀들과 친척들에게 몸을 돌려 가브리오토에게 크고 명예로운 장례식을 준비하라고 명령했습니다. 그러는 동안 그의 친척들과 청년의 친척들이 달려왔고, 도시의 거의 모든 남녀가 달려왔습니다. 그래서 안드레우올라의 비단 천 위에 놓여 온통 장미꽃으로 뒤덮인 시신을 관청의 안뜰 한가운데에 안치한 다음 거기에서 그녀와 가브리오토의 가족뿐 아니라, 공개적으로 도시의 거의 모든 남녀가 애도하였습니다. 그리고 평민이 아니라 영주처럼, 신분이 높은 귀족들의 어깨 위에 올려진 채 공개적인 행렬을 이루어 명예롭게 묘지로 운반되었습니다.

그리고 며칠 뒤 포데스타가 계속 요구하였기에 네그로 씨는 딸에게 말했지만, 딸은 전혀 들으려 하지 않았습니다. 아버지는 딸이 원하는 대로 해주려고 했으니, 거룩함으로 매우 유명한 수녀원으로 그녀와 그녀의 하녀는 들어갔고, 거기에서 정숙하게 오랫동안 살았답니다.]

# 일곱째 이야기

시모나는 파스퀴노를 사랑하고, 둘이 함께 공원에 있는데,
파스퀴노가 살비아 잎사귀로 이빨을 문지르고 나서 죽는다.
체포된 시모나는 재판관에게 파스퀴노가 어떻게 죽었는지 보여 주기
위하여 살비아 잎사귀로 자기 이빨을 문지르고 똑같이 죽는다.

판필로가 자기 이야기를 끝냈을[58] 때 왕은 안드레우올라에게 어떤 연민도 보이지 않으면서 에밀리아를 향해 뒤를 이어 이야기를 계속하면 좋겠다고 신호했습니다. 에밀리아는 머뭇거리지 않고 이야기를 시작했습니다.

[사랑하는 동료 여인들이여, 판필로의 이야기를 듣고 제가 하고 싶어진 이야기는 그것과 한두 가지 외에는 비슷하지 않습니다. 다만 안드레우올라가 정원에서 연인을 잃은 것처럼 제 이야기의 여인도 그랬고, 또 안드레우올라와 비슷하게 체포되는데, 무력이나 역량에 의해서가 아니라 예기치 않은 죽음으로 관청에서 풀려나지요. 저번에 우리 사이에서 이야기한 것처럼, 아모르는 비록 귀족 사람들의 집에 기꺼이 거주하지만, 그렇다고 해서 가난한 집에 대한 지배를 거부하지 않고, 오히려 때로는 거기에서 아주 강력한 주인으로서 부자들이 두려워할 정도로 자기 힘을 보여 주기도 합니다. 전부는 아니지만, 대부분이 제 이야기에서 드러날 것입니다. 저

58 원문은 〈era della sua novella deliberato〉, 즉 〈자기 이야기에서 해방되었을〉이다.

는 오늘 다양한 것에 대해 다양하게 이야기하면서 세상 여러 곳에서 방황하느라고 멀리 떨어져 있던 우리의 도시로 돌아오고 싶습니다.

그러니까 그리 오래전이 아니었을 때 피렌체에 가난한 아버지의 딸로 자기 신분에 맞게 아름답고 우아한 처녀가 살았는데, 이름은 시모나였어요. 비록 자기 손으로 필요한 빵을 벌어야 했고 양털 실을 자으면서 생계를 유지해야 했지만, 그렇다고 해서 자기 마음속에 감히 사랑을 받아들이지 못할 정도로 가난한 마음은 아니었으니, 아모르는 그녀보다 신분이 낮지 않은 청년, 그러니까 양모업자를 위해 실로 자아야 할 양털을 가져다주던 청년의 다정스러운 말과 행동으로 그녀의 마음속에 들어가려고 했습니다.

그리하여 사랑하는 청년 파스퀴노의 모습으로 아모르를 마음속에 받아들인 그녀는 열렬히 원하면서도 더 진전시키려고 시도하지 못한 채, 실을 잣고, 잣은 양털 실을 실패에 감을 때마다, 잣을 양털을 가져오는 그를 생각하며 불처럼 뜨거운 한숨을 내쉬었습니다. 다른 한편으로 청년은 자기 양모업자의 실을 잘 잣게 하려고 예민해졌으니, 마치 다른 여자가 아니라 시모나가 잣는 실로 모든 천을 완성해야 하는 것처럼 다른 여자보다 그녀를 재촉했습니다.

그렇게 한쪽은 재촉하고 다른 한쪽은 재촉당하는 것이 기뻤으며, 한쪽은 평소보다 더 대담해지게 되었고 다른 한쪽은 평소 습관이었던 두려움과 부끄러움을 쫓아내게 되었으니, 둘은 함께 공동의 즐거움으로 결합했습니다. 이쪽이나 저쪽이나 그 즐거움을 좋아하였기에, 한쪽이 다른 한쪽에게서 초대받기를 기다릴 뿐 아니라 오히려 서로가 서로를 만남에 초대할 정도였습니다.

그렇게 그들의 즐거움은 계속되었고 또 나날이 점점 더 불타올랐기에, 결국 파스퀴노는 시모나에게 자기가 데려가고 싶은 공원으로 올 방법을 찾기를 바란다고 단호하게 말했어요. 거기에서 별로 의심받지 않고 편안하게 함께 있기 위해서라고 말입니다. 시모나는 좋다고 말했고, 아버지에게 어느 일요일 식사한 후에 산 갈로 축제[59]에 가고 싶다고 허락을 구한 뒤 라지나라는 여자 친구와 함께 파스퀴노가 가르쳐 준 공원으로 갔습니다. 공원에는 파스퀴노가 친구와 함께 있었는데, 그의 이름은 푸치노였지만, 사람들은 스트람바[60]라고 불렀습니다. 스트람바와 라지나 사이에 새로운 사랑의 유희가 시작되었기에, 파스퀴노와 시모나는 자신들의 즐거움을 위해 공원 한쪽으로 갔고, 스트람바와 라지나는 다른 쪽에 남아 있었습니다.

파스퀴노와 시모나가 간 공원의 구석에는 아주 커다란 살비아[61] 덤불이 있었습니다. 파스퀴노와 시모나는 그 아래에 앉아 한참 동안 함께 즐겼고, 공원에서 쉬고 나서 먹으려던 간식에 대해 많이 이야기했는데, 파스퀴노가 그 커다란 살비

---

59 당시 피렌체 사람들은 매달 첫 번째 일요일에 피렌체 북쪽에 있는 산 갈로San Gallo 성문 밖의 성당에 가서 죄를 사면받고 야외에서 하루를 보냈다고 한다.

60 Stramba. 별명으로 〈비틀린〉, 〈이상한〉이라는 뜻이 함축되어 있다.

아 덤불로 가더니 잎을 하나 따서 그것으로 이빨과 잇몸을 문지르기 시작하면서, 살비아는 음식을 먹은 뒤 이빨에 남은 모든 것을 깨끗하게 청소해 준다고 말했습니다. 그렇게 잠시 문지른 다음 조금 전 말하던 간식에 대한 화제로 돌아갔는데, 이어서 이야기하다가 얼마 지나지 않아 그의 얼굴이 완전히 변하기 시작했고, 그런 변화에 이어 보지도 못하고 말도 하지 못하게 되었고, 곧이어 죽었습니다. 그것을 본 시모나는 울고 소리치며 스트람바와 라지나를 부르기 시작했습니다. 그들은 곧바로 달려갔고, 파스퀴노가 죽어 있을 뿐 아니라 벌써 완전히 부풀고 얼굴과 몸에 검은 반점이 가득한 것을 보고 스트람바는 곧바로 소리쳤습니다.

「아! 나쁜 여자, 네가 독살했어.」

그리고 커다란 소동을 벌였으니, 공원 근처에 사는 많은 사람이 소리를 들었습니다. 소동에 달려간 사람들은 죽고 부푼 그를 보았고, 스트람바가 괴로워하며 시모나가 속임수로 그에게 독약을 먹였다고 비난하는 소리를 들었습니다. 시모나는 마치 정신이 나간 듯 변명하지도 못하고 있었으니, 모두 스트람바가 말하는 대로 믿었습니다. 그래서 계속 울고

---

61 원문은 〈salvia〉로, 구체적으로 어떤 식물을 가리키는지 알 수 없다. 학명으로 살비아Salvia는 꿀풀과의 배암차즈기속(屬) 식물을 통칭하며 그 종류는 매우 많다. 그중 한 종류인 〈샐비어〉와 혼동하지 않도록 학명 라틴어와 이탈리아어의 발음에 따라 〈살비아〉로 옮긴다. 뒤에서도 언급되지만, 일부는 약재로 사용되기도 하는 만큼 이 식물들에 치명적인 독성은 없다고 한다. 이 이야기의 비극적인 사건은 아마 당시 퍼져 있던 미신, 즉 두꺼비들이 그 잎을 갈아 먹거나 빨아 먹으면 독성이 생긴다는 미신을 토대로 한 것으로 보인다.

있는 그녀를 붙잡아 포데스타의 관청으로 데려갔습니다. 거기에서 스트람바를 비롯하여 달려온 파스퀴노의 친구 아티차토와 말라제볼레[62]가 집요하게 그녀를 고발했고, 그러자 재판관은 곧바로 그 일을 조사하기 시작했습니다. 그리고 시모나가 이 일에서 범죄를 저질렀다고 생각할 수 없는 데다 그녀의 말만 듣고는 잘 이해할 수 없었기 때문에, 그녀가 이야기한 시신의 상태와 장소를 함께 가서 보고 싶었습니다.

그래서 별다른 소동 없이 아직도 파스퀴노의 시신이 통처럼 부풀어 누워 있는 곳으로 시모나를 데려가게 했고, 뒤이어 도착한 재판관은 시신을 보고 깜짝 놀라 어떻게 된 것이냐고 물었습니다. 그녀는 살비아 덤불로 다가가 이전의 모든 이야기를 반복한 다음 어떤 일이 있었는지 충분히 이해시키기 위해, 파스퀴노가 한 것처럼 그 잎 하나로 자기 이빨을 문질렀습니다. 스트람바와 아티차토, 그리고 파스퀴노의 다른 친구들과 동료들은 재판관 앞에서 그런 것은 쓸모없고 헛된 짓이며 자신들이 조롱당한 것 같았기에, 더 집요하게 그녀가 사악하다고 비난하면서 그런 사악함에 대한 형벌은 화형뿐이라고 요구했습니다. 불쌍한 시모나는 연인을 잃은 고통에다 스트람바가 요구하는 형벌에 대한 두려움에 소심해져 있었는데, 살비아 잎으로 이빨을 문질렀기에 파스퀴노가 쓰러진 것과 똑같이 쓰러졌고, 거기에 있던 모든 사람이 깜짝 놀랐습니다.

62 이 역시 별명으로 아티차토Atticciato는 〈몸이 튼튼한〉, 〈다부진〉이라는 뜻이고, 말라제볼레Malagevole는 〈어려운〉, 〈곤란한〉이라는 뜻이다.

오, 행복한 영혼들이여, 그대들은 같은 날에 뜨거운 사랑과 필멸의 삶을 끝냈군요! 그리고 함께 똑같은 장소에 갔으니 더 행복하군요! 그리고 저승의 삶에서도 사랑한다면, 그대들은 이승에서 그랬듯이 서로 사랑할 테니 더더욱 행복하군요! 하지만 뒤에 살아남아 있는 우리의 판단으로는 시모나의 영혼이 훨씬 더 행복했습니다. 그녀의 결백이 스트람바와 아티차토와 말라제볼레, 아마 양모 노동자들[63]이거나 더 천한 사람들인 그들의 증언 아래 놓이는 운명을 겪지 않고, 그들의 비난에서 벗어나고, 그녀가 무척이나 사랑했던 파스퀴노의 영혼을 쫓아가기 위해 연인과 똑같은 죽음으로 더 정숙한 길을 찾았으니까 말입니다. 거기에 있던 모든 사람과 함께 그런 일에 깜짝 놀란 재판관은 할 말을 잃고 한참 동안 있더니 잠시 후 정신을 차리고 말했습니다.

「보통 살비아로는 이런 일이 일어나지 않는데, 이 살비아에는 독이 있는 것 같구나. 하지만 이런 식으로 다른 사람을 해치지 않도록 뿌리까지 잘라서 불태워라.」

그래서 공원을 관리하는 사람이 재판관 앞에서 그렇게 했는데, 커다란 덤불이 땅에 쓰러지는 순간 두 불쌍한 연인이 죽은 원인이 드러났습니다. 살비아 덤불 아래에 엄청나게 큰 두꺼비가 있었고, 두꺼비의 독성 있는 숨결이 살비아를 유독하게 만들었던 것입니다. 그 두꺼비에게 누구도 감히 다가가려고 하지 않았기에, 주위에 커다란 땔나무 더미를 만들고

---

63 원문은 〈scardassieri〉로, 양모를 빗질하는 노동자들을 가리킨다.

살비아와 함께 불태웠습니다. 그리고 불쌍한 파스퀴노의 죽음에 대한 재판관의 조사는 끝났습니다. 파스퀴노는 자기 시모나와 함께 부푼 상태로 스트람바, 아티차토, 구초 임브라타, 말라제볼레에 의해 우연하게도 그들의 교구였던 산 파올로[64] 성당에 묻혔답니다.]


## 여덟째 이야기

> 지롤라모는 살베스트라를 사랑하는데, 어머니의 간청으로
> 파리에 가야 했고, 돌아와 보니 그녀가 결혼한 것을 발견한다.
> 그는 몰래 그녀의 집으로 들어가고 그녀 옆에서 죽는다. 그리고
> 성당으로 운반되는데, 살베스트라도 그 옆에서 죽는다.

에밀리아의 이야기가 끝났을 때 왕의 명령으로 네이필레는 이렇게 시작했습니다.

[제가 판단하기에, 훌륭한 여인들이여, 어떤 사람은 아는 것도 별로 없으면서 다른 사람보다 더 많이 알고 있다고 믿습니다. 그래서 사람들의 충고뿐만 아니라 사물들의 본성과도 반대되는 자신의 현명함을 내세우려 하고, 그런 오만함에서 벌써 많은 불행이 일어났고 좋은 일은 전혀 일어나지 않았습니다. 자연적인 것 중에서 반대되는 충고나 간섭을 가장

---

64 산 파올로San Paolo 성당은 피렌체 시내에 있는 성당이다.

덜 받아들이는 것이 사랑이며, 사랑의 본성은 어떤 조치를 통해 없어지기보다 그 자체로 소진되기 때문에, 여러분에게 어느 여인의 이야기를 해주고 싶은 생각이 제 마음속에 떠올랐습니다. 그녀는 현명하지 않은데도 자신에게 합당한 것보다 더 현명해지려고 노력했고, 게다가 허용되지 않는 것에도 자신의 현명함을 보여 주려고 했으니, 아마 별들이 집어넣었을 사랑을 사랑에 빠진 마음에서 없앨 수 있다고 믿었다가 자기 아들의 몸에서 사랑과 영혼을 동시에 쫓아내게 되었습니다.

그러니까 옛날 사람들이 이야기하는 바에 의하면 우리 도시에 매우 부자 상인이 살았습니다. 이름이 레오나르도 시기에리인 그는 아내에게서 지롤라모라는 아들을 두었는데, 아들이 태어난 뒤 자기 사업을 정리하고 이 세상을 떠났습니다. 아이의 후견인들은 어머니와 함께 그의 재산을 충실하게 잘 관리했습니다. 아이는 다른 이웃 아이들과 함께 성장하면서 근처의 다른 누구보다 재단사의 딸로 같은 나이의 소녀와 친밀해졌습니다. 그리고 점차 나이가 들면서 친밀함은 크고 강렬한 사랑으로 바뀌었고, 지롤라모는 그녀를 보지 못하면 편안하지 않을 정도였고, 그녀도 사랑받는 것 못지않게 그를 사랑했습니다. 아이의 어머니는 그것을 알고 여러 번 꾸짖고 벌을 내리기도 했습니다. 그래도 지롤라모를 단념시킬 수 없자 후견인들과 함께 거기에 대해 상의했는데, 그녀는 아들의 큰 재산을 이용하면 자두를 오렌지로 바꿀 수 있다고 믿었기에 후견인들에게 말했습니다.

「우리 아이가 이제 겨우 열네 살인데, 살베스트라라는 이웃 재단사의 딸을 사랑하고 있어요. 그러니 우리가 먼저 떼어 놓지 않으면, 아마 언젠가 아무도 모르는 사이에 그녀를 아내로 맞이할 거예요. 그러면 이후로 나는 절대 행복하지 못하겠지요. 아니면 혹시 그 처녀가 다른 사람과 결혼하는 것을 보고 우리 아이가 병이 날지도 몰라요. 그러니 그것을 피하려면, 여러분이 우리 아이를 상점의 일로 여기에서 멀리 떨어진 곳으로 보내야 해요. 보는 것에서 멀어지면 그녀는 마음 밖으로 나갈 것이고, 그러면 나중에 신분이 좋은 다른 처녀를 아내로 맞이할 수 있을 거예요.」

후견인들은 여인의 말이 옳다고 하면서 가능한 한 그렇게 하겠다고 말했습니다. 그리고 아이를 상점으로 불렀고, 한 사람이 아주 상냥하게 말했어요.

「여보게,[65] 자네는 이제 많이 컸으니, 자네의 일을 직접 시작하는 편이 좋을 것이네. 그러니 한동안 파리에 가 머무르면서 자네 재산의 대부분이 어떻게 거래되는지 보면 좋겠네. 두말할 필요도 없이 그곳의 많은 영주들과 귀족들, 신사들을 보고 그들의 품행을 배우면, 여기 있는 것보다 훨씬 잘 지내고 점잖고 훌륭해질 것이네. 그런 다음 이곳으로 돌아오면 될 거야.」

지롤라모는 열심히 듣고 곧바로 대답했으니 전혀 그러고 싶지 않다는 것이었습니다. 다른 사람처럼 피렌체에서 잘 지

---

65 원문은 친근한 표현인 〈내 아들이여〉이다.

낼 수 있다고 믿기 때문이라고 말입니다. 후견인들은 그 말을 듣고 더 많은 말로 다시 시도해 보았지만, 다른 대답을 끌어낼 수 없었으므로 그의 어머니에게 말했습니다. 어머니는 무척 화가 나서 파리에 가지 않으려는 것에 대해서가 아니라 아들의 사랑에 대해 정말로 어리석은 일이라고 말했습니다. 그런 다음 부드러운 말로 달래면서 후견인들이 원하는 대로 하면 좋겠다고 달콤하게 유혹하고 좋은 말로 부탁하기 시작하였으니, 그는 가서 딱 1년만 머무르고 그 이상은 안 된다고 동의했습니다.

그리하여 열렬히 사랑에 빠진 지롤라모는 파리로 갔고, 거짓 약속에 이끌려 거기에서 2년 동안 붙잡혀 있었습니다. 그리고 전보다 더 사랑에 빠져 돌아왔는데, 살베스트라가 천막을 제조하는 착한 청년과 결혼한 것을 발견하고 말할 수 없이 괴로웠습니다. 하지만 달리 어떻게 할 수도 없었기에 체념하려고 노력했습니다. 그리고 그녀의 집이 있는 곳을 염탐했고, 사랑에 빠진 청년들이 그러듯이 집 앞으로 지나가기 시작했습니다. 자기가 그녀를 잊지 않은 것처럼 그녀도 자기를 잊지 않았으리라고 믿었던 것입니다.

하지만 상황은 달랐으니, 그녀는 전혀 본 적 없는 사람처럼 그를 기억하지 못했습니다. 조금은 기억하는지 몰라도, 정반대처럼 보였습니다. 지롤라모는 그것을 곧바로 깨닫고 무척이나 괴로웠지만, 그래도 그녀의 마음속으로 다시 들어갈 수 있도록 온갖 노력을 했습니다. 하지만 아무런 효과가 없는 것처럼 보이자 죽더라도 그녀에게 직접 말하려고 결심했습니다.

그리고 이웃 사람에게서 그녀의 집이 어떻게 배치되어 있는지 알아본 다음 어느 날 밤 그녀와 남편이 이웃 사람들과 함께 놀러 나갔을 때 몰래 안으로 들어갔고, 그녀의 침실에 펼쳐져 있던 천막용 천 뒤에 숨었습니다. 한참 기다리니 그들은 돌아와 침대로 갔고, 그녀의 남편이 잠들자 지롤라모는 살베스트라가 자러 들어간 곳으로 다가가 그녀의 가슴에 손을 대고 조용히 말했습니다.

「오, 내 영혼이여, 벌써 자요?」

자고 있지 않던 살베스트라는 소리치려고 했지만, 지롤라모가 재빨리 말했습니다.

「제발 소리치지 말아요. 나는 그대의 지롤라모니까요.」

그 말을 듣고 그녀는 떨면서 말했어요.

「세상에! 제발, 지롤라모, 어서 가요. 우리가 어렸을 때 서로 사랑한다고 말했던 시절은 지나갔어요. 당신이 보다시피 나는 결혼했어요. 그러니 남편 외에 다른 남자를 만나는 것은 좋지 않아요. 그래서 부탁하니, 제발 가세요. 만약 남편이 들으면, 다른 나쁜 일이 일어나지 않더라도, 분명히 그이와 저는 이후로 절대 편안하게 잘 지낼 수 없을 거예요. 지금 나는 그이의 사랑을 받으며 평온하게 잘 지내고 있으니까요.」

지롤라모는 그 말을 듣고 엄청난 고통을 느꼈고, 그녀에게 지나간 시간과 멀리 떨어져 있었어도 줄어들지 않은 자신의 사랑을 상기시켰으며, 많은 애원과 아주 큰 약속을 뒤섞어 제시했으나 아무 소용이 없었습니다. 그래서 그는 죽고 싶었

고, 마지막으로 그 대단한 사랑에 대한 보상으로 자신이 그
녀 옆에 잠시 누워 있도록 허락해 달라고 부탁했습니다. 그
녀를 기다리느라 차갑게 얼어붙었으므로 몸을 약간 따뜻하
게 할 수 있도록 말입니다. 그리고 아무 말도 하지 않고 그녀
를 건드리지도 않겠으며, 몸이 약간 따뜻해지면 가겠다고 약
속했습니다. 살베스트라는 그에 대한 약간의 연민이 있었기
에 그가 제시한 조건을 허락했어요. 그리하여 지롤라모는 그
녀 옆에 누워 전혀 건드리지 않았습니다. 그리고 그녀에게
품은 오랜 사랑과 현재 그녀의 냉정함과 사라진 희망을 하나
의 생각으로 집중했고, 모든 생명력을 스스로 억누르면서 조
금도 움직이지 않고 주먹을 움켜쥐고 그녀 옆에서 죽었습니
다. 얼마 후 살베스트라는 그의 태도에 놀라 남편이 깰까 걱
정하면서 말했습니다.

「세상에! 지롤라모, 왜 가지 않는 거예요?」

하지만 대답이 없자 그가 잠들었다고 생각했습니다. 그래
서 깨우기 위해 손을 뻗어 더듬기 시작했는데, 그를 건드리
자 얼음처럼 차가운 것을 발견했기에 깜짝 놀랐습니다. 그리
고 더 세게 흔들었으나 움직이지 않자 여러 번 만져 본 뒤에
그가 죽었다는 것을 알았습니다. 그래서 무척이나 괴로웠고,
한동안 어쩔 줄 몰랐습니다. 마침내 그녀는 다른 사람의 일
인 척 어떻게 하면 좋을지 남편에게 물어보려고 결심했습니
다. 그리고 남편을 깨워 자신에게 일어난 일을 마치 다른 사
람에게 일어난 것처럼 말했고, 그런 다음 만약 그런 일이 자
신에게 일어나면 어떻게 조치하겠냐고 물었습니다. 착한 남

편은 죽은 남자를 조용히 그의 집으로 갖다 놓을 것이며, 여자는 아무 잘못도 없는 것 같으니까 그녀에게 아무 원한도 갖지 않을 것이라고 말했습니다. 그러자 살베스트라는 말했어요.

「그러면 우리가 그렇게 해야겠어요.」

그리고 남편의 손을 잡아 죽은 청년을 만지게 했습니다. 남편은 깜짝 놀라 일어나 불을 켰고, 아내와 다른 말을 하지 않고 죽은 시신에 옷을 다시 입혔고, 자기는 죄가 없다는 생각에 용기를 내 곧바로 어깨에 메고 그의 집 앞으로 가서 내려놓았습니다.

날이 밝고 문 앞에서 죽어 있는 그를 본 사람들로 큰 소동이 일어났습니다. 특히 그의 어머니가 그랬지요. 그리고 온몸을 살펴보고 조사했지만 어떤 상처나 맞은 흔적이 없었기에, 의사들을 통해 그가 실제로 그랬듯이 고통 때문에 죽었다고 믿게 되었습니다. 그리하여 시신은 성당으로 운반되었고, 거기에서 괴로운 어머니는 많은 친척과 이웃 여인과 함께 우리의 풍습대로 한없이 눈물을 흘리고 울면서 애도하였습니다. 그 커다란 애도가 이루어지는 동안, 그가 실제로 죽은 집의 착한 남자는 살베스트라에게 말했습니다.

「세상에! 당신도 망토를 둘러쓰고, 지롤라모가 운반된 성당으로 가요. 그리고 여자들 사이에 섞여 그 일에 대해 뭐라고 하는지 들어 봐요. 나는 남자들 사이에서 그렇게 할 테니까 말이오. 혹시 우리에 대해 말하는지 들어 봅시다.」

뒤늦게 연민에 젖은 그녀는 기뻤습니다. 살았을 때 단 한 번이라도 입맞춤으로 즐겁게 해주지 못한 그의 죽은 모습이라도 보고 싶었으니까요. 그래서 성당으로 갔어요.

아모르의 힘을 탐색하기란 얼마나 힘든지 생각만 해도 놀랍습니다! 지롤라모의 즐거운 운명이 열 수 없었던 마음을 슬픈 운명이 열어 주었으니, 죽은 얼굴을 보자 그녀의 옛날 불꽃이 순식간에 완전히 되살아나 큰 연민으로 바뀌었습니다. 망토를 뒤집어쓰고 여자들 사이에 있던 그녀는 멈추지 않고 시신 옆으로 다가갔어요. 그리고 커다란 비명을 지르면서 죽은 청년의 얼굴 위로 몸을 던졌지만, 그 얼굴을 많은 눈물로 적시지 못했으니, 얼굴에 닿기도 전에 고통이 지롤라모의 생명을 빼앗았듯이 그녀의 생명을 빼앗았기 때문입니다. 여자들은 그녀를 위로하면서 일어나라고 말했는데도, 그녀가 알아차리지 못하고 일어나지도 않고 꼼짝하지 않는 것을 보고 일으켜 세우려다가 그녀가 살베스트라이며 죽었다는 것을 동시에 발견했습니다. 그래서 거기에 있던 모든 여자는 이중의 연민에 사로잡혀 다시 큰 눈물을 흘리기 시작했습니다.

그 소식은 성당 밖에 있던 남자들 사이에도 퍼졌고, 그들 사이에 있던 남편의 귀에도 들어갔으니, 그는 누구의 위로나 위안도 듣지 않고 오랫동안 울었습니다. 그런 다음 거기 있던 남자들에게 어젯밤 그 청년과 아내에게 있었던 일을 이야기했고, 그래서 모두 둘이 죽은 이유를 명백하게 알고 슬퍼했습니다. 그리하여 죽은 살베스트라를 시신에 어울리는 방식으로 장식한 다음 같은 침대에 지롤라모 옆에 눕히고 오랫동안 애도하였고, 두 사람 모두 하나의 무덤에 묻어 주었습니다. 살았을 때 아모르가 결합하지 못했던 그들을 죽음이 떼어 놓을 수 없는 동반자로서 결합해 주었던 것입니다.]


## 아홉째 이야기

굴리엘모 로실리오네 씨는 자기 아내가 사랑한
굴리엘모 과르다스타뇨 씨를 죽이고 그의 심장을 아내에게 먹게 한다.
나중에 그런 사실을 안 아내는 높은 창문에서 몸을 던져 죽고,
자기 연인과 함께 묻힌다.


네이필레의 이야기가 모든 동료에게 큰 연민을 불러일으키며 끝나자, 왕은 디오네오의 특권을 깨뜨리고 싶지 않은데 다른 이야기할 사람이 없었으므로 자기가 이야기하기 시작했습니다.

[연민에 젖은 여인들이여, 사랑의 불행한 사건에 이렇게 괴로워하는데, 조금 전 제 머릿속에 떠오른 이야기는 앞의 이야기 못지않게 여러분의 연민을 불러일으킬 것입니다. 제가 이야기할 사건의 사람들은 신분이 더 높고, 앞 이야기들보다 더 가혹한 사건이기 때문입니다.

그러니까 프로방스 사람들이 이야기하는 바에 의하면 옛날 프로방스에 두 귀족 기사가 살았다고 합니다. 한 명은 굴리엘모 로실리오네[66] 씨였고, 다른 한 명은 굴리엘모 과르다스타뇨[67] 씨로 각자 여러 성과 신하를 갖고 있었습니다. 두 사

람 모두 무술에 뛰어났으므로 서로 무척 좋아했고 모든 마상
경기나 창 시합 등 다른 무술 시합에 똑같은 복장으로 함께
참석하곤 했습니다. 각자 자기 성에서 살고 서로 10마일 정
도 떨어져 있었는데도, 굴리엘모 로실리오네 씨가 매우 아름
답고 우아한 여인을 아내로 데리고 있었기 때문에, 굴리엘모
과르다스타뇨 씨는 자기들 사이의 우정과 동료애에도 불구
하고 한없이 그녀를 사랑했으니, 이런저런 행동을 통하여 그
녀도 그런 사실을 깨닫게 되었습니다. 그녀는 그를 용감한
기사로 알고 있었기에 마음에 들었고, 그래서 그를 사랑하게
되었으니, 그 외에 다른 것은 전혀 원하거나 사랑하지 않고
그의 사랑을 받는 것만 기대할 정도였습니다. 그리하여 오래
지나지 않아 두 사람은 여러 번 함께 만나고 서로 열렬히 사
랑하게 되었습니다.

그런데 서로 신중하지 않았는지 남편은 눈치를 챘고 엄청

---

66 루시용(이탈리아어 이름은 로실리오네)에 대해서는 셋째 날 아홉째
이야기 주석 75 참조. 이 이야기에서는 마치 성(姓)처럼 부르고 있고, 다른
등장인물과 이름이 같아 혼동할 수 있으므로 〈굴리엘모 로실리오네〉로 옮긴
다. 그는 실존 인물로 원래 이름은 굴리엘모Guglielmo(카탈루냐어 이름은
기옘Guillem)가 아니라 라이몬도Raimondo(카탈루냐어 이름은 라이몬
Raimon)이며, 1209년경에 죽은 것으로 알려져 있다.

67 과르다스타뇨Guardastagno(카탈루냐어 이름은 카베스타니Cabestany)
는 루시용 지방에 속하는 지명으로 마찬가지로 여기에서는 성처럼 부르고
있다. 굴리엘모 과르다스타뇨(카탈루냐어 이름은 기옘 데 카베스타니
Guillem de Cabestany, 1162~1212)는 실존 인물로 카탈루냐어 음유 시인
이었으며, 로실리오네의 친구가 아니라 신하였을 것으로 추정된다. 전설에
의하면 그는 굴리엘모 로실리오네의 아내 세레몬다Seremonda(또는 소레몬
다Soremonda)를 사랑하였다가 비극적인 최후를 맞이하였다.

나게 격분했으니, 과르다스타뇨에게 갖고 있던 큰 애정이 치명적인 증오로 바뀌었습니다. 그러나 증오를 잘 감추었으므로 두 연인은 자신들의 사랑을 억제할 줄 몰랐고, 로실리오네는 그를 확실히 죽이려고 결심했습니다. 그렇게 작정하고 있는 동안 대규모 마상 창 시합이 프랑스에 공포되었고, 로실리오네는 곧바로 사람을 보내 과르다스타뇨에게 알리면서 만약 좋다면 자신에게 와서 어떻게 그곳에 갈지 함께 논의하자고 전하게 했습니다. 과르다스타뇨는 기뻐하며 다음 날 틀림없이 그와 함께 저녁 식사를 하러 갈 것이라고 대답했습니다.

로실리오네는 그 말을 듣고 그를 죽일 좋은 기회가 왔다고 생각하였고, 다음 날 무장하고 몇몇 하인과 함께 말에 올라탔고, 자기 성에서 대략 1마일 정도 떨어진 숲속에서 분명히 과르다스타뇨가 지나갈 곳에 매복했습니다. 그리고 한참 기다리니 그에 대해 전혀 의심하지 않았으므로 무장하지 않은 과르다스타뇨가 역시 무장하지 않은 하인 두 명과 함께 오는 것을 보았습니다. 그리고 그가 원하는 곳에 도착한 것을 보자 로실리오네는 격분하고 악의에 넘쳐 손에 창을 들고 공격하면서 외쳤습니다.

「배신자, 너는 이제 죽었다!」

그 말과 그의 가슴에 창을 찌르는 행동이 동시에 이루어졌습니다. 과르다스타뇨는 어떤 방어도 하지 못하고 한마디 말도 하지 못한 채 창에 찔려 쓰러졌고 곧이어 죽었습니다. 그의 하인들은 누가 그렇게 했는지도 모르고 말 머리를 돌려 가능한 한 빨리 주인의 성으로 달아났습니다. 로실리오네는 말에서 내려 칼로 과르다스타뇨의 가슴을 열고 자기 손으로 심장을 꺼냈고, 창의 깃발[68]에 싸서 하인 중 한 명에게 가져 가라고 명령하였습니다. 그리고 모두에게 그 일에 대해 절대 로 말하지 말라고 명령한 다음 말에 올라탔고, 벌써 밤이 되 었기에 자기 성으로 돌아갔습니다. 과르다스타뇨가 저녁에 식사하러 온다는 말을 들은 부인은 큰 기대와 함께 기다렸으 나 그가 오지 않는 것을 보고 놀라서 남편에게 말했습니다.

「나리, 어떤 일로 과르다스타뇨 씨는 안 왔나요?」

그러자 남편은 대답했어요.

「부인, 그가 내일까지 여기 올 수 없다는 전갈을 받았소.」

그 말에 부인은 약간 당황했습니다. 로실리오네는 말에서 내려 요리사를 불러 말했습니다.

「저 멧돼지 심장을 받아서 네가 아는 가장 훌륭하고 먹기 좋은 요리를 만들어라. 그리고 내가 식탁에 앉으면 은쟁반에 담아서 가져오게 해라.」

요리사는 그것을 받아 자신의 모든 기술과 정성을 기울여 잘게 저미고 거기에다 향료를 듬뿍 넣어 너무나도 훌륭한 요 리를 만들었습니다. 시간이 되자 로실리오네는 부인과 함께 식탁에 앉았습니다. 음식이 나왔으나 그는 자기가 저지른 악 행이 마음에 걸려 별로 먹지 않았습니다. 요리사가 요리를 가 져오자, 그는 부인 앞에다 놓게 하였고, 자기는 그날 저녁 식 욕이 없는 척하면서 그 요리를 많이 칭찬했습니다. 식욕이 없

---

68 창의 끝부분에 매다는 작은 깃발을 가리킨다.

지 않았던 부인은 먹기 시작했고, 요리가 맛있어 모두 먹었습니다. 로실리오네는 부인이 다 먹은 것을 보고 말했습니다.

「부인, 이 요리가 어땠소?」

부인은 대답했어요.

「나리, 진심으로 훌륭했어요.」

그는 말했습니다.

「그렇게 하느님께서 나를 도와주시는군. 그러리라 믿고 있었지만, 살았을 때 당신이 다른 무엇보다 좋아한 것이 죽어서도 좋다니 놀랍지 않소.」

그 말을 듣고 부인은 잠시 있다가 말했습니다.

「뭐라고요? 내가 먹게 한 것이 뭐예요?」

로실리오네는 대답했어요.

「당신이 먹은 것은 사실 굴리엘로 과르다스타뇨 씨의 심장이었소. 당신이 부정한 여자로서 너무나 사랑했던 것이오. 내가 이 손으로 그의 가슴에서 꺼냈으니까 그의 심장이 분명하오.」

부인은 자기가 먹은 것이 다른 무엇보다 사랑하던 사람의 심장이라는 말을 듣고 너무나 고통스러워 질문도 하지 못하다가 잠시 후에 말했습니다.

「당신은 신의 없고 사악한 기사나 하는 일을 했어요. 그이는 나에게 강요하지 않았고, 내가 그이를 내 사랑의 주인으로 삼았는데, 당신이 이런 모욕을 가한다면, 그이가 아닌 내가 그런 벌을 받았어야 하니까요. 하지만 하느님께 바라옵건대, 굴리엘모 과르다스타뇨 씨같이 상냥하고 용감한 기사의 심장 요리처럼 고귀한 요리 위로 다른 어떤 음식도 절대 지나가지 않게 해주소서.」[69]

　그리고 일어나서 뒤에 있던 창문으로 전혀 주저하지 않고 몸을 던졌습니다. 창문은 땅에서 매우 높았고, 따라서 떨어진 부인은 죽었을 뿐 아니라 거의 완전히 부서졌습니다.[70] 그것을 본 굴리엘모 로실리오네 씨는 깜짝 놀랐고, 큰 죄를 저지른 것 같았기에 지역 사람들과 프로방스 백작이 두려워 말에 안장을 얹고 달아났습니다. 이튿날 아침 어떤 일이 일어났는지 지역 전체에 알려졌습니다. 그래서 굴리엘모 과르다스타뇨 씨의 성에 사는 사람들과 부인의 성에 사는 사람들의 커다란 슬픔과 애도 속에 두 사람의 시신이 수습되어 부인의 성에 있는 성당의 같은 무덤에 묻혔고, 무덤 위에는 안에 묻힌 사람들이 누구였고, 어떤 이유로 어떻게 죽었는지 표현하는 시구들이 적혀 있답니다.]


## 열째 이야기

　어느 의사의 아내가 마취된 자기 연인을 죽었다고 생각하여
　궤짝 안에 넣는데, 돈놀이꾼 두 사람이 그 궤짝을 그대로 집으로
　가져간다. 연인은 깨어나고 도둑으로 잡힌다. 의사 아내의 하녀는

69 이제 다른 음식을 먹지 않게 해달라는 뜻이다.
70 그러나 실제로는 로실리오네의 아내 세레몬다가 남편보다 더 오래 살았다고 한다.

돈놀이꾼들이 훔친 궤짝 안에 자기가 남자를 넣었다고
시뇨리아에서 이야기한다. 그리하여 연인은 교수형에서 살아남고,
돈놀이꾼들은 궤짝을 훔친 죄로 벌금형을 받는다.


왕이 자기 이야기를 마쳤으므로 단지 디오네오만 남았고, 그것을 이미 알고 있던 그는 왕의 명령을 받았기에 이렇게 시작했습니다.

[지금까지 이야기한 불행한 사랑의 비참한 결과는, 여인들이여, 단지 여러분뿐만 아니라 저의 눈과 가슴도 슬프게 만들었고, 따라서 저는 이야기가 빨리 끝나기를 정말로 원했습니다. 이제 끝났으니, 하느님, 찬양받으소서. 다만 제가 이 사악한 이야기들[71]에다 또 나쁜 것을 덧붙이고 싶지 않더라도, 하느님께서는 저를 돌보아 주십시오. 그러니 이제 더 이상 그렇게 괴로운 주제를 뒤따르지 않고 조금 더 즐겁고 나은 주제에서 시작하여 가능하면 내일 이야기해야 하는 것에 좋은 징조를 제공하고 싶습니다.

아름다운 청년들이여, 아직 오래전이 아니었을 때, 살레르노에 마체오 델라 몬타냐[72] 선생이라는 아주 위대한 외과 의사가 살았다는 것을 알아야 합니다. 그는 마지막 노년에 가까웠을 때 자기 도시의 아름다운 귀족 처녀를 아내로 맞이하

71 원문은 〈derrata〉, 즉 〈식료품〉, 〈상품〉이다.
72 여기에서 등장하는 마체오 델라 몬타냐Mazzeo della Montagna는 아마 마테오 실바티코Matteo Silvatico(1285~1342)를 가리키는 것으로 짐작된다. 그는 1317년 집필하여 나폴리 왕 로베르토 단조에게 헌정한 『의학 백과사전Opus Pandectarum Medicinae』의 저자로 알려져 있다.

여 다른 여자보다 화려하고 고상한 옷과 보석과 여자들이 좋아할 모든 것으로 치장하게 해주었습니다. 하지만 실제로 그녀는 시간을 대부분 춥게 보냈으니, 침대에서 선생이 덮어주지 않았기 때문이지요.[73] 앞에서 우리가 이야기한[74] 리차르도 디 킨치카 씨가 아내에게 축일들과 단식일들을 가르친 것처럼, 그 의사도 아내에게 여자와 잠자리를 한 번 하고 나면 회복하는 데 며칠이 걸리는지 모른다는 둥 그와 비슷한 잡담을 늘어놓았습니다. 그러므로 그녀는 최악으로 불만족하며 살았으나 현명하고 용감한 정신의 소유자였기에, 집에 있는 것을 아끼고 길거리로 몸을 던져 다른 사람의 것을 닳아 없어지게 사용하려고 결심했습니다. 그래서 여러 청년을 살펴본 끝에 그중 한 명이 마음에 들었으므로, 그에게 모든 희망과 모든 마음과 정성을 기울였습니다.

청년도 그것을 눈치채고 무척 마음에 들었으므로 마찬가지로 그녀에게 자신의 모든 사랑을 기울였습니다. 그의 이름은 루제리 다이에롤리였는데, 귀족 출신이지만 방탕하고 비난받을 생활을 했기 때문에, 친척이나 친구는 그를 만나려고 하거나 좋아하지 않고 떠났으며, 도둑질이나 다른 비열한 악행으로 살레르노 전체에 악명이 높았습니다. 그런 것에 부인은 별로 신경을 쓰지 않았으니, 다른 것을 위해 그를 좋아했기 때문이지요. 그래서 하녀 한 명을 잘 활용하여 둘이 함께 만났습니다. 그리하여 한동안 즐거움을 누린 다음 부인은 그

73 성적인 은유가 담긴 표현이다.
74 둘째 날 열째 이야기 참조.

의 과거 생활을 비난하면서 자신의 사랑을 위하여 그런 짓을 그만두라고 부탁하기 시작했고, 때로는 약간의 돈으로 도와 주기 시작했습니다.

그런 식으로 함께 매우 신중하게 관계를 지속하고 있었는데, 의사 선생이 한쪽 다리가 썩은 환자를 진료하게 되었습니다. 의사는 그런 병을 본 적 있었기에 그의 가족에게 말했습니다. 만약 다리 안의 썩은 뼈를 제거하지 않으면, 분명히 다리를 잘라 내야 하거나 아니면 죽을 것이라고 했어요. 또 뼈를 제거하면 나을 수도 있겠지만 그렇다고 해서 죽지 않는다고 보장할 수는 없다고 했고, 그래서 가족들[75]은 동의했고 그가 죽은 것으로 간주하고 의사에게 맡겼습니다. 의사는 환자가 마취되지 않으면 통증을 견디지 못할 것이며 치료할 수 없으리라는 것을 알고 있었으므로, 저녁 무렵에 수술할 수 있도록 오전에 특정하게 조합한 물약을 증류했습니다. 그 물약을 마시면 수술하는 데 걸릴 것이라고 예상한 시간 동안 잠을 자게 될 것이었습니다. 그리고 그렇게 만든 물약을 집으로 가져와 침실의 작은 창문 옆에 두고 그것이 무엇인지 누구에게도 말하지 않았습니다.

저녁 시간이 되어 의사 선생이 환자에게 가야 했는데, 아말피의 매우 중요한 친구들로부터 전령이 왔습니다. 거기에서 큰 싸움이 일어나서 많은 사람이 부상했기 때문에 어떤 일이 있어도 곧바로 와 달라는 것이었습니다. 의사는 다리

75 원문은 〈그가 속한 사람들〉이다.

수술을 다음 날 아침으로 연기하고 작은 배에 올라 아말피로 갔습니다. 그러자 부인은 남편이 밤에 집으로 돌아오지 않으리라는 것을 알고 평소에 그랬듯이 몰래 루제리를 불러 침실로 들어가게 한 다음, 집안의 다른 사람들이 잠들 때까지 침실 안에 있게 하고 문을 잠갔습니다.

그리하여 루제리는 침실 안에서 부인을 기다리면서 낮에 힘들게 일했기 때문인지, 아니면 짠 음식을 먹었기 때문인지, 아니면 혹시 습관적으로 심한 갈증을 느꼈기 때문인지, 의사가 환자를 위하여 제조한 물약 병을 창문 옆에서 보고는 마실 물이라고 생각하여 입에 대고 모두 마셨습니다. 그리고 얼마 지나지 않아 대단한 졸음에 사로잡혀 잠들고 말았습니다. 부인은 가능한 한 빨리 침실로 돌아왔는데, 잠에 빠진 루제리를 발견하고 흔들면서 나지막한 목소리로 일어나라고 말하기 시작했지만, 아무 소용이 없었습니다. 그는 대답도 하지 않고 전혀 움직이지도 않았습니다. 그래서 부인은 약간 짜증이 나서 더 세게 밀치면서 말했습니다.

「일어나요, 잠꾸러기. 자고 싶으면, 여기 오지 말고 당신 집으로 가야지요.」

그렇게 밀치자 루제리는 잠들어 있던 궤짝 위에서 바닥으로 떨어졌고, 죽은 시신처럼 눈을 뜨지도 않고 감각도 없는 것 같았습니다. 그러자 부인은 약간 놀랐고, 일으켜 세우려고 더 세게 흔들고 코를 비틀고 수염을 잡아당겨 보았지만 모두 소용없었으니, 그는 깊이 잠들어 있었습니다.[76] 부인은 혹시 죽지 않았을까 두려워지기 시작했고, 그래도 다시 살을 세게 꼬집고 촛불을 뜨겁게 갖다 대도 아무 소용이 없었습니다. 그래서 남편은 의사지만 그녀는 의사가 아니었기에 그가 분명히 죽었다고 믿었고, 누구보다 그를 사랑했기에 말할 수 없이 괴로웠습니다. 그리고 감히 소란을 피우고 싶지 않아서 그런 불행에 대해 소리 없이 눈물을 흘리고 애통해하기 시작했습니다.

하지만 얼마 후 부인은 자신의 불행에 부끄러움을 덧붙일까 두려워 곧바로 죽은 그를 집 밖으로 끌어낼 방법을 찾으려고 생각했는데, 달리 조언을 구할 수 없었기에 몰래 하녀를 불러 불행한 일을 설명한 다음 충고를 구했습니다. 하녀는 깜짝 놀라 자신도 그를 잡아당기고 꼬집어 보아도 아무런 반응이 없는 것을 보고 부인이 말한 대로, 그러니까 정말로 그가 죽었다고 말했고 집 밖으로 내놓아야 한다고 충고했습니다. 그러자 부인이 말했어요.

「그런데 어디에다 내놓지? 내일 아침 발견되면 이 집에서 나왔다고 의심하지 않을까?」

그러자 하녀가 대답했습니다.

「부인, 오늘 저녁 늦은 시간에 우리 이웃 목수의 공방 앞에서 너무 크지 않은 궤짝을 보았어요. 만약 목수가 안으로 들여놓지 않았다면 우리 일에 적합할 거예요. 그 안에다 넣고 칼로 두세 번 찌르고 놔두면 될 테니까요. 그를 발견하는 사람은 이 집이 아닌 다른 곳에서 그를 그 안에다 넣었다고 믿

---

76 원문은 〈그는 당나귀를 멋진 말뚝에 묶어 두었다〉인데, 깊이 잠들었다는 뜻의 속담이다.

을 겁니다. 그는 나쁜 청년이었기 때문에 어떤 나쁜 짓을 하러 가다가 자기 적에게 살해된 다음 궤짝 안에 넣어졌다고 사람들은 믿을 거예요.」

부인은 하녀의 충고가 마음에 들었습니다. 다만 그에게 상처를 내는 것은 반대하면서, 세상에 어떤 일이 있어도 그렇게 하고 싶지는 않다고 말했습니다. 그리고 하녀를 보내 궤짝이 그 자리에 있는지 보게 했고, 하녀는 돌아와 그렇다고 말했습니다. 그리하여 젊고 튼튼했던 하녀는 부인의 도움을 받아 루제리를 어깨 위에 짊어졌고, 부인이 앞장서서 사람이 오는지 보면서 궤짝으로 갔고, 안에다 그를 넣고 뚜껑을 다시 닫은 다음 그대로 놔두었습니다.

그런데 며칠 전 이자를 받고 돈을 빌려주는 두 청년이 어느 집에 와서 살게 되었습니다. 그들은 많이 벌고 적게 쓰려는 의욕이 강한 데다 가재도구가 필요했는데 전날 그 궤짝을 보았고, 그래서 만약 밤에도 있으면 집으로 가져가기로 함께 결정했습니다. 자정이 되자 집에서 나온 그들은 궤짝을 보고 달리 살펴보지 않고 약간 무거웠지만 곧바로 집으로 가져갔고, 자기 여자들이 자는 침실 옆에 놓고 당시에는 제대로 정돈할 생각도 하지 않고 그대로 놔둔 채 잠자러 갔습니다.

루제리는 아주 오랫동안 잤고 물약을 이미 소화하여 약효도 사라졌기에 새벽 무렵 잠이 깼습니다. 잠이 깨고 감각들이 기능을 회복하였지만, 그래도 두뇌에는 몽롱함이 남아 있었는데, 그 몽롱함은 단지 그날 밤뿐만 아니라 이후 며칠 동안이나 그를 멍하게 만들었습니다. 그는 눈을 떠도 아무것도 보이지 않자 손을 이리저리 뻗어 보았지만, 궤짝 안에 있었기에 분별력을 잃고 혼자 생각하기 시작했습니다.

〈이게 뭐야? 나는 어디에 있지? 내가 자고 있는 거야, 아니면 깨어 있는 거야? 내 여인의 침실에 간 것으로 기억하는데, 지금은 궤짝 안에 있는 것 같아. 왜 이렇게 되었지? 의사가 돌아왔거나 아니면 다른 사고가 난 걸까? 그래서 내가 잠들어 있으니까 부인이 이 안에 숨긴 걸까? 그런 것 같아. 분명히 그랬을 거야.〉

그래서 조용히 있으면서 어떤 소리가 들릴까 귀를 기울였습니다. 그렇게 한참 있었는데, 작은 궤짝 안에 있어 불편했고 누워 있는 쪽 옆구리가 아파 다른 쪽으로 돌아누우려고 하다가 허리가 궤짝 한쪽 옆에 부딪쳤습니다. 평평하지 않은 곳에 있던 궤짝은 기울어지더니 곧바로 넘어졌어요. 그리고 쓰러지면서 큰 소리가 났고, 그 소리에 옆에서 자고 있던 여자들이 깼고 무서웠는데, 두려움 때문에 조용히 있었습니다.

궤짝이 넘어지자 루제리는 무척 두려웠으나 넘어지면서 뚜껑이 열린 것을 깨닫고, 만약 다른 일이 없으면 안에 있기보다 밖으로 나가고 싶었습니다. 그런데 자기가 어디에 있는지 몰랐기에 이런저런 물건들 사이에서 더듬거리면서 나갈 수 있는 문이나 계단을 찾기 위하여 집 안을 돌아다니기 시작했습니다. 그 더듬거리는 소리를 듣고 깨어 있던 여자들이 말하기 시작했습니다.

「거기 누구요?」

루제리는 모르는 목소리였으므로 대답하지 않았습니다.

그러자 여자들은 두 청년을 부르기 시작했는데, 그들은 밤늦게까지 깨어 있다가 깊이 잠들어 소리를 전혀 듣지 못했습니다. 그러자 여자들은 더 무서워져서 일어났고, 창문으로 가서 외치기 시작했습니다.

「도둑이야, 도둑이야!」

그 소리에 가까운 여러 곳에서 누구는 지붕으로, 누구는 이쪽으로, 또 누구는 저쪽으로 달려와 집 안으로 들어갔고, 청년들도 그런 소동에 잠이 깨 일어났습니다. 그리고 거기 있던 루제리는 놀라서 거의 정신을 잃은 채 어느 쪽으로 달아나야 할지 모르고 있다가 붙잡혔고, 소음을 듣고 달려온 도시 통치자의 수비대원들 손에 넘겨졌습니다. 그리고 통치자 앞으로 끌려갔는데, 모든 사람으로부터 나쁜 사람으로 여겨졌기 때문에 곧바로 고문을 받았고, 돈놀이꾼들의 집에 훔치러 들어갔다고 자백했습니다. 그래서 통치자는 오래 끌지 않고 목을 매달게 해야겠다고 생각했습니다.

루제리가 돈놀이꾼들의 집에서 도둑질하다가 체포되었다는 소식은 아침에 살레르노 전체에 퍼졌습니다. 부인과 하녀는 그 소식을 듣고 얼마나 새롭게 놀랐는지 지난밤 자신들이 한 일은 실제가 아니라 꿈꾼 것이라고 믿을 지경이었습니다. 게다가 루제리가 처한 위험에 부인은 너무 고통스러워 거의 미칠 지경이었습니다.

셋째 시간 절반 가까이가 되었을 때,[77] 의사가 아말피에서

---

77 성무일도에 따른 셋째 시간은 아침 9시이므로 7시 30분경이다.

돌아와 자기 환자를 수술하기 위해서 물약을 가져오게 했습니다. 그런데 약병이 비어 있는 것을 발견하고 집 안에 아무것도 제자리에 그대로 있지 않다고 말하면서 큰 소동을 벌였습니다. 다른 고통 때문에 짜증이 나 있던 부인은 화가 나서 말했습니다.

「여보,[78] 무슨 일로 작은 물병 하나가 비었다고 그렇게 소동을 벌여요? 세상에 다른 물병은 없어요?」

그러자 의사는 말했어요.

「부인, 당신은 그게 순수한 물이었다고 생각하는데, 그렇지 않아요. 잠자게 하려고 만든 물약이에요.」

그리고 어떤 이유로 만들었는지 설명했어요. 그 말을 듣고 부인은 루제리가 물약을 마셨고 그래서 죽은 것처럼 보였다는 것을 깨닫고 말했습니다.

「여보, 그런 줄 몰랐어요. 그러니 다시 만들어요.」

의사는 다른 방법이 없었으므로 새로운 물약을 만들었습니다. 잠시 후 부인의 명령으로 사람들이 루제리에 대해 뭐라고 하는지 알아보려고 갔던 하녀가 돌아와 말했습니다.

「부인, 모든 사람이 루제리에 대해 나쁘게 말해요. 제가 듣기로 친구든 친척이든 그를 도와주려고 나서려는 사람이 아무도 없어요. 그러니 틀림없이 내일 재판관이 목매달게 할 것이라고 믿어요. 그 외에 새로운 것을 말씀드리고 싶어요. 루제리가 어떻게 돈놀이꾼들의 집에 가게 되었는지 제가 알

---

78 원문 〈maestro〉는 〈선생님〉으로 남편에 대한 존칭이다.

것 같은데 들어 보세요. 우리가 그를 집어넣은 궤짝을 앞에 내놓았던 목수를 잘 아시잖아요. 조금 전에 목수가 그 궤짝의 주인 같은 사람과 세상에서 제일 큰 말싸움을 벌였어요. 그 사람은 자기 궤짝의 돈을 요구하였고, 목수는 궤짝을 판 것이 아니라 밤에 도둑맞았다고 대답했어요. 그러자 그가 말했어요. 〈그렇지 않아요. 당신은 두 젊은 돈놀이꾼에게 팔았어요. 어젯밤 루제리가 붙잡히면서 내가 그들 집에서 궤짝을 보았을 때 그들이 나에게 그렇게 말했어요.〉 그러자 목수가 말하더군요. 〈그들이 거짓말하고 있는 거요. 나는 절대 그들에게 팔지 않았고, 어젯밤 그들이 훔쳐 간 것이오. 그들에게 가봅시다.〉 그리고 함께 돈놀이꾼들의 집으로 갔고, 저는 돌아왔어요. 이제 부인도 아시겠지만, 그렇게 루제리는 발견된 곳으로 옮겨졌다고 생각해요. 하지만 어떻게 되살아났는지 그건 모르겠어요.」

그러자 부인은 사건이 어떻게 되었는지 분명하게 이해하였고, 의사에게 들은 것을 하녀에게 말해 주면서 루제리를 살리게 도와달라고 부탁했어요. 원한다면 루제리도 살리고 동시에 자기 명예도 살릴 수 있다고 말입니다. 하녀는 말했습니다.

「부인, 방법을 가르쳐 주세요. 저는 기꺼이 모든 것을 하겠어요.」

부인은 서둘러야 하는 여인답게[79] 곧바로 해야 할 일을 결

---

79 원문은 〈si come colei alla quale stringevano i cintolini〉, 직역하면 〈허리띠가 조이는 여자처럼〉이다.

정하고 거기에 대해 조리 있게 하녀에게 설명했습니다. 하녀는 먼저 의사에게 갔고, 울면서 말하기 시작했습니다.

「나리, 제가 나리에게 큰 잘못을 저질렀는데 용서해 주십시오.」

의사는 말했습니다.

「무슨 잘못이냐?」

그러자 하녀는 눈물을 그치지 않으면서 말했습니다.

「나리, 루제리 다이에롤리라는 청년이 누군지 나리께서도 아시지요. 그 사람이 저를 좋아하였기에 저도 두려움과 사랑 속에 올해 그의 친구가 되었습니다. 그리고 엊저녁 나리께서 계시지 않는다는 것을 알고 저를 유혹하기에, 제가 나리 집의 제 침실에서 함께 자려고 데려왔어요. 그런데 그가 목마르다고 하는데, 거실에 계시는 부인께 들키지 않고 어디에서 물이나 포도주를 찾아보아야 할지 몰랐어요. 그래서 나리의 방에서 물이 든 작은 병을 본 것을 기억하고 달려가 가져와서 마시라고 주었어요. 그리고 물병은 그 자리에 다시 갖다 놓았어요. 그것 때문에 나리께서 집에서 크게 화를 내신 것을 알았어요. 분명히 제가 잘못했다고 고백합니다. 하지만 가끔 잘못을 저지르지 않는 사람이 누가 있겠습니까? 제가 그렇게 한 것이 무척 괴롭습니다. 그런데 그다음에 일어난 이런저런 일로 루제리는 목숨을 잃을 지경이 되었고, 그래서 최대한 나리께 간청하오니, 저를 용서해 주시고, 제가 할 수 있는 한 루제리를 도와주러 가도록 허락해 주십시오.」

의사는 하녀의 말을 듣고 크게 화를 냈고 놀리면서 말했습니다.

「너는 너 자신에게 스스로 벌을 주었구나. 어젯밤에 네 털가죽[80]을 잘 흔들어 줄 청년을 만난다고 믿었는데, 잠꾸러기를 만났으니까 말이다. 그러니까 가서 네 연인의 목숨이나 구하도록 해라. 그리고 앞으로는 절대 그 녀석을 집으로 데려오지 마라. 안 그러면 이번 일에 덧붙여서 대가를 치르게 할 테니까.」

하녀는 첫 번째 단계를 잘 성공한 것 같았기에 가능한 한 빨리 루제리가 잡혀 있는 감옥으로 갔고, 옥지기를 잘 구슬려서 루제리와 이야기할 수 있었습니다. 하녀는 그에게 만약 살아남고 싶다면 재판관에게 어떻게 대답해야 할지 알려 준 다음 곧바로 재판관 앞으로 갔습니다. 하녀는 젊고 튼튼하였기에, 재판관은 그녀의 말을 듣기 전에 하느님의 어린 여신자에게 갈고리를 한번 걸고 싶었고,[81] 그녀는 자기 말을 더 잘 듣도록 하려고 전혀 싫어하지 않았고, 그래서 방아 찧기[82]에서 일어나자 말했습니다.

「나리, 나리께서는 루제리 다이에롤리를 도둑으로 여기 잡아 두고 계시는데, 사실은 그렇지 않습니다.」

그리고 처음부터 끝까지 이야기했으니, 연인인 자기가 루제리를 의사의 집으로 데려갔고, 마취 물약을 모르고 그에게

80 원문은 〈pilliccion〉으로 〈모피〉, 〈털옷〉을 의미하는데, 여기에서는 여성의 성기를 암시한다.
81 원문을 직역하였는데 성행위를 암시하는 표현이다.
82 원문 〈macinio〉는 〈오랫동안 가루로 갈기〉, 〈빻기〉를 뜻하는데, 마찬가지로 성행위를 암시한다.

마시라고 주었고, 또 죽은 줄 알고 궤짝 안에 넣었다고 이야기했습니다. 그리고 이어서 목수와 궤짝 주인 사이에서 들은 것을 말했고, 그럼으로써 루제리가 어떻게 돈놀이꾼들의 집에 가게 되었는지 설명했습니다.

재판관은 그것이 사실인지 입증하기는 쉬운 일이라고 생각했고, 그래서 먼저 의사에게 물약에 대한 것이 사실인지 물었고, 그렇다는 것을 알았습니다. 이어서 목수와 궤짝 주인이었던 사람과 돈놀이꾼들에게 질문하고 많이 심문한 뒤에 돈놀이꾼들이 지난밤 궤짝을 훔쳐 자기들 집에 두었다는 것을 알았습니다. 마지막으로 루제리를 부르게 하여 전날 밤 어디에서 잤는지 물었습니다. 그는 어디에서 잤는지 잘 모르겠으나, 마체오 선생의 하녀와 함께 자려고 갔으며 그녀의 방에서 무척 목이 말라 물을 마신 것은 잘 기억한다고 했습니다. 하지만 나중에 돈놀이꾼들의 집에서 잠이 깼을 때 자신이 궤짝 안에 있었는데, 어떤 일이 있었는지 모른다고 했습니다. 재판관은 그런 말들을 듣고 무척 즐거워하면서 하녀와 루제리와 목수와 돈놀이꾼들에게 여러 번 다시 말하도록 했습니다.

마침내 루제리는 죄가 없다는 것을 알고 석방하였고, 돈놀이꾼들에게는 궤짝을 훔친 죄로 10온차[83]의 벌금형을 선고했습니다. 그런 판결에 루제리가 얼마나 좋아했는지는 물어볼 필요도 없습니다. 그리고 부인도 말할 수 없이 좋아했습

83 온차oncia는 당시 나폴리 왕국에서 통용되던 화폐로 대략 피오리노와 가치가 비슷하였다.

니다. 나중에 그와 함께, 그리고 그를 칼로 몇 번 찌르자고 했던 하녀와 함께 그 일에 대해 말하면서 여러 번 웃고 즐거워했으며, 그들의 사랑과 즐거움은 언제나 더 좋아지면서 계속되었답니다. 그런 일이 저에게도 일어나면 좋겠습니다만, 궤짝 안에는 들어가고 싶지 않습니다.]

앞의 이야기들이 우아한 여인들의 마음을 슬프게 하였다면, 디오네오의 이 마지막 이야기는 많이 웃게 하였습니다. 특히 재판관이 갈고리를 걸었다고 말했을 때 그랬으니, 다른 이야기들에 대한 동정심에서 회복될 수 있었습니다. 하지만 왕은 태양이 노란색으로 바뀌기 시작하며 자신의 통솔 시간이 끝났다는 것을 알고, 매우 상냥한 말로 자신이 한 것, 말하자면 연인들의 불행이라는 잔인한 주제를 이야기하도록 한 것에 대해 아름다운 여인들에게 사과했습니다. 사과한 다음 일어나더니 자기 머리에서 월계관을 벗었고, 여인들이 누구에게 씌워 줄까 기다리는 동안 상냥하게 피암메타의 황금빛 머리에 올려놓으면서 말했습니다.

「그대에게 이 월계관을 씌워 주니, 쓰라린 오늘 하루와는 다른 주제로 내일 하루 우리의 이 동료들을 잘 위로해 주시기를 바랍니다.」

피암메타의 황금빛 곱슬머리는 하얗고 섬세한 어깨 위로 길게 흘러내렸고, 동그스름한 얼굴은 새하얀 백합과 붉은 장미가 뒤섞인 빛깔로 빛났고, 두 눈은 송골매처럼 보였고,[84]

---

84 말하자면 검은색이었다는 뜻이다.

자그마한 입술은 두 개의 작은 루비 같았는데, 그녀는 미소를 지으면서 말했습니다.

「필로스트라토, 기꺼이 받겠습니다. 그리고 오늘 당신이 한 일을 더 잘 알도록, 저는 잔인하거나 불행한 어떤 사건 뒤에 연인에게 행복한 일이 일어나는 것에 대해 내일 이야기하도록 지금부터 모두 준비하기를 바라고 또 명령합니다.」

그 제안을 모두가 좋아했고, 피암메타는 집사를 불러 그와 함께 필요한 일들을 결정한 다음, 모든 동료가 앉은 자리에서 일어나 저녁 식사 시간까지 즐겁게 보내도록 허락했습니다.

그리하여 일부는 전혀 싫증 나지 않을 만큼 아름다운 정원으로 갔고, 일부는 정원 밖에서 방아를 찧고 있는 물레방아 쪽으로 갔고, 누구는 이쪽, 누구는 저쪽으로 가서 각자의 취향에 따라 다양한 즐거움을 찾으면서 저녁 식사 시간까지 지냈습니다. 저녁 식사 시간이 되자 평소처럼 모두 분수 주위에 모여 큰 즐거움과 함께 잘 접대받으면서 식사하였습니다. 그리고 식탁에서 일어나 으레 그러했듯이 춤과 노래를 시작했으니, 필로메나가 춤을 이끌었고, 여왕은 말했습니다.

「필로스트라토, 저는 선임자들에게서 벗어나고 싶지 않습니다. 그들이 했던 것처럼 제 명령으로 노래를 하나 불러 주면 좋겠습니다. 그리고 당신의 이야기들처럼 당신의 노래도 슬플 것이 분명하니, 오늘 외에 여러 날이 다시는 당신의 불행 때문에 혼란스러워지지 않도록, 오늘은 당신이 좋아하는 노래를 부르면 좋겠어요.」

필로스트라토는 기꺼이 그렇게 하겠다고 대답했고, 곧바로 이렇게 노래하기 시작했습니다.


아모르여, 믿고 있다가
배신당한 마음[85]이 얼마나 괴로운지
합당하게 울면서 보여 주겠소.


아모르여, 구원을 바라지도 못하고
한숨짓게 하는 그녀를 내 마음속에
처음 심어 주었을 때, 당신은
그녀를 덕성 가득한 모습으로 보여 주었기에,
고통스럽게 남아 있는 마음속에
당신 때문에 오게 될
모든 괴로움을 나는 가볍게 생각했지만,
이제는 내 실수를 잘 아니
고통이 없지 않다오.


유일하게 희망하던 그녀로부터
버림받은 나를 보고
속임수를 알게 되었으니,
내가 그녀의 은총 안에서 그녀를
섬기고 있다고 생각하던 그때,


85 원문에는 사랑이 깃드는 〈심장〉으로 되어 있다.

불행한 내 미래에 다가올
괴로움을 보지 못하였으니,
그녀가 다른 사람의 가치를 안에 받아들이고
나를 밖으로 내쫓았다는 것을 깨달았소.

내가 밖으로 쫓겨났다는 것을 알았을 때
마음속에는 고통스러운 슬픔이 태어났고
아직도 거기에 있으니,
가장 뜨겁게 불타고
최고의 아름다움으로 장식된 사랑스러운
그녀의 얼굴이 처음 나에게 나타난
날과 시간을 종종 나는 저주하고,
내 믿음과 희망과 열정은
죽어 가는 영혼을 저주하고 있다오.

위안 없는 내 고통이 얼마나 큰지,
주인님,[86] 당신은 느낄 수 있을 것이오,
고통스러운 목소리로 당신을 부르고 있으니.
당신에게 말하건대, 얼마나 나를 불태우는지
더 작은 괴로움으로 나는 죽음을 갈망한다오.
그러니 죽음이여, 오라,
너의 타격으로 잔인하고 불행한

---

86 아모르를 가리킨다.

내 삶과 내 분노를 끝내고,
내가 분노를 덜 느낄 곳으로 가게 해주오.

이제 내 고통에는 죽음 외에
다른 길이나 다른 위안이 전혀 없고,
그러니 아모르여, 이제 죽음으로
내 괴로움을 끝내고,
마음에서 그 비참한 삶을 벗겨 주오.
세상에! 그렇게 해주오, 부당하게
내 행복과 즐거움을 빼앗아 갔으니까.
주인님, 당신은 그녀에게 새 연인을 주었으니,
내가 죽음으로써 그녀를 행복하게 해주오.

내 발라드[87]여, 누군가가 그대를 배우지 않아도
나는 별로 신경 쓰지 않는다오, 누구도
나처럼 그대를 노래할 수 없을 테니까.
그대에게 유일한 노고를 주고 싶소.
그대 혹시 아모르를 만나면, 그에게 단지
내 삶이 얼마나 쓰라리고
얼마나 혐오스러운지
충분히 설명하면서, 그의 명예를 위하여
더 나은 항구로 데려가라고 부탁해 주오.

87 지금 자신이 부르고 있는 노래 또는 시를 가리킨다. 발라드에 대해서
는 첫째 날 열째 이야기에 이어지는 결론 부분의 주석 124 참조.

이 노랫말은 필로스트라토의 마음이 어떤지, 왜 그런지 아주 분명하게 보여 주었고, 만약 다가온 밤의 어둠이 발그스레한 얼굴을 감추지 않았다면 춤추고 있던 한 여인[88]의 모습을 잘 보여 주었을 것입니다. 하지만 그는 노래를 끝낸 뒤에도 잠자러 갈 시간이 다가올 때까지 다른 많은 노래를 불렀습니다. 그리고 여왕의 명령에 따라 모두 자기 방으로 물러났습니다.

넷째 날이 끝난다.

88 아마도 필로메나를 가리키는 것으로 해석된다.

# 다섯째 날

『데카메론』의 다섯째 날이 시작된다.
여기에서는 피암메타의 통솔 아래,
잔인하거나 불행한 어떤 사건 뒤에 연인에게
행복한 일이 일어나는 것에 대해 이야기한다.

벌써 동쪽이 완전히 하얘지고 솟아오르는 햇살이 우리의 반구(半球)¹를 온통 밝게 비추었을 때, 피암메타는 하루의 이른 시간에 나뭇가지 위에서 함께 즐겁게 노래하는 새들의 달콤한 노래에 자극되어 일어났고, 다른 모든 여인과 세 청년을 불렀습니다. 그리고 우아한 걸음으로 들판으로 내려가 방대한 평원의 이슬 젖은 풀밭에서 이런저런 것에 대해 함께 이야기하면서 즐겁게 걸어갔습니다. 하지만 벌써 햇살이 뜨거워지는 것을 느끼고 저택의 홀을 향해 걸음을 돌렸고, 홀에 도착해 최고급 포도주와 과자로 가벼운 피로를 풀고 아늑한 정원에서 식사 시간까지 즐겁게 지냈습니다.

식사 시간이 되자, 신중한 집사에 의해 모든 것이 차려져 있었으므로, 칸초네 몇 편과 짧은 발라드 한두 편을 부른 다음 여왕이 좋아하는 대로 앉아서 식사했습니다. 그리고 순서대로 즐겁게 식사가 끝나고 평소처럼 춤추는 순서를 잊지 않

1 당시 유럽인들은 지구의 북반구에만 육지가 있어 사람들이 거주할 수 있고, 남반구는 온통 물로 뒤덮인 대양이라고 생각하였다.

고 악기를 연주하고 노래를 부르면서 한동안 춤을 추었습니다. 그런 다음 낮잠 시간이 지날 때까지 여왕은 모두에게 자유 시간을 주었으니, 일부는 낮잠을 자러 갔고, 다른 사람은 각자의 즐거움을 위해 아름다운 정원에 남았습니다. 하지만 아홉째 시간이 조금 지나고 여왕이 원하는 대로 평소처럼 모두 분수 주위에 모였습니다. 그리고 여왕은 명예로운 자리[2]에 앉아 판필로를 바라보고 미소를 지으면서 행복한 결말의 이야기를 시작하라고 명령하였고, 그는 기꺼이 명령에 따라 이렇게 시작했습니다.

## 첫째 이야기

치모네는 사랑하면서 현명해지고, 자기 연인 에피제니아를
바다에서 납치한다. 그리고 감옥에 갇히는데 리시마코가 구해 주고,
그와 함께 다시 에피제니아와 카산드레아를 그녀들의 결혼식에서
납치하여 크레타로 달아난다. 거기에서 자신들의
아내가 된 그녀들과 함께 집으로 돌아간다.

[즐거운 여인들이여, 오늘처럼 즐거운 하루를 시작하기 위해 제가 해야 하는 많은 이야기가 머릿속에 떠올랐는데, 그중에서 하나가 가장 마음에 드는군요. 그 이야기를 통하여

---

2 원문은 라틴어 〈pro tribunali〉로, 〈법정 앞에〉를 의미한다.

여러분은 우리가 이야기하기로 한 행복한 결말을 볼 수 있을 뿐만 아니라, 많은 사람이 이유도 모르면서[3] 부당하게 비난하고 모욕하는 아모르의 힘이 얼마나 거룩한지, 얼마나 강한지, 또 얼마나 충만한지 이해할 수 있을 것이기 때문입니다. 제가 잘못 생각하지 않는다면, 여러분은 분명히 사랑하고 있을 테니까 그 이야기를 매우 소중하게 받아들일 것입니다.

그러니까 우리가 키프로스 사람들의 옛날 역사에서 이미 읽은 것처럼, 키프로스에 아리스티포라는 훌륭한 귀족이 살았는데, 모든 세속적인 재물에서 다른 주민보다 큰 부자였습니다. 그리고 만약 단 한 가지에서 운명이 그를 괴롭히지 않았다면 누구보다 행복했을 것입니다. 그의 여러 자녀 중 하나는 신체의 크기나 아름다움에서 다른 모든 청년을 능가했으나 희망이 없을 정도로 거의 멍청이였는데, 그의 진짜 이름은 갈레소였습니다. 가정 교사가 아무리 노력해도, 아버지가 유혹하거나 때려 보아도, 다른 누구의 노력에도 그의 머리에 어떤 글자나 지식도 집어넣을 수 없었고, 오히려 크고 흉한 목소리와 사람보다 짐승에게나 어울리는 행동 때문에 모든 사람이 놀리며 치모네라고 불렀는데, 그들의 언어로 〈큰 짐승〉이라는 뜻이었습니다.[4]

아들의 잃어버린 삶을 아버지는 큰 괴로움과 함께 견디고 있었지만, 그에 대한 모든 희망이 이미 사라졌기에 고통의 원인을 언제나 눈앞에 데리고 있지 않으려고 아들에게 시골

3 원문은 〈무슨 말을 하는지도 모르면서〉이다.
4 하지만 보카치오가 제시하는 어원은 정확하게 확인할 수 없다.

로 가서 자기 노동자들과 함께 살라고 명령했습니다. 그것을 치모네는 무척 좋아했으니, 거친 사람들의 행동과 태도가 그에게는 도시 사람들보다 더 마음에 들었기 때문입니다.

그리하여 치모네는 시골로 가서 생활하고 있었는데 어느 날 이런 일이 일어났습니다. 정오가 이미 지났을 때 그는 지팡이를 목에 걸치고 한 소유지에서 다른 소유지로 가다가 그 지역에서 매우 아름다운 작은 숲으로 들어갔는데, 5월이었기에 숲은 완전히 무성했습니다. 그렇게 가다가 그의 행운이 이끄는 대로 높은 나무들로 둘러싸인 작은 풀밭에 이르렀습니다. 풀밭 한쪽에는 시원하고 멋진 샘이 있었는데, 샘 옆의 녹색 풀밭 위에서 매우 아름다운 아가씨가 자고 있는 것을 보았습니다. 아가씨는 새하얀 피부를 거의 감추지 못할 만큼 섬세한 옷을 입고 있었고, 단지 허리띠 아래만 하얗고 얇은 담요로 덮고 있었습니다. 그리고 발 근처에는 그녀의 하인들인 젊은 여자 둘과 남자 하나가 비슷하게 자고 있었습니다.

치모네는 그녀를 보자 마치 여인의 모습을 처음 보는 것처럼 지팡이를 짚고 멈추었으며, 아무 말 없이 놀라운 감탄과 함께 그녀를 주의 깊게 바라보기 시작했습니다. 그리고 수많은 가르침으로도 시민적 즐거움에 대한 어떤 흔적도 들어갈 수 없었던 거친 가슴속에서 한 생각이 깨어나는 것을 느꼈는데, 그 생각은 거칠고 조잡한 마음속에서 그녀가 아무도 본 적 없는 가장 아름다운 것이라고 그에게 말하고 있었습니다. 그래서 그녀의 여러 부분을 자세히 살펴보기 시작하면서 황금으로 만들어졌다고 생각하는 머리칼을 찬양하였고, 이마,

코, 입, 목, 팔, 그리고 특히 약간 솟은 가슴을 찬양했습니다. 그리고 일꾼에서 곧바로 아름다움의 평가자로 바뀌었고, 특히 그녀가 깊은 잠에 빠져 감고 있는 눈을 열렬하게 보고 싶었고, 눈을 보기 위하여 여러 번 그녀를 깨우고 싶었습니다.

하지만 이전에 보았던 다른 여자들보다 훨씬 아름다워 보였기에 혹시 여신이 아닌지 의심했습니다. 조잡하지만 느끼는 대로 그는 신성한 것은 세속적인 것보다 더 존경할 가치가 있다고 판단했고, 그래서 자신을 억제하고 그녀가 깨어나기를 기다렸습니다. 그리고 기다림이 너무 길어진 것처럼 보였지만, 그래도 특별한 즐거움에 사로잡혀 떠날 줄 몰랐습니다. 그리하여 오랜 시간이 지난 뒤 에피제니아라는 그 처녀는 하인들보다 먼저 잠이 깨서 머리를 들고 눈을 떴으며, 지팡이에 몸을 기댄 치모네가 앞에 있는 것을 발견하고 깜짝 놀라 말했습니다.

「치모네, 이 시간에 숲속에서 무엇을 찾고 있어요?」

치모네는 그의 아름다운 모습이나 촌스러움, 아버지의 재산과 귀족 신분으로 그 지역의 거의 모든 사람에게 알려져 있었습니다. 그는 에피제니아의 말에 아무 대답도 하지 않았고, 그녀의 눈을 보더니 뚫어지게 응시하기 시작했으니, 거기에서 전혀 느껴보지 못한 즐거움으로 자기 자신을 가득 채우는 달콤함이 솟아나는 것 같았습니다. 처녀는 그것을 보고 혹시 그렇게 뚫어지게 바라보는 것이 그의 촌스러움을 움직여 자신에게 부끄러움이 될 만한 일을 하게 하지 않을까 두려웠습니다. 그래서 하녀들을 불렀고 일어나서 말했습니다.

「치모네, 나중에 만나요.[5]」

그러자 치모네가 말했어요.

「나는 그대와 같이 갈 거예요.」

그리고 처녀가 여전히 그를 두려워하며 함께 가는 것을 아무리 거절해도 멀리할 수 없었으니, 결국 그는 그녀의 집까지 함께 갔습니다. 그리고 치모네는 아버지의 집으로 돌아가 어떤 일이 있어도 다시는 시골로 돌아가고 싶지 않다고 주장했습니다. 아버지와 가족들은 마음에 걸렸지만, 그래도 머무르게 놔두었고, 어떤 이유로 그가 생각을 바꾸게 되었는지 보려고 기다렸습니다.

그러니까 어떤 가르침도 들어갈 수 없었던 치모네의 가슴속으로 아모르의 화살이 에피제니아의 아름다움을 통해 들어갔으니, 아주 짧은 시간 안에 이 생각에서 저 생각으로 넘어가면서 아버지와 모든 가족과 그를 아는 모든 사람을 깜짝 놀라게 했습니다. 먼저 그는 아버지에게 형제들처럼 옷들과 다른 모든 것을 해달라고 했고, 아버지는 매우 만족하여 그렇게 해주었습니다. 그런 다음 훌륭한 청년들과 어울리고 귀족 남자, 특히 사랑에 빠진 남자에게 걸맞는 방식들을 배우면서, 첫 번째로 모든 사람이 깜짝 놀라는 가운데 짧은 시간 안에 초보적인 학문을 배웠을 뿐만 아니라 아주 뛰어난 철학자가 되었습니다. 그리고 이어서 에피제니아에게 품고 있는 사랑이 그 모든 것의 원인이었기에, 거칠고 촌스러운 목소리

---

5 원문은 〈riman'ti con Dio〉, 직역하면 〈하느님과 함께 남아 있어요〉이다.

를 공손하고 시민적인 목소리로 바꾸었을 뿐만 아니라, 노래와 악기 연주의 대가가 되었으며, 말타기와 육지나 바다의 무술에서도 매우 노련해지고 용감해졌습니다. 그의 역량들에서 세부적인 것을 제가 모두 이야기하지 않고 간단히 말하자면, 그는 처음 사랑에 빠진 날부터 4년째 되는 해에 키프로스의 다른 어떤 청년보다 가장 우아하고 가장 예절 바르고 더 특별한 역량을 가진 청년이 되었던 것입니다.

그러니까 우아한 여인들이여, 치모네에 대해 뭐라고 말해야 할까요? 훌륭한 영혼 안에 하늘로부터 부여된 대단한 역량들이 질투심 많은 운명에 의하여 그의 가슴속 아주 작은 부분에 강력한 밧줄로 묶여 갇혀 있다가, 운명보다 훨씬 더 강한 아모르가 그 모든 밧줄을 잘랐다고 말할 수밖에 없습니다. 그리고 아모르는 잠든 재능들을 자극하면서 잔인한 어둠에 의해 흐려졌던 역량들이 자기 힘으로 밝은 빛을 향하여 나가게 함으로써, 자기에게 속하는 재능을 어디에서 끌어내 자신의 빛살로 어디로 인도하는지 명백하게 보여 주었습니다.

그렇게 치모네는 비록 에피제니아를 사랑하면서 사랑하는 청년들이 종종 그러하듯이 어떤 것에서는 지나치기도 했지만, 그래도 아리스티포는 아모르가 그를 짐승[6]에서 사람으로 돌아오게 했다고 생각하여 인내심 있게 지원하였을 뿐만 아니라, 그가 모든 즐거움과 함께 그렇게 하도록 격려해 주

6 원문은 〈숫양〉이다.

었습니다. 그리고 치모네는 에피제니아가 자신을 치모네라고 부른 것을 기억하고 갈레소라고 불리기를 거부했는데, 자신의 욕망에 정당한 결과를 부여하고 싶어서 에피제니아의 아버지 치프세오에게 그녀를 자기 아내로 달라고 여러 번 시도했지만, 치프세오는 그녀를 로도스섬의 젊은 귀족 파시문다에게 주기로 약속하였고 그 약속을 저버릴 생각은 없다고 언제나 대답했습니다. 그리고 합의된 에피제니아의 결혼식 날이 다가왔기에 파시문다는 그녀를 데려오도록 사람을 보냈고, 치모네는 혼자 말했습니다.

「오, 에피제니아여, 내가 그대를 얼마나 사랑하는지 이제 증명해야 할 때로군요. 그대 덕분에 나는 사람이 되었소. 만약 그대를 얻을 수 있다면, 나는 어떤 신보다 영광스러워질 것으로 의심하지 않소. 분명히 나는 당신을 얻을 것이고, 아니면 죽을 것이오.」

그렇게 말한 다음 자기 친구인 몇몇 귀족 청년에게 몰래 도움을 요청했고, 비밀리에 해전에 필요한 모든 것으로 배 한 척을 무장한 다음 바다로 나갔고, 에피제니아를 로도스섬의 남편에게 데려다주려고 태우고 있는 배를 기다렸습니다. 남편의 친구들이 그녀의 아버지로부터 성대한 환송을 받은 다음 배는 바다로 들어가 뱃머리를 로도스섬으로 향하고 출발했습니다. 치모네는 잠을 자지 않고 이튿날 자기 배로 그들을 따라잡았고, 뱃머리에서 에피제니아의 배에 타고 있는 사람들에게 큰 소리로 외쳤습니다.

「멈춰라. 돛을 내려라. 아니면 패배하여 바다에 빠져 죽을

각오를 해라.」

치모네의 적들은 갑판 위에서 무기를 꺼내 들고 방어하려고 준비했습니다. 그래서 치모네는 말을 끝낸 뒤 쇠 작살을 들어 빠르게 가고 있던 로도스 사람들의 배의 고물 위로 던졌고, 그것을 자기 배의 뱃머리에 튼튼하게 묶었습니다. 그리고 사자처럼 다른 뒤따르는 사람을 기다리지도 않고 로도스 사람들의 배로 뛰어올랐고, 마치 모든 사람을 아무렇지 않게 생각하는 것처럼 아모르의 박차를 받으면서 손에 칼을 들고 놀라운 힘으로 적들 사이로 들어갔고, 양들을 쓰러뜨리듯이 때로는 이 사람, 때로는 저 사람을 베었습니다. 그것을 본 로도스 사람들은 무기를 바닥에 던지고 거의 한목소리로 항복했습니다.[7] 그들에게 치모네는 말했습니다.

「청년들이여, 내가 키프로스를 떠나 바다 한가운데에서 무장한 손으로 당신들을 공격하게 한 것은, 전리품에 대한 열망도 아니고 당신들에게 가진 증오도 아니요. 나를 움직이게 한 것은, 나에게는 매우 중요한 것이지만, 당신들은 평화롭게 나에게 양도할 수 있는 아주 가벼운 것이요. 그것은 바로 내가 무엇보다 사랑하는 에피제니아라오. 그녀의 아버지로부터 친구로서 평화롭게 얻을 수 없었기에, 당신들로부터 적으로서 무기를 들고 그녀를 얻도록 아모르가 나에게 강요한 것이요. 나는 당신들의 파시문다가 에피제니아에게 되어야 했던 것이 되고 싶기 때문이요.[8] 그러니 그녀를 나에게 넘기

---

7 원문은 〈자신들이 포로임을 고백하였습니다〉이다.
8 그러니까 에피제니아의 남편이 되고 싶다는 뜻이다.

다섯째 날  **135**

고, 하느님의 은총과 함께 가시오.」

청년들은 관용보다 강요에 이끌려 울고 있는 에피제니아를 치모네에게 넘겨주었고, 치모네는 울고 있는 그녀를 보며 말했습니다.

「고귀한 여인이여, 슬퍼하지 마오. 나는 당신의 치모네요. 약속한 신뢰에 의한 파시문다보다 오랜 사랑에 의한 내가 당신을 차지할 자격이 훨씬 더 많소.」

그리하여 치모네는 에피제니아를 자기 배로 옮겨 타게 한 다음 로도스 사람들의 물건을 전혀 손대지 않고 동료들에게 돌아왔고, 로도스 사람들이 가게 놔두었습니다. 치모네는 그렇게 소중한 전리품을 얻은 것에 누구보다 만족했으니, 울고 있는 그녀를 한참 동안 달랜 다음 동료들과 함께 당분간은 키프로스로 돌아가지 않기로 했습니다. 그래서 모두 함께 논의한 결과 크레타를 향해 뱃머리를 돌렸는데, 거기에서는 특히 치모네의 옛날과 최근의 인척 관계와 많은 우정으로 인해, 에피제니아와 모두가 안전하다고 믿었기 때문입니다.

하지만 치모네가 여인을 얻도록 즐겁게 허용해 주었던 운명은 변덕스러웠기에 사랑에 빠진 청년의 말할 수 없는 즐거움을 곧바로 슬프고 쓰라린 눈물로 바꾸었습니다. 치모네가 로도스 사람들을 보내고 네 시간이 되지 않았을 때 밤이 되었는데, 치모네는 그날 밤이 지금까지 전혀 느껴 본 적 없는 즐거운 밤이 될 것으로 기대했지만, 밤이 되면서 동시에 격렬한 폭풍이 일어나 하늘을 구름으로 가득 채웠고, 바다를 파괴적인 바람으로 가득 채웠습니다. 그리하여 무엇을 해야 할지, 어디로 가야 할지 볼 수도 없었고, 조종하기 위해 배 위에 서 있을 수도 없었습니다. 그래서 치모네가 얼마나 고통스러웠는지 물어볼 필요도 없지요.

마치 신들이 그의 욕망을 들어준 것은, 그 욕망이 없었을 때는 별로 신경 쓰지 않던 죽음이 그에게 더 큰 고통이 되게 하려고 그런 것 같았어요. 마찬가지로 그의 동료들도 괴로웠지만, 누구보다 에피제니아가 괴로웠으니 격렬하게 울면서 파도가 칠 때마다 무서워했습니다. 그리고 울면서 치모네의 사랑을 쓰라리게 저주하고 그의 대담함을 비난했으며, 그렇게 강렬한 폭풍이 일어난 것은 바로 신들의 의지에 거슬러 치모네가 자신을 아내로 얻으려 하고 오만하게 자기 욕망을 즐기려는 것을 신들이 원하지 않았기 때문이라고 했으며, 자신이 먼저 죽는 것을 보고 이어서 그가 비참하게 죽을 것이라고 말했습니다. 그런 큰 탄식과 함께 뱃사람들이 무엇을 해야 할지 모르는 가운데 바람은 계속해서 더욱 거세졌고, 어디로 가는지 깨닫지도 못한 채 그들은 로도스섬 가까이에 이르렀습니다. 그 섬이 로도스인지 몰랐으므로 뱃사람들은 살아남으려고 온 심혈을 기울여 가능하다면 거기에 상륙하려고 노력했습니다.

그런 것에 운명은 우호적이었으니 그들을 바다의 작은 만으로 이끌었는데, 거기에는 그들보다 조금 전에 치모네가 보내 준 로도스 사람들이 자신들의 배와 함께 도착해 있었습니다. 처음에는 로도스섬에 이르렀다는 것도 깨닫지 못하였는데, 새벽이 다가와 하늘이 더 밝아지면서 자신들이 전날 보내 준 배에서 아마 화살이 닿을 정도로 가까운 곳에 있다는 것을 깨달았습니다. 그래서 치모네는 한없이 괴로웠고, 자신에게 일어날 일이 두려워 온갖 노력을 기울여 거기에서 벗어나려고 했습니다. 그런 다음 운명이 이끄는 어딘가로 가더라도 그보다 나쁠 수는 없었으니까요.

그래서 거기에서 벗어나려고 무척 노력했지만 허사였습니다. 세찬 바람은 반대 방향으로 불어왔기에 그 작은 만에서 벗어나는 것은 고사하고, 원하든 원하지 않든, 그들을 육지로 밀었습니다. 그들이 육지에 이르자 자신들의 배에서 내린 로도스 뱃사람들이 그들을 알아보았습니다. 그들 중 몇 명이 곧바로 가까운 별장으로 달려갔고, 거기에 와 있던 로도스 귀족 청년들에게, 치모네와 에피제니아가 탄 배가 폭풍 때문에 자신들처럼 거기에 이르렀다고 이야기했습니다.

그 말을 듣고 그들은 무척 기뻐하며 별장의 많은 사람을 데리고 빨리 바닷가로 갔습니다. 동료들과 함께 벌써 배에서 내린 치모네는 근처 숲으로 달아나려고 했으나 모두 에피제니아와 함께 붙잡혀 별장으로 끌려갔습니다. 그리고 그해 로도스 사람들의 최고 재판관 직위를 맡고 있던 리시마코가 무장한 병사들과 함께 도시에서 그곳으로 왔고, 치모네와 동료들 모두를 감옥으로 데려갔습니다. 소식을 들은 파시문다가 괴로워하며 로도스 원로원과 함께 그렇게 명령했기 때문이지요.

그렇게 해서 사랑에 빠진 치모네는 조금 전 얻었던 에피제니아를 입맞춤 몇 번 외에 아무것도 얻지 못하고 불쌍하게 잃었습니다. 에피제니아는 많은 로도스 귀족 여인의 환대를 받았고, 납치되어 받은 고통과 폭풍 치는 바다에서 겪은 노고에 대해 위로받았으며, 정해진 결혼식 날까지 그녀들과 함께 머물게 되었습니다. 치모네와 그의 동료들은, 파시문다가 사형해야 한다고 강하게 주장했지만, 전날 로도스 청년들에게 자유를 주었기 때문에, 목숨은 건졌으나 종신형을 선고받았습니다. 잘 알겠지만 감옥에서 그들은 어떤 즐거움의 희망도 없이 고통스럽게 있었습니다.

파시문다는 앞으로 있을 결혼식을 가능한 한 빨리 서둘렀습니다만, 운명은 치모네에게 준 즉각적인 모욕을 후회한 것처럼 그의 구원을 위해 새로운 사건을 만들었습니다. 파시문다에게는 동생이 있었는데, 나이는 어려도 능력은 그에 못지않은 동생의 이름은 오르미스다였습니다. 그는 오랫동안 도시의 젊고 아름다운 귀족 여인 카산드레아를 아내로 맞이하려고 했는데, 그 여인을 리시마코는 무척 사랑하고 있었습니다. 그리고 여러 가지 일로 결혼식은 몇 번 연기되었지요. 그런데 이제 파시문다는 자기 결혼식을 성대한 잔치로 만들려고 생각하면서, 만약 다시 경비를 들이지 않고 바로 그 잔치에서 오르미스다가 자기 아내를 맞이하게 할 수 있다면 아주 좋으리라고 생각했습니다. 그래서 카산드레아의 부모에게 말해 그렇게 하도록 설득했고, 그리하여 그와 동생이 함께 그들과 상의하여 같은 날 파시문다는 에피제니아를 아내로 맞이하고, 오르미스다는 카산드레아를 아내로 맞이하기로 합의했습니다.

그 소식을 들은 리시마코는 무척 불쾌했으니, 만약 오르미스다가 카산드레아를 데려가지 않으면 확실하게 자기가 차지하리라는 희망을 품고 있었는데, 그 희망이 사라졌기 때문입니다. 하지만 그는 현명한 사람이었기에 괴로움을 안으로 감추었고, 어떻게 하면 그런 일을 막을 수 있을지 생각하기 시작했는데, 그녀를 납치하는 것 외에 다른 방법을 찾지 못했습니다. 그것은 그가 맡은 직책 덕분에 쉬워 보였지만, 그 직책을 맡고 있음으로써 너무 부정직하다고 생각했습니다. 하지만 간단히 말해 오랫동안 숙고한 끝에 정직함이 사랑에게 자리를 양보하였고, 어떤 일이 일어나든 카산드레아를 납치하려고 결정했습니다. 그리고 그 일에 필요한 동료와 일의 순서를 생각하다가 감옥에 있는 치모네를 기억했으니, 그런 일에는 치모네보다 더 훌륭하고 믿음직한 동료는 전혀 찾을 수 없었습니다. 그래서 이튿날 밤에 몰래 그를 자기 방으로 불렀고, 이렇게 말하기 시작했습니다.

「치모네, 신들은 사람들에게 많은 것을 가장 너그럽게 선물하시는 것처럼 사람들의 능력에 대한 가장 현명한 시험관이시며, 모든 경우에도 변함없고 확고한 사람들을 발견하시면 훌륭한 사람들에게 합당한 가장 큰 보상을 내리신다네. 신들은 자네가, 내가 알기로 아주 큰 부자인 자네 아버지의 집 안에서 보여 줄 수 있는 것보다 더 확실하게 자네의 역량을 시험하려고 하셨네. 그래서 먼저 사랑의 예리한 자극으로, 내가 아는 바에 의하면, 자네를 무감각한 동물에서 사람이 되도록 이끄셨고, 그다음에는 역경으로 지금처럼 괴로운 감옥을 통해, 자네의 마음이 잠시 획득한 전리품으로 행복했을 때와 달라졌는지 보시려고 한다네. 만약 자네 마음이 예전과 똑같다면, 지금 자네에게 선물하려고 준비하시는 더없는 즐거움을 자네에게 허용하실 것이니, 자네가 예전 힘을 되찾고 용감해지도록 내가 그 즐거움을 알려 주고 싶네.

파시문다는 자네의 불행에 즐거워하고 자네의 죽음을 재촉하면서 자네의 에피제니아와의 결혼식을 빨리 서두르고 있네. 처음의 행복한 운명이 자네에게 양도했다가 곧바로 돌변하여 빼앗은 전리품을 즐기기 위해서 말이야. 내가 생각하듯이 자네가 그녀를 그렇게 사랑한다면, 그것이 자네에게 얼마나 고통스러운지 나 자신도 알고 있다네. 똑같은 날에 그의 동생 오르미스다가, 내가 무엇보다 사랑하는 카산드레아를 데리고 나에게 자네와 똑같은 모욕을 주려고 하니까 말이야.

운명의 그런 모욕과 그런 고통을 피하기 위해서, 우리 마음과 우리 오른손의 역량 외에 다른 길을 나는 찾지 못하겠네. 우리 오른손에 검을 들고, 우리의 두 여인에 대해, 자네에게는 두 번째 납치, 나에게는 첫 번째 납치를 위한 길을 여는 것이지. 감옥에서 나간들, 자네의 여인이 없다면 자네는 자유를 별로 중요하게 여기지 않을 테니까 말이네. 내 계획을 따른다면, 자네에게 소중한 여인을 신들께서 자네의 손에 넣게 해주실 거네.」

그 말에 치모네는 잃었던 용기를 되찾았으니 머뭇거리지 않고 대답했습니다.

「리시마코, 자네가 말하는 일에 나보다 더 강하고 믿을 만한 동료는 구할 수 없을 것이야. 그러니까 내가 해야 할 일을 말해 주게. 그러면 놀라운 힘이 뒤따르는 것을 볼 것이네.」

그러자 리시마코는 말했습니다.

「오늘부터 사흘째 되는 날 새신부들은 처음으로 자기 남편들의 집으로 들어갈 거야. 자네는 무장한 동료들과 함께, 나는 믿음직한 몇 사람과 함께 저녁 무렵 그 집으로 들어갈 것이네. 그리고 잔치 중간에 그녀들을 납치하여 내가 비밀리에 준비한 배로 데려가면 돼. 방해하려고 하는 자는 누구든지 죽이면서 말이야.」

그런 계획은 치모네의 마음에 들었고, 그래서 그는 정해진 시간이 될 때까지 말없이 감옥에 있었습니다. 결혼식 날이 되자 잔치는 아주 화려하고 대단했으며, 두 형제의 집은 사방에 즐거운 잔치로 가득했습니다. 리시마코는 모든 필요한 것을 준비한 다음 치모네와 그의 동료들, 그리고 자기 친구들과 함께 모두 옷 안에 무장한 채 적절한 때가 되자, 먼저 의도한 대로 여러 가지 말로 그들을 불붙였고, 세 조로 나누었습니다. 한 조는 신중하게 항구로 보내 필요할 때 배에 올라타는 것을 아무도 방해하지 못하게 했습니다. 그리고 다른 두 조와 함께 파시문다의 집으로 갔고, 한 조는 문 앞에 남겨 두어 자신들을 안에 가두지 못하게 했고, 나머지와 치모네와 함께 계단으로 올라갔습니다.

그리고 새신부들이 다른 많은 여인과 함께 식사하기 위하여 식탁에 벌써 앉아 있던 홀로 갔고, 앞으로 나아가 식탁들을 바닥에 내던지고 각자 자기 여인을 붙잡아 동료들의 손에 넘겨주며 즉각 준비된 배로 데려가라고 명령했습니다. 새신부들은 울며 비명을 지르기 시작했고, 다른 여자들과 하인들도 그랬으며, 순식간에 온통 울음과 소란으로 가득하였습니다. 하지만 치모네와 리시마코와 동료들은 칼을 빼 들고, 모두가 자신들에게 길을 내주었기에, 아무런 방해도 받지 않고 계단으로 갔습니다. 그리고 계단을 내려가는데, 소동을 듣고 손에 몽둥이를 들고 달려온 파시문다가 저항했으나, 치모네가 힘차게 검으로 그의 머리를 내리쳐 깨끗하게 두 쪽으로 갈랐으니, 그는 죽어 발 앞에 쓰러졌습니다. 그를 도와주기 위해 불쌍한 오르미스다가 달려왔으나 마찬가지로 치모네의 타격에 죽었고, 가까이 접근하려던 다른 몇 명은 리시마코와 치모네의 동료들에 의해 베이고 뒤로 물러났습니다.

그들은 피와 소동과 눈물과 슬픔으로 가득한 집을 떠나 아무 방해도 받지 않고, 자신들이 납치한 여인들과 함께 배에 이르렀습니다. 배에 여인들을 태우고 그들과 모든 동료도 배에 올라탔으며, 벌써 바닷가는 여인들을 되찾으려고 달려온 무장한 사람들로 가득하였기에, 서둘러 노를 저으며 즐겁게 떠났습니다. 그리고 크레타에 도착하여 즐겁게 많은 친구와 친척의 환대를 받았고, 여인들과 결혼하여 성대한 잔치를 벌였고, 즐거운 마음으로 자신들의 전리품을 즐겼습니다. 키프로스와 로도스에서는 그들이 벌인 일에 대해 오랫동안 큰 소동과 혼란이 있었습니다. 그렇지만 마침내 그들의 친구들과 친척들이 여기저기에 개입하여 방법을 찾았으니, 한동안의 망명 뒤에 치모네는 에피제니아와 함께 즐겁게 키프로스로 돌아갔고, 리시마코도 마찬가지로 카산드레아와 함께 로도스로 돌아갔으며, 각자 자기 여인과 함께 고향에서 행복하고 만족스럽게 오랫동안 잘 살았답니다.]


## 둘째 이야기

고스탄차는 마르투초 고미토를 사랑하는데, 그가 죽었다는 말을 듣고 절망하여 혼자 배에 올라타고, 배는 바람에 밀려 수스[9]에 이른다. 그리고 마르투초가 튀니지에 살아 있다는 것을 알고 그에게 간다. 왕에게 충고한 덕택에 중요한 인물이 된 마르투초는 그녀와 결혼하고, 그녀와 함께 부자가 되어 리파리[10]로 돌아간다.

판필로의 이야기가 끝나자 여왕은 많이 칭찬한 다음 에밀리아에게 이어서 이야기하라고 명령하였고, 에밀리아는 이렇게 시작했습니다.

[감정의 본성에 따라 보상이 뒤따르는 것에 대해 모든 사람은 당연히 기뻐해야 합니다. 사랑은 오랜 시간 끝에 괴로움보다 즐거움을 받는 것이 합당하기 때문에, 오늘의 주제에 맞는 이야기를, 어제 왕에게 보여 주지 못한 커다란 즐거움

---

9 수스(아랍어로는 سوس, 이탈리아어 이름은 수사Susa)는 튀니지 동쪽 해안의 도시로 수도 튀니스에서 남쪽으로 140킬로미터 정도 떨어져 있다.
10 둘째 날 여섯째 이야기 주석 67 참조.

으로 여왕에게 복종하고 싶습니다.

그러니까 섬세한 여인들이여, 시칠리아 가까이에 리파리라는 작은 섬이 있다는 것을 아시겠지요. 오래전이 아니었을 때 거기에 명성 있는 집안 출신으로 고스탄차라는 젊고 아름다운 여인이 있었는데, 마르투초 고미토라는 아주 멋지고 예절 바르고 자기 직업에 훌륭한 청년이 그녀를 사랑했습니다. 고스탄차도 똑같이 그에 대한 사랑에 불붙었으니 그를 보지 못하면 편하지 않을 정도였습니다. 그리고 마르투초는 고스탄차를 아내로 맞이하고 싶어 그녀의 아버지에게 요구했지만, 아버지는 그가 가난해서 딸을 주고 싶지 않다고 대답했습니다.

마르투초는 가난 때문에 거부당한 것에 화가 나서 몇몇 친구와 친척과 함께 배 한 척을 무장하였고, 부자가 되지 않으면 절대 리파리에 돌아오지 않겠다고 맹세했습니다. 그리고 출발하여 바르베리아[11] 해안을 돌아다니면서 자기보다 약한 모든 배를 약탈하며 해적질을 시작했는데, 그 일에서 행운은 무척 우호적이었습니다. 만약 자기 행복에 절제할 줄 알았다면 말입니다. 하지만 그와 동료들은 짧은 시간에 부자가 된 것에 만족하지 않았기에 더 큰 부자가 되려고 노력하는 동안, 사라센인들의 배 여러 척에 오랫동안 방어했으나 붙잡히고 약탈당했습니다. 동료들은 거의 모두 사라센인들에 의해 수장되었고 배는 침몰당했으며, 그는 튀니지로 끌려가 감옥에

11 셋째 날 열째 이야기 주석 78 참조.

갇혔고 오랫동안 비참한 상태로 감시당했습니다.

리파리에는 마르투초와 함께 배에 있던 모든 사람이 빠져 죽었다는 소식이 한두 사람이 아니라 다양하고 많은 사람에 의해 전해졌습니다. 마르투초가 떠난 것에 한없이 괴로워하던 고스탄차는 그가 다른 사람들과 함께 죽었다는 말을 듣고 오랫동안 슬퍼했고 이제 살고 싶지 않다고 속으로 결심했는데, 폭력으로 자기 자신을 죽이고 싶지는 않았기에 새로운 방식으로 필연적인 죽음을 맞이하려고 생각했습니다. 그래서 몰래 밤에 아버지의 집에서 나가 항구로 갔는데, 우연히 다른 배들에서 약간 떨어져 있는 어부의 작은 배 한 척을 발견했고, 조금 전 배의 주인이 내렸는지 배에는 돛대와 돛과 노가 그대로 있는 것을 보았습니다. 그녀는 재빨리 배에 탔고 노를 저어 바다로 나갔습니다. 그 섬의 모든 여자가 일반적으로 그러하듯이 그녀도 뱃사람 일에 어느 정도 숙달되어 있었으니까요. 그리고 돛을 올린 다음 노와 키를 내던지고 바람에 완전히 자신을 맡겼으니, 필연적으로 바람이 짐도 없고 키잡이도 없는 배를 뒤집거나, 아니면 어느 암초에 부딪혀 부서지게 하리라고 생각했습니다. 어찌 되든 거기에서 살아남고 싶어도 살아날 수 없고 필연적으로 바다에 빠져 죽을 테니까요. 그리고 그녀는 머리에 망토를 뒤집어쓰고 배의 바닥에 울면서 누웠습니다.

하지만 모든 것이 그녀가 예상하지 못한 대로 진행되었습니다. 불어오는 바람이 북풍이었고 매우 부드러웠으니, 파도도 거의 없이 배를 잘 떠받쳐 주었고, 그녀가 배에 올라탄 밤이 지나고 이튿날 저녁 무렵 튀니스에서 100여 마일 떨어진 수스라는 도시에 가까운 바닷가로 데려갔습니다. 고스탄차는 바다가 아니라 땅에 있다는 것을 전혀 느끼지 못했으니, 어떤 일에도 누워서 고개를 들지 않았고 또 들고 싶은 마음도 없었기 때문이지요.

그런데 우연히 배가 뭍에 닿았을 때 해변에서 어느 가난한 여인이 태양 아래 어부들의 그물을 끌어 올리고 있었는데, 배를 보고 어떻게 돛을 부풀린 채 뭍에 부딪히게 놔두었는지 놀랐습니다. 그리고 배 안에서 어부들이 자고 있다고 생각하여 배로 갔고, 그 처녀 외에 아무도 없는 것을 보았습니다. 그녀는 깊이 잠든 처녀를 여러 번 불러 마침내 깨웠고, 입은 옷으로 그리스도인이라는 것을 알아보고 어떻게 그런 배를 타고 혼자 왔느냐고 이탈리아어로 질문했습니다. 고스탄차는 이탈리아어를 듣고 혹시 바람이 바뀌어 리파리로 돌아왔는지 의심이 들었고, 그래서 곧바로 일어나 주위를 둘러보고 자신이 모르는 지역의 뭍에 있는 것을 발견하고 착한 여인에게 어디인지 물었습니다. 그러자 착한 여인은 대답했습니다.

「아가씨,[12] 당신은 바르베리아에 있는 수스 근처에 있어요.」

그 말을 듣고 고스탄차는 하느님께서 죽음을 보내 주시지 않은 것에 괴로웠고, 수치스러운 일이 있을까 두려운 데다 무엇을 할지 몰라 배 옆에 앉아 울기 시작했습니다. 착한 여

12 원문은 친근한 표현으로 〈내 딸이여〉이다.

인은 그것을 보고 동정심이 들어 부탁하듯이 그녀를 자신의 작은 오두막으로 데려갔습니다. 그리고 잘 달랬으니, 처녀는 어떻게 그곳에 오게 되었는지 말했습니다. 착한 여인은 그녀가 여태 굶은 것을 알고 단단한 빵과 약간의 물고기와 물을 준비하여 여러 번 부탁했고, 그녀는 조금 먹었습니다.

이어서 고스탄차는 그렇게 이탈리아어를 하는 착한 여인이 누구인지 물었고, 그러자 그녀는 자신이 트라파니에서 왔고, 이름은 카라프레사이며, 거기에서 몇몇 그리스도인 어부들에게 봉사하고 있다고 대답했습니다. 고스탄차는 카라프레사라는 이름을 듣고, 비록 무척 괴로웠지만 왠지 모르게, 자기 내부에서 그런 이름을 들은 것은 좋은 징조라고 받아들였고, 그래서 알 수 없는 무엇인가를 희망하며 죽고 싶은 마음을 약간 단념하기 시작했습니다. 그리하여 자신이 누구이고 어디에서 왔는지 드러내지 않으면서, 착한 여인에게 제발 하느님 덕분에 자신의 젊음을 불쌍히 여겨 좋은 충고로 어떤 불명예를 당하지 않게 해달라고 부탁했습니다. 그 말을 듣고 카라프레사는 착한 여인답게 고스탄차를 오두막에 남겨 두고 서둘러 가서 그물을 걷고 돌아왔고, 자기 망토로 그녀를 감싼 채 수스로 갔고, 거기에 도착하자 말했습니다.

「고스탄차, 당신을 아주 착한 사라센 부인의 집으로 데려갈 거예요. 자주 내가 필요한 일들을 봉사해 주는 그 부인은 나이가 많고 동정심이 많아요. 내가 그녀에게 당신을 가능한한 잘 추천할 거예요. 분명히 부인은 당신을 기꺼이 받아들이고 딸처럼 대해 줄 거예요. 그러면 당신은 부인과 함께 살면서 최대한 잘 봉사하여 하느님께서 당신에게 좋은 행운을 보내 주실 때까지 부인의 은총을 얻도록 노력하세요.」

착한 여인은 말한 대로 했습니다. 나이가 많은 부인은 그녀의 말을 듣고 고스탄차의 얼굴을 바라보더니 눈물을 흘리면서 그녀를 붙잡고 이마에 입을 맞추었고, 손을 잡고 자기집으로 데려갔습니다. 그 집에서 고스탄차는 다른 몇몇 여자와 함께 남자 없이 비단, 야자, 가죽으로 여러 가지 일을 모두 손으로 했습니다. 그런 일을 고스탄차는 며칠 안에 어느 정도 배우고 함께 일하기 시작했고, 놀랍게도 착한 부인과 다른 여자들의 많은 호의와 사랑을 받았습니다. 그리고 그녀들이 가르쳐 주어 짧은 시간 안에 그들의 언어도 배웠습니다.

그리하여 고스탄차가 수스에 사는 동안 집에서는 그녀가 실종되어 죽었다고 생각하여 슬퍼했지요. 당시 메리압델라[13]라는 사람이 튀니지의 왕이었는데, 그라나다에서 대단한 인척 관계와 강한 힘을 가진 청년이 튀니지 왕국은 자기에게 속한다고 말하면서 대규모 군대를 조직하여 튀니지 왕을 왕국에서 쫓아내기 위하여 왔습니다. 그런 일은 감옥에 있던 마르투초 고미토의 귀에도 들어갔고, 바르베리아 언어를 잘 알고 있던 그는 튀니지 왕이 방어하기 위하여 엄청나게 노력하고 있다는 말을 듣고, 자신과 동료들을 감시하는 사람 중 한 명에게 말했습니다.

「만약 내가 왕과 말할 수 있다면, 왕께서 전쟁에서 승리할

---

13 원문은 〈Meriabdelà〉인데, 아마 물라이 압달라Moulay Abdellah의 변형일 것으로 짐작된다.

수 있도록 조언을 해드릴 수 있을 것 같소.」

옥지기는 그 말을 윗사람에게 했고, 그는 곧바로 왕에게 보고했습니다. 그리하여 왕은 마르투초를 데려오라고 하여 무슨 조언이냐고 물었고, 마르투초는 이렇게 대답했습니다.

「폐하, 만약 제가 예전에 폐하의 지역을 자주 방문하였을 때, 폐하께서 전투를 수행하시는 방법을 잘 관찰하였다면, 다른 무엇보다 주로 궁수들로 전투하시는 것 같습니다. 만약 적의 궁수들에게 화살이 부족하고 폐하의 궁수들은 화살을 풍부하게 가질 방법을 찾는다면, 폐하의 전투는 승리할 것으로 생각합니다.」

그러자 왕은 말했습니다.

「그렇게 할 수 있다면, 틀림없이 승리하리라 믿네.」

그러자 마르투초는 말했습니다.

「폐하, 원하신다면 그렇게 하실 수 있으니, 들어 보십시오. 폐하께서는 폐하 궁수들의 활에 일반적으로 모든 활에 사용되는 것보다 훨씬 더 가는 줄을 묶게 하시고, 이어서 그 가는 줄에만 맞는 오늬의 화살을 만들게 하십시오. 그리고 그것은 적이 모르게 비밀리에 이루어져야 합니다. 적이 대책을 마련하지 못하도록 말입니다. 제가 이런 말씀을 드리는 이유는 이렇습니다. 적의 궁수들이 자기 화살을 다 쏘고, 또 폐하의 궁수들도 자기 화살을 다 쏜 다음에는, 전쟁이 계속된다면, 적은 폐하의 궁수들이 쏜 화살을 거두고, 폐하의 궁수들은 적의 화살을 거두어야 할 것입니다. 하지만 적은 폐하의 궁수들이 쏜 화살을 사용할 수 없을 것입니다. 왜냐하면 오늬가 굵은 줄에 맞지 않을 것이기 때문입니다. 그러나 폐하의 궁수들은 반대로 적의 화살을 사용할 수 있습니다. 가는 줄은 오늬가 넓은 화살을 잘 받아들일 수 있으니까요. 그러면 폐하의 궁수들은 화살을 풍부하게 갖고, 반면에 적에게는 화살이 부족하게 될 것입니다.」

현명한 군주였던 왕은 마르투초의 충고가 마음에 들었습니다. 그리하여 그대로 했고 전쟁에서 승리했습니다. 따라서 마르투초는 최고로 왕의 은총을 받았고, 그 결과 신분이 높아지고 부자가 되었습니다. 그 소문은 널리 주변에 퍼졌고, 고스탄차의 귀에도 들어가게 되었으니, 오랫동안 죽었다고 믿었던 마르투초 고미토가 살아 있었던 것이었지요. 그리하여 그녀의 차가워진 심장 안에서 식었던 그에 대한 사랑이 즉각적인 불꽃으로 다시 불붙어 더욱 커졌고 죽었던 희망이 되살아났습니다.

그래서 함께 살던 착한 부인에게 자신에게 일어난 모든 사건을 고스란히 이야기했고, 자기는 튀니스에 가고 싶다고 말했습니다. 소문을 들은 귀가 보고 싶게 한 것을 눈이 충분히 즐길 수 있도록 말입니다.[14] 부인은 고스탄차의 욕망을 많이 칭찬하였고, 마치 어머니처럼 함께 배를 타고 튀니스로 갔으며, 거기에서 고스탄차와 함께 어느 친척의 집에서 명예로운 환대를 받았습니다. 그리고 카라프레사도 함께 갔으므로 그녀를 보내 마르투초에 대하여 알아보게 했고, 그녀는 마르투

---

14 마르투초에 관한 소문을 듣고 그를 보고 싶었다는 뜻이다.

초가 살아 있으며 신분이 높다는 것을 발견했다고 전했습니다. 귀부인은 자신이 직접 마르투초에게 고스탄차가 거기에 와 있다는 것을 전하고 싶었고, 그래서 어느 날 마르투초가 있는 곳으로 가서 말했습니다.

「마르투초, 저의 집에 리파리에서 온 당신의 하인 한 명이 머물고 있는데, 거기에서 당신과 비밀리에 말하고 싶어 합니다. 다른 사람을 믿을 수 없어서 그가 원하는 대로 제가 직접 전하러 왔습니다.」

마르투초는 그녀에게 감사하고 바로 그녀의 집으로 갔습니다. 고스탄차는 그를 보자 기쁨으로 거의 죽을 지경이었으니, 더 억제하지 못하고 곧바로 두 팔을 벌리고 그에게 달려가 목을 껴안았습니다. 그리고 지나간 불행에 대한 연민과 현재의 기쁨으로 아무 말도 하지 못하고 부드럽게 눈물을 흘리기 시작했습니다. 마르투초는 그녀를 보고 깜짝 놀라 잠시 말없이 있었고, 그런 다음 한숨을 쉬며 말했습니다.

「오, 나의 고스탄차여, 그대 살아 있었군요? 벌써 오래전에 그대가 실종되었다는 말을 들었고, 고향의 우리 집에서도 그대에 대해 아무것도 모르고 있었어요.」

그렇게 말한 다음 부드럽게 눈물을 흘리며 그녀를 껴안고 입을 맞추었습니다. 고스탄차는 자신에게 있었던 모든 일과 귀부인에게서 받은 환대에 대해 모두 이야기했습니다. 마르투초는 많은 이야기를 나눈 다음 그녀에게서 떠나 자기 군주 왕에게 갔고, 자기 사건과 고스탄차의 사건에 대해 모두 이야기했으며, 왕이 허락한다면 우리의 의식에 따라 그녀와 결혼하고 싶다고 덧붙였습니다. 왕은 그런 일에 깜짝 놀랐고, 그래서 고스탄차를 불러 그녀에게게서 마르투초가 말한 것이 사실임을 확인하고 말했습니다.

「그렇다면 그대는 그를 남편으로 맞이할 자격이 충분하구나.」

그리고 크고 진귀한 선물을 많이 가져오게 하여 일부는 그녀에게 주고, 일부는 마르투초에게 주었으며, 자기들끼리 서로 원하는 대로 하도록 허락했습니다. 마르투초는 고스탄차와 함께 살던 귀부인을 명예롭게 대접하며 그녀에게 봉사한 것에 대해 감사하였고, 합당한 선물을 주고 하느님의 은총을 기원했습니다. 그리고 귀부인은 고스탄차의 많은 눈물과 함께 떠났습니다. 이어서 왕의 허락을 받아 두 사람은 카라프레사와 함께 배에 올랐고, 순풍을 받아 리파리로 돌아갔으며, 거기에서 말할 수 없을 정도로 커다란 환대를 받았습니다. 마르투초는 고스탄차와 결혼하여 크고 멋진 잔치를 벌였고, 함께 평화롭고 아늑하게 오랫동안 자신들의 사랑을 즐겼답니다.」

## 셋째 이야기

피에트로 보카마차는 아뇰렐라와 함께 달아나다가 강도들을 만난다. 아뇰렐라는 숲으로 달아나고 어느 성으로 인도된다. 피에트로는

붙잡혔다가 강도들의 손에서 달아나고, 몇 가지 사건 뒤에
아뇰렐라가 있는 성으로 간다. 그리고 그녀와 결혼하고
함께 로마로 돌아간다.

에밀리아의 이야기를 칭찬하지 않는 사람은 아무도 없었
습니다. 이야기가 끝난 것을 알고 여왕은 엘리사에게 몸을
돌려 계속 이야기하라고 명령하였고, 그녀는 기꺼이 복종하
여 이렇게 시작했습니다.

[귀여운 여인들이여, 저에게는 신중하지 못한 두 젊은이
가 겪은 불행한 밤이 머릿속에 떠오르네요. 하지만 그다음에
는 아주 행복한 나날들이 이어져 우리의 주제에 어울리므로
이야기하고 싶습니다.

예전에는 세계의 머리였으나 지금은 꼬리인 로마[15]에 로마
의 매우 명예로운 가문 출신으로 피에트로 보카마차[16]라는
청년이 살았습니다. 그는 아뇰렐라라는 아주 아름답고 우아
한 여인을 사랑하는데, 평민이지만 로마인들이 사랑하는 질
리우오초 사울로라는 사람의 딸이었습니다. 그녀를 사랑하
면서 많은 성의를 기울였기에 아뇰렐라도 마찬가지로 그를

---

15 한때 〈세계의 머리Caput Mundi〉로 일컬어지던 로마가 이제 초라한
도시로 전락했다는 뜻이다. 실제로 14세기 초에 교황청이 프랑스 왕의 영향
권 아래로 들어가는 소위 〈아비뇽 유수〉와 함께 로마는 더욱 빛을 잃어 가고
있었다.

16 보카마차Boccamazza 가문은 실제로 로마의 가장 유력한 가문 중 하
나였다. 여기에서 보카마차 가문은 로마의 유력한 오르니시Orsini 가문과 우
호적인 관계로 묘사된다.

열렬히 사랑하기 시작했습니다. 피에트로는 불타는 사랑에 이끌려 그녀에 대한 욕망이 주는 쓰라린 고통을 더 견딜 수 없을 것 같아 그녀에게 아내가 되어 달라고 요구했습니다. 그런 사실을 안 친척들은 모두 가서 그가 하고자 하는 것을 강하게 비난했고, 다른 한편으로 질리우오초 사울로에게 사람을 보내 절대로 피에트로의 말에 관심을 기울이지 말라고 전했습니다. 만약 그렇게 하면 절대 친구나 친척으로 받아들이지 않을 것이라고 말입니다.

피에트로는 자기 욕망을 이룰 수 있는 유일한 방법이라고 믿었던 것이 저지당하는 것을 보고 고통스러워 죽을 지경이었으니, 만약 질리우오초가 허락했다면, 모든 친척의 의지에 거슬러도 그의 딸을 아내로 맞이하였을 것입니다. 그럼에도 만약 아뇰렐라가 좋다면 그 일의 결실을 보려고 마음먹었고, 그래서 사람을 중간에 개입시켜 들어 보니 그녀도 좋다고 하였으므로 함께 로마에서 달아나기로 합의하였습니다. 그리하여 준비를 마친 피에트로는 어느 날 아침 일찍 일어나 그녀와 함께 말을 타고 아나니[17]를 향해 길을 떠났습니다. 거기에는 피에트로가 무척 신뢰하는 친구 몇 명이 있었지요. 추격받을까 두려워서 결혼식을 올릴 시간이 없었기 때문에, 그렇게 말을 타고 가는 동안 두 사람은 함께 자신들의 사랑에 대해 말하면서 이따금 서로 입맞춤을 했습니다.

그런데 피에트로가 잘 아는 길이 아니었기에 로마에서

---

17 원문은 알라냐Alagna인데, 오늘날의 아나니Anagni로 로마 동남쪽의 작은 도시이다.

8마일 정도 떨어졌을 때 오른쪽 길로 가야 하는데 왼쪽 길로 가게 되었습니다. 그리고 2마일도 가기 전에 두 사람은 가까이에서 작은 성을 보았는데, 열두어 명 정도의 병사들이 그들을 보고 곧바로 성에서 나왔습니다. 그리고 벌써 가까이 이르렀을 때, 그들을 본 아뇰렐라가 소리쳤어요.

「피에트로, 어서 달아나요! 공격받고 있으니까요!」

그리고 아뇰렐라는 커다란 숲을 향해 말머리를 돌렸고, 안장에 몸을 붙이고 말에게 박차를 가했으니, 박차가 찌르는 것을 느낀 말은 숲으로 달렸습니다. 피에트로는 길보다 그녀를 바라보면서 가고 있었으므로 접근하는 병사들을 그녀처럼 빨리 깨닫지 못했습니다. 그래서 뒤늦게 그들이 어디에서 오는지 보면서 가다가 따라잡혀 붙잡혔고, 말에서 내리게 되었습니다. 누구냐는 질문에 대답하자 그들은 자기들끼리 상의하더니 말했습니다.

「이놈은 우리 적의 친구야. 오르시니에 대한 경멸로 이놈의 옷과 말을 빼앗고 참나무에 목을 매달 수밖에 없잖아?」

그리고 그런 결정에 모두 동의하고 피에트로에게 옷을 벗으라고 명령했습니다. 피에트로는 옷을 벗으면서 벌써 자신의 불행을 예상하였는데, 갑자기 매복해 있던 병사들이 스물다섯 명 정도 나타나 그들을 공격하면서 외쳤습니다.

「죽여라! 죽여라!」

매복에 기습당한 자들은 피에트로를 놔두고 몸을 돌려 방어하려고 했지만, 공격자들의 숫자가 훨씬 많은 것을 보고 달아나기 시작했고, 공격자들은 추격했습니다. 그것을 본 피

156

에트로는 재빨리 자기 물건을 들고 말에 올라탔고, 아뇰렐라가 달아난 길로 가능한 한 빨리 달리기 시작했습니다. 하지만 숲속에서 길이나 오솔길도 보이지 않고 말 발자국도 알아볼 수 없었으니, 자신을 붙잡았던 자들이나 그들을 공격한 다른 사람들의 손에서 벗어나 안전하다고 생각한 뒤에는 자기 연인을 찾지 못해 누구보다 괴로워 울기 시작했고, 숲속에서 때로는 이쪽, 때로는 저쪽으로 가면서 그녀를 불렀습니다. 하지만 누구도 대답하지 않았고, 감히 뒤로 돌아가지 못하였기에 어디로 가야 할지도 모르면서 앞으로 나아갔습니다. 그러면서 숲에서 사는 짐승들 때문에 자기 자신과 동시에 연인이 걱정되었으니, 매 순간 그녀가 곰이나 늑대에게 목이 물리는 모습이 보이는 것 같았습니다.

그리하여 불행한 피에트로는 온종일 숲속에서 외치고 부르면서 갔고, 때로는 앞으로 간다고 믿었는데 뒤로 돌아오기도 했으며, 외치고 울면서 두려움과 오랜 굶주림에 지쳐 이제 더 앞으로 나아갈 수 없었습니다. 그리고 밤이 되는 것을 보고 다른 결정을 내릴 수 없어 커다란 참나무를 발견하고, 말에서 내려 말을 나무에 묶었고, 이어서 밤에 짐승들에게 잡아먹히지 않으려고 나무 위로 올라갔습니다. 곧이어 달이 떴고 날씨는 아주 맑았지만, 피에트로는 떨어질까 두려워서 잠을 잘 수 없었으니, 몸이 편안했어도 연인 생각과 괴로움 때문에 잠들지 못했을 것입니다. 그래서 한숨과 눈물 사이에 자신의 불행을 혼자 저주하면서 밤을 새웠습니다.

한편 앞에서 말했듯이 아뇰렐라는 달아나면서 어디로 가

는지도 몰랐고, 그녀의 말도 어디로 갈지 모르고 내키는 대로 그녀를 태우고 숲속으로 깊이 들어갔으니, 어디로 들어왔는지도 알 수 없었습니다. 그리하여 피에트로가 한 것과 다르지 않게 온종일 때로는 기다리고 때로는 가면서, 울고 부르짖으면서 자신의 불행에 괴로워하며 황량한 숲속으로 들어가 헤맸습니다. 마침내 피에트로가 오지 않는 것을 보고 벌써 저녁 기도 시간이 되었을 무렵 작은 오솔길과 마주쳤기에 그리로 들어섰습니다. 말이 그 길을 따라 2마일 넘게 갔을 때 앞에 멀리 조그마한 집이 보였고, 가능한 한 빨리 그곳으로 갔습니다. 그리고 거기에서 나이 많은 어느 착한 노인이 마찬가지로 연로한 아내와 함께 있는 것을 발견했는데, 그들은 혼자 오는 그녀를 보고 말했습니다.

「아니, 아가씨,[18] 이 시간에 이런 곳에서 혼자 무엇을 하고 있어요?」

아뇰렐라는 숲속에서 자기 동료를 잃었다고 울면서 대답했고, 아나니에서 얼마나 멀리 떨어져 있느냐고 물었습니다. 그러자 착한 노인이 대답했습니다.

「이봐요, 이것은 아나니로 가는 길이 아니에요. 그곳은 여기에서 12마일 이상 떨어져 있답니다.」

그러자 아뇰렐라가 말했어요.

「그러면 숙박할 수 있는 주거지는 어디에 있어요?」

그러자 착한 노인이 대답했습니다.

18 원문은 〈딸이여〉이다.

「아가씨가 해가 지기 전에[19] 갈 수 있을 만큼 가까운 곳에는 주거지가 전혀 없어요.」

그래서 처녀는 말했어요.

「그렇다면 다른 곳에 갈 수 없으니, 하느님 덕분에 오늘 밤 여기 묵게 해주실 수 있을까요?」

착한 노인은 대답했습니다.

「아가씨, 오늘 밤 아가씨가 우리와 함께 머무는 것은 어렵지 않아요. 하지만 그래도 이것은 경고하고 싶어요. 이 지역에는 밤낮없이 친구든 적이든 나쁜 무리가 상당히 많이 다니면서 종종 나쁜 짓을 저지르고 큰 피해를 주기도 한다오. 그러니 아가씨가 있을 때 불행하게도 어떤 무리가 오면, 아가씨가 젊고 아름다운 것을 보고 불쾌하고 부끄러운 일을 저지를 수도 있는데, 우리가 도와줄 수 없다오. 아가씨에게 이런 말을 하는 것은, 혹시 그런 일이 일어나도 나중에 우리에게 불평하지 말라고 하는 말이오.」

아뇰렐라는 노인의 말에 놀랐으나 시간이 늦은 것을 보고 말했습니다.

「만약 하느님께서 원하신다면, 당신들과 저를 그런 괴로움에서 돌봐 주실 겁니다. 혹시 그런 일이 일어나더라도 숲속에서 짐승들에게 물어뜯기는 것보다 사람들에게 찢어지는 편이 더 나을 것입니다.」

그렇게 말하고 말에서 내려 가난한 노인의 집으로 들어갔

19 원문은 〈낮에〉이다.

습니다. 그리고 그들이 갖고 있던 것으로 함께 초라한 식사를 했고, 이어서 완전히 옷을 입은 채 그들의 작은 잠자리에 그들과 함께 누웠습니다. 그리고 밤새도록 자기 불행과 나쁜 일들, 그리고 전혀 알 수 없는 피에트로의 불행에 대해 탄식하고 우는 것을 멈추지 않았습니다. 그런데 벌써 새벽이 가까워졌을 때 그녀는 많은 사람들의 발소리를 들었습니다. 그래서 일어나 그 작은 집 뒤에 있는 큰 마당으로 나갔고, 마당 한쪽에서 커다란 건초 더미를 발견하고 만약 사람들이 그곳으로 와도 쉽게 찾을 수 없도록 그 안으로 숨었습니다. 숨자마자 나쁜 사람들의 큰 무리가 작은 집의 문 앞에 왔고, 문을 열고 안으로 들어갔습니다. 그리고 아직 안장이 그대로 있는 처녀의 말을 발견하고는 누가 있냐고 물었습니다. 착한 노인은 처녀가 없는 것을 보고 말했습니다.

「우리 외에 아무도 없습니다. 그리고 이 말은 누구에게서 달아났는지 엊저녁 우리에게 왔고, 그래서 늑대들이 잡아먹지 못하도록 집 안으로 데려다 놓았지요.」

그러자 무리의 우두머리가 말했습니다.

「그렇다면 우리 것이 되겠군. 주인이 없으니까 말이야.」

그들은 모두 집 안으로 흩어졌고, 일부는 마당으로 가서 창과 나무 방패를 내려놓았습니다. 그런데 그들 중 한 명이 무심코 창을 건초 더미로 던졌고, 숨어 있던 처녀를 거의 죽일 정도로 창이 가깝게 꽂혀 그녀가 발각될 뻔했습니다. 창끝이 그녀의 옷을 스칠 만큼 왼쪽 옆구리에 가까이 꽂혔기 때문에, 그녀는 찔릴까 두려워 큰 비명을 지를 뻔했지만, 자기가 지금 어디에 있는지 기억하고 완전히 몸을 웅크리고 조용히 있었습니다. 무리는 여기저기 흩어져 염소나 다른 고기를 구워 먹고 마신 다음 처녀의 말을 끌고 가버렸습니다. 그들이 어느 정도 멀어졌을 때 착한 노인은 아내에게 물었습니다.

「엊저녁 우리에게 온 처녀는 어떻게 되었을까? 우리가 일어난 뒤로 보이지 않았는데.」

착한 노파는 모른다고 대답하고 찾아보았습니다. 아뇰렐라는 그들이 떠났다는 것을 알고 건초 더미에서 나왔습니다. 그러자 착한 노인은 그녀가 그들의 손에 잡히지 않은 것을 보고 크게 만족했고, 벌써 날이 밝았으므로 그녀에게 말했습니다.

「이제 날이 밝았으니, 아가씨가 좋다면, 우리가 여기에서 5마일 정도 떨어진 성까지 바래다주겠소. 그러면 안전한 곳에 있게 될 거요. 하지만 걸어서 가야 해요. 조금 전 여기에서 떠난 그 나쁜 사람들이 아가씨의 말을 데려갔으니까 말이오.」

처녀는 그것을 평화롭게 받아들이고 하느님 덕분에 성으로 데려다달라고 부탁했고 그래서 길을 떠나 셋째 시간 중간 무렵[20] 성에 이르렀습니다. 그곳은 오르시니 가문에 속하는 리엘로 디 캄포디피오레의 성이었고, 우연하게도 그의 부인이 거기 있었는데, 매우 착하고 거룩한 여인이었습니다. 그녀는 아뇰렐라를 보고 곧바로 알아보고 반갑게 맞이하였고,

20 셋째 시간이 되기 전 중간 정도이므로 대략 7시 30분이다.

어떻게 그곳에 오게 되었는지 자세히 알고 싶어 했습니다. 아뇰렐라는 모든 것을 이야기했습니다. 그리고 부인은 남편의 친구였던 피에트로를 알고 있었기에 그런 사건에 괴로웠습니다. 그리고 어디에서 붙잡혔는지 듣고 아마 살해당했으리라고 생각했고, 그래서 아뇰렐라에게 말했습니다.

「피에트로에 대해 아직 모르니 여기에서 나와 함께 머물러요. 내가 안전하게 로마에 보내 줄 수 있을 때까지 말이에요.」

한편 피에트로는 더없이 고통스럽게 참나무 위에 있었는데, 첫잠이 들 무렵 무려 스무 마리 정도의 늑대가 오는 것을 보았어요. 늑대들은 말을 보자 모두 주위를 에워쌌습니다. 늑대들을 본 말은 머리를 쳐들었고 고삐를 끊고 달아나려고 시도했지만, 포위되어 달아날 수 없었기에 이빨과 발길질로 한동안 방어했습니다. 그러나 결국 늑대들에 의하여 땅에 쓰러졌고 목이 물리고 곧바로 배가 찢어졌습니다. 늑대들은 모두 달려들어 뼈만 남기고 게걸스럽게 뜯어 먹고 가버렸습니다. 그것을 본 피에트로는 말이 자기 노고의 동반자이며 받침대라고 생각했기에 무척 당황스러웠고, 그 숲에서 나갈 수 없을 것 같았습니다. 벌써 날이 밝기 시작했고, 참나무 위에서 추위 죽을 지경이었던 그는 계속 주위를 둘러보다가 1마일 정도 떨어진 곳에서 커다란 불빛을 보았습니다. 벌써 날이 밝았기에 두려움이 없지 않았으나 참나무에서 내려왔고, 불빛을 향해 한참 가서 마침내 도착했는데, 불 주위에서 목동들이 식사하면서 즐겁게 지내다가 그를 따뜻하게 맞이했습니다.

피에트로는 식사하고 따뜻해진 다음 목동들에게 자신의
불행과 어떻게 그곳에 오게 되었는지 이야기했고, 혹시 그
주위에 자기가 갈 수 있는 성이나 별장이 있는지 물었습니다.
목동들은 거기에서 대략 3마일 거리에 리엘로 디 캄포디피
오레의 성이 있고, 거기에는 지금 그의 부인이 있다고 대답
했습니다. 그 말에 피에트로는 매우 만족하여 그들 중 누군
가가 성까지 안내해 달라고 부탁했고, 두 사람이 기꺼이 그
렇게 해주었습니다.

성에 도착한 피에트로는 아는 사람 몇 명을 발견했고, 숲에
서 아뇰렐라를 찾을 방법을 모색하던 중에 부인의 부름을 받
았습니다. 그는 곧바로 부인에게 갔는데, 아뇰렐라가 부인과
함께 있는 것을 보고 말할 수 없이 기뻤습니다. 그는 그녀에
게 다가가 껴안고 싶었지만, 부인 때문에 부끄러워 참았습니
다. 그리고 그를 본 아뇰렐라의 기쁨도 그의 즐거움에 못지
않았습니다. 귀부인은 반갑게 맞이했고, 그에게 일어난 일을
듣고 나서 자기 친척들의 의지에 거슬러 하고자 했던 일에 대
해 그를 꾸짖었습니다. 하지만 그가 아직도 그렇게 할 작정이
며 아뇰렐라도 좋아하는 것을 보고 혼자 말했습니다.

「내가 어떻게 해야 할까? 이들은 서로 사랑하고, 서로 잘
알고 있어. 둘 다 마찬가지로 남편의 친구이고, 이들의 욕망
은 순수해. 하느님께서도 좋아하시는 것 같군. 한 명은 목매
달 밧줄에서 살아남았고, 다른 한 명은 창에서 살아났으며,
둘 다 야생 짐승들에게서 살아남은 것을 보면 말이야. 그렇
다면 그렇게 되어야지.」

그리고 두 사람을 향해 말했습니다.

「만약 아직도 함께 아내와 남편이 되고 싶은 마음이 그대들에게 있다면, 나도 동의해요. 그렇다면 그렇게 되어야지요. 여기에서 리엘로의 비용으로 결혼식을 준비할 거예요. 그대들과 그대들 친척들 사이의 화해는 내가 이루어지게 할게요.」

피에트로는 무척 기뻤고, 아놀렐라는 더 기뻤으며, 둘은 거기에서 결혼했으니, 산속이지만 귀부인은 가능한 대로 그들에게 성대한 잔치를 베풀었습니다. 그리하여 거기에서 그들은 사랑의 첫 열매를 아주 달콤하게 맛보았습니다. 그런 다음 여러 날이 지난 뒤 부인은 그들과 함께 말에 올라탔고 수행원들과 함께 로마로 돌아갔습니다. 그리고 피에트로의 친척들이 그가 한 일에 대해 격노한 것을 발견하고 그들과 화해하도록 했습니다. 그리하여 피에트로는 아놀렐라와 함께 늙을 때까지 매우 즐겁고 편안하게 잘 살았다고 합니다.]


## 넷째 이야기


리차르도 마나르디는 리치오 디 발보나[21] 씨의 딸과 함께 있다가

---

21 리차르도 마나르디Ricciardo Manardi와 리치오 디 발보나Lizio di Valbona는 실존 인물이었다. 리치오 디 발보나는 단테의 『신곡』 「연옥」 14곡 97행에서도 언급되었다. 리차르도에 대해서는 정확하게 알려지지 않았지만, 마나르디 가문은 단테의 『신곡』 「연옥」 14곡 112행에서도 언급되듯이 이탈리아 북부 포틀리의 베르티노로Bertinoro를 다스렸다.

그에게 발각된다. 리차르도는 그녀와 결혼하고
그녀의 아버지와 화해하게 된다.


엘리사가 침묵하자 동료 여인들이 그녀의 이야기에 보내는 찬사를 들으면서 여왕은 필로스트라토에게 이야기하라고 명령했고, 그는 웃으면서 이렇게 시작했습니다.

[저는 여러분에게 잔인한 주제를 제시해 울게 하였기 때문에, 여러분 중 많은 여인으로부터 여러 번 비난받았습니다. 그러니 그런 괴로움에서 회복시켜 주고자 조금이나마 여러분을 웃게 해줄 이야기를 해야겠다는 생각이 드는군요. 따라서 부끄러움이 뒤섞인 짧은 두려움과 탄식의 괴로움을 거쳐 행복한 결말에 이른 사랑을 짧은 이야기로 들려드리고 싶습니다.

그러니까 훌륭한 여인들이여, 오래전이 아니었을 때 로마냐[22] 지방에 선량하고 예의 바른 기사가 살았는데, 그의 이름은 리치오 디 발보나였습니다. 그는 우연하게도 노년에 아내 자코미나 부인에게서 딸을 하나 얻었는데, 딸은 자라면서 지역의 다른 어떤 여인보다 아름답고 우아해졌습니다. 그리고 외동딸이었기 때문에, 부모는 그녀를 극진하게 사랑하였고 놀라울 정도로 정성스럽고 소중하게 보살폈으며, 아주 좋은 결혼을 하게 해주려고 생각하고 있었지요.

그런데 리치오 씨의 집에는 리차르도라는, 베르티노로를 다스린 마나르디 가문 출신의 멋지고 인물 좋은 청년이 자주

22 현재의 공식적인 이름은 에밀리아로마냐Emilia-Romagna로 이탈리아 북부 지방이다.

방문하여 리치오 씨와 함께 머무르곤 했습니다. 리치오 씨나 부인은 그를 아들처럼 여겼기에 달리 감시하지 않았습니다. 그는 아름답고 우아하며 칭찬받을 만한 태도와 품행을 지닌 처녀를 여러 번 보면서 벌써 남편처럼 그녀를 열렬히 사랑하게 되었습니다. 그러나 아주 세심하게 자신의 사랑을 감추었습니다. 처녀는 그것을 눈치채고 전혀 피하지 않았고 마찬가지로 그를 사랑하기 시작했으니, 리차르도는 무척 기뻤습니다. 그리고 여러 번 그녀에게 말을 건네고 싶었지만 두려움에 침묵하다가 그래도 한 번 기회를 잡아 과감하게 그녀에게 말했습니다.

「카테리나, 부탁하오, 내가 사랑하다가 죽지 않게 해주오.」

처녀는 곧바로 대답했어요.

「하느님께 바라건대, 당신이야말로 내가 죽지 않게 해주세요!」

그런 대답은 리차르도에게 많은 즐거움과 대담함을 덧붙여 주었으니, 그는 말했지요.

「나는 당신이 좋아하는 것은 뭐든지 할 것이오.[23] 하지만 당신과 나의 목숨을 구할 방법은 당신이 찾아야 하오.」

그러자 처녀는 대답했습니다.

「리차르도, 내가 얼마나 감시당하는지 알잖아요. 그러니 나로서는 당신이 나에게 올 수 있는 방법을 찾을 수 없어요. 하지만 내가 부끄러움 없이 할 수 있는 방법을 당신이 안다

---

23 원문은 〈per me non istarà mai cosa che a grado ti sia〉, 직역하면 〈나 때문에 당신이 좋아하는 것은 절대 부족하지 않을 것이오〉이다.

면 말해 줘요. 그러면 내가 그렇게 할게요.」

리차르도는 여러 가지를 생각하더니 곧바로 말했어요.

「내 달콤한 카테리나여, 당신이 아버지의 정원 옆에 있는 발코니에서 자거나 그곳으로 나오는 것 말고는, 다른 방법을 찾지 못하겠어요. 만약 당신이 밤에 그곳에 있다는 것을 알면, 비록 아주 높지만, 분명히 그곳으로 가는 방법을 찾아낼 것이오.」

그러자 카테리나는 대답했습니다.

「그곳으로 올 마음이 있다면, 내가 그리로 가서 자도록 할 수 있을 거예요.」

리차르도는 그러겠다고 말했고, 그 말을 한 다음 두 사람은 한 번 스치듯이 입맞춤하고 헤어졌습니다. 이튿날 벌써 5월 말이 가까워졌기에 카테리나는 지난밤 너무 더워서 잠을 자지 못했다고 어머니 앞에서 불평하기 시작했습니다. 어머니는 말했습니다.

「내 딸아, 뭐가 더웠다고 그래? 오히려 정말 시원했는데.」

그러자 카테리나는 말했습니다.

「어머니, 〈내 생각에는〉이라고 말해야지요. 어머니는 아마 진실을 말하겠지요. 하지만 나이 많은 여자보다 처녀들이 얼마나 더 더운지 생각해야 해요.」

그러자 어머니가 말했어요.

「내 딸아, 그것은 사실이다. 하지만 더위와 추위를 내 마음대로 할 수 없구나. 날씨는 계절이 주는 대로 그냥 받아들여야해. 혹시 오늘 밤에 더 시원해지면 편안히 잘 수 있을 거야.」

카테리나는 말했습니다.

「하느님께서 원하신다면 그럴 수도 있지요. 하지만 여름을 향해 가면서 밤이 더 시원해진다는 것은 이상한 일이겠지요.」

부인은 말했습니다.

「그렇다면 너는 어떻게 하고 싶으냐?」

카테리나는 대답했어요.

「아버지와 어머니가 괜찮다면, 저는 아버지 침실 옆에 정원 위로 난 발코니에다 작은 침대를 놓고 거기에서 자고 싶어요. 시원한 곳에서 밤꾀꼬리 노랫소리도 들으면서 어머니 방에서보다 훨씬 편안하게 잘 거예요.」

그러자 어머니는 말했습니다.

「내 딸아, 힘내거라. 내가 아버지에게 말해 볼게. 그리고 아버지가 원하는 대로 해주겠다.」

아내에게서 그런 말을 듣고 리치오 씨는 나이가 많아 약간 완고해졌기 때문인지 이렇게 말했습니다.

「밤꾀꼬리 노래를 들으면서 자고 싶다니, 그게 무슨 말이오? 나는 매미 노랫소리를 들으면서 자게 하고 싶군.」

그 사실을 알고 카테리나는 더위보다 화가 나서 이튿날 밤에 잠을 자지 않았을 뿐만 아니라, 너무 덥다고 괴로워하면서 어머니를 자지 못하게 했습니다. 불평을 들은 어머니는 아침에 리치오 씨에게 말했습니다.

「여보, 당신은 딸을 소중하게 생각하지 않는군요. 발코니에서 잔다고 해서 당신에게 무슨 상관이 있어요? 덥다고 밤새도록 잠을 자지 못했어요. 게다가 아직 어린 소녀인데 밤꾀꼬리 노래 듣는 것을 좋아한다고 해서 놀랄 것 없잖아요? 젊은 아이들은 자신과 비슷한 것을 원한다고요.」

리치오 씨는 그 말을 듣고 말했어요.

「알았소. 거기에 알맞은 침대를 놓고, 주변에 장막을 둘러 쳐 줘요. 그리고 거기에서 자면서 마음껏 밤꾀꼬리 노래를 들으라고 해요!」

카테리나는 그 말을 듣고 곧바로 거기에다 침대를 놓게 했어요. 그리고 다가올 밤에 거기에서 자게 되었으니 리차르도를 볼 것으로 기대했고, 그래서 자기들끼리 정해 놓은 신호를 했고, 그에 따라 리차르도는 해야 할 일을 알았습니다. 리치오 씨는 딸이 잠자러 가는 소리를 듣고 자기 방에서 발코니로 통하는 문을 잠그고 자기도 자러 갔습니다.

사방에 모든 것이 조용해지자 리차르도는 사다리를 이용하여 벽으로 올라갔고, 그런 다음 거기에서 다른 벽의 일부 돌출된 부분을 붙잡고 떨어질 위험과 함께 힘들게 발코니 위로 올라갔고, 거기에서 조용하게 카테리나의 커다란 환대를 받았습니다. 그리고 많은 입맞춤 뒤에 함께 잠자리로 갔고 거의 밤새도록 서로 쾌락과 즐거움을 누리면서 여러 번이나 밤꾀꼬리가 노래하게 했습니다.[24] 그런데 밤은 짧고 쾌락은 크기 때문에 벌써 새벽이 가까워졌는데도 그들은 그것을 깨닫지 못했으며, 날씨도 더운 데다 서로 희롱하느라 뜨거워졌으므로 아무것도 걸치지 않고 잠들었습니다. 카테리나는 오

---

24 이탈리아어에서 〈새uccello〉는 동시에 남성 성기를 의미하기도 하므로 성적인 암시가 담긴 표현이다.

른팔로 리차르도의 목 아래를 껴안고, 왼손으로는 여러분이 특히 남자들 사이에서 이름으로 부르기를 부끄러워하는 것을 잡고 있었어요. 그런 모습으로 깨지 않고 자는 동안 날이 밝았고, 리치오 씨는 일어났습니다. 그리고 딸이 베란다에서 잔다는 것을 기억하고 조용히 문을 열면서 혼자 말했어요.

「밤에 밤꾀꼬리가 카테리나를 잘 자게 하였는지 보아야 겠군.」

그리고 조용히 나가 침대를 두르고 있던 장막을 걷어 올렸고, 리차르도와 딸이 벌거벗고 아무것도 덮지 않은 채 조금 전에 말한 것처럼 껴안고 자는 것을 보았습니다. 그는 리차르도를 잘 알아보았기에 조용히 거기에서 나왔고, 아내의 침실로 가 부르면서 말했습니다.

「어서 일어나요, 여보. 일어나 와서 봐요. 당신 딸이 그렇게 밤꾀꼬리를 열망하더니, 잠복해 있다가 붙잡아서 손에 잡고 있는 그것을 봐요.」

부인이 말했습니다.

「어떻게 그럴 수가 있어요?」

리치오 씨는 말했어요.

「빨리 오면 볼 것이오.」

부인은 서둘러 옷을 입고 조용히 리치오 씨를 따라갔습니다. 둘이 함께 침대로 가서 장막을 걷었고, 자코미나 부인은 딸이 노랫소리를 듣고 싶어 하던 밤꾀꼬리를 어떻게 붙잡아 쥐고 있는지 분명히 볼 수 있었습니다. 그것을 보고 부인은 리차르도에게 속았다고 생각하여 소리치고 욕을 하려고 했지만, 리치오 씨가 말했습니다.

「부인, 아무리 내 사랑을 소중히 생각하더라도, 아무 말 말아요. 사실 우리 딸이 잡은 이상 자기 것이니까 말이오. 리차르도는 귀족이고 부자 청년이오. 그보다 더 좋은 사윗감[25]을 얻을 수 없을 것이오. 만약 그가 나와 잘 합의하고 여기에서 떠나고 싶다면, 먼저 우리 딸과 결혼해야 할 것이오. 그가 밤 꾀꼬리를 다른 사람이 아닌 우리 딸의 새장 안에 넣었을 테니까 말이오.」

그러자 부인은 남편이 그런 사실에 화를 내지 않은 것을 보고 위안이 되었습니다. 그리고 딸이 좋은 밤을 지냈고 잘 쉬었으며 밤꾀꼬리를 붙잡았다는 것을 고려하여 침묵했습니다. 그런 말을 하고 얼마 지나지 않아 리차르도는 잠이 깼고, 날이 밝은 것을 보고 이제 죽었다고 생각했고, 카테리나를 불러 말했습니다.

「세상에! 내 영혼이여, 날이 밝았는데 내가 여기 있으니, 어떻게 해야 하지?」

그 말에 리치오 씨가 너머에서 와 장막을 걷고 말했습니다.

「잘해야겠지.」

리차르도는 그를 보자 자기 몸에서 심장이 뜯어지는 것 같았습니다. 그래서 침대에 일어나 앉아 말했습니다.

「나리, 하느님 덕분에 자비를 빕니다. 제가 불충하고 나쁜

---

25 원문은 〈parentado〉, 즉 〈친척 관계〉이다.

사람으로 죽을죄를 지었다는 것을 압니다. 그러니 저에게 원하시는 대로 하십시오. 만약 가능하다면 간청하오니, 제 목숨을 불쌍히 여기시어 죽지 않게 해주십시오.」

리치오 씨는 말했습니다.

「리차르도, 이것은 내가 자네에게 품었던 사랑과 자네에게 가졌던 믿음을 배신한 행동이야. 하지만 이미 일은 이렇게 되었고, 젊음이 자네를 이런 잘못으로 이끌었으니, 자네가 자네 목숨을 구하고 내 부끄러움을 없애려면, 여기에서 떠나기 전에 카테리나와 결혼하여 자네의 합법적인 아내로 삼게. 지난밤에 자네 것이었듯이 평생 자네 것이 되도록 말이야. 그렇게 하면 용서와 구원을 얻을 수 있을 것이네. 하지만 그렇게 하기를 원하지 않는다면, 자네 영혼은 하느님께 맡겨야겠지.」

그런 말을 하는 동안 카테리나는 밤꾀꼬리를 놓고 몸을 가린 다음 크게 울면서 아버지에게 리차르도를 용서해 달라고 간청하기 시작했습니다. 그리고 다른 한편으로 리차르도에게 아버지가 원하는 대로 하라고 부탁했습니다. 안심하고 오랫동안 함께 그런 밤을 가질 수 있도록 말입니다. 하지만 오래 부탁할 필요가 없었습니다. 한편으로는 저지른 잘못에 대한 부끄러움과 보상하고 싶은 욕망이 있었고, 다른 한편으로는 죽음에 대한 두려움과 살고 싶은 욕망, 그 외에도 불타는 사랑과 사랑하는 것을 소유하고 싶은 욕망이 있었기에, 그는 전혀 망설임 없이 기꺼이 자신은 리치오 씨가 원하는 대로 할 준비가 되어 있다고 말했습니다. 그리하여 리치오 씨는 자코미나 부인에게 그녀의 반지 하나를 빌려주게 하였고, 그 자리에서 움직이지 않은 채 그들의 눈앞에서 리차르도는 카테리나와 결혼하여 자기 아내로 맞이했습니다. 그렇게 한 다음 리치오 씨와 부인은 떠나면서 말했습니다.

「이제 쉬어라. 일어나는 것보다 쉬는 것이 더 필요할 테니까.」

그들이 떠나자 두 청년은 함께 껴안았고, 간밤에 단지 6마일밖에 달리지 않았으므로 일어나기 전에 다시 2마일을 더 달렸고,[26] 그렇게 첫날 일과를 끝냈습니다. 그런 다음 일어났고, 리차르도는 리치오 씨와 더 체계적으로 논의하였으니, 며칠 뒤에 당연히 그래야 했던 것처럼 친구들과 친척들이 모인 자리에서 처음부터 다시 결혼식을 했습니다. 그리고 즐겁게 카테리나를 집으로 데려갔고, 명예롭고 멋진 피로연을 베풀었으며, 그런 다음 오랫동안 편안하고 아늑하게 밤낮없이 원하는 만큼 밤꾀꼬리 잡기를 즐겼답니다.」

### 다섯째 이야기

귀도토 다 크레모나[27]는 자코미노 다 파비아에게 딸 하나를 맡기고

---

26  음탕한 성적 암시가 담긴 표현이다.

27  Cremona. 롬바르디아 지방의 도시로 밀라노에서 동남쪽으로 85킬로미터 정도 떨어져 있다.

죽는다. 파엔차에서 잔놀레 디 세베리노와 민기노 디 민골레가 그녀를
사랑하다가 둘이 싸운다. 그리고 처녀가 잔놀레의 누이라는 것이
알려지면서 민기노가 아내로 맞이한다.


밤꾀꼬리 이야기를 들으면서 여인들이 모두 얼마나 웃었
는지, 필로스트라토가 이야기를 마쳤는데도 웃음을 억제할
수 없었습니다. 하지만 한동안 웃고 나서 여왕이 말했습니다.

「어제 당신은 우리를 괴롭게 하더니 오늘은 무척 즐겁게
했으니, 분명히 이제는 아무도 당신에게 불평하지 않을 것입
니다.」

그리고 네이필레를 향해 이야기하라고 명령하였고, 그녀
는 즐겁게 이야기하기 시작했습니다.

[필로스트라토가 이야기하면서 로마냐로 들어갔으니, 저
도 그와 비슷하게 제 이야기로 약간 멀리 가야 할 것 같습
니다.

그러니까 오래전 파노[28]라는 도시에 롬바르디아 사람 두
명이 살았는데, 한 명은 귀도토 다 크레모나, 다른 한 명은 자
코미노 다 파비아로, 이제 나이가 많은 그들은 젊은 시절을
거의 언제나 무기와 병사들의 일에 보냈습니다.[29] 그런데 죽
을 때가 다가온 귀도토는 아들도 없고 자코미노 외에는 믿을

28 Fano. 이탈리아 중북부 에밀리아로마냐 지방에서 가까운 마르케 지방
해안의 작은 도시이다.
29 용병으로 활동했다는 것을 암시한다. 당시 이탈리아의 전쟁은 대개 용
병들을 통해 이루어졌다.

174

만한 친구나 친척이 없었기에, 자기 삶에 대해 많은 것을 이야기한 다음, 그에게 열 살 정도의 딸[30]과 자기가 이 세상에 가지고 있는 모든 것을 맡기고 죽었습니다. 그 무렵 파엔차[31]라는 도시는 오랫동안 전쟁과 불행 속에 있다가 조금 나은 상태로 돌아왔고, 그래서 그곳으로 돌아가고 싶어 하는 모든 사람이 자유롭게 돌아갈 수 있도록 허용되었습니다. 자코미노는 예전에 그 도시에서 오래 살았고 거기 사는 것이 좋았기에 자신의 모든 것과 함께 돌아가면서, 자기 딸처럼 사랑하던 귀도토가 맡긴 딸도 함께 데려갔습니다.

딸은 성장하면서 당시 도시의 누구보다 젊고 아름다운 처녀가 되었고, 아름다운 만큼 예절 바르고 정숙했습니다. 그래서 여러 청년이 구애하기 시작했고, 특히 똑같이 매우 멋지고 유복한 두 청년이 대단한 사랑을 기울였으니, 질투심으로 인해 서로 엄청나게 증오할 정도였습니다. 한 명은 잔놀레 디 세베리노였고, 다른 한 명은 민기노 디 민골레였습니다. 처녀의 나이는 열다섯 살이었으니, 둘 다 가족들이 허락하면 기꺼이 그녀를 아내로 맞이할 생각이었습니다. 그런데 정직한 방법으로는 할 수 없었기에 각자 가능한 한 좋은 방법으로 그녀를 얻으려고 결심했습니다. 자코미노는 집에 나이 많은 하녀와 크리벨로라는 하인을 두고 있었는데, 크리벨로는 아주 친절하고 유쾌한 사람으로, 잔놀레는 그와 친해졌

---

30 딸의 이름은 아녜사Agnesa인데, 이야기 끝부분에서야 언급된다.
31 파엔차Faenza는 파노에서 북서쪽에 있는 에밀리아로마냐 지방의 도시이다.

습니다. 그래서 적당한 기회라고 생각하자 자신의 모든 사랑을 드러내면서 자기 욕망의 대상을 얻도록 도와달라고 부탁했고, 만약 그렇게 한다면 많은 것을 해주겠다고 약속했습니다. 그러자 크리벨로는 말했습니다.

「이봐요, 이런 일에서 내가 당신을 위해 할 수 있는 건 없어요. 다만 자코미노 씨가 다른 곳에 저녁 식사를 하러 가면, 당신을 그녀가 있는 곳으로 데려다줄 수 있을 뿐이오. 내가 당신을 위해 말해 주고 싶어도 그녀는 절대 내 말을 들으려 하지 않을 테니까 말이오. 그걸로 좋다면 당신에게 약속하고 해줄 수 있어요. 그다음에 당신이 원하는 것을 하시오.」

잔놀레는 그걸로 충분하다고 말했고 그렇게 합의했습니다. 다른 한편으로 민기노는 하녀와 친해졌고 그녀에게 잘 노력해서 여러 차례 처녀에게 말을 전하게 하여 자신의 사랑으로 거의 불붙었습니다. 그 외에도 하녀는 자코미노가 저녁에 집에서 외출하면 처녀와 만나도록 해주겠다고 약속했습니다.

그리하여 그런 말을 주고받은 지 오래 지나지 않아 크리벨로의 작업으로 자코미노는 친구와 함께 저녁 식사를 하러 갔고, 크리벨로는 그것을 잔놀레에게 알리고 정해진 신호를 할 테니 오면 열어 놓은 출입문을 발견할 것이라고 했습니다. 다른 한편으로 하녀는 그것에 대해 전혀 모른 채 민기노에게 자코미노가 집에서 저녁 식사를 하지 않는다고 알렸고, 집 가까이에 머무르고 있다가 자기가 신호하면 와서 안으로 들어오라고 말했습니다. 저녁이 되자 두 남자는 서로에 대해 아무것도 모른 채 각자 상대방을 의심하면서 무장한 몇몇 동료와 함께 처녀를 소유하기 위해 갔습니다. 민기노는 동료들과 함께 처녀의 집에서 가까운 친구의 집에 숨어 기다렸고, 잔놀레는 약간 멀리 떨어진 집에서 기다렸습니다. 크리벨로와 하녀는 자코미노가 집에 없자 서로가 상대방을 보내려고 노력했지요. 크리벨로가 하녀에게 말했습니다.

「왜 아직 자러 가지 않는 거요? 왜 아직도 집 안에서 어슬렁거리고 있어요?」

그러자 하녀는 그에게 말했습니다.

「그런데 자네는 왜 주인님에게 가지 않는 거야. 저녁도 먹었는데, 왜 아직도 여기에서 기다려?」

그렇게 서로가 상대방을 나가게 할 수 없었습니다. 잔놀레와 정해 놓은 시간이 다가오자 크리벨로는 혼자 속으로 말했습니다.

「내가 왜 하녀에게 신경 써야 해? 만약 조용히 하지 않으면 그 대가를 받겠지.」

그리고 정해진 신호를 했고 문을 열러 갔습니다. 잔놀레는 곧바로 왔고 동료 두 명과 함께 안으로 들어가 거실에서 처녀를 발견하고 데려가려고 붙잡았습니다. 처녀는 저항하고 큰 비명을 지르기 시작했고, 하녀도 똑같이 그랬습니다. 그 소리를 듣고 민기노는 즉각 동료들과 함께 달려갔고, 벌써 처녀가 밖으로 끌려 나오는 것을 보고 검을 빼 들고 모두 외쳤습니다.

「아, 배신자들! 너희는 이제 죽었다. 너희 마음대로 되지 않을 거야. 이게 뭐하는 짓이야?」

그렇게 말하고 공격하기 시작했습니다. 다른 한편으로 소동을 듣고 이웃 사람들이 횃불과 무기를 들고 밖으로 나왔으며, 그런 일을 비난하면서 민기노를 돕기 시작했습니다. 그리하여 한참 싸운 뒤 민기노는 처녀를 잔놀레에게서 빼앗아 자코미노의 집 안으로 다시 들여보냈어요. 그런데 싸움이 끝나기 전에 포데스타의 수비대원들이 도착했고, 그들 중 상당수를 붙잡아 감옥으로 데려갔는데, 다른 사람들과 함께 민기노, 잔놀레, 크리벨로도 잡혔습니다. 나중에야 소동은 잠잠해졌고, 돌아온 자코미노는 그 사건에 몹시 화가 났는데, 어찌 된 일인지 조사해 보고 처녀에게는 아무런 잘못이 없다는 것을 발견하고 약간 평온해졌습니다. 그러면서 그런 일이 다시는 일어나지 않도록 가능한 한 빨리 결혼시켜야겠다고 혼자 결심했습니다.

다음 날 아침 양측 가족들은 사건의 진상을 듣고 나서, 만약 자코미노가 합리적으로 가능한 조치를 하려고 한다면 체포된 청년들에게 뒤따를 불행을 알고 있었기에, 부드러운 말로 그에게 부탁했습니다. 청년들의 어리석음으로 받은 모욕에 너무 신경 쓰지 말고 그들에게 사랑과 관용을 베풀어 달라고 말입니다. 그리고 이어서 잘못을 저지른 청년들과 함께 자기들은 그가 원하는 대로 배상하겠다고 제안했습니다. 자코미노는 살아오는 동안 많은 일을 겪었고 너그러운 마음씨를 가졌기에 간략하게 대답했습니다.

「여러분, 저는 지금 여러분의 고장에 있지만, 만약 제 고향에 있더라도 제가 여러분의 친구라고 생각할 것입니다. 그러니 이 일이나 다른 일에서 여러분이 원하는 대로 할 것입니다. 게다가 여러분은 여러분 자신을 모욕하였기 때문에 저는 더욱 여러분이 원하는 대로 하고 싶습니다. 왜냐하면 이 처녀는, 아마 많은 사람이 생각하듯이 크레모나나 파비아 출신이 아니라 파엔차 출신이기 때문입니다. 비록 저도, 이 처녀도, 그녀를 저에게 맡긴 사람도 누구의 딸인지 전혀 모르지만 말입니다. 그러니 여러분이 부탁하는 일은 저로서는 그대로 이루어진 것과 마찬가지입니다.」

착한 사람들은 처녀가 파엔차 출신이라는 말을 듣고 깜짝 놀랐습니다. 그리고 자코미노의 너그러운 대답에 감사한 다음, 어떻게 그녀를 맡게 되었는지, 또 어떻게 파엔차 출신이라는 것을 알게 되었는지 말해 달라고 부탁했습니다. 그러자 자코미노는 말했습니다.

「귀도토 다 크레모나는 제 친구이자 동료였는데 죽을 때가 되자 저에게 말하더군요. 이 도시가 페데리코 황제[32]에게 점령되고 모든 것이 약탈당할 때, 그는 동료들과 함께 어느 집으로 들어갔는데, 물건들이 가득한 그 집에 다른 사람들은 없고 단지 이 처녀뿐이었답니다. 당시 두 살 정도였는데 계단을 올라가는 그를 아빠라고 불렀고, 그래서 불쌍한 마음이 들어 집의 모든 물건과 함께 아이를 데리고 파노로 갔지요.

---

32 호엔슈타우펜 왕가의 페데리코 2세 황제를 가리킨다(첫째 날 일곱째 이야기 주석 101 참조). 페데리코 2세는 교황청과의 갈등 과정에서 1241년 파엔차를 점령한 적이 있었다.

그리고 거기에서 죽으면서 자기가 가진 것과 함께 아이를 저에게 맡겼어요. 때가 되면 내가 결혼시키고 자기가 가지고 있던 것을 지참금으로 주라고 부탁하면서 말입니다. 그리고 결혼할 나이가 되었는데, 제 마음에 드는 사람에게 주지 못하고 있었던 것입니다. 엊저녁과 같은 그런 일이 다시 발생하기 전에 기꺼이 그렇게 하고 싶습니다.」

그 자리에 있던 사람들 사이에 굴리엘미노 다 메디치나[33]가 있었는데, 그는 귀도토와 함께 그 사건 현장에 있었기에 귀도토가 약탈한 집이 누구의 집이었는지 잘 알고 있었습니다. 그리고 집주인이 바로 사람들 사이에 있었으므로 그에게 다가가 말했습니다.

「베르나부초, 자코미노가 하는 말 듣고 있어요?」

베르나부초는 말했습니다.

「그래요. 그리고 지금 그것에 대해 생각하는 중이오. 그 혼란 속에서 자코미노가 말하는 나이의 어린 딸을 내가 잃었다는 것이 기억났으니까요.」

그러자 굴리엘미노가 말했습니다.

「분명히 그 아이가 맞아요. 나는 당시 귀도토가 말하는 곳에 있었는데, 바로 당신 집이 맞으니까 말이오. 그러니까 어떤 표시로 당신 딸을 알아볼 수 있을지 기억해 봐요. 그리고 찾아봐요. 그 처녀가 당신 딸이라는 것을 분명히 발견할 테니까 말이오.」

33 Medicina. 볼로냐 동쪽에 있는 에밀리아로마냐 지방의 도시이다.

그래서 베르나부초는 생각했고 왼쪽 귀 위에 작은 십자가 모양의 흉터가 있다는 것을 기억했습니다. 그 사건이 있기 전에 그곳에 난 종기를 쨌기 때문이지요. 그리하여 망설이지 않고 아직 거기에 있던 자코미노에게 다가갔고, 집 안으로 자기를 데려가 그 처녀를 보게 해달라고 부탁했습니다. 자코미노는 기꺼이 그를 데려갔고, 처녀를 그 앞으로 불렀지요. 처녀를 보자 베르나부초는 여전히 아름다운 여인인 그녀 어머니의 얼굴을 그대로 보는 것 같았어요. 그래도 자코미노에게 그녀 왼쪽 귀 위의 머리칼을 조금 들어 올려 볼 수 있는지 부탁하였고, 자코미노는 기꺼이 허락했습니다. 베르나부초는 부끄러워하는 처녀에게 다가가 오른손으로 머리칼을 들어 올리니 흉터가 보였습니다. 그래서 정말로 자기 딸이라는 걸 알고 감동에 젖어 울기 시작했고 처녀가 피하는데도 껴안았습니다. 그리고 자코미노를 향해 말했습니다.

　「내 형제여, 얘는 내 딸이라오. 귀도토가 약탈한 집은 바로 내 집이오. 갑작스러운 혼란 속에서 이 아이가 집 안에 있다는 것을 내 아내이자 이 아이의 어머니가 잊었던 것이오. 그리고 지금까지 그날 집과 함께 불타 버린 것으로 믿고 있었지요.」

　처녀는 그 말을 듣고 나이 많은 그를 보더니 그 말을 믿었고 보이지 않는 힘에 이끌려 그의 포옹을 받아들이면서 함께 애정 어린 눈물을 흘렸습니다. 베르나부초는 곧바로 사람을 보내 그녀의 어머니와 다른 친척들과 처녀의 자매들과 형제들을 불렀고, 모두에게 그녀를 보이며 사실을 이야기했으며,

수많은 포옹 뒤에 크게 축하했습니다. 자코미노는 무척 기뻤고, 베르나부초는 처녀를 자기 집으로 데려갔습니다.

그런 사실을 알고 시의 포데스타는 훌륭한 사람이었기에 붙잡혀 있던 잔놀레가 베르나부초의 아들이며 처녀의 친오빠임을 알고 그가 저지른 잘못을 친절하게 봐주려고 생각했습니다. 그래서 베르나부초와 자코미노와 함께 그 사건에 개입하여 잔놀레와 민기노가 화해하도록 했습니다. 그리고 모든 가족이 크게 즐거워하는 가운데 처녀를 민기노에게 아내로 주었으니, 처녀의 이름은 아녜사였습니다. 그리고 그들과 함께 크리벨로와 그 일에 연루된 다른 사람들을 석방했습니다. 그리하여 민기노는 성대하고 멋진 결혼식을 거행했고, 그녀를 집으로 데리고 가서 함께 오랫동안 평온하게 잘 살았다고 합니다.]

## 여섯째 이야기

잔니 디 프로치다는 페데리코 왕에게 바쳐진 사랑하는 여인과
함께 있다가 발각되고, 그녀와 함께 처형되기 위해
화형대에 묶인다. 그러다 루제리 델로리아에게 알려져
살아남고 여인의 남편이 된다.

여인들이 무척 좋아한 네이필레의 이야기가 끝나자 여왕은 팜피네아에게 이야기할 준비를 하라고 명령했고, 그녀는

밝은 얼굴을 들고 곧바로 이렇게 시작했습니다.

[우아한 여인들이여, 아모르의 힘은 정말로 크고, 연인들에게 특이하고 커다란 노고와 예상치 못한 위험을 마련하기도 합니다. 오늘과 다른 날의 이야기들에서 잘 이해할 수 있는 것처럼 말이에요. 하지만 저는 사랑에 빠진 청년의 대담함으로 다시 한번 그런 사실을 증명하고 싶어요.

이스키아[34]는 나폴리에서 아주 가까운 섬으로 그곳에 어떤 여인보다 훨씬 아름답고 젊은 처녀가 살았는데, 그녀의 이름은 레스티투타였고, 마리노 불가로[35]라는 그 섬 귀족의 딸이었습니다. 이스키아에서 가까운 프로치다라는 작은 섬 출신의 잔니[36]라는 청년이 그녀를 자기 목숨보다 더 사랑했고, 그녀도 그를 사랑했습니다. 잔니는 그녀를 보기 위해 낮에 프로치다에서 자주 왔을 뿐만 아니라 벌써 여러 번 밤에도 왔는데, 배가 없으면 프로치다섬에서 이스키아섬까지 헤엄쳐서 만나러 갔으니, 다른 것이 불가능하면 최소한 그녀 집의 벽이라도 보기 위해서였습니다.

그렇게 뜨거운 사랑이 지속되던 어느 여름날 처녀는 완전히 혼자 바닷가에서 이 바위에서 저 바위로 가면서 작은 칼로 바위에서 조개를 떼어 내다가 바위들 사이 후미진 곳으로

34 Ischia. 나폴리 서쪽의 가까운 섬이다.

35 마리노 불가로Marino Bulgaro는 실존 인물로 보카치오는 나폴리 왕궁에 출입하던 그를 1328년경에 개인적으로 알게 되었고 다른 글에서도 그에 대해 언급한다.

36 이 잔니, 즉 조반니는 둘째 날 여섯째 이야기에 나오는 조반니 다 프로치다의 조카이다.

가게 되었습니다. 거기에는 시원한 물이 솟는 편리한 샘물과 그늘 때문에 시칠리아 사람 몇 명이 있었는데, 그들은 쾌속선을 타고 나폴리에서 오던 중이었습니다. 처녀는 미처 그들을 보지 못했지만, 그들은 매우 아름다운 그녀가 혼자 있는 것을 보고 붙잡아 데려가기로 자기들끼리 결정했습니다. 그래서 그녀가 큰 비명을 지르는데도 붙잡아 배에 태우고 떠났습니다. 그리고 칼라브리아[37]에 도착하자 처녀를 어떻게 할 것인지 논의했는데, 간단히 말해 모두가 그녀를 원했습니다. 그래서 자기들끼리 합의를 못 하자 그녀 때문에 자기들의 일을 망치거나 악화시키지 않으려고, 그녀를 시칠리아 왕 페데리코[38]에게 선물하자고 합의했습니다. 당시 페데리코 왕은 젊었고 그런 것을 즐겼지요. 그리고 팔레르모에 도착하여 그렇게 했습니다. 왕은 그녀가 아름다운 것을 보고 소중히 생각했지만, 몸이 약간 허약했기 때문에 더 튼튼해질 때까지 쿠바[39]라는 자기 정원의 매우 멋진 집에 머무르며 하인들의 시중을 받게 했습니다.

처녀가 납치되었다는 소문은 이스키아에서 큰 사건이었고, 더 심각한 것은 누가 납치했는지 전혀 알 수 없다는 점이었습니다. 하지만 다른 누구보다 그녀를 소중하게 생각한 잔니는 이스키아에서 소식을 들으려 기다리지 않고 쾌속선이

---

37 Calabria. 이탈리아반도 남쪽 끝의 지방이다.

38 아라곤 왕가 출신의 페데리코 왕을 가리킨다(둘째 날 다섯째 이야기 주석 56 참조).

39 쿠바Cuba 궁전은 1180년 팔레르모에 세워진 궁전이다. 아랍 양식과 노르만 양식의 이 궁전은 지금도 남아 있다.

어느 방향으로 갔는지 알아내고 배 한 척을 무장하여 올라타고 가능한 한 빨리 미네르바 곶[40]에서 칼라브리아의 스칼레아[41]까지 모든 해안을 샅샅이 뒤지면서 처녀에 대해 모든 것을 조사했고, 스칼레아에서 그녀가 시칠리아 뱃사람들에 의해 팔레르모로 잡혀갔다는 말을 들었습니다. 잔니는 가능한 한 빨리 팔레르모로 갔고, 거기에서 많이 찾아본 결과 처녀가 왕에게 바쳐졌으며 왕을 위해 쿠바 궁전에서 보호받고 있다는 것을 알아내고 무척 당황하였고 거의 모든 희망을 잃었으니, 그녀를 절대 되찾을 수 없을 뿐만 아니라 볼 수도 없을 것 같았기 때문입니다.

하지만 그래도 사랑에 이끌린 그는 거기에서 자신이 누구에게도 알려지지 않은 것을 알고 배를 보낸 다음 머무르면서 종종 쿠바 궁전을 지나갔는데, 우연히도 어느 날 창가에 있는 그녀를 보았고, 그녀도 그를 보았습니다. 그래서 둘은 무척 기뻤습니다. 잔니는 그곳이 외진 곳임을 알고 가능한 한 가까이 다가가 그녀에게 말을 건넸고, 더 가까이에서 그녀에게 말할 수 있는 방법을 알아내고 먼저 그곳의 배치를 잘 살펴본 다음 떠났습니다. 그리고 밤을 기다렸고, 밤이 한참 지난 다음 그곳으로 돌아갔고, 딱따구리도 들러붙기 어려운 곳들에 매달려 정원 안으로 들어갔습니다. 그리고 안에서 긴 막대기를 발견하여 처녀가 가르쳐 준 창문에 기대고 그것을

---

40 미네르바Minerva곶(현재 이름은 캄파넬라곶Punta Campanella)은 나폴리 남쪽 해안 도시 소렌토의 곶이다.

41 Scalea. 소렌토 남쪽 칼라브리아 지방의 해안 도시이다.

통해 가볍게 위로 올라갔습니다.

처녀는 과거에는 자기 명예를 지키려고 그에게 어느 정도 완고했는데 지금은 이미 명예를 잃은 것 같았으므로, 잔니 외에 자기 몸을 허락할 만한 사람은 아무도 없다고 생각했고 또 그가 자신을 데려갈 수 있으리라 생각했기에, 모든 욕망 에서 그를 기쁘게 해주려고 혼자 결심했고, 그래서 창문을 열어 두어 그가 곧바로 안으로 들어올 수 있게 했습니다. 그 리하여 열린 창문을 발견한 잔니는 조용히 안으로 들어갔고 깨어 있던 처녀 옆에 누웠습니다. 처녀는 다른 일을 하기 전 에 자신의 모든 의도를 그에게 털어놓았으니, 자기를 거기에 서 빼내 데려가 달라고 간절하게 부탁했습니다. 그에 대해 잔니는 자신에게 그보다 기쁜 일은 없다고 말했고, 그녀에게 서 떠나자마자 틀림없이 계획을 잘 짜서 다음에 다시 돌아올 때 그녀를 데리고 가겠다고 말했습니다. 그리고 이어서 아주 커다란 즐거움과 함께 둘은 서로 껴안고 아모르가 제공할 수 있는 최고의 쾌락을 누렸습니다. 여러 번 반복하여 그런 쾌 락을 얻은 다음 둘은 자기도 모르게 서로 껴안고 잠들어 버 렸습니다.

왕은 그녀를 처음 볼 때부터 무척 마음에 들었으므로 기억 하고 있다가 몸이 좋아졌음을 느끼고, 새벽이 될 무렵이었지 만 그녀에게 가서 잠시 함께 머무르려고 생각했습니다. 그래 서 시종 한 명과 함께 조용히 쿠바 궁전으로 갔고, 건물 안으 로 들어가 처녀가 잔다고 알고 있는 방을 살며시 열게 한 다 음 불을 켠 커다란 촛대를 앞세우고 안으로 들어갔지요. 그리고 침대 위에서 그녀가 잔니와 함께 벌거벗고 서로 껴안은 채 자고 있는 것을 보았습니다. 그러자 곧바로 무척 당황하였고 격한 분노에 사로잡혔으니, 참지 않고 말없이 옆구리에 찬 칼로 둘을 그 자리에서 모두 죽이고 싶었습니다. 하지만 벌거벗고 잠자는 두 사람을 죽인다는 것은, 왕에게는 말할 것도 없고 어떤 누구에게도 매우 비열한 짓이라고 생각하여 참았고, 그들을 공개적으로 불태워 죽이려고 생각했습니다. 그래서 함께 있던 시종에게 말했습니다.

「내가 전에 희망을 두었던 이 사악한 여자를 어떻게 하면 좋겠나?」

그리고 이어서 그렇게 대담하게 궁전 안으로 들어와 자신에게 그런 모욕과 불쾌한 행동을 한 청년이 누구인지 아느냐고 물었습니다. 질문을 받은 시종은 전혀 본 기억이 없다고 대답했습니다. 그리하여 당황한 왕은 방에서 나갔고, 두 연인을 벌거벗은 그대로 붙잡아 묶어서 날이 밝으면 팔레르모로 데려가라고 명령했습니다. 그리고 광장에서 기둥 하나에 서로 등을 돌린 상태로 묶어 모든 사람이 볼 수 있도록 셋째 시간[42]까지 놔두었다가 마땅히 그래야 하듯이 불태우라고 명령했습니다. 그렇게 말하고 매우 화가 나서 팔레르모의 자기 방으로 돌아갔습니다.

왕이 떠나자 즉각 많은 사람이 두 연인에게 달려들어 그들을 깨우고 곧바로 무자비하게 붙잡아 묶었습니다. 그리하여

___

42 오전 9시이다.

분명히 알 수 있듯이 두 연인은 괴로웠고 목숨을 잃을까 두려워 울면서 후회했습니다. 왕의 명령대로 둘은 팔레르모로 끌려가 광장에서 기둥 하나에 묶였고, 눈앞에서는 왕이 명령한 시간에 불태우기 위하여 장작더미와 불이 준비되었습니다. 곧바로 그곳으로 남자든 여자든 모든 팔레르모 사람이 두 연인을 구경하려고 달려갔습니다. 남자들은 모두 처녀를 보기 위해 모여들었고, 정말 아름답고 몸매가 좋은 그녀를 보고 칭찬했으며, 마찬가지로 여자들은 모두 청년을 보기 위해 모여들었고, 다른 한편에서 무척 아름답고 잘생긴 그를 최고로 칭찬했습니다. 하지만 불행한 두 연인은 모두 매우 부끄러워서 고개를 숙인 채 자신들의 불행을 슬퍼했고 시시각각 다가오는 화형의 잔인한 죽음을 기다렸습니다.

그렇게 정해진 시간까지 묶여 있는 동안 그들이 저지른 잘못은 온 사방에 공포되었고, 루제로 디 라우리아[43]의 귀에도 들어갔습니다. 대단히 뛰어난 인물로 당시 왕의 제독이었던 그는 그들을 보기 위해 그들이 묶여 있던 곳으로 갔습니다. 거기 도착하여 먼저 처녀를 보고 그녀의 아름다움을 칭찬한 다음 청년을 보았는데, 별 어려움 없이 그를 알아보았습니다. 그래서 그에게 더 가까이 다가가 잔니 디 프로치다가 맞냐고 물었습니다. 잔니는 얼굴을 들고 제독을 알아보고 대답했습니다.

---

43 루제로 디 라우리아Ruggero di Lauria(1250~1305)는 실존 인물로 아라곤 왕조에 봉사한 이탈리아 출신의 유명한 해군 제독이었다. 원문에는 〈루제로 델로리아Ruggero dell'Oria〉로 되어 있다.

「나리, 저는 나리께서 질문하시는 바로 그 사람이었지만, 이제 곧 그렇지 않을 위기에 있습니다.」

그러자 제독은 더 이야기하게 했고, 어떻게 된 일인지 그에게서 모든 것을 듣고 나서 떠나려고 하는데, 잔니가 그를 불러 말했습니다.

「세상에! 나리, 가능하다면 저를 이렇게 만든 분에게 자비를 요청해 주십시오.」

루제로는 어떻게 하면 되겠냐고 물었고, 잔니는 대답했습니다.

「저는 이제 곧 죽어야 한다는 것을 압니다. 그러니 제가 원하는 자비는 이런 것입니다. 저는 이 여인을 제 목숨보다 더 사랑했고, 그녀도 저를 사랑했는데, 지금 저는 그녀에게 등을 돌리고 있고, 그녀는 저에게 등을 돌리고 있으니, 우리가 몸을 돌려 서로의 얼굴을 마주 보게 해달라는 것입니다. 제가 그녀의 얼굴을 바라보며 죽음으로써 위안을 받을 수 있도록 말입니다.」

루제로는 웃으면서 말했습니다.

「자네가 싫증이 날 정도로 그녀를 보도록 내가 기꺼이 그렇게 해주겠네.」

그리고 그에게서 멀어지면서 그 일을 명령받은 사람들에게 집행을 연기하고 왕의 명령 없이는 절대로 집행하지 말라고 명령했습니다. 그리고 즉각 왕에게로 갔고, 왕이 화난 것을 보면서도 그가 의견을 말하도록 놔두지 않고 이렇게 말했습니다.

「폐하, 저 아래 광장에서 화형에 처하라고 명령하신 두 청년이 폐하께 어떤 모욕을 주었습니까?」

왕은 그에게 설명했습니다. 그러자 루제로는 이어서 말했습니다.

「그들이 저지른 잘못은 처벌받아 마땅합니다만, 폐하께서 처벌하실 것은 아닙니다. 그리고 잘못이 처벌받아야 마땅한 것처럼, 선행은 보상받아야 마땅합니다. 폐하께서는 화형에 처하시려는 저들이 누구인지 아십니까?」

왕은 모른다고 대답했지요. 그러자 루제로가 말했습니다.

「그렇다면 아시기를 바랍니다. 폐하께서 얼마나 신중하지 않게 분노의 충동에 이끌리시는지 깨닫도록 말입니다. 저 청년은 란돌포 디 프로치다, 그러니까 폐하께서 이 섬의 왕이자 주인이 되시도록 해준 조반니 디 프로치다 씨의 친형제의 아들입니다. 그리고 처녀는 오늘날 폐하의 권력을 이스키아에서 벗어나지 않게 해주는 마리노 불가로의 딸입니다. 그뿐만 아니라 그들은 오랫동안 함께 서로 사랑한 사이이고, 폐하의 권위를 모욕하고 싶어서가 아니라 사랑에 이끌려 그런 죄를 저지른 것입니다. 사랑 때문에 청년들이 하는 일을 죄라고 말할 수 있다면 말입니다. 그러므로 큰 선물과 즐거움으로 명예롭게 대접해 주어야 할 텐데, 왜 죽게 하시려는 겁니까?」

왕은 그 말을 듣고 루제로가 진실을 말한다고 확신했으니, 그들에게 나쁜 일이 없도록 했을 뿐만 아니라 그들에게 한 일에 대해 후회하였고, 그래서 곧바로 사람을 보내 두 청년을 기둥에서 풀어 주고 자기에게 데려오라고 했고, 그렇게 되었습니다. 그리고 그들의 상황을 모두 알고 나서 선물과 명예로 그들이 받은 모욕을 보상하려고 생각했습니다. 그리하여 그들에게 명예롭게 옷을 다시 입게 했고, 둘이 서로 동의해서 그랬다는 것을 알고 잔니와 처녀를 결혼시켰습니다. 그리고 그들에게 커다란 선물을 주어 만족한 상태로 자신들의 집으로 돌려보냈으니, 그들은 고향에서 대단한 환영을 받았고 오랫동안 함께 즐겁고 행복하게 살았답니다.]

## 일곱째 이야기

테오도로는 자기 주인 아메리고 씨의 딸 비올란테를 사랑하여
그녀가 임신하게 하고 교수형을 선고받는다. 채찍질을 당하면서
교수대로 끌려가는 동안 그는 아버지에게 알려져 풀려나고,
비올란테를 아내로 맞이한다.

두 연인이 화형당할까 두려워하며 숨죽이고 듣고 있던 여인들은 모두 그들이 살아났다는 말을 듣고 하느님을 찬양하면서 즐거워했습니다. 이야기가 끝나자 여왕은 라우레타에게 다음 이야기의 임무를 부과했고, 그녀는 즐겁게 말하기 시작했습니다.

[아름다운 여인들이여, 〈착한 왕〉 굴리엘모[44]가 시칠리아를 통치하던 시절에 섬에는 아메리고 아바테 다 트라파니 씨

라는 귀족이 살았는데, 그는 세속적인 재물들이 많았고 자녀
도 아주 많았습니다. 그래서 하인들이 필요했는데, 제노바
해적의 갤리선들이 동방에서 오면서 아르메니아 해안을 따
라 해적질하며 많은 소년을 붙잡아 왔으므로, 그들 중 몇 명
을 튀르키예 출신이라 생각하여 사들였습니다. 그중에 다른
아이들은 모두 목동 같았지만, 한 명은 다른 아이들보다 나
은 용모에 귀족처럼 보였는데, 이름이 테오도로라고 했습니
다. 테오도로는 비록 하인이었지만 집에서 아메리고 씨의 자
식들과 함께 자랐습니다. 그리고 우발적인 상황보다 자신의
본성에 더 이끌렸는지 예절 바르고 품행이 훌륭했고, 그래서
아메리고 씨가 좋아하여 자유인 신분으로 풀어 주었습니다.
그리고 그가 튀르키예 출신이라고 믿었기에 세례를 주고 피
에트로라고 불렀으며, 그를 무척 신뢰하여 자기 일의 관리자
로 삼았습니다.

아메리고 씨의 자녀 중에 비올란테라는 딸이 아름답고 섬
세한 처녀로 성장했는데, 아버지가 결혼을 미루는 사이에 그
녀는 우연하게도 피에트로를 사랑하게 되었습니다. 그리고
그를 사랑하고 그의 품행과 행동을 높게 평가하면서도 부끄
러워서 그것을 드러내지 못했습니다. 하지만 아모르가 그런
노고를 없애 주었으니, 피에트로는 조심스럽게 여러 번 비올
란테를 바라보다가 사랑에 빠졌고 그녀를 보지 못하면 마음
이 불편할 정도였습니다. 하지만 자신에게 어울리지 않는 일

---

44 넷째 날 넷째 이야기 주석 39 참조.

같아 누군가가 눈치챌까 무척 두려워했는데, 즐거운 마음으로 그를 바라보던 비올란테는 그것을 깨닫고 그를 안심시키기 위하여 언제나 만족한 모습을 그에게 보여 주었지요. 그렇게 각자 열렬히 원하면서도 서로가 상대방에게 어떤 말도 시도하지 못한 상태로 상당히 오랜 시간이 흘렀습니다.

하지만 둘이 그렇게 똑같이 사랑의 불꽃에 불붙어 타는 동안, 행운이 마치 그렇게 되기를 원하여 결정한 것처럼 그들에게 방해가 되는 소심한 두려움을 쫓아낼 방법을 찾아 주었습니다. 아메리고 씨는 트라파니에서 1마일 정도 떨어진 곳에 멋진 농장을 가지고 있었고, 그의 부인이 딸과 다른 여인들과 하녀들과 함께 종종 기분 전환을 위해 가곤 했습니다. 그렇게 매우 더운 어느 날 거기에 가면서 피에트로를 함께 데려가 머물렀는데, 우리가 여름에 종종 볼 수 있듯이, 갑자기 하늘이 검은 구름으로 뒤덮였고, 그래서 부인은 같이 간 사람들과 함께 거기에서 나쁜 날씨와 맞닥뜨리지 않으려고 트라파니로 돌아가기 위해 출발하여 가능한 한 빨리 가고 있었습니다.

그런데 젊은 피에트로와 마찬가지로 젊은 비올란테는 그녀의 어머니와 다른 일행보다 훨씬 앞섰으니, 날씨에 대한 두려움 못지않게 아마 사랑에 이끌렸겠지요. 그리고 부인과 다른 사람들이 거의 보이지 않을 정도로 훨씬 앞에서 가고 있었는데, 갑자기 많은 천둥에 이어 아주 크고 빽빽한 우박이 쏟아지기 시작했고, 부인은 일행과 함께 우박을 피하려고 어느 농부의 집으로 들어갔습니다. 피에트로와 처녀는 곧바로 피난처를 찾지 못하고 오래되어 거의 완전히 무너진 작은 성당으로 들어갔습니다. 성당에는 사람이 살지 않았고, 아직 남아 있는 약간의 지붕 아래에서 두 사람은 웅크리고 앉았는데, 남은 지붕이 좁아 어쩔 수 없이 서로 몸이 닿았습니다. 그런 접촉이 사랑의 욕망을 펼쳐 보이도록 마음을 약간 안심시켜 주었고, 그래서 먼저 피에트로가 말했습니다.

「내가 지금처럼 이렇게 남아 있도록, 하느님께서 이 우박이 그치지 않게 해주셨으면!」

그러자 비올란테가 말했어요.

「그러면 정말 좋겠어요!」

그리고 그 말에 두 사람은 서로의 손을 꼭 잡게 되었고, 그리고 이어서 서로 껴안았고, 그다음에는 입을 맞추었습니다. 우박은 계속해서 쏟아졌습니다. 모든 세부적인 것을 이야기하지 않고 간단히 말하자면, 날씨가 진정되기 전에 그들은 사랑의 마지막 쾌락을 알았고, 그리하여 비밀리에 각자 상대방의 즐거움을 얻을 방법에 대해 약속했습니다.

궂은 날씨는 그쳤고, 그들은 가까이 있던 도시로 들어가서 부인을 기다렸고, 부인과 함께 집으로 돌아갔습니다. 집에서 그들은 몇 차례 아주 신중하게 비밀리에 아주 커다란 즐거움과 함께 만났고, 그러다가 결국 비올란테는 임신하게 되었고, 그것은 서로에게 아주 큰 걱정거리였습니다. 그래서 그녀는 자연의 과정에 거슬러 낙태하려고 여러 가지 방법을 사용했으나 그렇게 할 수 없었습니다. 그러자 피에트로는 자기 목숨이 걱정되어 달아나려고 결심하고 그녀에게 말했습니다.

그 말을 듣고 비올란테는 말했어요.

「당신이 떠나면 나는 틀림없이 자살할 거예요.」

그러자 그녀를 무척 사랑하는 피에트로는 말했습니다.

「내 여인이여, 당신은 어떻게 내가 여기 머무르기를 원할 수 있어요? 당신의 임신으로 우리의 잘못이 드러날 것이고, 당신은 가볍게 용서받을 수 있겠지만, 불쌍한 나는 당신과 나의 죄에 대한 형벌을 받게 될 거요.」

그러자 비올란테는 말했어요.

「피에트로, 내 죄는 알려지겠지만, 당신의 죄는 당신이 말하지 않는다면 절대로 알려지지 않을 테니까 안심해요.」

그러자 피에트로는 말했습니다.

「당신이 그렇게 약속하니까 남아 있겠어요. 하지만 당신은 분명히 약속을 지켜야 해요.」

비올란테는 가능한 한 임신을 감추려고 노력하였지만, 몸이 커지면서 이제 더 감출 수 없다는 것을 알고 어느 날 울면서 어머니에게 밝히고 살려 달라고 애원했습니다. 부인은 한없이 괴로워하며 그녀를 심하게 꾸짖었고 어떻게 된 일인지 알고 싶어 했습니다. 비올란테는 피에트로에게 나쁜 일이 생기지 않도록 다른 이야기를 지어내 진실을 감추었습니다. 부인은 그 말을 믿었고, 딸의 잘못을 감추기 위해 자신들의 별장 한 곳으로 보냈습니다.

거기에서 출산 때가 다가오자 비올란테는 여자들이 그러하듯이 비명을 지르기 시작했는데, 어머니가 깨닫지 못한 사이에 거의 오지 않던 아메리고 씨가 그곳에 왔습니다. 그는 새 사냥에서 돌아오던 중에 딸이 비명을 지르고 있는 방 옆으로 지나가다가 깜짝 놀라서 곧바로 안으로 들어갔고 무슨 일이냐고 물었습니다. 부인은 들이닥친 남편을 보고 괴로워하며 일어났고 딸에게 일어난 일을 이야기했습니다. 하지만 남편은 부인처럼 쉽게 믿지 않았으니, 딸이 누구의 아기를 임신했는지 모른다는 것은 사실이 아니라고 말했습니다. 그래서 모든 것을 알려고 하였으니, 만약 모든 것을 말하면 딸이 자신의 관용을 받을 수 있겠지만, 그렇지 않으면 무자비하게 죽을 것이라고 말했습니다. 부인은 딸이 말한 것을 남편이 받아들이도록 최대한 노력했지만 허사였습니다. 그는 화가 나서 손에 칼을 들고 딸에게 달려갔고, 부인이 말로 남편을 붙잡고 있는 동안 딸은 남자아이를 출산했습니다. 아버지는 말했습니다.

「누구의 아기를 낳았는지 밝혀라. 아니면 너는 바로 죽을 것이다.」

딸은 죽음이 두려워 피에트로에게 한 약속을 깨고 그와 자기 사이에 있었던 모든 일을 고백하였습니다. 그 말을 듣고 아메리고 씨는 격렬하게 화를 냈고 딸을 죽이려는 것을 가까스로 참았습니다. 그는 분노를 쏟아 낸 다음 말을 타고 트라파니로 갔고, 국왕을 대신하여 그곳을 다스리던[45] 쿠라도 씨에게 피에트로가 저지른 모욕을 이야기했으며, 다른 것을 고려하지 않고 곧바로 그를 체포하게 했습니다. 고문을 당한

---

45 원문은 〈capitano〉, 즉 〈대장〉, 〈통치자〉이다.

피에트로는 모든 것을 자백했습니다. 그리고 며칠 뒤 통치자는 그에게 도시를 돌며 채찍질을 당한 다음 교수형을 선고했습니다. 그리고 이것으로 화가 풀리지 않은 아메리고 씨는 같은 시간에 두 연인과 아기를 없애기 위해 포도주와 함께 독약을 넣은 잔과 칼을 하인에게 주면서 말했습니다.

「이 두 가지를 가지고 비올란테에게 가서 내 말을 전해라. 독약이나 칼, 이 두 가지 죽음 중에 무엇을 원하는지 즉시 선택하라고 말이다. 그리고 곧바로 그대로 실행해라. 그렇지 않으면 내가 모든 시민 앞에서 불태워 죽일 것이다. 그럴 만한 죄를 지었으니까. 그렇게 한 다음 며칠 전에 낳은 아들을 잡아 머리를 벽에다 쳐 죽인 다음 개들에게 먹으라고 던져 주어라.」

선행보다 악행 기질의 하인은 잔혹한 아버지로부터 딸과 손자에게 그런 잔인한 처벌을 명령받고 떠났습니다. 선고받은 피에트로는 하인들에게 채찍을 맞으면서 교수대로 가는 길에, 무리를 이끄는 자들이 원하는 대로 어느 여관 앞을 지나갔는데, 거기에는 아르메니아의 귀족 세 명이 머무르고 있었지요. 그들은 아르메니아 왕의 사절로 교황과 십자군[46] 통과의 중요한 문제에 대해 협의하기 위하여 파견되었는데, 며칠 동안 휴식하고 원기를 되찾기 위해 거기에 기착해 있었고, 트라파니의 귀족들, 특히 아메리고 씨의 환대를 받고 있었습니다. 그들은 사람들이 피에트로를 끌고 지나가는 소리를 들

---

46 1189년에 시작된 제3차 십자군 전쟁을 가리키는 것으로 짐작된다.

고 무슨 일인지 보기 위해 창문으로 갔습니다.

피에트로는 허리띠 위로 완전히 벌거벗고 손은 뒤로 묶여 있었지요. 그를 바라보던 세 사절 중에 피네오라는 나이 많고 권위가 높은 귀족이 있었는데, 피에트로의 가슴에서 크고 불그스레한 반점을 보았습니다. 그것은 그런 것이 아니라 자연스럽게 피부에 난 것으로 이곳 여자들이 〈장미〉라고 부르는 것과 똑같은 모양이었습니다. 그것을 본 그의 머릿속에는 벌써 15년 전에 라이아초[47] 해안에서 해적들에게 납치된 이후로 전혀 소식을 몰랐던 아들이 떠올랐습니다. 채찍질을 당하고 있는 불행한 청년의 나이를 보니, 만약 자기 아들이 살아 있다면 그 정도 나이가 되었으리라 생각했습니다. 그리고 그 점 때문에 혹시 아들이 아닐까 의심하기 시작했고, 만약 아들이라면 아직 자기 이름과 아버지 이름과 아르메니아어를 기억하리라고 생각했고, 그래서 가까이 오자 불렀습니다.

「테오도로!」

그 목소리를 듣고 피에트로는 곧바로 머리를 들었습니다. 그러자 피네오는 아르메니아어로 말했습니다.

「너는 어디에서 왔고 누구의 아들이냐?」

그를 끌고 가던 사람들은 그 훌륭한 사람을 존경하여 멈추었고, 그러자 피에트로는 말했습니다.

「저는 아르메니아에서 왔고, 피네오라는 이름을 가진 분의 아들입니다. 어렸을 때 누군지 모르는 사람들에 의해 이곳으

---

47 라이아초Laiazzo(또는 아이아스Ayas)는 지중해 동쪽 끝의 튀르키예 남쪽 해안 도시로, 현재의 이름은 유무르탈륵Yumurtalık이다.

로 끌려왔습니다.」

그 말을 듣고 피네오는 그가 바로 잃어버린 아들임을 확실하게 알았습니다. 그래서 울면서 동료들과 함께 아래로 내려가 수비대원들 사이로 달려 들어가서 그를 껴안았습니다. 그리고 입고 있던 화려한 천의 외투를 벗어 그에게 걸쳐 주었고 그를 교수대로 끌고 가던 사람에게 새로운 명령이 올 때까지 거기에서 기다려 달라고 부탁했습니다. 그는 기꺼이 기다리겠다고 대답했습니다. 소문이 온 사방에 퍼져 있었기 때문에 피네오는 그가 왜 사형장으로 끌려가는지 알고 있었습니다. 그래서 곧바로 동료들과 수행원들과 함께 쿠라도 씨에게 가서 말했습니다.

「나리, 당신이 하인으로 사형장에 보내는 사람은 자유로운 사람이고 제 아들입니다. 그리고 처녀성을 빼앗았다고 하는 여인을 아내로 맞이할 준비가 되어 있습니다. 그러므로 그녀가 그를 남편으로 맞이하기를 원하는지 알 수 있도록 집행을 연기해 주시기를 바랍니다. 만약 그녀가 그렇게 하기를 원한다면, 법을 어기면서 집행하지 않도록 말입니다.」

쿠라도 씨는 그가 피네오의 아들이라는 말을 듣고 깜짝 놀랐고, 운명의 잘못에 대해 안타까움을 표하고 나서 피네오의 말이 맞다고 수긍하고 곧바로 그를 집으로 돌려보냈고, 사람을 보내 아메리고 씨를 불러 그에게 모두 말해 주었습니다.

아메리고 씨는 딸과 손자가 이미 죽었으리라고 생각하여 자기가 한 일에 자책하며 세상에서 가장 괴로운 사람이 되었습니다. 만약 딸이 죽지 않았으면 모든 것을 잘 바로잡을 수 있음을 알았으니까요. 그래도 딸이 있는 곳으로 급히 달려가도록 사람을 보냈으니, 혹시나 아직 자기 명령을 수행하지 않았다면 막기 위해서였습니다. 달려간 사람은 아메리고 씨가 보낸 하인이 칼과 독약을 딸 앞에 내밀고, 즉시 선택하지 못하고 있는 딸에게 욕을 하며 하나를 선택하라고 강요하려는 것을 발견했습니다. 하인은 주인의 명령을 듣고 그녀를 놔두고 주인에게 돌아가 일이 어떻게 되었는지 말했습니다.

그러자 아메리고 씨는 만족하여 피네오가 있는 곳으로 가서 자기가 개입한 일에 대해 거의 울면서 최대한 사과하고 용서를 구했으며, 만약 테오도로가 자기 딸을 아내로 원한다면 자신은 매우 만족하여 딸을 주겠다고 말했습니다. 피네오는 기꺼이 그의 사과를 받아들이면서 말했어요.

「나는 내 아들이 당신의 딸을 맞이하기를 원합니다. 만약 그가 그것을 원하지 않는다면 자신에게 내려진 선고를 받으러 가야겠지요.」

그리하여 피네오와 아메리고 씨는 합의했고, 아직 죽음을 두려워하면서도 아버지를 다시 만나 기뻐하던 테오도로에게 의향을 물었습니다. 테오도로는 자기가 원하면 비올란테가 아내가 될 것이라는 말을 듣고 완전히 기쁨에 넘쳤으니, 마치 지옥에서 천국으로 뛰어오른 것 같았습니다. 그리고 모두가 기뻐한다면 그것은 자신에게 대단한 은총이 될 것이라고 말했습니다.

그래서 비올란테의 의향을 듣기 위하여 사람을 보냈습니다. 비올란테는 테오도로에게 일어난 일과 앞으로 일어날 일에 대해 들으면서, 누구보다 고통스럽게 죽음을 기다리던 그녀는 서서히 그 말을 믿으면서 조금씩 즐거워졌고, 만약 테오도로가 바라는 대로 따른다면 그의 아내가 되는 것보다 즐거운 일은 없다고 대답했습니다. 하지만 그래도 아버지가 명령하는 대로 하겠다고 했습니다.

그렇게 서로 합의하여 비올란테는 결혼하게 되었으니, 모든 시민의 큰 즐거움 속에 성대한 잔치가 열렸습니다. 비올란테는 아기를 유모에게 맡기고 회복하면서 얼마 지나지 않아 전보다 훨씬 더 아름다워졌고, 산후조리가 끝나자 피네오가 로마에서 돌아오는 것을 기다리고 있다가 그 앞에서 아버지에게 하듯이 정중한 인사를 드렸습니다. 피네오는 그렇게 아름다운 며느리에 대해 매우 기뻐하였고, 커다란 환영과 즐거움으로 결혼식을 올리게 했고, 그녀를 딸로 받아들여 이후로 언제나 딸처럼 대하였습니다. 그리고 얼마 후 그의 아들과 며느리와 어린 손자는 갤리선을 타고 함께 라이아초로 갔으며, 거기에서 두 연인은 삶이 지속되는 동안 즐겁고 평온하게 살았답니다.]

## 여덟째 이야기

나스타조 델리 오네스티는 트라베르사리[48] 가문의 여인을 사랑하지만, 그녀의 사랑을 받지 못하고 자기 재산을 낭비한다. 그는 친척들의 부탁으로 클라세[49]로 가는데, 거기에서 어느 처녀가 기사에게 쫓기다가 살해당하고 두 마리 개에게 뜯어먹히는 것을 본다. 나스타조는 친척들과 자기가 사랑하는 여인을 저녁 식사에 초대하고, 그녀는 바로 그 처녀가 갈기갈기 찢어지는 것을 보고, 비슷한 일이 일어날까 두려워 나스타조를 남편으로 맞이한다.

그렇게 라우레타가 이야기를 마치자 여왕의 명령에 따라 필로메나가 이렇게 시작했습니다.

[사랑스러운 여인들이여, 우리에게서 연민이 칭찬받는 것과 마찬가지로 잔인함은 신성한 정의에 따라 엄격하게 보복을 당하지요. 저는 그것을 증명하고 여러분에게서 잔인함을 완전히 쫓아낼 수 있도록, 즐거움 못지않게 연민으로 가득한 이야기를 들려드리고 싶습니다.

로마냐의 아주 오래된 도시 라벤나에 매우 부유한 귀족들이 살았는데, 그중에 나스타조 델리 오네스티라는 청년은 자기 아버지와 숙부가 죽자 엄청난 부자가 되었습니다. 아직 아내가 없었던 그는 청년들이 그러듯이 파올로 트라베르사리 씨의 딸을 사랑하게 되었는데, 훨씬 신분이 높은 그녀가 자신을 사랑하도록 이끌려는 노력에 희망을 두었지요. 그런 노력은 놀랍고 멋지고 칭찬받을 정도였으나 소용없었을 뿐만 아니라 오히려 해롭게 보이기도 했습니다. 그가 사랑하는

48 트라베르사리Traversari 가문은 라벤나의 명문 가문으로 단테의 『신곡』「연옥」14곡 107행에서도 언급된다.

49 Classe. 라벤나 남쪽에 있는 마을로 당시의 이름은 키아시Chiassi였다. 무성한 소나무 숲으로 유명한 이곳은 단테의 『신곡』「연옥」28곡 20행에서도 언급된다.

처녀는 자신의 유별난 아름다움 혹은 높은 귀족 신분 때문에 경멸적인 태도를 지니게 되었는지, 그에게 무척 잔인하고 단호하고 까다롭게 보였으니, 그를 싫어했을 뿐만 아니라 그가 하는 일도 싫어했습니다. 그래서 나스타조는 견딜 수 없게 괴로웠고, 고통스러운 나머지 여러 번 죽고 싶다고 생각하기도 했습니다. 그런 다음 자신을 억제하고 그녀를 완전히 내버려 두거나, 가능하다면 그녀가 자신을 증오하듯이 그녀를 증오해야겠다고 여러 번 결심하기도 했습니다. 하지만 그런 결심도 헛되었으니, 희망이 줄어들수록 오히려 그의 사랑은 더 늘어나는 것 같았기 때문입니다.

그렇게 나스타조는 사랑과 무절제한 낭비를 계속하였으니, 그의 친구들과 친척들이 보기에 그 자신과 그의 재산이 함께 소진될 것 같았습니다. 그래서 그들은 여러 번 그에게 라벤나를 떠나 다른 곳으로 가서 한동안 살아 보라고 부탁하고 충고했습니다. 그럼으로써 사랑과 낭비가 줄어들도록 말입니다. 그런 충고에 나스타조는 여러 번 코웃음을 쳤지만, 그래도 그들의 재촉에 아니라고 말할 수 없었으므로 그렇게 하겠다고 말했습니다. 그리고 마치 프랑스나 스페인이나 다른 먼 곳으로 가려는 것처럼 엄청난 준비를 하게 했고, 말에 올라타고 많은 친구가 따라가는 가운데 떠났으며, 라벤나 밖으로 3마일 정도 떨어진 클라세라는 곳으로 갔어요. 그리고 거기에다 천막과 장막을 세우게 했고, 따라온 사람들에게 자기는 거기에 머무르고 싶으니 라벤나로 돌아가라고 말했습니다. 그리하여 그곳에 천막을 세우고 있으면서 나스타조는 전보다 훨씬 더 화려하고 멋진 생활을 하기 시작했고, 예전처럼 때로는 이런 사람들, 때로는 저런 사람들을 만찬과 식사에 초대했습니다.

그런데 거의 5월에 접어드는 어느 금요일에 날씨가 아주 좋았는데, 나스타조는 자신의 잔인한 여인에 대해 생각하게 되었고, 자기 마음대로 생각할 수 있도록 모든 하인에게 자기를 혼자 있게 놔두라고 명령한 다음 생각에 잠겨 한 걸음 또 한 걸음 옮겼습니다. 벌써 낮의 다섯째 시간[50]이 지난 뒤였고, 그는 먹는 것이나 다른 일을 잊고 소나무 숲속으로 반 마일 정도 들어갔습니다. 그런데 갑자기 어느 여자의 커다란 울음소리와 높은 비명을 들은 것 같았고, 그래서 달콤한 생각을 깨뜨리고 무슨 일인지 보려고 머리를 들었고, 자신이 소나무 숲속에 있는 것을 깨닫고 깜짝 놀랐습니다. 게다가 앞을 바라보니, 떨기나무와 가시덤불이 빽빽한 작은 숲에서 그를 향하여 매우 아름다운 처녀가 벌거벗고 달려오는 것을 보았는데, 그녀는 산발한 머리에 잔가지와 가시덤불에 온통 긁힌 모습으로 울면서 살려 달라고 크게 외쳤습니다. 더구나 옆에는 크고 사나운 사냥개 두 마리가 격렬하게 가까이 달리면서 닥치는 대로 여러 번 그녀를 물었습니다. 그리고 그녀 뒤에는 검은 말을 탄 갈색 기사가 달려오는 것을 보았는데, 무척이나 화난 얼굴로 손에 기다란 검을 든 채 무섭고 상스러운 말로 그녀를 죽이겠다고 위협했습니다.

50 그러니까 오전 11시 무렵이다.

그것은 나스타조의 마음속에 놀라움과 두려움을 동시에 심어 주었고, 마침내 불행한 여자에 대한 동정심을 불러일으켰으니, 가능하다면 그녀를 그런 고통과 죽음에서 구하고 싶은 마음이 들었습니다. 하지만 무기가 없다는 것을 깨닫고 몽둥이 대신 나뭇가지를 잡아 들고 개들과 기사에게 맞서려고 했지요. 하지만 기사는 그것을 보더니 멀리에서 소리쳤습니다.

　「나스타조, 방해하지 마시오. 개들과 내가 저 사악한 여자에게 합당한 일을 하게 놔두시오.」

　그렇게 말하는 동안 개들이 처녀의 옆구리를 세게 물어 세웠고, 다가온 기사는 말에서 내렸습니다. 나스타조는 기사에게 다가가 말했습니다.

　「나는 당신을 모르는데, 당신은 나를 알고 있군요. 하지만 이것만 말하겠소. 무장한 기사가 벌거벗은 여자를 죽이려 하고, 그녀가 마치 야생 동물인 것처럼 개들에게 옆구리를 물게 하는 것은 너무 비열한 짓이오. 나는 할 수 있는 한 분명히 그녀를 보호할 것이오.」

　그러자 기사는 말했습니다.

　「나스타조, 나는 당신과 같은 도시의 사람이었소. 그리고 당신이 아직 어린아이였을 때 귀도 델리 아나스타지[51] 씨라고 불리던 나는, 당신이 지금 트라베르사리 가문의 여인을 사랑하는 것 이상으로 저 여자를 사랑했다오. 그런데 그녀의

---

51 아나스타지Anastagi 가문도 라벤나의 명문 귀족 가문으로, 트라베르사리 가문과 함께 단테의 『신곡』 「연옥」 14곡 107행에서 언급된다.

냉혹함과 잔인함으로 인해 내 불행이 빚어졌으니, 어느 날 나는 당신이 지금 보고 있는 이 검으로 절망한 나 자신을 죽였고, 그래서 영원한 지옥의 형벌에 떨어졌소.[52]

그 뒤에 얼마 지나지 않아 내 죽음을 지나칠 정도로 좋아하던 저 여자도 죽었는데, 그녀는 잔인하게 내 고통을 기뻐한 것에 대해 뉘우치지 않았고, 그것이 잘못이 아니라 당연하다고 생각한 죄로 인하여 마찬가지로 지옥의 영원한 형벌에 떨어졌지요. 저 여자가 지옥에 떨어지자 그녀와 나에게 이런 형벌이 내려졌답니다. 저 여자는 내 앞에서 달아나고, 나는 그토록 사랑하던 저 여자를, 사랑하는 여인이 아니라 죽여야 하는 적으로서 뒤쫓는다오. 그리고 저 여자를 잡을 때마다 나 자신을 죽인 이 검으로 그녀를 죽이고, 등을 갈라 사랑이나 연민이 전혀 들어갈 수 없었던 그 냉정하고 완고한 심장을 다른 내장과 함께 몸에서 꺼내, 당신이 곧바로 보게 될 것처럼, 이 개들에게 먹으라고 준답니다.

그런 다음 얼마 지나지 않아, 하느님의 정의와 권능이 원하시는 대로, 저 여자는 마치 죽지 않은 것처럼 되살아나서 고통스러운 도주를 처음부터 시작하고, 나와 개들은 추격하기 시작하지요. 그리하여 금요일마다 대략 이 시간에 여기에서 나는 저 여자를 따라잡고, 여기에서 당신이 보게 될 처참한 짓을 합니다. 그렇다고 다른 날에는 우리가 쉰다고 생각하지 말아요. 저 여자가 나에 대해 잔인하게 생각하거나 행

---

52 중세의 관념에서 자살자는 지옥에 떨어진다고 믿었다.

동한 다른 여러 곳으로 가지요. 그리고 당신이 보다시피, 나는 저 여자를 사랑하던 사람에서 적이 되었으며, 저 여자가 나에게 잔인했던 달의 숫자만큼 많은 해에 걸쳐 이런 식으로 저 여자를 뒤쫓아야 한다오.[53] 그러니 내가 하느님의 정의를 집행하게 놔두고, 당신이 막을 수 없는 것에 맞서려고 하지도 마시오.」

나스타조는 그 말을 듣고 완전히 소심해졌고 곤두서지 않은 털이 거의 없을 정도였으니, 뒤로 물러나 불쌍한 처녀를 바라보면서 두려움과 함께 기사가 어떤 일을 할지 기다리기 시작했습니다. 기사는 이야기가 끝나자 성난 개처럼 손에 검을 들고 처녀에게 달려들었고, 처녀는 두 마리 사냥개에게 세게 물려 무릎을 꿇은 채 그에게 살려달라고 외쳤습니다. 기사는 온 힘을 다하여 가슴 한가운데를 찔러 검이 맞은편으로 나오게 했습니다. 그런 타격을 받은 처녀는 아직도 울고 외치면서 앞으로 쓰러졌습니다. 그리고 기사는 단검을 손에 들고 그녀의 등을 갈랐고, 심장과 다른 주위의 것을 모두 꺼내 두 마리 사냥개에게 던져 주었고, 개들은 무척 굶주린 듯

---

53 이러한 소위 〈지옥의 추격〉에 대한 전설은 다양한 버전으로 중세에 널리 퍼져 있었다고 한다. 보카치오가 토대로 삼은 출전은 뱅상 드 보베Vincent de Beauvais(1184?~1264?)의 『위대한 거울Speculum maius』에 나오는 이야기일 것으로 추정된다. 당시의 종교적 관념에서 지옥의 영혼들은 영원한 형벌을 받고, 연옥의 영혼들은 정해진 시간 동안만 형벌을 받는다고 믿었다. 그런데 보카치오는 지옥의 영원한 형벌에 대해 말하면서, 출전의 영향 때문인지 형벌의 유한성에 대해 말함으로써 모순에 빠지고 있다. 하지만 잔인하고 참혹한 이야기를 행복한 결말을 위한 도구로 삼음으로써 보카치오는 일종의 유머 감각으로 모든 상황을 반전시키고 있다.

곧바로 먹었습니다. 그리고 오래 지나지 않아 처녀는 그런 일이 전혀 없었다는 듯이 곧바로 일어나더니 바다 쪽으로 달아나기 시작했고, 개들은 계속 옆에서 그녀를 물면서 달렸고, 기사는 다시 말에 올라타 검을 들고 그녀를 뒤쫓기 시작했습니다. 그리고 순식간에 나스타조가 볼 수 없게 모두 사라졌습니다.

이를 본 나스타조는 동정심과 두려움 사이에 서 있다가 한참 뒤에 정신을 차렸고, 그것이 금요일마다 일어나므로 자신에게 매우 유용하리라고 생각했습니다. 그래서 그 장소를 표시해 두고 하인들에게 돌아갔습니다. 그리고 적당한 기회가 되었을 때 사람을 보내 많은 친척과 친구를 불러 그들에게 말했습니다.

「여러분은 나에게 적대적인 그 여자를 사랑하기를 단념하고, 낭비하는 것을 끝내라고 오랫동안 충고했습니다. 이제 나는 곧 그렇게 하려고 합니다. 만약 내가 부탁하는 일을 여러분이 해준다면 말입니다. 내 부탁은 이런 것입니다. 다가오는 금요일 파올로 트라베르사리 씨와 그의 아내와 딸, 그들의 모든 친척 여인, 그리고 여러분이 원하는 다른 여인들이 모두 여기에 와서 나와 함께 식사하도록 해주는 것입니다. 왜 내가 이런 것을 원하는지는 그때 알게 될 것입니다.」

그것은 쉬운 부탁처럼 보였으므로 그들은 그렇게 하기로 약속했습니다. 그리고 라벤나로 돌아갔고, 약속한 때가 되자 그들은 나스타조가 원하는 사람들을 초대했습니다. 비록 나스타조가 사랑하는 처녀를 데려오는 것은 약간 어려웠지만,

그래도 그녀는 다른 여인들과 함께 왔습니다. 나스타조는 성대하게 먹을 것을 준비하도록 했고, 잔인한 여인의 끔찍한 살해 장면을 본 장소 주위의 소나무들 아래에 식탁을 차리게 했습니다. 그리고 남자들과 여자들을 식탁에 앉게 했는데, 자기가 사랑하는 여인은 사건이 일어나는 곳의 바로 맞은편에 앉도록 배치했습니다.

그리하여 벌써 마지막 음식이 나왔을 때, 추격당하는 처녀의 절망적인 비명이 모두에게 들리기 시작했습니다. 그 소리에 모두 깜짝 놀랐고, 무슨 일인지 물었지만 아무도 대답할 수 없었기에, 모두 일어나 무슨 일인지 둘러보다가 고통스러운 처녀와 기사와 개들을 보았는데, 그들 모두가 잠시 후 자신들 사이에 있었습니다. 개들과 기사에 대해 커다란 소동이 일어났고, 많은 사람이 처녀를 돕기 위하여 앞으로 나섰습니다. 하지만 기사는 나스타조에게 했던 말을 하면서 그들이 뒤로 물러나게 했을 뿐만 아니라 모든 사람을 깜짝 놀라게 했습니다. 거기에는 괴로운 처녀와 기사의 친척들도 많이 있었고 기사의 사랑과 죽음을 기억하는 사람들도 있었기 때문에, 기사가 지난번처럼 해야 할 일을 하자, 많은 여인이 마치 자기 자신이 당하는 것처럼 슬프게 울었습니다.

그런 일이 끝나고 처녀와 기사가 떠나자 그것을 본 사람들은 여러 가지 많은 이야기를 했습니다. 하지만 가장 놀란 사람 중 하나는 나스타조가 사랑하는 여인이었습니다. 그녀는 모든 것을 분명하게 보고 들었으니, 그것이 다른 누구보다 자신에게 해당하는 일임을 알았습니다. 자기가 언제나 나스타조에게 보여 준 잔인함을 기억하였고, 그래서 벌써 분노한 그의 앞에서 자기가 달아나고 옆에는 사냥개들이 있는 것 같았습니다.

거기에서 나온 두려움이 얼마나 컸는지, 그런 일이 자신에게 일어나지 않도록 그녀는 바로 그날 저녁 적절한 기회가 마련되자마자 증오를 사랑으로 바꾸었으니, 믿음직한 하녀를 비밀리에 나스타조에게 보냈습니다. 하녀는 그녀를 대신하여 그에게 즐거움이 될 모든 것을 할 준비가 되어 있으니 자신에게 와주면 기쁘겠다고 부탁했습니다. 거기에 대해 나스타조는 자신에게 무척 기쁜 일이지만, 원한다면 그녀에게 명예가 되기를 바라니, 그것은 바로 아내로서 그녀가 자기와 결혼하는 것이라고 대답했습니다.

처녀는 자신이 나스타조의 아내가 되지 않은 것은 온전히 자신 때문이었음을 알고 있었으므로 좋다고 대답했습니다. 그리고 자신이 직접 전달자가 되어 아버지와 어머니에게 나스타조의 신부가 되면 좋겠다고 말했고, 거기에 대해 부모도 무척 기뻐했습니다. 다음 일요일 나스타조는 그녀와 결혼하였고 함께 오랫동안 행복하게 살았답니다. 그리고 그런 두려움은 그렇게 좋은 일의 원인이 되었을 뿐만 아니라 모든 라벤나 여인에게 작용했으니, 그 후로 언제나 전보다 쉽게 남자들의 즐거움에 순종하게 되었다고 합니다.]

# 아홉째 이야기

페데리고 델리 알베리기[54]는 사랑하지만 사랑받지 못하고,
사랑을 얻기 위하여 돈을 쓰다가 파산한다. 그에게는 단지 매 한 마리만
남았는데, 다른 것이 없었으므로 자기 집에 온 사랑하는 여인에게
매를 요리하여 먹도록 내준다. 그것을 알고 여인은 마음을 바꾸어
그를 남편으로 맞이하고, 부자로 만들어 준다.

필로메나가 이야기를 끝냈을 때 여왕은 특권을 가진 디오
네오 외에 아무도 남아 있지 않은 것을 보고 즐거운 표정으
로 말했습니다.

[이제 제가 이야기할 차례군요. 사랑스러운 여인들이여,
저는 앞 이야기와 부분적으로 비슷한 이야기를 하고 싶습니
다. 여러분의 우아함이 고귀한 남자들의 마음에 얼마나 큰
영향을 줄 수 있는지 여러분이 알도록 하기 위해서이며, 언
제나 행운이 안내자가 되게 놔두지 말고 필요한 곳에서는 여
러분 자신이 여러분의 보상을 선물하는 사람이라는 것을 이
해하도록 하기 위해서입니다. 행운은 실제로 그렇듯이 대부
분 신중하지 않고 무절제하게 선물하니까요.

그러니까 여러분이 잘 아시겠지만, 우리 도시에 야코포 디
보르게세 도메니키[55]라는 분이 살았고 아마 지금도 살아 계
실 것입니다. 그분은 영원한 명성을 지닌 귀족 혈통 때문이

---

54 알베리기Alberighi 가문은 피렌체의 유명한 귀족 가문으로, 단테의
『신곡』 「천국」 16곡 89행에서도 언급된다.

라기보다는 품행과 덕성을 통해 우리 시대의 위대한 사람으로 존경받았으며, 벌써 나이가 많았기에 종종 지나간 일들에 대해 이웃이나 다른 사람들과 함께 이야기하는 것을 즐겼는데, 다른 누구보다 멋진 말과 뛰어난 기억력으로 조리 있게 이야기했습니다. 그리고 멋진 것 중에서 즐겨 하는 이야기로, 옛날 피렌체에 페데리고 디 필리포 알베리기 씨라는 청년이 있었는데, 무술이나 예절에서 토스카나의 다른 모든 청년보다 뛰어났답니다.

그는 귀족 남자들이 대개 그러하듯이 당시 피렌체의 가장 아름답고 우아한 여인 중 한 명으로 꼽히던 조반나 부인이라는 귀족 여인을 사랑하게 되었습니다. 그리고 그녀의 사랑을 얻기 위하여 무술 시합이나 마상 창 시합을 하고, 잔치를 베풀고, 선물하는 데 자기 재산을 무절제하게 낭비했습니다. 하지만 아름다움 못지않게 정숙했던 그녀는 그가 자신을 위해 하는 일에 대해 전혀 신경을 쓰지 않았습니다. 그렇게 페데리고가 자기 능력 이상으로 많이 소비하면서 아무것도 얻지 못하는 동안, 그러기 쉽듯이 재산이 없어지고 그는 가난해졌으니, 조그마한 소유지 외에 아무것도 남지 않았고, 그곳의 수입으로 가난하게 살았으며, 그 외에 세상에서 가장 훌륭한 매 한 마리만 남아 있었습니다. 그리하여 더욱더 그녀를 사랑해도 이제는 원하는 대로 도시 안에서 살 수 없을

---

55 야코포 디 보르게세 도메니키Jacopo di Borghese Domenichi는 실존 인물로 세 차례나 피렌체 정부의 최고 위원을 역임하였고, 1348년과 1353년 사이에 죽었다.

것 같았기에 자기 소유지가 있는 캄피[56]로 가서 살았습니다. 거기에서 가능한 대로 매사냥을 하며 누구에게 부탁하지 않고 인내심 있게 가난한 생활을 감내하였습니다.

그런데 어느 날 그렇게 페데리고가 가난한 생활을 하는 동안 조반나 부인의 남편이 병에 걸렸고 죽음이 다가오는 것을 알고 유언을 남겼습니다. 매우 부자였던 그는 벌써 소년으로 자란 자기 아들을 상속인으로 임명했고, 그다음에 조반나 부인을 무척 사랑했기에, 만약 아들이 합법적인 상속인 없이 죽게 된다면 그녀가 상속인이 되도록 한 다음 죽었습니다. 그렇게 조반나 부인은 미망인이 되었고, 우리 도시 여인들의 풍습대로 여름에는 아들과 함께 시골의 소유지로 갔는데, 페데리고의 소유지에서 아주 가까운 곳이었습니다. 그리하여 그 소년은 페데리고와 친해지며 새와 개를 좋아하게 되었고, 여러 번 페데리고의 매가 날아가는 것을 보면서 특별하게 그 매가 마음에 들었고 소유하고 싶은 욕망이 강했지만, 페데리고가 매를 매우 소중히 여기는 것을 알고 감히 요구하지 못하고 있었습니다.

그런 상황에서 소년은 병이 들었고, 그래서 부인은 무척이나 괴로웠습니다. 다른 자녀가 없는 데다 아들을 지극히 사랑했기에 온종일 옆에 있으면서 계속 위로하고 혹시 원하는 것이 있는지 자주 물었고, 만약 구할 수 있으면 갖게 해줄 테니까 말하라고 했습니다. 여러 번 그런 제안을 들은 아들은

56 Campi. 피렌체 북서쪽 외곽에 있는 마을이었다.

말했습니다.

「어머니, 만약 페데리고의 매를 제가 갖게 해주신다면, 곧바로 나을 것 같아요.」

부인은 그 말을 듣고 잠시 생각에 잠겼고 어떻게 해야 할지 생각하기 시작했어요. 그녀는 페데리고가 오랫동안 자신을 사랑했는데 자신에게서 눈길 한 번 받지 못했다는 것을 알고 있었기에 혼자 생각했습니다.

〈어떻게 그 매를 요구한단 말인가? 내가 듣기로는 가장 훌륭하게 날고, 더구나 그에게 먹을 것을 주는 매인데 말이야. 어떻게 내가 배은망덕하게 다른 어떤 즐거움도 남아 있지 않은 귀족에게 그 매를 원한다고 할 수 있을까?〉

그리고 그런 생각에 사로잡혀, 만약 요구한다면 분명히 얻을 수 있을 테지만, 어떻게 말해야 할지 몰라 아들에게 대답하지 못하고 망설였습니다. 그러다가 마침내 아들에 대한 사랑에 굴복했으니, 아들을 만족시켜 주기 위해 그녀는 속으로 결심했습니다. 어떻게 되든 다른 사람을 보내지 않고 자기가 직접 가서 매를 요구하여 갖다주려고 결심했고, 그래서 대답했어요.

「아들아, 기운을 차리고 어떻게든 나을 생각을 해라. 내일 아침에 내가 할 첫 번째 일은 매를 구해서 너에게 갖다주는 것이라고 약속할 테니까.」

그 말에 아들은 좋아했고 그날 바로 약간 호전되는 것 같았습니다. 다음 날 아침 부인은 다른 부인과 함께 산책하러 가는 것처럼 페데리고의 작은 오두막으로 가서 그를 불렀습니다. 그 무렵 매사냥 철이 아니었기에 페데리고는 채소밭에서 간단한 일을 하고 있었는데, 조반나 부인이 문에서 부르는 소리를 듣고 깜짝 놀랐고 즐거운 마음으로 달려갔습니다. 부인은 그가 오는 것을 보고 귀부인다운 우아한 자태로 맞이하였고, 페데리고가 정중하게 자신에게 인사하고 나자, 이렇게 말했습니다.

「안녕하세요, 페데리고!」

그리고 이어서 말했습니다.

「당신이 필요 이상으로 저를 사랑하면서 저로 인하여 받은 피해를 보상해 드리려고 왔습니다. 보상은 이런 것이에요. 저와 이 동료가 당신과 함께 오늘 아침 멋진 식사를 하는 것입니다.」

그 말에 페데리고는 겸손하게 대답했습니다.

「부인, 당신 때문에 저는 어떤 피해도 받지 않았다고 기억합니다. 오히려 혹시 저에게 어떤 가치가 있었다면, 당신의 고귀함과 제가 당신에게 품은 사랑으로 인해 좋은 것만 받았다고 기억합니다. 그러니 당신의 이런 너그러운 방문은 저에게 너무나도 소중하니, 과거에 소비한 것을 처음부터 다시 소비해도 좋을 정도입니다. 비록 당신은 지금 가난한 집에[57] 오셨을지라도 말입니다.」

그렇게 말하고는 부끄러워하며 집 안으로 그녀를 들어오게 하여 정원으로 안내했습니다. 그리고 그녀를 맞이할 다른

---

57 원문은 〈가난한 주인에게〉이다.

사람이 없었기에 이렇게 말했습니다.

「부인, 다른 사람이 없으므로, 제가 식탁을 준비하러 가는 동안, 농부의 아내인 이 착한 여인이 함께 있어 줄 것입니다.」

페데리고는 극도로 가난한 상태에 있으면서도 무절제하게 낭비한 재산이 자신에게 얼마나 필요한 것이었는지 아직도 깨닫지 못하고 있었습니다. 그런데 그날 아침 이전까지는 부인에 대한 사랑 때문에 무수한 사람을 명예롭게 대접했는데, 정작 그 부인을 명예롭게 대접할 것이 아무것도 없다는 사실을 발견하고 그걸 깨달았습니다. 그래서 말할 수 없이 괴로워하며 혼자 자기 운명을 저주하였고 정신 나간 사람처럼 이쪽저쪽으로 배회했습니다. 돈도 없고 저당 잡힐 물건도 없이, 이미 시간은 늦었는데 무엇인가로 귀부인을 명예롭게 대접하고 싶은 커다란 욕망은 있었지만, 다른 사람은 물론이고 자기 농부에게도 도움을 요청하고 싶지 않았는데, 우리 안의 횟대에 앉아 있는 자신의 훌륭한 매가 눈에 들어왔습니다. 그리고 다른 것은 생각나지도 않아 매를 잡아 보니 묵직하였기에 부인에게 합당한 음식이 되리라고 생각했습니다.

그리하여 달리 더 생각하지도 않고 매의 목을 비틀어 어린 하녀에게 건네주면서 곧바로 털을 뽑고 손질하여 꼬챙이에 꿰서 정성껏 구우라고 했습니다. 그리고 아직 남아 있던 새하얀 식탁보로 식탁을 차렸고, 즐거운 표정으로 정원에 있던 부인에게 돌아갔고, 자기가 할 수 있는 최선의 식사를 준비했다고 말했습니다. 그리하여 부인은 동료와 함께 일어나 식탁으로 갔고, 무엇을 먹는지도 모르고 정성껏 봉사하는 페데리고와 함께 그 훌륭한 매를 먹었습니다. 그리고 식탁에서 일어나 한참 그와 함께 즐거운 대화를 나누다가, 자기가 무엇 때문에 왔는지 말할 시간이 되었다고 생각한 부인은 온화한 표정으로 페데리고에게 말하기 시작했습니다.

「페데리고, 당신의 과거 생활과 당신이 아마 냉정하고 잔인하다고 평가했을 저의 정숙함을 기억하면서, 제가 여기에 온 중요한 이유를 들으시면, 분명 제 뻔뻔함에 놀라실 것입니다. 하지만 자식이 있거나 전에 있었다고 생각하시면, 자식 때문에 품는 사랑이 얼마나 큰지 알고, 조금이라도 저를 용서하실 것이라고 확신합니다. 당신에게는 자식이 없지만, 저에게는 하나 있지요. 그래서 다른 어머니들의 공통적인 법칙을 저도 피할 수 없습니다. 그 힘을 따라야 했기에, 제 의지와 모든 예절과 의무를 넘어서서 당신에게 한 가지 선물을 요구하고 싶습니다. 제가 알기로 그것은 당신에게 최고로 소중한 것입니다. 그리고 그것은 당연합니다. 당신의 극단적인 가난함은 다른 어떤 즐거움이나 여흥이나 위안도 당신에게 남기지 않았으니까요. 그 선물은 바로 당신의 매입니다. 제 아들이 무척 갖고 싶어 하는데, 만약 제가 매를 갖다주지 않으면, 지금 앓고 있는 병이 더 심해지지 않을까 두렵고, 그러다 아들을 잃게 되지 않을까 두렵습니다. 그래서 부탁하오니, 당신이 아무런 의무 없이도 저에게 품고 있는 사랑을 위해서가 아니라, 친절함에서 다른 누구보다 큰 당신의 고귀함을 위해 저에게 선물해 주시기를 바랍니다. 그 선물 덕택에 제 아들의 생명을 구했다고 말할 수 있고, 그것에 대해 당신에게 평생 감사하도록 말입니다.」

페데리고는 부인이 요구하는 것을 들으며 그녀에게 매를 먹으라고 주었기 때문에 그녀를 도와줄 수 없다는 것을 알았으니, 뭐라고 대답하기 전에 그녀 앞에서 울기 시작했습니다. 부인은 처음에는 그 울음이 무엇보다 좋은 매를 떠나보내야 하는 고통에서 나온 것이라고 믿었고, 그래서 매를 원하지 않는다고 거의 말할 뻔하였습니다. 하지만 자제하고 페데리고가 울고 난 다음 대답하기를 기다렸습니다. 그는 말했어요.

「부인, 하느님께서 원하시는 대로 제가 부인을 사랑한 다음부터 운명이 많은 것에서 저에게 적대적이라고 생각했고 그래서 괴로웠는데, 지금 운명이 저에게 하는 것에 비교하면 그 모든 것이 가벼운 일이었군요. 그래서 저는 절대 운명과 화해하지 않아야 할 것입니다. 당신은 제가 부자였을 때는 저의 집에 오지 않다가 여기 이 가난한 집에 와서 저에게 조그마한 선물을 원하셨는데, 운명이 제가 그것을 선물할 수 없게 만든 것을 생각하면 말입니다. 왜 그렇게 할 수 없는지 간단하게 말씀드리지요.

당신이 너그럽게도 저와 함께 식사하고 싶다는 말을 들었을 때, 당신의 탁월함과 당신의 가치를 존중하기 위하여 저는 제 능력이 허용하는 한 일반적으로 다른 사람에게 대접하는 것보다 더 귀중한 음식으로 명예롭게 당신을 대접하는 일이 당연하고 합당하다고 생각했습니다. 그래서 당신이 저에게 요구하시는 매와 그 매의 훌륭함을 떠올리고 당신에게 합당한 음식이라고 판단했지요. 그리하여 오늘 아침 그것을 구위 당신의 접시에 올렸고, 저는 최고로 잘 활용했다고 생각했어요. 그런데 지금 당신이 다른 방식으로 매를 원하시는 것을 알면서도 당신에게 줄 수 없으니, 저는 너무나 괴롭습니다. 이 일은 저에게 평생 괴로울 것입니다.」[58]

그렇게 말한 다음 깃털과 발과 부리를 그 증거로 앞에 내놓았습니다. 그것을 보고 들은 부인은 처음에는 그런 매를 잡아 여자에게 먹으라고 준 것에 대해 비난했지만, 나중에는 가난에도 압도되지 않은 그의 훌륭한 마음을 혼자 속으로 무척 칭찬했습니다. 그리고 매를 가질 희망이 사라지고 그로 인해 아들의 건강이 걱정되었으니, 페데리고가 자신에게 베푼 명예로운 대접과 좋은 의지에 감사한 뒤 완전히 울적한 상태로 떠나 아들에게 돌아갔습니다.

아들은 매를 갖지 못한 울적함 때문인지, 아니면 병이 그런 상태로 이끌었기 때문인지, 며칠 지나지 않아 어머니의 커다란 고통 속에 이승을 떠났습니다. 어머니는 한동안 눈물과 슬픔에 넘쳐 지내고 나자, 아주 큰 부자가 된 데다 아직 젊었으므로 오빠들이 재혼하라고 여러 차례 재촉했습니다. 그녀는 재혼할 마음이 없었으나 자주 재촉하는 것을 보고 페데리고의 훌륭함과 지난번의 담대함, 말하자면 자신을 대접하기 위해 그런 매를 잡은 것을 생각하고 오빠들에게 말했습니다.

「오빠들이 좋다면 나는 재혼하지 않고 싶어요. 하지만 다시 남편을 얻을 것을 원하니, 나는 페데리고 델리 알베르기

---

58 원문은 〈che mai pace non me ne credo dare〉, 직역하면 〈그것은 절대 저에게 평화를 주지 않을 것이라고 믿습니다〉이다.

씨 외에 다른 사람과는 절대 결혼하지 않을 거예요.」

그 말에 오빠들은 비웃으며 말했어요.

「바보같이 무슨 말을 하는 거야? 세상에 아무것도 없는 그를 원해?」

그러자 그녀는 대답했습니다.

「오빠들이 말하는 게 맞다는 걸 나도 잘 알아요. 하지만 나는 사람이 필요한 재산보다 차라리 재산이 필요한 사람을 원해요.」

오빠들은 그녀의 마음을 듣고 페데리고가 비록 가난하지만 훌륭한 사람이라는 것을 알고 있었으므로, 그녀가 원하는 대로 그녀를 모든 재산과 함께 그에게 선물했습니다. 페데리고는 그렇게 사랑하던 여인을 아내로 맞이하였고, 게다가 큰 부자가 되었으며, 훌륭한 재산 관리자가 되어 그녀와 함께 행복하게 살았답니다.]

## 열째 이야기

피에트로 디 빈촐로는 집 밖에 저녁 식사를 하러 가고,
그의 아내는 청년을 부른다. 피에트로가 돌아오자 아내는
청년을 닭 광주리 아래에 숨긴다. 피에트로는 함께 저녁 식사를 하던
에르콜라노의 집에서 그의 아내가 끌어들인 청년이 발각되었다고
말한다. 부인은 에르콜라노의 아내를 비난하는데, 불행하게도
당나귀가 닭 광주리 아래에 숨어 있던 청년의 손가락을 밟고,

그는 비명을 지른다. 피에트로는 달려가 청년을 발견하고
아내의 속임수를 알게 되지만, 결국 자신의 죄 때문에
아내와 화해한다.


여왕의 이야기가 끝나자 모두 페데리고에게 합당하게 보상해 주신 하느님을 칭찬하였습니다. 그러자 디오네오는 명령을 기다리지도 않고 이야기를 시작했습니다.

[우리는 특히 우리와 관계없을 때 선행보다 오히려 악행에 대해 웃는데, 그것이 사악한 풍습 때문에 인간들에게 나타난 우발적인 악습인지, 아니면 어쨌든 자연스러운 죄인지 저는 말할 수 없습니다. 그리고 지금까지 제가 맡았고 또 지금 맡으려고 하는 임무는 다름 아니라 오로지 여러분에게서 울적함을 없애고 웃음과 즐거움을 제공하려는 것이었기 때문에, 사랑에 빠진 여인들이여, 다음 제 이야기의 소재는 부분적으로 약간 정숙하지 않을지라도 어쨌든 즐거움을 제공할 수 있으므로 들려드리겠습니다. 그러니 여러분은 이야기를 들으면서, 정원에 들어갈 때 으레 하는 것처럼 해주시기를 바랍니다. 말하자면 섬세한 손을 뻗어 장미를 꺾고 가시는 그대로 놔두는 것이지요. 불행한 운명의 남자는 정숙하지 않은 행동과 함께 그냥 놔두고 그 아내의 사랑의 속임수에 대해서는 즐겁게 웃으면서, 필요하다면 다른 사람의 불행에 연민을 가지라는 것입니다.

아직 오래전이 아니었을 때 페루자에 피에트로 디 빈촐로라는 부자가 살았는데, 그는 아마 자신이 원해서라기보다는

모든 페루자 사람이 그에 대해 가진 일반적인 평판[59]을 무마하고 다른 사람을 속이기 위해 아내를 얻었습니다. 그리고 운명은 이런 식으로 그의 욕망에 대응했습니다. 그가 얻은 아내는 불타는 듯한 빨간 머리에 젊고 탄탄한 여인으로 남편을 한 명이 아니라 두 명이라도 맞이하고 싶을 정도였습니다. 하지만 그녀는 그녀보다 다른 남자에게 훨씬 더 마음을 기울이는 남편 한 명만 맞이하게 되었지요.

그것을 그녀는 시간이 지나면서 알게 되었고, 자신이 아름답고 활기찬 데다 튼튼하고 강건하다고 느끼고 있었기에, 처음에는 강하게 화를 내고 때로는 남편과 상스러운 말로 싸우기 시작했으나 불만스러운 생활은 계속되었습니다. 그래서 결국 그런 방법이 남편의 나쁜 성향을 바꾸기보다 자신을 지치게 하리라는 것을 알고 자기 혼자 이렇게 말했습니다.

「이 골치 아픈 사람은 나를 버리고 부정한 욕망 때문에 메마른 곳에 나막신을 신고 가는 것[60]을 원하니, 나는 비가 내리는 곳에 다른 사람이 배를 타고 가도록[61] 궁리해야겠어. 나는 이 사람을 남편으로 맞이했어. 그가 남자라고 생각했고, 남자들이 당연히 그러하듯이 이런 나를 열망할 것이라고 믿었기 때문에 크고 좋은 지참금도 주면서 말이야. 남자라고 믿지 않았다면, 절대 남편으로 맞이하지 않았을 거야. 만약

59 뒤에서 구체적으로 밝혀지듯이 남색을 즐긴다는 소문이다.
60 자연에 거스른다는 뜻이며, 남색 행위를 암시하는 표현이다.
61 앞의 〈메마른 곳에 나막신을 신고 간다〉는 표현과 정반대 대구(對句)가 되며 성행위를 암시하는 표현으로 짐작된다.

여자들에게 거부감이 있다면, 내가 여자라는 것을 알면서 왜 아내로 맞이한 거야?

이건 견딜 수 없어. 속세에서 살고 싶지 않았다면 나는 수녀가 되었을 거야. 하지만 나는 여전히 속세에 살고 싶은데, 그 사람에게서 즐거움이나 쾌락을 기대한다면, 헛된 기대 속에 늙게 될거야. 그렇게 되고 나서는, 후회하면서 내 젊음을 잃어버린 것을 괴로워해도 소용없겠지. 내 젊음을 위로하는 데에는 그 사람이 아주 좋은 스승이야. 그가 즐거움을 얻는 것[62]에서 나도 즐거움을 얻어야 함을 증명해 주고 있으니까. 그런 즐거움은 나에게는 칭찬받을 만한 일이지만, 그에게는 크게 비난받을 일이야. 나는 단지 법을 위반하겠지만, 그는 법과 자연을 위반하고 있으니까.」

그렇게 생각한 여인은 자신의 욕망을 비밀리에 실현하기 위하여 뱀들에게 먹을 것을 주었다는 성녀 베르디아나[63]처럼 보이는 노파와 친해졌습니다. 그 노파는 언제나 손에 묵주를 들고 모든 면죄를 찾으러 다녔으며, 단지 거룩한 교부의 생애와 프란체스코 성인의 고행만 이야기하고, 거의 모든 사람으로부터 성녀로 인정받고 있었습니다.[64] 그리고 적당한 기회에 그 노파에게 자신의 의도를 모조리 드러내 보였습니다. 그러자 노파는 말했습니다.

62 남편이 즐거움을 얻는 대상, 즉 멋진 청년들을 가리킨다.
63 성녀 베르디아나Santa Verdiana(1182~1242)는 이탈리아 출신 성녀로 전설에 의하면 그녀를 수녀원의 방에서 쫓아내고 죄로 유혹하기 위해 뱀 두 마리를 보냈는데, 먹이를 주어 기르면서 죽을 때까지 함께 살았다고 한다.
64 뚱쟁이 노파에 대한 역설적인 표현이다.

「내 딸이여, 모든 것을 알고 계시는 하느님께서는 당신이 매우 잘하고 있다는 것을 아신다오. 다른 어떤 것을 위해서 가 아니라, 모든 처녀와 마찬가지로 당신의 젊은 시절을 낭비하지 않기 위해 그렇게 하는 것이니 말이오. 그것을 아는 사람에게는 시간을 낭비한 것과 비교할 고통은 전혀 없지요. 우리가 늙은 뒤에는 화로 옆에서 재를 바라보는 것 외에 어떤 악마를 섬기겠어요?[65]

그것을 알고 증언할 수 있는 여자가 바로 나라네. 지금 이렇게 늙은 뒤에야 내가 시간을 그냥 흘러가게 놔두었다는 것을, 쓰라리고 몹시 아픈 마음의 찔림과 함께 아무 소용 없이 알고 있으니까요. 비록 모든 시간을 낭비하지는 않았지만 말이오. 그러니 내가 어리석은 여자처럼, 할 수 있었던 것을 하지 않았다고 당신이 믿지 않으면 좋겠어요. 그것에 대해 기억하면, 당신이 보듯이 나에게 조그마한 호의를 베풀어 줄 사람도 없는 내가 얼마나 고통을 느끼는지 하느님께서 아실 거예요.

남자들에게는 그런 일이 일어나지 않아요. 남자들은 그것뿐만 아니라 수천 가지 일에 있어 여자보다 잘하도록 태어나고, 대다수가 젊었을 때보다 늙어서 더 중요한 사람으로 여겨지지요. 하지만 여자들은 아무것도 없이 단지 그것을 하고 그래서 자식들을 낳는 일만 잘하고, 그것 때문에 사랑을 받을 뿐이에요. 그러니 다른 건 깨닫지 못하더라도 이것은 깨

---

65 할 일이 전혀 없다는 뜻이다.

달아야 해요. 우리 여자들은 언제나 그것을 할 준비가 되어 있다는 것이지요. 남자들은 그렇지 않아요. 게다가 여자 한 명이 많은 남자를 지치게 할 수 있지만, 많은 남자가 여자 한 명을 지치게 할 수는 없지요. 우리는 그것을 하도록 태어났기 때문에, 처음부터 다시 말하지만, 당신이 남편에게 보복하려는 것은 매우 잘하는 일이오. 나중에 늙어서 당신 영혼이 육체를 비난할 일이 없도록 말이요.

이 세상 모두는 각자 가져가는 만큼만 갖고 있지요. 특히 여자들이 그래요. 여자들은 시간이 있을 때 남자들보다 훨씬 더 잘 활용해야 해요. 당신이 볼 수 있듯이 우리가 늙으면 남편이나 다른 누구도 우리를 보려고 하지 않으니까요. 오히려 우리를 부엌으로 내쫓아 고양이하고 이야기나 하고 냄비나 접시의 숫자나 헤아리게 하지요. 더 나쁘게 우리를 놀리면서 이렇게 말하기도 한다니까요. 〈처녀에게는 맛있는 음식, 노파에게는 딸꾹질.〉 그리고 다른 말들도 해요.

그러니 더 이상 말로 당신을 더 붙잡지 않도록 말하자면, 지금까지 이 세상에서 당신 마음을 터놓기에 나보다 더 유용한 사람은 없을 것이오. 왜냐하면 아무리 품위 있어도 내가 필요한 것을 감히 말하지 않을 사람은 없고, 아무리 무디거나 초라해도 내가 원하는 대로 주무르지 못할 사람은 없으니까요. 그러니까 당신이 원하는 것을 털어놓고 나에게 맡겨 봐요. 하지만 내 딸이여, 한 가지 부탁할 것이 있어요. 나는 가난한 사람이니까 말이오. 그러니 지금부터 내가 올리는 모든 면죄와 모든 묵주 기도에 당신도 함께 참여하도록 해요.

하느님께서 당신의 죽은 가족에게 그만큼 촛불과 빛을 밝혀 주시도록 말이오.」

그리고 말을 끝냈습니다. 그리하여 젊은 여인은 노파와 합의했으니, 그 구역을 자주 지나가는 청년이 자신에게 오도록 그의 모든 특징을 말해 주고 해야 할 일을 알려 준 다음, 노파에게 소금에 절인 고기 한 덩어리를 주어 보냈습니다. 며칠 지나지 않아 노파는 그녀가 말한 청년을 몰래 방으로 들여보내 주었고, 그리고 얼마 후에는 젊은 여인의 마음에 드는 다른 청년을 보내 주었어요. 그리하여 그녀는 언제나 남편을 두려워하면서도 그것을 할 수 있는 기회를 놓치지 않았습니다.

그런데 어느 날 저녁 남편이 에르콜라노라는 친구와 함께 저녁 식사를 하러 나가야 했기에, 젊은 여인은 노파에게 페루자에서 가장 멋지고 아름다운 청년 중 한 명을 보내 달라고 했고, 노파는 바로 그렇게 했습니다. 그리고 여인이 청년과 함께 저녁 식사를 하려고 식탁에 앉았을 때 피에트로가 밖에서 문을 열라고 불렀습니다. 여인은 그 소리를 듣고 이제 죽었다고 생각했지만, 그래도 가능하다면 청년을 숨기고 싶었습니다. 그런데 다른 숨기거나 보낼 곳을 찾지 못하였기에 식사하고 있던 방 옆의 주랑에 있던 닭 광주리 아래에 숨게 했고, 낮에 비워 둔 커다란 자루를 위에 덮었습니다. 그런 다음 곧바로 남편에게 문을 열어 주었습니다. 안으로 들어온 남편에게 그녀는 말했습니다.

「오늘 저녁 식사는 아주 빨리 집어삼켰군요.」

피에트로는 대답했어요.

「맛도 보지 못했어.」

「아니, 왜요?」

여인이 묻자 피에트로는 대답했습니다.

「말해 줄게. 에르콜라노와 그의 아내와 내가 식탁에 앉았는데, 가까이에서 재채기하는 소리가 들렸어. 첫 번째나 두 번째에는 별로 신경 쓰지 않았는데, 세 번째, 네 번째, 다섯 번째, 그리고 여러 차례 더 재채기 소리가 들려서 우리 모두 깜짝 놀랐어. 에르콜라노는 그 전에 아내가 우리에게 문을 열어 주지 않고 한참 기다리게 했기 때문에 약간 화가 나 있었어. 그래서 격분해서 말했지. 〈이게 무슨 일이야? 저렇게 재채기하는 게 누구야?〉 그리고 식탁에서 일어나 가까이 있던 계단 쪽으로 갔어. 계단 아래에는 식탁 보관소가 있었지. 집을 자주 청소하는 사람들이 그러하듯이 원하면 물건들을 보관하는 곳 말이야. 재채기 소리가 거기에서 나온 것 같았기에 작은 문을 열었지. 문을 열자마자 세상에서 제일 독한 유황 냄새가 났어. 전부터 냄새가 났고 아내가 불평하면서 말하기는 했지만 말이야. 〈낮에 유황으로 내 베일들을 표백한 다음 연기를 빨아들이라고 냄비 위에다 뿌려 저 계단 아래에 두었는데, 아직도 냄새가 나요.〉

그런데 에르콜라노가 문을 열고 냄새를 어느 정도 빼낸 다음 안을 들여다보고 계속해서 재채기하고 있는 녀석을 발견한 거야. 유황이 벌써 그 녀석 가슴을 얼마나 막히게 했는지, 이제 재채기도 할 수 없을 지경이었어.[66] 에르콜라노는 그 녀석을 보더니 소리쳤어. 〈이제 알겠어, 여보. 조금 전 우리가 왔을 때, 문도 열어 주지 않고 한참 밖에 세워 둔 이유를 말이야. 하지만 당신에게 대가를 치르게 하지 않으면 나는 절대 만족하지 않을 거야.〉

그 말을 듣고 아내는 자기 죄가 명백히 드러난 것을 알고 아무런 사과도 없이 식탁에서 일어나더니 달아나 버렸어. 어디로 갔는지 모르겠어. 에르콜라노는 아내가 달아난 것도 모르고 재채기하던 녀석에게 나오라고 여러 번 말했지. 하지만 그 녀석은 이제 아무것도 할 수 없는지 에르콜라노가 아무리 말해도 움직이지 않았어. 그러자 에르콜라노는 그 녀석의 한쪽 발을 잡아 밖으로 끌어내더니 그를 죽이기 위해 달려가서 칼을 가져왔어. 하지만 나는 나 자신 때문에 수비대[67]가 두려웠고, 그래서 일어나 그 녀석을 죽이거나 해치게 놔두지 않았어. 오히려 그 녀석을 보호하면서 큰 소리를 질러 이웃 사람들이 달려오게 했지. 사람들은 이미 항복한 청년을 붙잡아 집 밖으로 끌어내 어딘가로 데려갔어. 그렇게 해서 우리의 저녁 식사는 엉망이 되었고, 조금 전에 말했듯이 집어삼키기는커녕 맛도 보지 못했어.」

그 말을 들은 여인은 자기처럼 현명한 다른 여자들이 있다는 것을 알았지요. 때로는 누군가에게 불행한 일이 일어나지만 말입니다. 그래서 기꺼이 에르콜라노의 아내를 말로 옹호하고 싶었지만, 다른 사람의 잘못을 비난함으로써 자기 일을 더 자유롭게 할 수 있을 것 같았기에 이렇게 말했습니다.

66 거의 죽을 지경이었다는 뜻이다.
67 원문은 〈시뇨리아〉이다.

「놀라운 일이네요! 정말로 훌륭하고 거룩한 부인 같았는데 말이에요! 내가 그분에게 고해하고 싶을 정도로 신심이 깊고 정숙한 부인처럼 보였는데! 더 나쁜 것은, 이제 그녀는 나이도 많아서 젊은 여자들에게 본보기가 될 수 있다는 점이에요! 이 세상에 그녀가 태어난 시간은 저주받기를! 뻔뻔하고 사악한 여자가 분명하니까, 그녀가 계속 살아가면서 이 세상 모든 여자의 보편적인 수치이자 치욕이 되면 좋겠어요. 자기 남편에게 약속한 신의와 정숙함을 내버리고 이 세상의 명예를 저버리다니! 그렇게 멋지고 명예롭게 자신을 잘 대해 주던 사람인데, 다른 남자 때문에 그런 남편과 함께 자기 자신을 부끄럽게 모욕했네요. 만약 하느님께서 저를 구원해 주신다면, 그런 여자들에게는 자비를 베푸시지 말았으면! 그런 여자들은 죽어야 마땅하니, 산 채로 불에 타서 재가 되었으면!」

그런 다음 바로 옆의 닭 광주리 아래에 있는 자기 연인을 기억하고 피에트로를 위로하면서 이제 잘 시간이 되었으니까 가서 자라고 했습니다. 피에트로는 자는 것보다 먹고 싶었기 때문에, 저녁 식사로 뭐라도 있는지 물었습니다. 그러자 여인은 대답했습니다.

「네, 저녁 식사는 물론 있지요! 당신이 없어도 저녁 식사를 준비하는 데 익숙하니까요! 그래요, 내가 에르콜라노의 아내가 된 것 같네요! 세상에! 오늘 저녁에는 그냥 자는 게 어때요? 그게 훨씬 나아요!」

그런데 그날 저녁 피에트로의 소작인 몇 명이 경작지에서 물건을 싣고 와서 당나귀들을 주랑 옆의 마구간에 넣어 두고 마실 것도 주지 않고 있었어요. 그래서 무척 목마른 당나귀 중 한 마리가 굴레를 끌면서 마구간 밖으로 나왔고 혹시 물이 있는지 모든 것에서 냄새를 맡으면서 돌아다니고 있었습니다. 그리고 그렇게 돌아다니다가 바로 청년이 아래에 숨어 있던 닭 광주리 앞으로 가게 되었어요. 청년은 엎드려 있는 것이 편했기 때문에 땅바닥을 짚고 있었는데, 한쪽 손의 손가락이 광주리 밖으로 약간 나와 있었고, 그에게 행운인지 아니면 불행인지 모르겠지만, 당나귀가 발로 손가락을 밟았습니다. 그래서 엄청난 고통을 느낀 그는 큰 비명을 질렀지요. 그 소리를 들은 피에트로는 깜짝 놀랐고, 집 안에서 나는 소리라는 것을 깨달았습니다. 그래서 방에서 나갔고, 당나귀가 손가락에서 발을 떼지 않고 오히려 더 세게 밟았기 때문에 끊이지 않을 비명을 듣고 말했습니다.

「거기 누구야?」

그리고 달려가 닭 광주리를 들어 올리고 청년을 보았습니다. 청년은 당나귀 발에 밟힌 손가락의 고통 외에 피에트로가 자신을 해치지 않을까 하여 완전히 두려움에 떨고 있었습니다. 그런데 피에트로는 청년을 알아보았으니, 바로 자기 악습[68]을 위해 오랫동안 뒤쫓던 청년이었기 때문이지요. 그래서 물었습니다.

「너 여기에서 뭐 하고 있어?」

68 남색을 가리킨다.

청년은 아무 대답도 하지 않았고 제발 해치지 말라고 빌었습니다. 그러자 피에트로가 말했습니다.

「일어나, 절대 해치지 않을 테니까 걱정하지 말고. 하지만 네가 어떻게, 왜 여기 있는지 말해.」

청년은 모든 것을 말했지요. 걱정하는 아내 못지않게 청년을 발견해 기뻤던 피에트로는 청년의 손을 잡고 방으로 데려갔습니다. 방에서 여인은 세상에서 가장 두려운 표정으로 기다리고 있었습니다. 피에트로는 그녀 맞은편에 앉아 말했습니다.

「조금 전 에르콜라노의 아내를 그렇게 욕하고, 모든 여자의 치욕이니까 불태워 죽여야 한다고 말하면서, 왜 당신 자신에 대해서는 말하지 않았던 거야? 당신 자신에 대해서는 말하고 싶지 않으면서 어떻게 그녀에 대해 말할 수 있어? 그녀가 한 짓을 당신이 똑같이 했으면서 말이야. 물론 그렇게 이끈 것은 다름 아닌 여자들이 모두 그렇게 똑같이 다른 사람의 잘못으로 자기 잘못을 덮으려고 노력하기 때문이지. 하늘에서 불이 내려와 당신들 같은 사악한 족속을 모두 태우기를!」

여인은 피에트로가 처음에 말만 할 뿐 자신에게 다른 나쁜 일을 하지 않는 것을 보고, 또 그렇게 멋진 청년을 손에 잡고 있으면서 매우 기뻐하는 것처럼 보였기에 용기를 내어 말했습니다.

「분명히 당신은 하늘에서 불이 내려와 우리를 모두 태워 죽이기를 원하겠지요. 당신은 개가 막대기를 좋아하듯이 우리 여자들을 좋아하니까요.[69] 하지만 하느님의 십자가에 걸고 그런 일은 일어나지 않을 거예요. 하지만 당신이 무엇 때문에 불평하는지 잠시 함께 이야기하고 싶네요. 만약 당신이 나를 에르콜라노의 아내와 비교하고 싶다면, 사실 나는 좋아요. 그녀는 늙은 맹신자에 위선자지만 남편에게서 자기가 원하는 것을 얻고, 또 남편은 아내에게 당연히 해야 하듯이 그녀를 소중하게 대해 주지요. 그런데 나에게는 그런 것이 없어요. 나는 당신 덕에 잘 입고 잘 신고 있지만, 다른 것에서는 어떤지, 당신이 나와 잠자리를 안 한 지 얼마나 되었는지 당신이 잘 알잖아요. 나는 이 모든 것을 가지고 당신에게 이런 대접을 받는 것보다, 차라리 누더기를 걸치고 맨발로 다니더라도 침대에서 당신에게 잘 대접받기를 원해요. 그러니 잘 들어 봐요, 피에트로. 나는 다른 여자들과 똑같은 여자이고, 다른 여자들과 똑같은 것을 원해요. 그러니 당신에게서 얻지 못하는 것을 내가 스스로 찾는다고 해서 나를 비난하지 않아야 해요. 나는 마부나 거지와 어울리지는 않으니까 최소한 당신의 명예를 존중하고 있어요.」

피에트로는 그런 말이 밤새도록 끝나지 않으리라는 것을 깨달았고, 그래서 그녀에 대해 별로 신경 쓰지 않는 사람답게 이렇게 말했습니다.

「이제 더 말하지 말아요, 여보. 거기에 대해서는 내가 잘 만족하게 해줄 테니까. 그보다 저녁 식사로 뭐라도 해주면

---

69 첫째 날 첫째 이야기에서도 같은 표현이 나오는데, 여기에서는 역설적인 의미이다.

고맙겠어. 이 청년도 나처럼 아직 저녁을 먹지 못한 것 같으니까.」

그러자 여인은 대답했어요.

「물론, 아직 저녁을 먹지 못했어요. 우리가 저녁을 먹으려고 식탁에 앉았을 때 당신이 기분 나쁜 상태로 왔으니까요.」

그러자 피에트로는 말했습니다.

「그러면 어서 가서 우리가 식사하게 해줘. 그다음에 당신이 불평하지 않도록 내가 이번 일을 정리할 거야.」

여인은 남편이 만족해하는 것을 알고 일어나 곧바로 식탁을 다시 차리게 했고, 준비해 놓은 음식을 가져오게 했습니다. 그리고 자신의 악취미[70] 남편과 청년과 함께 즐겁게 먹었습니다. 저녁 식사 후 피에트로가 세 사람 모두를 만족시키기 위해 어떻게 정리했는지는 제 기억에서 사라졌습니다. 다만 다음 날 아침 청년이 광장으로 나갈 때까지, 밤에 아내와 남편 중 누구와 더 함께 있었는지는 분명하지 않았다는 사실은 알고 있습니다. 그러므로 제가 사랑하는 여인들이여, 누가 여러분에게 하는 만큼 그에게 해주라고 말하고 싶습니다. 만약 그렇게 할 수 없다면, 여러분이 그렇게 할 수 있을 때까지 머릿속에 기억하고 있으세요. 당나귀가 벽에 부딪히면 자기도 똑같은 충격을 받도록[71] 말입니다.」

그렇게 디오네오의 이야기는 끝났는데, 재미가 없어서라기보다 여인들의 부끄러움 때문에 웃음이 조금 적었습니다. 여

---

70 원문은 〈cattivo〉, 즉 〈나쁜〉이다.
71 둘째 날 아홉째 이야기에서도 나왔던 속담이다.

왕은 자신의 통솔이 끝났다는 것을 알고 일어나더니 월계관을 벗어 기분 좋게 엘리사의 머리에 씌워 주면서 말했습니다.

「여인이여, 이제 당신이 명령할 차례입니다.」

명예를 받은 엘리사는 관례대로 했습니다. 그러니까 먼저 집사에게 자기가 통솔하는 동안 필요한 것에 대해 지시한 다음 모두의 동의와 함께 말했습니다.

「우리는 많은 사람이 재치 있는 말이나 즉각적인 대답이나 신속한 조치로 합당하게 깨물어 상대방의 입을 틀어막거나 다가올 위험을 피할 수 있었다는 이야기를 이미 여러 번 들었습니다. 그런 소재는 멋지고 유용할 수 있으므로, 저는 내일 하느님의 도움으로 그런 것에 대해, 말하자면 도전받았지만 우아하고 재치 있는 말로 물리친 사람이나, 아니면 순발력 있는 응수나 조치로 손해나 위험이나 수치를 피하는 사람에 대해 이야기하기를 원합니다.」

모두가 그런 제안을 많이 칭찬했습니다. 그러자 여왕은 일어나 그들 모두가 저녁 식사 시간까지 자유롭게 지내도록 했습니다.

정숙한 모임은 여왕이 일어나는 것을 보고 모두 일어났고, 평소 그랬듯이 각자 좋아하는 것을 했습니다. 하지만 매미들의 노래가 그치자 모든 사람을 불러 저녁 식사를 하러 갔고, 즐거운 식사 뒤에 모두 노래하고 악기를 연주했습니다. 그리고 여왕이 바라는 대로 에밀리아는 춤을 이끌었고, 디오네오는 노래하라는 명령을 받고 곧바로 〈알드루다 부인, 꼬리를 올려요, 내가 멋진 소식을 가져갈게요〉[72]를 노래하기 시작했습니다. 그 노래에 모든 여인이 웃기 시작했고, 여왕이 가장 많이 웃었습니다. 하지만 여왕은 그 노래를 그만두고 다른 노래를 부르라고 명령했습니다. 디오네오는 말했습니다.

「여인이여, 만약 저에게 쳄발로[73]가 있다면 〈치마를 올려요, 라파 부인〉이나 〈올리브나무 아래에는 풀밭〉을 부르겠어요. 아니면 〈바다의 파도는 나에게 괴로워요〉를 부르면 좋을까요? 하지만 쳄발로가 없어요. 그러니 다른 것 중에 무엇을 원하는지 들어 보세요. 〈밖으로 나와요, 당신은 꺾였어요, 들판 위에서 내 것으로〉가 좋을까요?」

여왕은 말했습니다.

「아니, 다른 것을 불러요.」

그러자 디오네오는 말했습니다.

「그렇다면 〈시모나 부인, 술통을 채워요, 술통을 채워요, 10월도 아닌데〉를 부를게요.」

여왕은 웃으면서 말했어요.

「지옥에나 가요! 아름다운 노래를 불러요. 우리는 그런 것을 원하지 않으니까요.」

디오네오는 말했습니다.

「아닙니다, 여인이여, 흥분하지 마세요. 어떤 게 더 좋아요? 저는 천 개도 넘게 알아요. 아니면 〈이 나의 조개, 내가

---

72 뒤에 나오는 다른 노래들과 마찬가지로 당시 유행하던 음탕한 내용의 대중적 노래였다고 한다.
73 쳄발로cembalo는 여러 가지 악기를 가리키는 용어로 나중에는 피아노의 원형이 되는 건반 악기를 가리키기도 하였다. 여기에서는 타악기 중 하나로 탬버린과 비슷한 형태이며 손가락으로 두드리는 악기를 가리킨다.

두드리지 않으면〉이나 〈세상에! 천천히 해요, 내 남편〉이나
〈나는 100리라[74]로 수탉을 샀어요〉를 원하세요?」

그러자 여왕은 다른 모든 여인이 웃고 있었지만 약간 싫증
이 나서 말했습니다.

「디오네오, 이제 농담은 그만하고 아름다운 노래를 하나
불러요. 그러지 않으면 내가 어떻게 화를 내는지 실감하게
될 거예요.」

디오네오는 그 말을 듣자 농담을 멈추고 곧바로 이렇게 노
래하기 시작했습니다.


아모르여, 그녀의
아름다운 눈에서 나오는 우아한 빛은
나를 당신과 그녀의 종으로 만들었다오.


그녀의 아름다운 눈에서 나오는 광채는
내 눈을 통과하면서 먼저
당신의 불꽃으로 내 가슴을 불붙였고,
당신의 힘이 얼마나 큰지
그녀의 아름다운 얼굴이 나에게 밝혀 주었다오.
그녀의 얼굴을 상상하면
내 모든 힘이 묶여
그녀에게 복종하는 것을 느끼니,

74 리라ira는 당시 일반적으로 〈돈〉이라는 뜻으로 여러 곳에서 사용되었
으며, 현대에는 이탈리아 화폐의 단위였다.

내 한숨의 새로운 이유가 되었지요.

그렇게 나는, 사랑하는 주인님,[75]
당신의 추종자가 되었고, 순종하며
당신의 능력에서 은총을 기대하지만,
당신이 내 가슴속에 넣어 준 큰 욕망을
그녀가 충분히 아는지 나는 모르고,
그녀 외에는 평온을 찾지 못하고
또 찾고 싶지 않을 정도로
내 마음을 장악하고 있는
모든 믿음을 아는지도 모른다오.

그래서 당신께 부탁하니, 달콤한 내 주인님,
그것을 그녀에게 알려 주고, 나를 위해
조금이라도 당신의 불을 느끼게 해주오.
보다시피 나는 사랑에
이미 소진되고 있으며, 괴로움에
조금씩 무너지고 있으니까요.
그리고 기회가 되면, 당신과 함께 기꺼이
그렇게 하러 갈 테니, 당신이 그래야 하듯이,
나를 그녀의 마음에 들게 해주오.


75 아모르를 가리킨다.

노래가 끝났다는 것을 디오네오가 침묵으로 보여 주자, 여왕은 그 노래를 많이 칭찬하면서도 다른 노래들을 부르게 했습니다. 그러나 밤이 한참 지나자 여왕은 낮의 더위가 이미 밤의 시원함에 굴복한 것을 느끼고, 다음 날까지 마음대로 쉬러 가라고 모두에게 명령했습니다.

다섯째 날이 끝난다.

# 여섯째 날

『데카메론』의 여섯째 날이 시작된다.
여기에서는 엘리사의 통솔 아래,
도전을 받았지만 우아하고 재치 있는 말로 물리쳤거나,
아니면 순발력 있는 응수나 조치로 손해나
위험이나 수치를 피하는 사람에 대해 이야기한다.

달은 하늘 한가운데에 있으면서 자신의 빛을 잃었고, 벌써 다가오는 새로운 빛으로 우리 반구가 온통 밝아졌을 때, 여왕은 일어나 동료들을 부르게 했고, 느린 걸음으로 이슬을 밟으며 저택에서 멀어졌습니다. 그러면서 이런저런 것에 대해 다양하게 말하고, 이전 이야기들의 크고 작은 아름다움에 대해 논의하고, 또 이야기들의 여러 사건에 대해 다시 웃었습니다. 그러다가 마침내 태양이 더 높이 솟으며 벌써 더워지기 시작했으므로 모두가 저택으로 돌아가야 한다고 생각했고, 그래서 걸음을 돌려 돌아왔습니다.

저택에는 이미 식탁이 차려져 있었고 모든 것에 향기로운 풀과 꽃 들이 뿌려져 있었으니, 여왕의 명령으로 더위가 심해지기 전에 앉아 먹기 시작했습니다. 즐거운 식사가 끝나자 다른 것을 하기 전에 아름답고 유쾌한 노래를 잠시 부른 다음 누구는 자러 갔고, 누구는 체스를 두고, 누구는 주사위 놀이를 했습니다. 그리고 디오네오는 라우레타와 함께 트로일로스와 크리세이다[1]에 대한 노래를 불렀습니다.

그리고 벌써 모여야 할 시간이 되었으므로 여왕의 부름을 받고 모두 평소처럼 분수 주위에 앉았고, 여왕이 첫째 이야기를 시작하라고 명령하려는데, 전에 없었던 일이 일어났습니다. 그러니까 하녀들과 하인들이 부엌에서 내는 커다란 소음이 모두에게 들려왔던 것입니다. 그래서 집사를 불러 누가 소리를 지르고, 무엇이 소란의 원인인지 물었습니다. 집사는 리치스카와 틴다로[2] 사이에 일어난 소란이지만 그 이유는 자신도 모른다고 했습니다. 자신도 그들을 조용하게 하려고 방금 도착했는데 여왕의 부름을 받았기 때문이라고 말입니다. 그래서 여왕은 곧바로 리치스카와 틴다로를 불렀고, 그들이 오자 무엇 때문에 소란을 피웠는지 물었습니다. 그러자 틴다로가 대답하려고 하는데, 나이가 많은 데다 거만한 리치스카가 소리치느라 흥분된 상태에서 험한 표정으로 그를 향해 돌아서며 말했습니다.

「이 짐승 같은 인간아, 내가 있는데 나보다 먼저 말하려고 하다니! 내가 말할게.」

그리고 여왕을 향해 말했습니다.

「아씨, 이 사람이 시코판테의 아내에 대해 알려 주려고 하

---

1 트로일로스는 트로이아 왕 프리아모스와 헤카베의 아들로, 특히 크리세이다(또는 크레시다)와의 사랑 이야기는 중세 유럽에 유행하였는데, 크리세이다가 그리스의 영웅 디오메데스에게 이끌려 트로일로스를 배신하였다는 것이다. 이 이야기는 12세기 초 브누아 드 생트 모르Benoît de Sainte-Maure(?~1173)의 『트로이아 이야기Roman de Troie』에서 처음 언급되었고, 보카치오는 『필로스트라토』에서 이야기하였다.
2 리치스카는 필로메나의 하녀이고, 틴다로는 필로스트라토의 하인이다.

네요. 내가 그녀와 친한데도 말이에요. 그러니까 첫날 밤에 시코판테가 그녀와 함께 누워 〈몽둥이〉 씨를 〈검은 언덕〉[3] 안으로 억지로 밀어 넣으니까 피가 났다는 것이에요. 그래서 내가 그건 사실이 아니라고 말했지요. 오히려 아무 방해 없이 편안하고 아주 즐겁게 잘 들어갔다고 말이에요. 이 짐승 같은 인간은 처녀들이 그렇게 멍청하다고 너무 쉽게 믿고 있어요. 아버지와 오빠들의 보호를 받으면서 시간 낭비를 하고 있다고 말이에요. 처녀들 일곱 중 여섯은 결혼할 때를 서너 해나 기다려야 하는데 말이죠. 세상에, 그렇게 오래 질질 끌면서 잘도 있겠군요! 그리스도님의 믿음을 걸고 맹세해요. 그 정도로 내 말에 자신이 있는데, 내 이웃에 처녀로 남편에게 시집가는 여자는 아무도 없어요. 그리고 남편이 있어도 얼마나 많은 여자가 남편을 속이는지 잘 알아요. 그런데 이 멍청이가 나에게 여자들에 대해 알려 준다고 하네요, 내가 어제 태어난 아기인 것처럼!」

리치스카가 말하는 동안 모든 여인이 얼마나 크게 웃었는지 이빨을 모두 뽑아낼 수 있을 정도였어요. 그리고 여왕이 무려 여섯 번이나 조용히 하라고 명령했지만 소용없었으니, 리치스카는 말하고 싶은 것을 모두 말할 때까지 전혀 멈추지 않았습니다. 하지만 말이 끝나자 여왕은 웃으면서 디오네오를 향해 말했습니다.

「디오네오, 이것은 당신이 해결할 문제예요. 그러니 우리

3 음란한 은유이다.

이야기가 끝나면, 당신이 그 문제에 대해 최종 판결을 내려야 해요.」

그러자 디오네오는 곧바로 대답했습니다.

「여왕님, 다른 말을 들을 필요도 없이 판결은 내려져 있습니다. 그러니까 바로 말하자면 리치스카의 말이 맞습니다. 저는 그녀가 말하는 대로라고 믿어요. 그러니 틴다로가 바보예요.」

그 말을 듣고 리치스카는 웃기 시작했고, 틴다로를 향해 말했습니다.

「그것 봐, 내가 말했잖아. 이제 가. 아직 피도 마르지 않은 주제에 나보다 더 많이 안다고 생각해? 바보 같으니! 나는 절대 헛살지 않았어.」

만약 여왕이 화난 표정으로 조용히 하라고, 매를 맞고 싶지 않다면 더 말하거나 소란 피우지 말라고 명령하지 않았다면, 그리고 리치스카와 틴다로를 보내지 않았다면, 그날 종일 그녀의 말을 듣느라고 아무것도 하지 못했을 것입니다. 그들이 떠난 다음 여왕은 필로메나에게 이야기를 시작하라고 명령했고, 그녀는 즐겁게 이야기하기 시작했습니다.

## 첫째 이야기

어느 기사가 오레타 부인에게 이야기 하나로
말 타는 기분을 느끼게 해주겠다고 말한다.

그런데 형편없이 이야기하자, 그녀는 말에서 내려 달라고 부탁한다.

　[젊은 여인들이여, 눈부시게 맑은 날에는 별들이 하늘을 장식하고, 봄에는 꽃들이 녹색 들판을 장식하고 언덕을 어린 나무들로 뒤덮는 것처럼, 우아하고 재치 있는 말은 칭찬받을 만한 예의와 멋진 이야기를 장식하지요. 그런 말은 짧아서 남자보다 여자에게 더 적합합니다. 길게 말하는 것은 남자보다 여자에게 어울리지 않으니까요. 사실 그 이유가 무엇인지, 우리 재능이 부족해서인지, 아니면 우리 시대에 하늘이 내린 특별한 적대감 때문인지 모르겠으나, 적절한 순간에 어떤 재치 있는 말을 할 줄 알거나, 아니면 그런 말을 듣고 적합하게 이해할 줄 아는 여자는 요즈음 소수이거나 거의 남아 있지 않습니다. 그것은 우리 모두의 일반적인 수치입니다. 하지만 그 주제에 대해서는 이미 앞에서 팜피네아가 충분히 말했으므로,[4] 저는 더 말하고 싶지 않습니다. 하지만 적절한 순간에 하는 그런 재치 있는 말이 그 자체로 얼마나 멋진지 알 수 있도록, 한 귀부인이 어느 기사에게 정중하게 침묵을 부과한 이야기를 들려드리고 싶어요.
　여러분 중에 많은 분이 직접 보았거나 들어서 아는 것처럼, 우리 도시에 예의 바르고 말을 아주 잘하는 귀부인이 살았는데, 이름을 숨기지 않아도 좋을 만큼 훌륭한 분이었습니다. 그러니까 오레타 부인[5]으로 제리 스피나 씨의 아내였어

---

4 이 서두 부분은 첫째 날 열째 이야기의 서두에서 팜피네아가 한 말을 거의 그대로 반복하고 있다.

요. 그녀는 지금 우리처럼 시골에 있으면서, 낮에 집에서 같이 식사한 부인들과 기사들과 함께 기분 전환으로 이곳에서 저곳으로 가고 있었습니다. 그런데 출발한 곳에서 모두 걸어 가려고 한 곳까지 길이 약간 멀었기 때문인지 기사 중 한 사람이 말했습니다.

「오레타 부인, 만약 원하신다면, 세상에서 가장 멋진 이야기 중 하나로 우리가 가야 할 길의 상당 부분을, 말을 탄 것처럼 가게 해드리겠습니다.[6]」

그러자 부인은 대답했습니다.

「오히려 제가 부탁하고 싶군요. 그러면 정말 좋겠어요.」

그 말을 듣고 기사는 아마 옆에 찬 검에도 능숙하지 못하고 말로 하는 이야기에도 솜씨가 없었던 것 같은데 이야기를 시작했습니다. 이야기 그 자체는 매우 재미있는 것이었지만, 기사는 똑같은 말을 서너 번이나 여섯 번씩 반복하고, 때로는 뒤돌아가고, 때로는 〈제가 잘못 말했군요〉 하고 말하거나, 종종 이름을 혼동하여 다른 사람 이름을 말하면서 완전히 망치고 있었습니다. 두말할 필요도 없이 사람들의 성격이나 일어나는 사건에 대해서는 최악으로 설명했습니다.

그래서 오레타 부인은 이야기를 들으면서 여러 번 땀이 났고, 마치 병들어 곧 숨이 넘어가는 것처럼 가슴이 막히는 느

5 실존 인물로 오비초 말라스피나 후작의 딸이었다. 다음 이야기에도 등장하는 그녀의 남편 제리 스피나Geri Spina, 즉 루제리 디 마네티 델리 스피니Ruggeri di Manetti di Spini는 피렌체의 상인이며 은행가로 활발하게 정치 활동에도 참여했다.

6 마치 말을 타고 가듯이 편하게 가게 해주겠다는 뜻이다.

낌이었습니다. 그러다가 기사가 혼란에 빠져서 나오지 못하는 것을 알고 더 견딜 수 없었기에 상냥하게 말했습니다.

「기사님, 당신의 이 말은 걸음이 너무 딱딱하네요. 그래서 부탁하는데, 그냥 걸어가게 해주세요.」

다행히 기사는 이야기하는 것보다 이해하는 것을 잘하는 사람이었기에 그 재치 있는 말을 이해했습니다. 그래서 즐겁게 농담으로 받아들이고 다른 이야기를 꺼냈고, 시작하였다가 제대로 이어가지 못한 이야기는 끝내지 않고 그냥 놔두었답니다.]


## 둘째 이야기

제빵사 치스티는 말 한마디로 제리 스피나 씨에게
자신의 경솔한 요구를 깨닫게 한다.


오레타 부인의 말은 모든 여인과 청년의 칭찬을 받았고, 여왕은 팜피네아에게 이야기를 이어가라고 명령했습니다. 그래서 팜피네아는 이렇게 시작했습니다.

[아름다운 여인들이여, 자연이 고귀한 정신에 천한 육체를 주는 것이 잘못인지, 아니면 운명이 고귀한 영혼을 가진 육체에 천한 직업을 주는 것이 잘못인지 저 자신은 모르겠습니다. 우리의 시민 치스티와 다른 많은 사람에게서 볼 수 있

듯이 말입니다. 치스티는 매우 고귀한 영혼을 가지고 있는데 운명은 그를 제빵사로 만들었지요.

어리석은 사람들이 눈멀었다고 생각해도 운명은 천 개의 눈을 가지고 있고, 자연은 매우 신중하다는 것을 제가 몰랐다면, 저 또한 자연과 운명을 마찬가지로 비난했을 것입니다. 자연과 운명은 매우 현명하므로 사람들이 자주 하는 대로 따라 합니다. 사람들은 불확실한 미래의 일에 적절하게 대비하려고 자신의 귀중한 물건을 덜 의심받도록 집 안의 하찮은 장소에 묻어 두고, 나중에 필요할 때 꺼내지요. 하찮은 장소가 멋진 방보다 더 안전하게 보관하니까요. 마찬가지로 세상의 두 관리자[7]는 종종 귀중한 것을 천하다고 평가되는 직업의 그림자 밑에 숨겨 두어, 필요할 때 꺼내면 그 광채가 더 환하게 빛나도록 하지요. 그것을 제빵사 치스티가 사소한 일에서 잘 보여 주었으니, 제리 스피나 씨에게 지성의 눈을 되찾게 해준 것입니다. 그분의 아내 오레타 부인의 이야기를 듣고 기억난 아주 짧은 이야기를 들려드리고 싶습니다.

그러니까 제리 스피나 씨가 큰 영향력을 가지고 있던 보니파키우스 교황[8]이 중요한 일로 피렌체에 고귀한 사절들을 파

---

7 자연과 운명을 가리킨다.
8 교황 보니파키우스Bonifacius 8세(재위 1294~1303)는 궬피 백당과 궬피 흑당으로 분열되어 싸우던 피렌체의 정치에 많이 개입하였고, 궬피 흑당을 공공연히 지원하였다(첫째 날 첫째 이야기 주석 37 참조). 제리 스피나는 보니파키우스 8세의 은행가로 궬피 흑당의 지도자 중 하나였다. 여기에서 말하는 교황의 사절은 아마 1300년 두 당파 사이의 화해를 위해 파견된 것으로 짐작된다.

견했는데, 그들은 제리 씨의 집에 머물렀고, 그들과 함께 제리 씨는 교황의 일을 처리하고 있었습니다. 그리고 어떤 이유 때문인지 제리 씨는 교황의 사절들 모두와 함께 거의 매일 아침 걸어서 산타 마리아 우기[9] 성당 앞으로 지나갔는데, 거기에서 제빵사 치스티는 자기 화덕을 가지고 직업 일을 하고 있었지요. 그에게 운명은 비록 천한 직업을 주었으나 그런 만큼 너그러웠기에, 그는 아주 부자가 되었고 다른 일을 하지 않으면서 호화롭게 생활하였으며, 좋은 소유물 중에 피렌체나 그 주변에서 생산되는 가장 훌륭한 백포도주와 적포도주를 언제나 가지고 있었습니다.

치스티는 매일 아침 문 앞으로 제리 씨와 교황 사절들이 지나가는 것을 보면서, 무척 더웠으므로 그들에게 자신의 훌륭한 백포도주를 마시게 주면 좋은 대접이 되리라고 생각했습니다. 하지만 자기 신분과 제리 씨의 신분을 고려하면 감히 그를 초대하는 것은 적합하지 않아 보였기에, 제리 씨 자신이 초대되도록 유도할 방법을 생각했습니다. 그래서 새하얀 조끼에 언제나 미리 세탁한 앞치마를 두르고, 마치 제빵사보다 제분업자 같은 모습으로 매일 아침 제리 씨와 교황 사절들이 지나가는 시간에, 문 앞에 시원한 물이 담긴 새 양동이와 자신의 훌륭한 백포도주가 담긴 작은 볼로냐산 새 항아리, 은제처럼 반짝이는 잔 두 개를 내놓았습니다. 그리고 앉아서 그들이 지나가는 순간 한두 번 입을 헹군 다음 죽은

---

9 산타 마리아 우기Santa Maria Ughi 성당은 현재 스트로치 광장에 있는 조그마한 성당이다.

사람도 마시고 싶을 정도로 맛있게 포도주를 마시기 시작했습니다. 아침마다 한두 번 그 모습을 본 제리 씨는 사흘째 되는 날 말했습니다.

「어떤가, 치스티? 맛이 좋은가?」

치스티는 곧바로 일어나서 대답했습니다.

「네, 나리. 하지만 나리께서 직접 맛보지 않으시면 얼마나 맛있는지 제가 설명할 수 없습니다.」

그 말에 제리 씨는 날씨 탓인지, 여느 때보다 피곤한 탓인지, 아니면 치스티가 맛있게 마시는 모습을 보여 주어 목이 말랐기 때문인지, 사절들을 돌아보고 웃으면서 말했습니다.

「여러분, 이 착한 사람의 포도주를 맛보는 것이 좋겠습니다. 그렇게 맛있다면 나중에 후회할지도 모르니까요.」

그리고 그들과 함께 치스티에게 갔습니다. 치스티는 곧바로 제빵소에서 긴 의자를 내오게 하여 그들에게 앉게 했습니다. 그리고 벌써 잔을 씻으려고 앞으로 나선 그들의 하인들에게 말했습니다.

「이봐, 자네들은 뒤로 물러나고 이 일은 내가 하게 놔두게. 나는 빵을 굽는 것 못지않게 포도주를 잘 따를 줄 아니까. 그리고 한 방울 맛볼 생각은 하지도 말게!」

그렇게 말하고 자신이 직접 멋진 새 잔 네 개를 씻었고, 훌륭한 포도주가 담긴 작은 항아리를 내오게 하여 제리 씨와 동료들에게 세심하게 따라 주었습니다. 그들에게는 오래전부터 마시던 것보다 훌륭한 포도주 같았습니다. 그래서 많이 칭찬하였고, 그들이 머무는 동안 거의 매일 아침 제리 씨는 그들과 함께 거기에서 포도주를 마셨답니다.

그러다 사절들이 일을 마치고 떠나야 할 때가 되자, 제리 씨는 성대한 잔치를 열고 가장 훌륭한 시민들을 많이 초대했습니다. 치스티도 초대했는데, 그는 어떻게든 가지 않으려 했습니다. 그래서 제리 씨는 자기 하인 중 하나를 시켜 치스티에게 포도주 한 병을 받아 와서, 첫 요리에 모든 사람들의 잔에 절반씩만 따라 주라고 했습니다. 하인은 아마 그런 포도주를 한 번도 맛보지 못해 화가 났는지 커다란 병을 가져갔습니다. 그것을 본 치스티는 말했습니다.

「여보게, 제리 씨가 자네를 나에게 보낸 게 아니군.」

하인은 여러 번 사실이라고 주장했으나 다른 대답을 받을 수 없었기에 제리 씨에게 돌아가 그대로 말했습니다. 그러자 제리 씨는 말했습니다.

「다시 가서 내가 보냈다고 말해라. 만약에 또 그렇게 대답하면, 내가 너를 누구에게 보냈겠느냐고 물어봐라.」

하인은 돌아가서 말했습니다.

「치스티, 분명히 제리 씨는 나를 당신에게 보냈어요.」

그러자 치스티는 대답했지요.

「여보게, 분명히 그렇지 않네.」

하인은 말했어요.

「그렇다면 나를 누구에게 보냈겠어요?」

치스티는 대답했습니다.

「아르노강[10]에게 보냈겠지.」

하인이 그런 대답을 제리 씨에게 전하자, 제리 씨는 곧바로 지성의 눈이 열렸고, 그래서 하인에게 말했습니다.

「어떤 병을 가져갔는지 보여 다오.」

그리고 병을 보더니 말했습니다.

「치스티의 말이 옳다.」

그리고 하인을 꾸짖은 다음 적당한 병을 가져가게 했지요. 그것을 본 치스티는 말했습니다.

「이제 그분이 나에게 보낸 것을 잘 알겠네.」

그리고 기쁘게 병을 채워 주었습니다. 그리고 바로 그날 자그마한 통에 그 포도주를 가득 채워 조용히 제리 씨의 집으로 보낸 다음, 곧이어 그를 만나러 가서 말했습니다.

「나리, 오늘 아침 제가 큰 병에 놀랐다고 생각하지 마시기를 바랍니다. 다만 지난 며칠 동안 제가 작은 항아리로 보여 드린 것, 말하자면 이것은 하인이 마실 술이 아니라는 것을 나리께서 잊으신 것 같아서, 오늘 아침 상기시켜 드리고 싶었습니다. 이제 저는 나리의 포도주 지킴이가 되고 싶지 않아서 모두 가져왔습니다. 앞으로 원하시는 대로 해주시기를 바랍니다.」

제리 씨는 치스티의 선물을 아주 소중하게 받았고, 적합하다고 생각하는 감사의 말을 했습니다. 그리고 이후 그를 높게 평가하며 친구로 대했다고 합니다.」

---

10 아르노Arno강은 피렌체 시내를 가로지르는 강이다.

# 셋째 이야기

논나 데 풀치 부인은 신속한 응수로 피렌체 주교의
부적절한 농담을 침묵시킨다.

팜피네아가 이야기를 끝내자 모두 치스티의 응수와 너그러움을 많이 칭찬했습니다. 여왕은 라우레타가 이어서 이야기하기를 원하였고, 그녀는 즐겁게 이야기하기 시작했습니다.

[사랑스러운 여인들이여, 처음에는 필로메나가, 그리고 이번에는 팜피네아가 우리의 부족한 역량과 재치 있는 말의 아름다움에 대해 매우 진실한 이야기를 들려주었습니다. 그것에 대해 다시 돌아올 필요가 없도록, 재치 있는 말에 대한 것 외에, 저는 그런 말의 성격이 그렇다는 것, 말하자면 재치 있는 말은 개가 아니라 양처럼 듣는 사람을 물어야 한다는 것을 여러분에게 상기시켜 드리고 싶습니다. 만약 재치 있는 말이 개처럼 물면 그것은 재치가 아니라 모욕이 되기 때문이지요. 오레타 부인의 말과 치스티의 대답은 이런 점에서 훌륭했습니다.

사실 만약 대답하는 사람이 먼저 개에게 물렸다면, 대답하면서 개처럼 물어도 비난하지 않아야 할 것입니다. 그렇지 않았으면 비난받아야 하겠지만요. 그러므로 언제, 어떻게, 어디에서, 누구와 재치 있는 말을 해야 할지 살펴보아야 합니다. 그런 것을 잘 살펴보지 않음으로써, 우리 도시의 어느 고위 성직자는 자기가 말한 것 못지않게 깨물린 적이 있습니다. 그것을 저는 짧은 이야기로 여러분에게 보여 드리고 싶습니다.

훌륭하고 현명한 고위 성직자 안토니오 도르소[11] 씨가 피렌체의 주교였을 때, 로베르토 왕[12]의 사령관 디에고 델라 라타[13] 씨라는 카탈루냐 귀족이 피렌체에 왔지요. 그는 멋진 몸매에다 대단한 바람둥이였는데, 피렌체 여인 중에 그가 특히 좋아한 여인은 그 주교의 형제의 조카로 매우 아름다운 여인이었습니다. 그런데 그녀의 남편이 훌륭한 가문 출신이지만 사악하고 매우 탐욕스럽다는 것을 알고 그와 공모하여, 하룻밤 아내와 자게 해주면 금화 500피오리노를 주겠다고 합의했습니다. 그리고 당시 낭비하듯이 사용되던 은화 500포폴리노[14]를 도금하여 그에게 주었고, 그의 아내가 싫어하는데도 함께 잤습니다. 나중에 그런 일이 사방에 알려지면서 나쁜 남자에게는 손해와 조롱만 남았습니다. 그리고 주교는 현명하게도 그런 일을 전혀 듣지 못한 척했습니다.

---

11 안토니오 도르소Antonio d'Orso(?~1321)는 1301년부터 1321년까지 피렌체의 주교였다.

12 나폴리 왕 로베르토 단조를 가리킨다(「서문」의 주석 2 참조).

13 디에고 델라 라타Diego della Rata는 스페인 출신으로 이탈리아에 건너와 나폴리의 로베르토 왕을 위해 봉사하면서 1305년과 1310년, 1317~1318년에 왕의 대리인으로 피렌체에 머물렀다.

14 포폴리노popolino는 13세기에 피렌체에서 발행된 은화로 피오리노 금화와 마찬가지로 세례자 요한과 꽃무늬가 앞뒤 면에 새겨져 있었다.

주교와 사령관은 함께 잘 어울렸는데, 성 요한 축일[15]에 둘이 나란히 말을 타고 팔리오[16] 시합에서 달리는 거리를 따라 여인들을 보면서 가고 있었습니다. 주교는 어느 젊은 여인을 보았는데, 지금은 전염병이 나이 든 그녀를 데려갔지요.[17] 그녀의 이름은 논나 데 풀치였고, 알레소 리누치 씨의 사촌으로 여러분 모두 잘 아실 것입니다. 당시 그녀는 매우 젊고 아름답고 말도 잘하고 마음씨도 너그러웠으며, 얼마 전 포르타 산 피에트로[18]에 사는 남편에게 시집왔지요. 주교는 사령관에게 그녀를 가리켰고, 그녀에게 가까이 다가가 사령관의 어깨 위에 손을 올린 채 말했습니다.

「논나, 이 사람 어때 보여? 너를 이길 수 있다고 생각해?」

그 말은 논나에게 자신의 정숙함을 깨물고, 거기에서 듣고 있던 많은 사람의 마음속에 자신의 오명을 남기는 것처럼 보였습니다. 그래서 그런 오명을 씻는 데 신경 쓰기보다는 타격에는 타격으로 되돌려 주려고 생각했고, 그래서 즉각 응수했습니다.

「나리, 그분은 아마 저를 이기지 못할 것입니다. 하지만 저는 진짜 돈을 원해요.」

---

15 12월 27일이다.
16 팔리오palio는 이탈리아 여러 곳에서 다양한 방식으로 진행되는 말 달리기 시합이다.
17 당시에는 젊었지만, 이미 나이가 많은 상태에서 흑사병으로 죽었다는 뜻이다.
18 Porta San Pietro. 〈성 베드로의 성문〉이라는 뜻으로 중세 이후 피렌체의 여섯 구역 중 하나였다.

그 말을 듣고 사령관과 주교는 똑같이 찔렸지요. 사령관은 주교의 형제의 조카에게 부도덕한 짓을 저지른 사람으로서 그랬고, 주교는 자기 형제의 조카와 관련한 피해자로서 그랬습니다. 그래서 둘은 서로 쳐다보지도 않고 부끄러워서 말없이 갔습니다. 그날 그녀에게 어떤 말도 덧붙이지 못하고 말입니다. 그렇게 젊은 여인은 먼저 깨물렸기 때문에 재치 있는 말로 상대방을 깨문 것에 대해 비난받지 않았습니다.]

## 넷째 이야기

쿠라도 잔필리아치의 요리사 키키비오는 살아남기 위한
신속한 대답으로 쿠라도의 분노를 웃음으로 돌리고,
쿠라도가 위험했던 불행에서 벗어난다.

라우레타의 이야기가 끝나고 모두 논나 부인을 많이 칭찬했을 때, 여왕은 네이필레에게 이어서 이야기하라고 명령했고, 그녀는 말했습니다.

[사랑스러운 여인들이여, 기민한 재능은 상황에 따라 종종 말하는 사람에게 신속하고 유익하고 멋진 말을 하게 해주지만, 운명도 때로는 겁쟁이를 도와주어 편안한 마음일 때 찾지 못할 그런 말을 혀에 올려 주기도 합니다. 제 이야기에서는 그것을 증명하고 싶습니다.

여러분 모두가 보고 들으셨겠지만, 쿠라도 잔필리아치[19]는 우리 도시에서 언제나 유명한 너그럽고 담대한 시민이었습니다. 기사도 생활을 유지하면서 언제나 개와 매로 사냥을 즐겼는데, 지금은 그의 중요한 활동에 대해 말하지 않겠습니다. 그는 어느 날 페레톨라[20] 근처에서 매로 두루미 한 마리를 잡았습니다. 살찌고 생생한 두루미였으므로 훌륭한 자기 요리사인 베네치아 출신의 키키비오에게 보내 저녁 식사를 위해 잘 구워서 준비하라고 했습니다. 키키비오는 수다쟁이였는데, 두루미를 손질해서 불 위에 올려놓고 정성껏 요리하기 시작했습니다. 두루미가 다 구워지면서 아주 맛있는 냄새가 나고 있었고, 마을의 젊은 여인이 주방으로 들어왔습니다. 키키비오가 무척이나 사랑하는 브루네타라는 여인이었지요. 그녀는 두루미 냄새를 맡고 보더니 키키비오에게 애교를 떨며 다리 하나를 달라고 했습니다. 키키비오는 노래하듯이[21] 말했습니다.

「당신은 나에게서 얻을 수 없어요, 브루네타. 당신은 나에게서 얻을 수 없어요.」

그러자 브루네타는 화를 내며 말했어요.

「하느님의 이름을 걸고, 나에게 그것을 주지 않으면, 당신

---

19 쿠라도 잔필리아치Currado Gianfigliazzi는 13~14세기에 살았던 실존 인물로 피렌체의 유명한 은행가 가문 출신이다. 이 가문에 대해서는 단테의 『신곡』「지옥」 17곡 58~60행에서도 언급된다.

20 페레톨라Peretola는 피렌체 북서쪽 외곽의 지역이었다.

21 베네치아 사투리의 특이한 억양을 암시하는 표현이다. 이어서 키키비오가 하는 말은 부분적으로 베네치아 사투리로 되어 있다.

은 나에게서 원하는 것을 절대 얻지 못할 거예요.」

그리고 간단히 말해 많은 말이 오갔고, 결국 키키비오는 자기 여인을 화나게 하지 않으려고 두루미의 다리 하나를 떼어내 그녀에게 주었습니다. 그런 다음 쿠라도와 손님들 앞에 다리 하나가 없는 두루미를 내놓자, 쿠라도는 놀라서 키키비오를 불렀고 두루미의 한쪽 다리가 어떻게 되었느냐고 물었습니다. 그러자 거짓말쟁이 베네치아 요리사는 곧바로 대답했습니다.

「나리, 두루미는 다리와 발이 하나씩밖에 없습니다.」

쿠라도는 화가 나서 말했습니다.

「다리와 발이 하나씩밖에 없다니 무슨 악마 같은 소리야? 내가 다른 두루미들을 보지 못한 것 같으냐?」

키키비오는 이어서 말했습니다.

「나리, 제가 말씀드린 대로입니다. 만약 원하신다면 제가 살아 있는 두루미들을 보여 드리겠습니다.」

쿠라도는 함께 있던 손님들을 생각해서 그 이상 논쟁하지 않으려고 말했지요.

「내가 본 적도 들은 적도 없는 것을 네가 살아 있는 두루미들로 보여 주겠다고 하니 내일 아침에 보고 싶구나. 그러면 만족하겠다. 하지만 그리스도의 몸을 걸고 맹세하는데, 만약 그렇지 않으면, 네가 살아 있는 동안 언제나 내 이름을 기억하도록 너를 혼내 줄 것이다.」

그러니까 그날 저녁 언쟁은 끝났고, 다음 날 아침이 밝자 쿠라도는 자고 나서도 화가 풀리지 않고 오히려 더 커진 상태로 일어났고 말을 대령하라고 명령했습니다. 그리고 키키비오에게 늙다리 말을 타게 하여 강으로 향했습니다. 날이 밝을 무렵 그 강가에는 언제나 두루미들이 보였으니까요. 그곳에 가 말했습니다.

「엊저녁 너와 나, 둘 중에 누가 거짓말했는지 곧 보게 될 거다.」

키키비오는 쿠라도의 화가 아직 지속되는 것을 보고 자신의 거짓말에 대해 어떻게 증명해야 할지 몰랐으므로, 세상에서 가장 큰 두려움과 함께 쿠라도 옆에서 말을 타고 가면서 할 수만 있다면 기꺼이 달아나고 싶었습니다. 하지만 그럴 수 없었으므로 때로는 앞을, 때로는 뒤를, 때로는 옆을 바라보았고, 보이는 것은 모두 두 다리로 서 있는 두루미 같아 보였습니다. 하지만 벌써 강에 가까워졌고, 다른 무엇보다 그의 눈에 보이는 것은 강 위에서 열두어 마리의 두루미가 모두 한쪽 다리로 서서 잠자고 있는 모습이었습니다. 두루미들이 잘 때 으레 그러하듯이 말입니다. 그래서 그는 곧바로 쿠라도에게 그것을 가리키며 말했습니다.

「나리, 보시다시피 엊저녁 저는 사실을 말했습니다. 저기 있는 두루미들을 보시면, 다리와 발이 하나뿐이라는 것을 아시겠지요.」

쿠라도는 그 말을 듣고 말했습니다.

「기다려라. 두 개라는 것을 내가 보여 줄 테니까.」

그리고 더 가까이 가서 외쳤습니다.

「휘이!」

그 외침에 두루미들은 모두 다른 한쪽 다리를 내려놓고 몇 걸음 걸어간 뒤 달아나기 시작했습니다. 그래서 쿠라도는 키키비오를 향해 말했지요.

「어떠냐, 교활한 녀석아? 다리가 두 개 같지 않으냐?」

키키비오는 당황하여 그런 대답이 어디에서 나오는지도 모른 채 대답했어요.

「나리, 그렇습니다. 하지만 엊저녁 나리께서는 〈훠이!〉 하고 외치지 않으셨습니다. 만약 그렇게 외치셨으면, 저 두루미들처럼 다른 쪽 다리와 발을 내놓았을 텐데 말입니다.」

쿠라도는 그 대답이 무척 마음에 들었고, 모든 분노가 즐거운 웃음으로 바뀌어 말했습니다.

「키키비오, 네 말이 옳구나. 내가 그렇게 했어야 하는데.」

그렇게 순간적이고 유쾌한 대답으로 키키비오는 불행한 일을 피하고 주인과 화해했습니다.]


## 다섯째 이야기

포레세 다 라바타[22] 씨와 거장 화가 조토[23]는 무젤로[24]에서 오면서 서로의 초라한 모습에 대해 재치 있는 말로 상대방을 꼬집는다.


네이필레가 입을 다물자 여인들은 키키비오의 대답에 대해 매우 기뻐하였습니다. 그리고 판필로는 여왕의 바람대로 이렇게 이야기했습니다.

[사랑스러운 여인들이여, 조금 전 팜피네아가 보여 준 것처럼 운명이 때로는 초라한 직업 아래 매우 위대한 역량의 보물을 숨겨 놓듯이, 사람들의 지저분한 모습 아래에서도 자연이 숨겨 놓은 놀라운 재능이 발견되기도 합니다. 그것은 우리의 시민 두 명에게서도 나타났으니, 저는 간략하게 그것에 대해 이야기하고 싶습니다. 그러니까 한 사람은 포레세 다 라바타 씨로, 작고 볼품없는 데다 납작하고 평평한 얼굴로 바론치 가문[25]의 누구보다도 못생겼다고 할 수 있는데, 법에 대한 지식이 뛰어나 많은 훌륭한 사람이 민법 분야의 도서관이라고 평가할 정도입니다.

다른 한 사람은 조토인데, 얼마나 탁월한 재능을 가졌는지, 모든 사물의 어머니이자 하늘들의 지속적인 회전을 담당하는 자연이 우리에게 제공하는 것 중 그가 연필이나 펜, 붓으로 그것과 완전히 비슷하게 그리지 못하는 것이 전혀 없을 정도이지요. 단지 비슷한 것이 아니라 오히려 그 자체 같았

22 포레세 다 라바타Forese da Rabatta는 14세기의 유명한 법학자였다. 라바타는 피렌체 북동쪽의 지명이다.

23 조토Giotto di Bondone(1266~1337)는 본격적인 르네상스 예술의 꽃을 피운 거장 화가로, 단테의 『신곡』 「연옥」 11곡 94~96행에서도 언급된다. 보카치오는 나폴리에 머물던 1329년에서 1333년 사이에 조토를 만났을 것으로 추정된다.

24 Mugello. 피렌체 북동쪽에 있는 지역으로 포레세가 태어난 라바타도 이곳에 있다.

25 바론치Baronci 가문은 피렌체의 명문 가문으로 그 구성원들이 모두 못생긴 것으로 유명하였다.

으니, 그가 그린 것을 보고 사람의 시각이 실수하여 그것이 진짜라고 믿는 일이 자주 있을 정도입니다. 그리하여 그는 현자들의 지성을 충족시켜 주기보다 무지한 자들의 눈을 즐겁게 해주기 위해 그림을 그리던 사람들의 오류 아래 수 세기간 파묻혀 있던 예술을 다시 조명했기 때문에, 당연히 피렌체 영광의 빛 중 하나라고 말할 수 있습니다.[26] 그런데 그 분야에서 다른 사람들의 스승으로 살아가면서도 언제나 최대한의 겸손함으로, 대가[27]로 불리는 것을 거부함으로써 그런 영광을 얻었던 것입니다. 조토가 거부한 대가라는 호칭은 그에게서 빛나는 만큼 그보다 부족한 사람들이나 제자들이 더 큰 욕망으로 탐욕스럽게 사용했지요. 그런데 그의 예술은 매우 위대했지만, 그렇다고 해서 그가 인물이나 용모에서 포레세 씨보다 더 나은 것은 전혀 없었습니다. 이제 이야기로 돌아가겠습니다.

포레세 씨와 조토는 무젤로에 각자 소유지를 갖고 있었습니다. 포레세 씨는 법정이 휴가로 쉬는 여름 시기에 자기 소유지를 보러 갔다가 세낸 볼품없는 늙다리 말을 타고 돌아오던 중 우연히 앞에서 말한 조토를 만났습니다. 그도 마찬가지로 자기 소유지를 보고 피렌체로 돌아오는 중이었는데, 말이나 옷차림에서 그보다 나을 것이 전혀 없었습니다. 그래서

---

26 이 구절과 관련하여 보카치오는 조토의 예술에 대한 역사적 판단을 형성시킨 최초의 인물 중 하나라고 해석하기도 한다. 말하자면 조토가 고전 양식을 재탄생시킨 르네상스 예술의 선구자라고 평가하였다는 것이다.

27 원문은 〈maestro〉로, 바로 앞에서는 〈스승〉으로 옮겼지만 여기에서는 〈대가〉로 옮기는 것이 바람직해 보인다.

늙은 두 사람은 느린 걸음으로 돌아오면서 함께 동반자가 되었습니다. 그런데 여름에 종종 그러듯이 갑자기 소나기가 쏟아졌고, 둘은 가능한 대로 빨리 잘 아는 어느 농부의 집으로 피했습니다. 하지만 얼마 후에도 소나기는 전혀 그칠 기미를 보이지 않았고, 그들은 그날 피렌체에 가고 싶었으므로, 농부에게서 로마냐 직물[28]의 오래된 망토 두 개, 더 나은 것이 없었기에 낡아서 완전히 누더기가 된 모자 두 개를 빌려 다시 가기 시작했습니다.

그렇게 한동안 가다 보니 두 사람 모두 완전히 젖었고, 말들이 발로 엄청나게 튀기는 흙탕물에 온통 진흙투성이가 되었으니, 그런 모습은 다른 사람에게 전혀 존경심을 불러일으키지 않을 정도였습니다. 잠시 후 날씨는 점차 맑아졌고, 한동안 말없이 가던 그들은 생각에 잠겼습니다. 포레세 씨는 멋진 이야기꾼이었던 조토의 말에 귀를 기울이다가 그의 머리와 옆과 몸 전체를 살펴보기 시작했습니다. 그리고 모든 면에서 그렇게 볼품없고 그렇게 초라한 모습을 보고, 자기 자신에 대해서는 전혀 고려하지 않은 채 웃기 시작하면서 말했습니다.

「조토, 자네를 전혀 본 적 없는 이방인이 여기에서 우리를 본다면, 이런 자네가 세상에서 가장 훌륭한 화가라고 믿을 것 같은가?」

그 말에 조토는 즉각 대답했습니다.

---

28 로마냐 지방에서 많이 사용하던 거칠게 짠 양모 천이다.

「나리, 만약 그가 나리를 보고 글자<sup>29</sup>를 아는 사람이라고 믿으면, 그러리라 생각합니다.」

그 말을 듣고 포레세 씨는 자기 실수를 깨달았고, 때린 만큼 맞았다<sup>30</sup>는 것을 알았습니다.]


## 여섯째 이야기

*미켈레 스칼차는 몇몇 청년에게 어떻게 바론치 가문 출신이 세상에서 가장 고귀한 사람들인지 증명하고, 저녁 식사 내기에서 이긴다.*


조토의 신속하고 멋진 대답에 대해 여인들이 아직 웃고 있을 때, 여왕은 피암메타에게 이어서 이야기하라고 명령하였고, 그녀는 이렇게 이야기하기 시작했습니다.

[젊은 여인들이여, 판필로가 어떻게 바론치 가문을 아는지 아마 여러분은 모르시겠지만, 판필로 덕분에 제 기억 속에서 이야기 하나가 떠올랐습니다. 우리의 주제에서 벗어나지 않으면서 그 가문의 고귀함이 얼마나 대단한지 보여 주는 이야기입니다. 그래서 들려드리려고 합니다.

그다지 오래전이 아니었을 때 우리 도시에 미켈레 스칼차

---

29 원문은 〈l'abici〉, 〈에이비시ABC〉 즉 〈알파벳〉을 뜻한다.

30 원문은 〈tal moneta pagato quali erano state le derrate vendute〉, 직역하면 〈물건을 판매한 만큼 돈을 받았다〉이다.

라는 청년이 있었는데, 그는 세상에서 가장 즐겁고 쾌활한 사람이었고, 아주 특이한 이야기들을 알고 있었습니다. 그래서 피렌체 청년들이 모여 있을 때 그가 함께 있으면 매우 좋아했습니다. 어느 날 그는 몇몇 청년들과 몬투기[31] 언덕에 있었는데, 자기들 사이에서 이런 질문을 했습니다. 누가 피렌체에서 가장 고귀하고 가장 오래된 가문[32]일까 하는 것이었지요. 일부는 우베르티 가문이라고 했고, 다른 사람은 람베르티 가문이라고 했고, 누구는 이 가문, 또 누구는 저 가문이라고 머릿속에 떠오르는 대로 말했습니다. 그런 말을 듣고 있던 스칼차는 낄낄거리기 시작하더니 말했습니다.

「그만둬, 그만둬, 바보 같은 녀석들. 너희는 지금 무슨 말을 하는지도 모르는구나. 단지 피렌체뿐만 아니라 전 세계나 다른 어느 곳에서도[33] 가장 고귀하고 가장 오래된 가문은 바론치 가문이야. 그리고 그것에 대해서는 모든 현자와 나처럼 그들을 아는 모든 사람이 동의해. 또 너희가 다른 가문으로 이해하지 않도록 말하는데, 산타 마리아 마조레[34] 성당 가까이에 사는 너희 이웃 바론치 가문이야.」

다른 말을 할 것으로 기대했던 청년들은 그 말을 듣고 모

---

31 Montughi. 피렌체 북쪽에 가까운 언덕이다.

32 원문은 〈i più gentili uomini〉, 즉 〈가장 고귀한 사람들〉인데, 여기에서 〈고귀하다〉는 것은 귀족이라는 뜻이다.

33 원문은 〈di tutto il mondo o di maremma〉, 직역하면 〈전 세계 또는 늪지대에서〉이다. 〈maremma〉는 특히 해안 지역의 늪지대를 가리키는데, 토스카나 지방 서쪽의 〈마렘마〉가 대표적인 지역이다. 여기에서는 우스갯소리로 지역을 한정하기 위해 덧붙인 표현이다.

34 Santa Maria Maggiore. 피렌체 시내에 있는 유서 깊은 성당이다.

두 그를 놀리면서 말했습니다.

「너 지금 우리를 놀리는구나. 네가 아는 바론치 가문을 우리가 모르는 것처럼 말이야.」

그러자 스칼차는 말했습니다.

「복음서에 걸고 말하는데, 너희를 놀리는 것이 아니야. 오히려 진실을 말하고 있어. 만약 내기하고 싶은 사람이 있으면 내가 기꺼이 상대할 거야. 그러니까 이기는 사람에게 그가 원하는 친구 여섯 명과 함께 저녁 식사를 대접하자. 그리고 너희에게 그 이상 해주지. 나는 누구라도 너희가 원하는 사람의 판결을 따를 거야.」

청년 중 하나인 네리 반니니가 말했습니다.

「내가 그 저녁 식사 내기를 하겠어.」

그리고 피에로 디 피오렌티노를 심판관으로 하자고 모두 동의하고 그의 집으로 갔습니다. 다른 친구들도 스칼차가 지면 놀려 주기 위해 따라갔지요. 그리고 피에로에게 모든 것을 이야기했습니다. 신중한 청년이었던 피에로는 먼저 네리의 주장을 들었고, 그다음에 스칼차에게 말했습니다.

「그러면 너는 네가 주장하는 것을 어떻게 증명할 수 있어?」

스칼차는 말했어요.

「어떻게 증명할 수 있냐고? 너뿐만 아니라 그것을 부정하는 사람, 내가 사실을 말한다고 인정할 만한 그런 논증으로 증명하겠어. 너희도 알다시피, 가문은 오래될수록 더 고귀하지.[35] 조금 전 우리 사이에서도 그렇게 말했어. 그리고 바론치 가문 사람들은 누구보다 오래되었고, 따라서 가장 고귀해. 그러니까 그들이 가장 오래되었다는 것을 너희에게 증명하면, 나는 분명히 논쟁에서 승리할 거야. 너희는 알아야 해. 바론치 가문 사람들은 하느님께서 그림 그리기를 배우기 시작하셨을 때 창조되었어. 하지만 다른 사람들은 하느님께서 그림을 그릴 줄 아신 후에 창조되었지. 내가 사실을 말한다는 것은, 바론치 사람들과 다른 사람들을 생각해 보면 알 수 있어. 너희가 볼 수 있듯이, 다른 사람은 모두 적당한 비례로 잘 조합된 얼굴을 가지고 있어. 그런데 바론치 사람들을 보면, 누구는 얼굴이 길고 좁으며, 누구는 코가 아주 길고, 또 누구는 코가 짧고, 일부는 턱이 튀어나와 위로 쳐들려 있고, 당나귀처럼 턱이 큰 사람도 있고, 다른 사람보다 눈이 큰 사람도 있고, 다른 사람보다 눈이 더 아래로 처진 사람도 있지. 마치 그림 그리기를 배우는 어린아이들이 처음 얼굴을 그리는 것처럼 말이야. 그러니까 내가 말했듯이 하느님께서 그림 그리기를 배우실 때 그들을 창조하신 것이 분명해. 그러니까 그들이 다른 사람들보다 더 오래되었고, 따라서 더 고귀하다는 말이야.」

심판관이었던 피에로와 저녁 식사 내기를 했던 네리, 그리고 다른 모든 사람은 그런 사실을 기억하고 있었기에, 스칼차의 유쾌한 논증을 듣고 모두 웃기 시작했습니다. 그리고

---

35 가문이 오래될수록 더 고귀하다는 관념, 말하자면 더 귀족이라는 관념은 상당히 널리 퍼져 있던 것으로 짐작된다. 단테는 『향연Convivio』 4권 14장에서 그런 관념에 대해 비판한다.

스칼차의 말이 옳고 분명히 바론치 가문은 단지 피렌체뿐만 아니라 전 세계나 다른 어느 곳에서도 가장 오래되고 가장 고귀한 가문이라고 인정했지요. 그러니까 판필로는 포레세 씨의 얼굴이 못생겼다는 것을 증명하기 위해 바론치 가문의 누구보다 못생겼을 것이라고 합당하게 말했던 것입니다.]

## 일곱째 이야기

필리파 부인은 연인과 함께 있다가 남편에게 발각되어 법정에 소환되는데, 즉각적이고 유쾌한 대답으로 풀려나고 법률을 수정하게 한다.

피암메타가 이야기를 끝내고 모두 바론치 가문이 누구보다 고귀하다는 스칼차의 특이한 논증에 대해 아직도 웃고 있을 때, 여왕은 필로스트라토에게 이야기하라고 명령하였고, 그는 이렇게 시작했습니다.

[훌륭한 여인들이여, 말을 잘할 줄 아는 것은 어디에서나 멋진 일이지만, 저는 필요한 곳에서 말을 잘할 줄 아는 것이 가장 멋진 일이라고 생각합니다. 제가 지금 이야기하려는 어느 귀부인이 그렇게 할 줄 알았으므로, 듣는 사람들에게 즐거움과 웃음을 제공했을 뿐 아니라, 이제 들으실 것처럼, 치욕스러운 죽음의 올가미에서 벗어났습니다.

268

옛날 프라토시에는 정말로 가혹할 뿐만 아니라 비난받아 마땅한 법률이 있었습니다. 자기 연인과 간통하다가 남편에게 발각된 여자는, 돈을 위해 다른 남자와 함께하다가 발각된 여자와 마찬가지로 아무 구별 없이 화형당해야 한다는 것이었습니다.

그런 법률이 시행되고 있을 때, 필리파 부인이라는 아름답고 다른 어느 여인보다 사랑에 빠진 귀부인이 어느 날 밤, 자기 방에서 자기 자신만큼 사랑하고 또 사랑받던 그 도시의 젊고 멋진 귀족 라차리노 데 과찰리오트리의 품에 안겨 있다가 남편 리날도 데 풀리에시에게 들켰습니다. 그것을 본 리날도는 엄청나게 격분했고, 그들에게 달려들어 죽이려다가 가까스로 참았습니다. 그랬다가 자기에게 일어날 일에 대해 걱정하지 않았다면 분노의 충동에 따라 아마 그렇게 했을 것입니다. 그러니까 참았지만, 자신에게 허용되지 않은 것을 빼고는, 말하자면 프라토 법률에 따라 아내의 죽음을 원하는 것을 참지는 않았습니다. 아내의 잘못을 증명할 적합한 증거를 충분히 가지고 있었으므로, 날이 밝자 다른 충고는 생각도 하지 않고 아내를 고발하여 소환하게 했습니다.

부인은 진정으로 사랑에 빠진 여자들이 으레 그러하듯이 대담했기에, 많은 친구와 친척이 만류하는데도, 도망쳐 살면서 지난밤 자신을 품에 안았던 연인에게 자신이 어울리지 않음을 보여 주는 것보다, 차라리 법정에 출두하여 진실을 고백하고 강한 정신으로 죽으려고 결심했습니다. 그리고 그런 사실을 부인하라고 권유하는 많은 남녀와 함께 포데스타 앞으로 갔고, 단호한 표정과 확고한 목소리로 자신에게 무엇을 묻고 싶은지 질문하였습니다.

포데스타는 부인이 무척 아름답고 품행이 칭찬할 만한 여인이며, 그녀의 말이 증명하는 대로 마음이 담대한 여자라는 것을 알았습니다. 그래서 연민을 갖기 시작했고, 자기 의무를 소홀히 하지 않으려면 그녀를 사형해야 할 일을 그녀가 고백하지 않을까 걱정했습니다. 하지만 어쨌든 그녀가 고발된 사안에 대해 질문하지 않을 수 없었으므로 말했습니다.

「부인, 보다시피 여기 있는 당신의 남편 리날도가 당신을 고소했는데, 당신이 다른 남자와 간통하고 있는 것을 발견했다고 말합니다. 따라서 지금 시행되는 법률이 정하는 대로 그것에 대해 내가 당신에게 사형을 내리기를 원합니다. 하지만 당신이 그것을 자백하지 않으면 나는 사형을 내릴 수 없습니다. 따라서 당신은 대답을 잘 생각해 보고, 남편이 당신을 고발하는 일이 사실인지 말하세요.」

부인은 조금도 당황하지 않고 매우 듣기 좋은 목소리로 대답했습니다.

「나리, 리날도가 제 남편인 것은 사실이고, 어젯밤 그가 라차리노의 품에 있는 저를 발견한 것도 사실입니다. 또 제가 그에게 품은 진정하고 충실한 사랑으로 여러 번 그의 품에 안긴 것도 부정하지 않겠습니다. 하지만 나리께서도 알고 계시리라고 확신하지만, 법률은 모두에게 평등해야 하고 관련되는 사람들의 동의로 이루어져야 합니다. 그런데 이 법률에서는 그런 것이 이루어지지 않았습니다. 왜냐하면 그것은 단지 불쌍한 여자들만 속박하는데, 여자가 남자보다 더 많은 사람을 만족시킬 수 있기 때문이지요. 게다가 그 법률이 제정될 때 어느 여자도 동의하지 않았을 뿐만 아니라 여기에 있지도 않았습니다. 그러므로 합당하게 악법이라고 부를 수 있습니다.

그러므로 제 육체와 나리의 정신에 대한 편견으로 그런 법률의 집행자가 되실지는 나리께 달려 있습니다. 하지만 어떤 판단을 내리시기 전에 저에게 조그마한 은혜를 베풀어 주시라고 부탁합니다. 그러니까 제 남편에게 남편이 원할 때마다 제가 언제나 절대 싫다고 말하지 않고 저 자신을 모두 제공했는지 또는 그렇지 않았는지 질문해 주십시오.」

그 말에 리날도는 포데스타가 자신에게 질문하기도 전에 곧바로 대답했습니다. 분명히 아내는 자기가 요구할 때마다 자신에게 모든 즐거움을 제공했다고 말입니다. 그러자 부인이 곧바로 이어서 말했습니다.

「그렇다면 포데스타 나리, 나리께 묻겠습니다. 만약 제 남편이 언제나 저 자신에게서 자기가 좋아하고 필요한 것을 얻었다면, 그러고도 남는 것에 대해 저는 어떻게 해야 할까요? 개들에게 던져 주어야 할까요? 그것을 낭비하거나 썩히는 것보다, 자기 자신보다 저를 더 사랑하는 귀족 남자에게 봉사하는 것이 훨씬 낫지 않을까요?」

그렇게 유명한 귀부인에 대한 그 심문 자리에는 거의 모든 프라토 사람이 모여 있었는데, 그렇게 유쾌한 대답을 듣자 곧바로 웃음을 터뜨렸고, 부인의 말이 옳으며 잘 말했다고 거의 모두 한목소리로 외쳤습니다. 그리고 그 자리에서 떠나기 전에 포데스타에게 요구했으니, 잔인한 법률을 수정하고 단지 돈을 위해 자기 남편에게 잘못을 저지르는 여자들에게만 적용하게 했습니다. 그리하여 리날도는 그런 갑작스러운 일에 혼란해져서 법정을 떠났고, 부인은 마치 화형에서 부활한 것처럼 자유롭고 즐겁게 영광스러운 모습으로 집으로 돌아갔답니다.]

## 여덟째 이야기

프레스코는 조카에게, 그녀가 말하듯이 지겨운 사람들을 보는 것이 싫다면, 거울에 자기 모습을 비춰 보지 말라고 말한다.

필로스트라토의 이야기는 처음에는 듣고 있던 여인들의 마음을 약간의 부끄러움과 함께 찔렀으니, 얼굴에 나타난 솔직한 홍조가 그 증거였습니다. 그런 다음 서로 바라보며 가까스로 웃음을 참고 몰래 웃으면서 이야기를 들었습니다. 하지만 이야기가 끝나자 여왕은 에밀리아를 향해 이어서 이야기하라고 명령했고, 그녀는 마치 자다가 일어난 것처럼 한숨을 쉬더니 시작했습니다.

[아름다운 처녀들이여, 저는 다른 생각에 잠겨 오랫동안 여기에서 상당히 멀리 떨어져 있었습니다. 만약 여기에 정신

을 기울이고 있었다면 그렇게 하지 않겠지만, 아주 짧은 이 야기를 하고 빨리 마치도록 하겠습니다. 어느 처녀의 어리석 은 실수에 관한 이야기인데, 만약 그녀가 숙부의 유쾌하고 재치 있는 말을 이해할 수 있었다면 교정되었을 그런 실수입 니다.

그러니까 프레스코 다 첼라티코[36]라는 사람이 있었는데, 그에게는 체스카[37]라는 애칭으로 부르는 조카가 있었습니다. 그녀는 몸매와 얼굴이 아름답지만, 그렇다고 우리가 자주 보 는 천사만큼 아름답지는 않았어요. 그런데도 자기가 그렇게 아름답고 고귀하다고 평가했으니, 자기가 보는 남자나 여자, 모든 것을 깔보는 습관이 생겼습니다. 다른 여자보다 자기가 더 불쾌하고 지겹고 짜증을 잘 내서 나름대로 아무것도 할 수 없다는 사실은 전혀 고려하지 않으면서 말입니다. 게다가 그녀는 프랑스 왕가 사람이라고 해도 지나칠 정도로 거만했 습니다. 그리고 길을 가다가 누군가를 보거나 마주칠 때면 마치 쓰레기 냄새가 강하게 난다는 듯 코를 움켜잡기만 했습 니다.

그 외에 다른 많은 불쾌하고 역겨운 태도는 내버려두고, 어느 날 그녀는 프레스코가 있던 집으로 돌아와서 엄청 짜증 나는 태도로 옆에 앉더니 단지 한숨만 쉴 뿐이었습니다. 그

---

36 이 인물은 13세기 중엽에 살았던 프란체스코 프레스코발디Francesco Frescobaldi와 동일시되기도 한다. 프레스코발디는 피렌체의 명문 가문으로 첼라티코Celatico는 그 가문이 소유하고 있던 성(城)의 이름이다.
37 프란체스카Francesca의 애칭이다.

래서 프레스코는 물었지요.

「체스카, 왜 그래? 오늘은 축제일인데, 왜 이렇게 일찍 집으로 돌아온 거야?」

그러자 그녀는 몹시 짜증스럽게 대답했습니다.

「제가 일찍 돌아온 것은 사실이에요. 이 도시에 불쾌하고 역겨운 남녀가 오늘처럼 많으리라고 생각하지 못했으니까요. 거리에 지나가는 사람은 모두 나에게 불행처럼 불쾌해요. 불쾌한 사람을 나보다 지겹게 보는 여자는 세상에 없을 거예요. 그래서 그런 사람들을 보지 않으려고 일찍 돌아왔어요.」

그러자 조카의 지겨운 태도가 정말로 불쾌했던 프레스코는 말했습니다.

「애야, 네가 말하는 것처럼 그렇게 불쾌한 사람들이 마음에 들지 않는다면, 그리고 즐겁게 살고 싶다면, 절대 거울에 네 모습을 비춰 보지 마라.」

하지만 그녀는 자기가 솔로몬처럼 현명하다고 생각하나 속이 빈 갈대보다 어리석었으므로, 프레스코의 재치 있는 말을 멍청하게도[38] 이해하지 못했습니다. 오히려 자기는 다른 여자들처럼 거울에 자기 모습을 비춰 보고 싶다고 말했지요. 그래서 어리석은 상태로 남아 있었고, 지금도 그렇게 살고 있답니다.」

---

38 원문은 〈숫양처럼〉이다.

# 아홉째 이야기

귀도 카발칸티는 갑자기 나타난 몇몇 피렌체 기사들에게
재치 있는 말로 솔직하게 모욕을 준다.

에밀리아가 이야기를 끝내자 여왕은 마지막에 이야기하
는 특권을 가진 사람 외에 자기만 남았다는 것을 알고 이렇
게 말하기 시작했습니다.

[우아한 여인들이여, 오늘 제가 하려고 생각한 이야기들
에서 두 개 이상을 여러분이 빼앗아 갔는데도 이야기할 것이
하나 남아 있네요. 그 이야기의 결론에는 아마 그다지 심오
하지는 않겠지만 꽤나 재치 있는 말이 담겨 있습니다.

그러니까 여러분도 아시겠지만, 옛날 우리 도시에는 아주
멋지고 칭찬받을 만한 풍습이 많이 있었는데, 오늘날에는 하
나도 남아 있지 않습니다. 부유해지면서 더 늘어난 탐욕이
그것을 모두 내쫓아 버렸기 때문이지요. 그중에는 피렌체의
여러 장소에서 지역의 귀족들이 함께 모여 일정한 숫자의 단
체를 형성하고, 적당하게 경비를 유지할 수 있도록 하여 오
늘은 이 사람, 내일은 저 사람 하는 식으로 순서대로 모두 각
자 정해진 날에 회원 전체에게 식사를 베푸는 풍습이 있었습
니다. 종종 그 자리에는 도시를 방문하는 외국인 귀족이나
다른 시민도 초대했습니다. 그리고 매년 최소한 한 번은 모
두 똑같은 옷을 입고, 중요한 날에 함께 말을 타고 시내를 돌

아다니고, 때로는 무술 시합을 벌이기도 했는데, 특히 중요한 축제일이나 어떤 승리나 다른 즐거운 소식이 도시에 전해질 때 그랬습니다.

그런 단체 중에 베토 브루넬레스키[39]의 단체가 있었는데, 거기에서는 베토 씨와 동료들이 카발칸테 데 카발칸티[40] 씨의 귀도를 끌어들이려고 무척 고심했으니, 이유가 없지 않았습니다. 왜냐하면 그는 당시 세상에서 가장 탁월한 철학자 중 하나였고 그 단체에서는 별로 관심 없는 분야인 자연과학의 최고 학자였을 뿐만 아니라, 무척 유쾌하고 예의 바르고 말을 잘하는 사람이었으며, 고귀한 사람에게 속하는 모든 것을 하려고 했고 또 누구보다 잘할 줄 알았기 때문입니다. 게다가 매우 부자였고, 그럴 가치가 있다고 생각하는 사람을 말할 수 없이 잘 대접할 줄 알았습니다. 하지만 베토 씨는 그를 끌어들일 수 없었으니, 동료들과 그는 귀도의 사색이 때로는 사람들에게 너무 추상적이라고 믿었던 것입니다. 그리고 그가 에피쿠로스 추종자들의 견해를 어느 정도 갖고 있으며, 저속한 사람들 사이에는 그의 그런 사색이 오로지 하느님이 존재하지 않는다는 것을 증명하기 위한 노력이라는 소문이 있었기 때문입니다.

---

39 Betto Brunelleschi. 실존 인물로 궬피 백당에 속했으며 단테와 귀도 카발칸티의 친구였다. 하지만 1301년 백당이 패배한 뒤에는 궬피 흑당의 주요 지도자 중 하나가 되었다.

40 Cavalcante de' Cavalcanti. 귀도 카발칸티(넷째 날 도입부의 주석 4 참조)의 아버지로, 단테는 『신곡』「지옥」 10곡 52~72행에서 이름을 직접 거론하지 않지만 그에 대해 상당히 길게 이야기한다.

그런데 어느 날 귀도는 자주 산책하던 대로 오르토 산 미켈레 성당에서 출발하여 코르소 델리 아디마리를 거쳐 산 조반니 세례당[41]에 이르렀습니다. 거기에는 오늘날 산타 레파라타[42] 성당에 있는 커다란 대리석 무덤들과 산 조반니 세례당 주변의 다른 많은 무덤이 있었지요. 귀도는 그곳의 반암(斑岩) 기둥들과 무덤들과 닫혀 있는 산 조반니 세례당의 문 사이에 있었는데, 베토 씨가 동료들과 함께 말을 타고 산타 레파라타 성당의 광장을 가로질러 오다가 무덤들 사이에 있는 귀도를 보았습니다. 그들은 말했어요.

「우리 가서 놀려 주자.」

그러고는 말에 박차를 가하여 마치 즐겁게 습격하듯이, 그가 미처 알아차리기 전에 옆으로 다가가서 말했습니다.

「귀도, 자네는 우리 단체에 가입하기를 거부하는데, 그래, 하느님이 없다는 것을 발견하면 어떻게 할 것인가?」

그 말에 귀도는 그들에게 둘러싸인 것을 보고 곧바로 말했지요.

「당신들은 지금 당신들의 집에 있으니 마음대로 말할 수 있어요.」

---

41 오르토 산 미켈레Orto San Michele(현재 이름은 오르산미켈레 Orsanmichele) 성당은 피렌체 시내의 유서 깊은 성당이고, 코르소 델리 아디마리Corso degli Adimari(현재 이름은 칼차이올리 거리Via dei Calzaioli)는 그 북쪽의 거리이며, 단테가 『신곡』「천국」25곡 7~9행에서 회상하는 산 조반니San Giovanni 세례당은 현재의 두오모 앞에 있다.

42 산타 레파라타Santa Reparata 성당은 오늘날 피렌체의 두오모인 산타 마리아 델 피오레 성당이 있는 곳에 있었다.

그리고 그 커다란 무덤 중 하나를 손으로 짚더니, 매우 날렵하게 훌쩍 뛰어 맞은편으로 넘어갔고 그들에게서 벗어나 가버렸습니다. 그들은 모두 서로를 바라보며 남아 있으면서, 귀도가 제정신이 아니고 그의 대답에는 아무런 의미가 없다고 말하기 시작했습니다. 그 자리에서 자신들을 비롯해 다른 모든 시민도 달리 할 수 있는 것이 없고, 귀도 역시 마찬가지기 때문이라고 말입니다. 그런데 베토 씨가 그들을 향하여 말했습니다.

　「그 말을 이해하지 못했다면 제정신이 아닌 것은 너희들이야. 그는 우리에게 정중하게 단 몇 마디로 세상에서 가장 큰 모욕을 주었어. 잘 살펴보면, 이 무덤들은 죽은 자들의 집이야. 죽은 자들은 관 안에서 살고 있으니까. 그러니까 무덤이 우리 집이라고 말함으로써, 우리 같은 무지하고 교양 없는 사람들은, 자신이나 다른 학식 있는 사람들에 비하면, 죽은 자들보다 못하다고 주장한 거야. 여기 있는 우리가 우리 집에 있다고 했으니까 말이야.」

　그러자 모두 귀도가 말하고자 했던 것을 깨닫고 부끄러웠으니, 단체에 들어오라고 더 이상 권하지 않았습니다. 그리고 이후로는 베토 씨를 섬세하고 사려 깊은 기사라고 생각했습니다.]

# 열째 이야기

수도자 치폴라는 농부들에게 가브리엘 천사 날개의 깃털을 보여
주겠다고 약속한다. 그런데 깃털 대신 숯을 발견하고, 그것이
라우렌티우스[43] 성인을 불태운 숯이라고 말한다.

이제 모두가 자기 이야기를 마쳤으므로 디오네오는 자기가
이야기할 차례라는 것을 알았습니다. 그래서 엄숙한 명령을
기다리지도 않고, 귀도의 신중하고 재치 있는 말을 칭찬하고
있던 동료들에게 조용히 하라고 한 다음 시작했습니다.

[사랑스러운 여인들이여, 저는 비록 제가 좋아하는 것을
이야기할 수 있는 특권을 갖고 있지만, 오늘은 여러분 모두
가 적합하게 이야기한 주제에서 벗어나고 싶지 않습니다. 오
히려 여러분의 발자국을 따라 성 안토니우스[44]의 수도자 중
한 명이, 두 청년에 의해 준비된 치욕을 즉각적인 대비책으
로 얼마나 신중하게 피했는지 이야기하고 싶습니다. 그리고
태양이 아직 하늘 한가운데에 있으니까, 이야기를 온전하게
잘하기 위해 약간 길게 늘어놓아도 여러분에게 부담이 되지

43 라우렌티우스Laurentius 성인(225~258)은 초기 그리스도교 순교자
로, 전설에 의하면 그를 처형할 때 석쇠 위에 올려놓고 아래에 불을 피워 구
웠다고 한다. 당시 한쪽 몸이 타는 동안 그는 〈이쪽은 다 익었으니 뒤집어라〉
하고 외쳤다고 하지만 분명하지 않다.
44 성 안토니우스Antonius(251?~356)는 이집트의 은둔 수도자로 수도
생활의 창시자 중 한 명으로 보기도 한다. 하지만 중세에 그 수도회 소속의
일부 타락한 수도자들이 나타나면서 비판을 받았다. 단테도 『신곡』「천국」
29곡 123~126행에서 베아트리체의 입을 빌려 그들을 비난하였다.

않을 것입니다.

아마 들어 보셨을 테지만 체르탈도[45]는 우리 도시의 외곽에 있는 발델사의 마을[46]인데, 비록 작기는 해도 옛날에는 귀족들과 부유한 사람들이 살았습니다. 거기에는 좋은 목초지가 있어서 성 안토니우스의 수도자 중 한 명이 벌써 오랫동안 해마다 한 번씩 그곳에 가서 어리석은 사람들로부터 기부금을 거두곤 했습니다. 그 수도자의 이름은 치폴라였는데, 신심보다 아마 이름 때문에 거기에서 환영받은 것 같습니다. 그곳은 토스카나 전체에서 유명한 양파[47] 산지였으니까요. 수도자 치폴라는 자그마한 체구에 머리칼은 빨갛고 즐거워 보이는 얼굴로 세상에서 제일 쾌활한 사람이었습니다. 게다가 학식이 전혀 없는데도 얼마나 순발력 있게 말을 잘하는지, 그를 모르는 사람은 그를 대단한 수사학자로 평가할 뿐 아니라 아마 키케로나 퀸틸리아누스[48]라고 여길 정도였습니다. 그리고 그는 그 지역의 거의 모든 사람과 친구이거나 동료이거나 지인이었습니다.

그는 거의 습관처럼 8월에 한 번 그곳에 갔는데, 어느 일요

45 체르탈도Certaldo는 보카치오가 태어난 곳으로 피렌체에서 남서쪽으로 35킬로미터 정도 떨어져 있으며 발델사Valdelsa, 그러니까 엘사강의 계곡에 있다.

46 원문은 〈castello〉, 즉 〈성(城)〉 또는 〈요새화된 마을〉이다.

47 치폴라Cipolla는 보통 명사로 〈양파〉를 뜻한다.

48 키케로Marcus Tullius Cicero(B.C. 106~43)는 고대 로마의 정치가이며 탁월한 철학자, 수사학자였고, 퀸틸리아누스Marcus Fabius Quintilianus(35?~95?)는 로마의 제정 초기에 뛰어난 웅변가이며 수사학자로 유명하였다.

일 아침 주변 마을의 모든 선량한 사람들이 미사를 위해 교구 성당에 모이자 적당한 순간에 앞으로 나서서 말했습니다.

「신사 숙녀 여러분, 여러분이 아시다시피, 해마다 탁월한 안토니우스 성인의 가난한 자들에게 여러분의 곡식과 농작물을 보내는 것이 관례입니다. 소유지나 신심에 따라 누구는 조금, 누구는 많이 보내면 됩니다. 축복받으신 성 안토니우스께서 여러분의 소와 당나귀와 돼지와 양을 보살펴 주시도록 말입니다. 그 외에 해마다 한 번 약간의 금액을 내야 하는데, 우리 수도회에 가입한 분들은 특히 그렇습니다. 그런 것을 거두기 위하여 저의 윗사람, 그러니까 수도원장님께서 저를 보내신 것입니다. 그러므로 하느님의 축복과 함께 여러분은 아홉째 시간 뒤에 종소리를 들으면 여기 성당 밖으로 오십시오. 거기에서 여느 때처럼 제가 설교를 할 것이고, 여러분은 십자가에 입을 맞추십시오. 그뿐 아니라 여러분은 모두 탁월한 안토니우스 성인에 대한 신심이 깊으므로 특별한 은총으로 제가 여러분에게 거룩하고 멋진 성물을 보여 주겠습니다. 그것은 제가 바다 건너 성지에서 가져온 것으로, 바로 가브리엘 천사의 날개 깃털 중 하나입니다. 그것은 가브리엘 천사가 수태고지를 하러 나사렛에 왔을 때 성모마리아의 방에 남아 있었던 것입니다.」

그렇게 말한 다음 미사로 돌아갔습니다. 수도자 치폴라가 그렇게 말했을 때 성당의 많은 사람 사이에 교활한 두 청년이 있었습니다. 하나는 조반니 델 브라고니에라, 다른 하나는 비아조 피치니였는데, 둘은 수도자 치폴라의 성물에 대해

속으로 웃었습니다. 그들은 수도자 치폴라와 잘 어울리는 친구였으나 그 깃털에 대해 놀려 주려고 마음먹었습니다. 그리고 수도자 치폴라가 오전에 마을 중심지에서 어느 친구와 함께 식사한다는 것을 알고, 식탁에 앉을 무렵 거리를 내려가 수도자가 머무는 여관으로 갔습니다. 비아조가 수도자 치폴라의 하인을 잡담으로 붙잡고 있는 동안, 조반니는 수도자의 물건들 사이에서 그 깃털을 찾아 가져간 다음, 그가 대중들에게 뭐라고 말할지 보려는 계획으로 말입니다.

수도자 치폴라는 하인을 하나 데리고 있었는데, 누구는 그를 〈고래〉 구초라고 불렀고, 누구는 〈더러운〉 구초, 또 누구는 〈돼지〉 구초라고 불렀습니다. 그는 얼마나 못생겼는지 리포 토포[49]도 절대 그렇게 그리지 못할 정도였습니다. 그에 대해 놀리면서 수도자 치폴라는 친구들에게 이렇게 말하곤 했습니다.

「내 하인은 결점을 아홉 개나 갖고 있는데, 그중 어느 하나라도 솔로몬이나 아리스토텔레스나 세네카에게 있었다면, 그들의 모든 역량, 모든 지혜, 모든 건전함을 망쳤을 거야. 그러니까 생각해 보게, 어떤 역량이나 지혜나 건전함도 없으면서 결점을 아홉 개나 갖고 있으니 어떤 사람인지!」

그리고 때로는 그 결점 아홉 개가 무엇인지 질문하면, 그는 각운을 맞추면서 이렇게 대답했지요.

「말해 주지. 그 녀석은 느리고 더럽고 거짓말 잘하고, 게으

---

49 리포 토포Lippo Topo는 기괴하고 기발한 화가로 매우 못생긴 사람을 그렸다고 한다. 그러니까 비교할 수 없이 못생겼다는 뜻이다.

르고 반항하고 욕 잘하고, 경솔하고 정신없고 음탕한[50] 놈이
야. 두말할 필요도 없이 그 외에도 다른 결점들이 있는데, 말
하지 않는 게 좋을 거야. 그리고 정말로 웃기는 일은 어디에
서나 아내를 얻고 집을 세내려고 한다는 것이지. 수염은 크
고 더럽고 지저분한데, 자기는 강하고 멋지고 호감을 준다고
생각하고, 모든 여자가 자기를 보면 사랑에 빠진다고 생각한
다네. 그래서 내버려두면 허리띠를 잃어버리면서 모든 여자
를 뒤쫓지. 사실 나에게 커다란 도움이 되기도 해. 왜냐하면
그 녀석이 어떻게든 엿들으려고 해서 누구도 나에게 비밀을
말하려고 하지 않으니까. 그리고 내가 어떤 질문을 받으면,
혹시 내가 대답하지 못할까 걱정해서 곧바로 자기가 합당하
게 판단한다는 듯이, 그렇다 또는 아니다, 하고 대답하니까
말이야.」

　그 하인에게 수도자 치폴라는 여관을 떠나면서 명령해 두
었습니다. 누가 자기 물건, 특히 성물들이 들어 있는 배낭을
손대지 못하도록 잘 지키라고 말입니다. 하지만 〈더러운〉 구
초는 밤꾀꼬리가 녹색 나뭇가지에 앉는 것 이상으로 부엌에
있기를 좋아했습니다. 특히 부엌에 하녀가 있다는 낌새를 느
끼면 그랬습니다. 그 여관의 부엌에서 본 하녀는 살찌고 통
통하고 작고 못생겼으며, 젖가슴은 퇴비 광주리 두 개 같고,
얼굴은 바론치 가문[51] 출신 같았고, 완전히 땀에 젖고 지저분
하고 그을린 모습이었지만, 독수리가 썩은 시체로 달려드는

---

50 원문에서는 세 가지 속성마다 각운을 맞추고 있다.
51 여섯째 날 다섯째 이야기 주석 25 참조.

것처럼, 구초는 수도자 치폴라의 방을 열어 두고 모든 물건을 내버려둔 채 부엌으로 내려갔습니다.

그리고 8월인데도 불 옆에 앉아 누타라는 그 하녀에게 말을 걸기 시작했으니, 자신은 대리 귀족이며, 엄청나게 많은 피오리노[52]를 갖고 있으며, 그 외에도 다른 사람에게 빌려줘야 하는 그 정도의 돈을 가지고 있다고 했고, 자기 주인보다 더 많은 것을 하거나 말할 줄 안다고 했습니다. 그리고 자기 두건에는 얼마나 기름기가 많은지 알토파쉬오[53] 수도원의 커다란 솥을 양념할 정도이며, 조끼는 찢어지고 기웠으며, 목언저리와 겨드랑이 아래는 오물로 뒤덮여 인도나 타타르 직물보다 다채롭고 얼룩져 있으며, 신발은 망가지고 양말은 뜯어진 것을 생각하지도 않고, 마치 자기가 샤티옹[54]의 군주나 되는 것처럼, 그녀를 다른 사람에게 봉사하는 예속 상태에서 끌어내 옷을 잘 입히고 치장해 주고 싶으며, 커다란 재산은 없어도 더 나은 행운을 기대할 수 있게 해주고 싶다고 말했습니다. 그런 것을 사랑스럽게 말했는데도 모두 바람에 날아갔고, 그의 작업이 대부분 그러하듯이 헛수고가 되었습니다.

52 원문은 〈de' fiorini più di millantanove〉로, 여기에서 〈millantanove〉는 1천을 뜻하는 〈mille〉에서 나온 말로 엄청나게 큰 숫자를 의미하고 〈nove〉는 9를 의미한다.

53 알토파쉬오Altopascio는 피렌체 서쪽 루카의 지명으로 11세기에 순례자들을 위한 병원 수도회가 세워졌고, 나중에는 병든 자들과 가난한 자들을 도와주었다. 가난한 자들을 위해 죽을 끓이던 커다란 솥의 비유는 거기에서 유래한다.

54 샤티옹Châtillon은 프랑스 여러 지역의 이름으로 구체적으로 어디를 가리키는지 알 수 없다. 어쨌든 〈샤티옹의 군주〉란 대단한 군주를 뜻한다.

그렇게 두 청년은 〈돼지〉 구초가 누타에게 몰두해 있는 것을 발견하고 만족했습니다. 왜냐하면 자신들의 노고가 절반으로 줄어들었고, 아무런 방해 없이 수도자 치폴라의 열려 있는 방으로 들어갔으니까요. 그들이 첫 번째로 찾아낸 것은 깃털이 들어 있는 배낭이었습니다. 그들은 배낭을 열고 비단으로 겹겹이 둘러싼 조그마한 상자를 찾아냈고, 상자를 열자 그 안에는 앵무새 꼬리의 깃털 하나가 들어 있었습니다. 수도자 치폴라가 체르탈도 사람들에게 보여 주겠다고 약속한 바로 그 깃털이 분명하다고 생각했습니다.

그 당시에는 확실히 쉽게 속일 수 있었습니다. 동방의 화려한 물건들[55]이 토스카나에는 아주 소량만 들어와 있었고, 나중에야 이탈리아 전체를 무너뜨릴 만큼 엄청나게 많이 들어왔으니까요. 그러니 그런 것들이 조금만 알려졌기에, 그 지역 주민들은 아무것도 모르고 있었지요. 오히려 옛날 사람들의 조잡한 순박함이 아직도 지속되면서, 앵무새를 본 적이 없을 뿐만 아니라 오래전부터 대부분 들어 본 적도 없었기에 기억하지도 못했습니다. 그러니까 두 청년은 깃털을 발견하고 만족했으니, 깃털을 꺼낸 다음 상자를 빈 채로 놔두지 않으려고 방 한쪽에서 숯을 발견하고 숯으로 상자를 채웠습니다. 그리고 상자를 닫고 모든 것을 처음 발견한 대로 정돈한 다음, 들키지 않고 즐거운 마음으로 깃털을 갖고 돌아갔고, 수도자 치폴라가 깃털 대신 숯을 발견하고 뭐라고 말할 것인

---

55 원문 〈le morbidezze d'Egitto〉는 직역하면 〈이집트의 세련된 것들〉인데, 여기에서 이집트는 동방을 가리킨다.

지 기다리기 시작했습니다.

성당에 있던 단순한 사람들은 아홉째 시간 뒤에 가브리엘 천사의 깃털을 보여 주겠다는 말을 듣고 미사가 끝나자 집으로 돌아가서, 한 이웃이 다른 이웃에게, 한 여인이 다른 여인에게 말을 전했습니다. 그래서 점심을 먹은 뒤 모든 사람이 마을 중심지로 달려갔으니, 들어설 틈이 없을 정도였지만, 열망과 함께 깃털을 보려고 기다렸습니다. 수도자 치폴라는 식사를 잘 마치고 잠시 낮잠을 잔 다음 아홉째 시간이 조금 지나 일어났고, 엄청나게 많은 농부가 깃털을 보기 위해 모였다는 말을 듣고 〈더러운〉 구초에게 자기 배낭과 종을 가지고 올라가라고 했습니다. 구초는 힘겹게 부엌과 누타에게서 떨어져 나온 뒤에 지시받은 물건들을 가지고 느린 걸음으로 올라갔지요. 그는 물을 많이 마셔 몸이 불었기 때문에 숨을 헐떡이며 도착했고, 수도자 치폴라의 명령대로 성당 문 앞으로 가서 힘차게 종을 울리기 시작했습니다.

모든 사람이 모인 곳에서 수도자 치폴라는 자기 물건이 없어졌다는 사실을 전혀 깨닫지 못한 채 설교를 시작했고, 자기 일에 적합하게 많은 말을 했습니다. 그리고 가브리엘 천사의 깃털을 보여 줘야 할 순간이 다가오자, 먼저 아주 엄숙하게 고백 기도를 한 다음 횃불 두 개를 밝게 했고, 천천히 비단 보자기를 풀었고, 두건을 벗고 나서 상자를 꺼냈습니다. 이어서 먼저 가브리엘 천사와 그의 성물을 찬양하고 칭송하는 말을 몇 마디 하고 상자를 열었습니다. 상자가 숯으로 가득한 것을 본 그는 〈고래〉 구초가 그렇게 했다고 의심하지는 않았습니다. 그가 그런 일을 저지를 정도는 아니었기 때문이지요. 다른 사람이 그렇게 하는 동안 잘 감시하지 못했다고 욕하지도 않았습니다. 단지 그가 그렇게 게으르고 반항하고 경솔하고 정신없다는 것을 알면서도, 자기 물건을 감시하라고 맡긴 자기 자신을 소리 없이 욕했습니다. 하지만 그런데도 그는 얼굴빛도 변하지 않은 채, 머리를 들고 손을 하늘로 쳐들면서 모든 사람이 듣도록 말했습니다.

「오, 하느님, 당신의 권능은 언제나 칭송받으소서!」

그런 다음 상자를 다시 닫고 대중을 향해 말했습니다.

「신사 숙녀 여러분, 나는 아직 매우 젊었을 때, 내 윗사람의 명령에 따라 해가 솟는 곳[56]으로 갔다는 사실을 여러분은 알아야 합니다. 나는 포르첼라나[57]의 특권을 찾으라는 분명한 명령을 받았는데, 그것을 인증하는 것은 별로 힘들지 않지만, 우리보다 다른 사람들에게 훨씬 더 유용한 것입니다. 그리하여 나는 길을 떠났으니, 베네치아에서 출발하여 보르고 데이 그레치를 통과했고, 거기에서 말을 타고 가르보 왕국과 발다카를 거쳐 파리오네에 이르렀고, 거기에서 갈증과 함께 더 가서 사르데냐에 도착했습니다. 그런데 나는 왜 내

---

56 말하자면 동방이다.
57 포르첼라나Porcellana는 당시 피렌체에 있던 병원이다. 이어서 수도자 치폴라가 방문했다고 주장하는 도시나 나라의 이름은 대부분 피렌체의 거리나 구역 이름을 적절하게 바꾼 것이거나, 아니면 다양한 형태의 말장난으로 지어낸 것이다. 게다가 순진한 시골 사람들을 현혹하기 위하여 현학적인 용어나 전문 용어를 사용하여, 논리성도 없고 앞뒤가 맞지 않는 궤변을 늘어놓고 있다.

가 거쳐 간 모든 나라를 여러분에게 상세히 기술하고 있는 걸까요?

나는 〈성 게오르기우스의 팔〉[58]을 지나 트루피아와 부피아[59]로 갔는데, 수많은 백성이 사는 나라들이었지요. 그리고 거기에서 〈거짓말의 땅〉으로 갔는데, 거기에서 우리 수도회와 다른 여러 종교 수도회의 수도자들을 아주 많이 만났으니, 그들은 모두 하느님의 사랑을 위해 모든 불편함을 피하고 다녔으며, 자신들의 유익함을 추구할 수 있는 곳에서는 다른 사람의 노고에 별로 신경 쓰지 않았고, 그 나라들에서는 주조되지 않은 화폐 외에 다른 화폐는 전혀 사용하지 않았습니다. 그런 다음 아브루치[60]의 땅을 통과했는데, 거기에서는 사람들이 나막신을 신고 산에 올라가고, 돼지들을 돼지 자신의 내장으로 다시 싸고 있었고,[61] 조금 더 가서 나는 사람들이 몽둥이에 뀐 빵과 자루에 담은 포도주를 가지고 다니는 것을 발견했고, 거기에서 바스크 사람들의 산악 지대로 갔는데, 그곳에서는 모든 물이 아래로 흐르고 있었습니다.

그리고 간단히 말해 나는 더 깊이 들어가서 심지어 인디아 파스티나카까지 갔는데, 내가 지금 입고 있는 옷을 걸고 여러분에게 맹세하건대, 거기에서 낫들[62]이 날아다니는 것을

---

58 원문은 〈Braccio di san Giorgio〉로 보스포루스 해협을 가리킨다.

59 트루피아Truffia는 〈사기〉, 〈기만〉을 뜻하는 〈truffa〉의 변형이고, 부피아Buffia는 〈조롱〉, 〈농담〉을 뜻하는 〈buffa〉, 또는 〈우스꽝스러운〉이나 〈돌풍〉을 뜻하는 〈buffo〉의 변형이다.

60 Abruzzi. 로마 동쪽의 지방이다.

61 말하자면 소시지를 만들고 있었다는 뜻이다.

보았으니, 보지 않은 사람은 믿을 수 없는 일이지요. 하지만 마소 델 사조[63]가 그것에 대해 내가 거짓말하게 놔두지 않으니, 내가 거기에서 만난 그는 호두를 으깨서 껍질을 소매로 판매하는 대단한 상인이었습니다.

하지만 내가 찾으러 간 것을 발견할 수 없었고, 그곳 너머부터는 바다로 가야 했기 때문에 되돌아오면서 성스러운 땅에 도착했는데, 거기에서는 여름에 차가운 빵은 4데나로[64]의 가치가 있고 뜨거운 것[65]은 아무 가치도 없습니다. 그리고 거기에서 예루살렘의 가장 훌륭한 총대주교이신 존경할 논미블라스마테 세보이피아체[66] 신부님을 만났습니다. 그분은 내가 언제나 입고 다니는 탁월한 안토니우스 성인의 수도복에 대한 존경으로 자신이 가지고 있는 거룩한 성물을 내가 모두 보기를 원하셨습니다. 그 성물들은 얼마나 많은지 내가 여러분에게 모두 열거하려면 몇 마일을 가도 끝에 이르지 못할 것이지만, 여러분이 실망하지 않도록 그중 몇 가지만 말하겠

62 원문 〈pennati〉는 〈낫〉을 의미할 뿐만 아니라 〈날개가 있는 것〉, 즉 〈새〉를 의미할 수도 있다. 물론 이 후자를 의미할 때는 〈pennato〉보다 〈pennuto〉를 더 보편적으로 사용한다.

63 Maso del Saggio. 14세기 피렌체에서 대단한 농담꾼이자 허풍쟁이로 널리 알려져 있었다. 그에 대해서는 여덟째 날 셋째 이야기와 다섯째 이야기에서도 언급된다.

64 화폐 단위인 데나로에 대해서는 둘째 날 둘째 이야기의 주석 18 참조.

65 교묘한 말장난이다. 원문에는 〈il caldo〉로 되어 있는데, 앞에서 〈차가운 빵〉에 대해 언급했기 때문에 자연스럽게 〈뜨거운 빵〉을 생각할 수 있지만, 그냥 〈뜨거운 것〉, 즉 〈더위〉로 볼 수도 있다.

66 원문은 〈Nonmiblasmate Sevoipiace〉로, 직역하면 〈여러분이 좋다면 나를 비난하지 마시오〉라는 뜻이다.

습니다. 먼저 그분은 처음과 마찬가지로 온전하고 완벽한 성령의 손가락을 보여 주었고, 이어서 프란체스코 성인에게 나타난 세라핌 천사의 머리칼 묶음, 케루빔 천사의 손톱 하나, 〈창문으로 데려간 베르붐 카로〉[67]의 갈비뼈 하나, 〈가톨릭 거룩한 믿음〉[68]의 옷, 그리고 동방에서 세 박사에게 나타난 별빛의 일부, 미카엘 천사가 악마와 싸웠을 때 흘린 땀이 담긴 작은 병, 성 나사로의 죽음의 턱뼈와 다른 것들을 보여 주었지요.[69]

그리고 그분이 오랫동안 찾고 있던 속어[70]로 쓴 몬테모렐로의 경사면들과 카프레치오[71]의 몇 장(章)의 필사본을 내가 그분에게 선물했으므로, 그분은 그 거룩한 성물 일부를 나에게 선물했으니, 성 십자가의 이빨 하나, 솔로몬 성전의 종소리 일부가 담긴 작은 병, 내가 이미 여러분에게 말한 가브리엘 천사의 깃털, 게라르도 다 빌라마냐[72] 성인의 나막신 한

---

67 원문 〈Verbum-caro-fatti-alle-finestre〉는 『불가타Vulgata 성경』의 「요한복음서」 1장 14절의 〈Verbum caro factum est〉를 우스꽝스럽게 변형시킨 표현이다. 직역하면 〈말이 육체로 되었다〉 정도가 될 것이며, 하느님의 육화(肉化)를 의미한다. 한국 천주교 주교회의의 새 번역 『성경』(2005)에서는 의역하여 〈말씀이 사람이 되시어〉로 옮기고 있다.

68 원문은 스페인어 〈santa fé catolica〉이다.

69 실제로 십자군 전쟁을 계기로 유럽에는 엄청나게 많은 성물, 즉 신성한 유물이 유입되었다.

70 당시 민중이 사용하던 언어로, 피렌체의 속어는 단테와 페트라르카, 보카치오 등에 의해 탁월함이 입증되면서 표준 이탈리아어로 발전하였다.

71 둘 다 가공의 작품으로, 몬테모렐로Montemorello는 피렌체 근처의 언덕이다. 카프레치오Caprezio는 라틴어 카프레티우스Capretius의 이탈리아어식 이름으로 짐작되지만 정확하게 알 수 없다.

짝을 주셨는데, 나는 그것을 얼마 전 피렌체에서 그분에게 매우 헌신적인 게라르도 데 본시에게 선물했지요. 그리고 거룩하신 순교자 라우렌티우스 성인은 구운 숯 일부를 선물하였고, 나는 그 성물들을 모두 경건하게 이곳으로 가져왔고, 지금도 모두 가지고 있습니다.

사실 내 윗분은 그것들이 진짜인지 아닌지 확인될 때까지는 보여 주는 것을 허락하지 않으셨습니다. 하지만 그것들에 의해 몇 가지 기적이 이루어졌고 총대주교에게서 받은 편지로 확실해졌기 때문에 내가 보여 주도록 허용하셨습니다. 나는 그 성물들을 다른 사람에게 맡기는 것이 두려워 언제나 내가 가지고 다닙니다. 정말로 나는 가브리엘 천사의 깃털을 가지고 다니는데, 훼손되지 않도록 작은 상자에 넣고 라우렌티우스 성인을 구운 숯은 다른 상자에 넣어서 가지고 다니지요. 그런데 그 두 상자가 서로 비슷하여 종종 한 상자를 다른 상자로 오인하기도 하는데, 지금 나에게 그런 일이 일어났습니다. 그래서 깃털이 담긴 상자를 여기 가져왔다고 생각했는데, 숯이 담긴 상자를 가져온 것입니다.

나는 그것이 내 실수라고 생각하지 않고, 오히려 하느님의 의지에 의한 것이 분명하다고 생각합니다. 그러니까 하느님께서 직접 숯이 담긴 상자를 내 손에 넣어 주심으로써, 곧바로 이틀 뒤 여기에서 라우렌티우스 성인의 축일이 거행된다는 사실을 기억하게 해주신 것입니다. 그러므로 하느님께서

---

72 Gherardo da Villamagna(1174?~1245?). 아시시의 프란체스코 성인을 초기부터 따른 제3회 소속 수도자였다.

는 그분을 구운 숯을 여러분에게 보여 줌으로써 내가 여러분의 마음속에 그분에게 가져야 하는 신심을 불붙이기를 원하셨으므로, 내가 원했던 깃털이 아니라 그 거룩한 육체의 체액으로 꺼진 축복받은 숯을 가져오게 하신 것입니다. 그러니 축복받은 아들들이여, 두건을 벗고 경건하게 이리로 와서 보십시오. 하지만 여러분이 먼저 알아야 하는 것은, 이 숯으로 십자가 표시를 한 사람은 1년 동안 언제나 불에 닿지도 않고 타지도 않으니 안심하고 살 수 있다는 것입니다.」

그렇게 말한 다음 라우렌티우스 성인의 찬가를 부르면서 상자를 열고 숯을 보여 주었습니다. 어리석은 대중은 감탄과 함께 경건하게 잠시 그 숯을 바라본 다음, 엄청나게 밀치면서 모두 수도자 치폴라에게 가까이 다가갔고, 예전과는 달리 더 많은 기부금을 내면서 각자 자신에게 십자가를 그려 달라고 부탁했습니다. 그러자 수도자 치폴라는 그 숯을 손에 들고 그들의 하얀 셔츠와 조끼, 여자의 베일 위에다 가능한 한 커다란 십자가를 그려 주기 시작했고, 자신이 여러 번 경험한 바에 의하면 십자가를 그리느라 숯이 닳는 만큼 나중에 상자 안에서 다시 자란다고 주장하였습니다.

그렇게 수도자 치폴라는 아주 커다란 이익과 함께 체르탈도 사람들을 모두 십자군으로 만들었고, 깃털을 훔쳐 내 그를 놀려 주려고 했던 청년들을 즉각적인 방편으로 놀려 주었습니다. 설교 자리에 있던 그들은 그의 기발한 대응책을 듣고, 어떤 말로 얼마나 에둘러서 그렇게 했는지에 대해 턱이 빠질 정도로 많이 웃었습니다. 그리고 대중이 떠난 다음 그에게로 갔고, 세상에서 가장 즐겁게 자신들이 한 일을 밝혔으며, 곧이어 깃털을 돌려주었으니, 그것은 그날 숯의 가치에 못지않게 이듬해에 그에게 가치가 있었답니다.]

이 이야기는 마찬가지로 모임 전체에게 커다란 즐거움과 기쁨을 주었습니다. 그리고 수도자 치폴라와 특히 그의 순례 이야기와 그가 보고 가져온 성물에 대해 많이 웃었습니다. 여왕은 이야기가 끝나면서 마찬가지로 자기 통솔도 끝난 것을 알고 일어나더니, 월계관을 벗어 웃으면서 디오네오의 머리에 씌워 주고 말했습니다.

「디오네오, 이제 여인들을 통솔하고 이끄는 부담이 어떠한지 당신이 경험해야 할 시간입니다. 그러니까 이제 당신이 왕이니 끝날 때 우리가 당신을 칭찬하도록 통솔하세요.」

디오네오는 월계관을 받고 웃으면서 대답했습니다.

「여러분은 저보다 훨씬 더 소중한 왕들을 이미 여러 번 보았을 텐데요, 제가 말하는 건 바로 체스의 왕들입니다. 만약 여러분이 진짜 왕에게 복종해야 하듯이 저에게 복종한다면, 저는 분명히 완벽하게 즐거운 축제를 즐기게 해줄 것입니다. 하지만 이런 말은 그만두고, 저는 제가 할 줄 아는 대로 통솔하겠습니다.」

그리고 통상적인 관례에 따라 집사를 불러 자신이 통솔하는 동안 해야 할 일을 조리 있게 지시한 다음 이어서 말했습니다.

「훌륭한 여인들이여, 우리는 사람들의 노력과 다양한 경우들에 대해 여러 가지 방식으로 이야기했는데, 만약 조금 전

하녀 리치스카가 여기 오지 않았다면, 저는 이야기의 주제를 찾으려고 상당히 고심해야 했으리라 생각합니다. 그녀는 자기 말로 내일 이야기의 주제를 저에게 찾아 주었습니다. 여러분이 들은 것처럼, 그녀는 처녀로 남편에게 시집가는 여자는 이웃에 없다고 말했고, 또 시집간 여자들이 남편을 어떻게 또 얼마나 속이는지 잘 알고 있다고 덧붙였습니다. 하지만 첫 번째는 어린애 같은 일이니까 놔두고, 두 번째는 즐겁게 이야기할 만하다고 생각합니다. 그래서 리치스카가 근거를 제공했으니, 내일은 여자들이 사랑을 위해서나 자신을 구하기 위해, 자기 남편이 눈치챘든 아니든, 남편을 속인 이야기를 하면 좋겠습니다.」

그런 주제에 관한 이야기는 좋지 않다고 일부 여인은 생각했고, 그래서 제시한 주제를 바꾸자고 제안했습니다. 그녀들에게 왕은 대답했습니다.

「여인들이여, 저도 여러분 못지않게 제가 제안한 것을 잘 알고 있습니다만, 여러분의 제안 때문에 그것을 철회할 수는 없습니다. 지금은 남자들이나 여자들이 부정하게 행동하지 않도록 조심하기만 하면 모든 이야기가 허용되는 시대임을 생각하면 그렇습니다. 이런 사악한 시절에 재판관들은 법정과 법률을 버렸고, 따라서 신성한 법률도 인간의 법률처럼 침묵하고 있으며, 삶을 유지하기 위해 방대한 자유가 모두에게 허용되었다는 것을 여러분도 아시지 않습니까? 그러므로 이야기하는 과정에서 여러분의 정숙함이 약간 느슨해지더라도 어떤 음란한 것을 행동으로 따르기 위함이 아니라 여러분과 다른 사람에게 즐거움을 주기 위함이므로, 이후 여러분을 비난하는 빌미가 될 수 없다고 생각합니다.

게다가 우리는 모두 첫날부터 지금까지 매우 정숙했고, 무엇을 이야기했든지 하느님의 도움 덕분에 어떤 오점도 행동으로 남기지 않았고 또 앞으로도 남기지 않을 것입니다. 그리고 여러분의 정숙함을 누가 모르겠습니까? 여러분의 정숙함은 즐거운 이야기뿐만 아니라 죽음의 공포로도 떨어뜨릴 수 없다고 저는 믿습니다. 그리고 사실대로 말하자면, 여러분이 이런 잡담을 피한다는 것을 알면, 혹시 여러분이 그런 죄를 지었으므로 그래서 이야기하지 않으려 한다고 의심할 수도 있습니다. 게다가 여러분은 지금 저를 왕으로 삼으면서 법률을 정할 권리를 제 손에 주셨으니, 지금까지 제가 모두에게 잘 복종했듯이 제가 정한 것을 거부하지 않으면, 여러분은 저에게 멋진 명예를 주게 됩니다. 그러니 우리보다 나쁜 사람들에게나 어울리는 그런 불안감을 버리고, 좋은 행운과 함께 각자 멋진 이야기를 하도록 생각하십시오.」

그 말을 듣고 여인들은 그가 좋은 대로 하자고 말했습니다. 그리하여 왕은 저녁 식사 시간까지 각자 좋아하는 것을 하도록 허락했습니다.

이야기들이 짧았으므로 해는 아직 높이 솟아 있었고, 그래서 디오네오는 다른 청년들과 함께 놀이판에서 놀이를 시작했습니다. 엘리사는 다른 여인들을 한쪽으로 불러 말했습니다.

「우리가 여기 온 날부터 저는 여러분을 여기에서 가까운 곳으로 안내하고 싶었답니다. 여러분 중 누구도 거기 가본 적이 없는 것 같은데, 〈여인들의 계곡〉이라는 곳이에요. 아직 해가 높이 있는 오늘 외에는 여러분을 그곳으로 안내할 시간이 없었어요. 그러니까 한번 가본다면, 그곳에 대해 매우 만족할 것이라고 확신해요.」

여인들은 준비가 되었다고 대답했습니다. 그리고 하녀 중한 명을 불러 청년들에게 아무 말도 없이 떠났고, 1마일 이상가지 않아 〈여인들의 계곡〉에 이르렀습니다. 좁은 오솔길을따라 안으로 들어가니, 계곡 한쪽으로 매우 맑은 개울이 흐르고 있었습니다. 특히 더위가 심한 그 시간에 충분히 상상할 수 있을 만큼 그렇게 아름답고 즐거운 계곡을 바라보았지요. 그녀들 중 한 여인이 나중에 저에게 말해 준 바에 의하면, 계곡 안의 평지는 사람의 손이 아니라 자연의 작품처럼 보였는데도 마치 컴퍼스로 그린 것처럼 둥글었고, 둘레는 반 마일이 조금 넘었는데, 너무 높지 않은 여섯 개의 언덕으로 둘러싸여 있고, 각 언덕의 꼭대기에는 마치 아름다운 성 같은 저택이 보였답니다.

언덕들의 경사면은 마치 원형 극장처럼 꼭대기에서 가장낮은 곳까지 계단들이 점점 더 원을 좁히면서 순서대로 배치되어 있듯이 평지를 향해 점차 낮아졌습니다. 그리고 남쪽을향한 경사면들은 모두 포도와 올리브, 아몬드, 버찌, 무화과, 그리고 다른 과실수들이 가득 들어차 한 뼘의 빈터도 없었습니다. 북쪽을 향한 경사면들은 온통 참나무, 물푸레나무, 그리고 다른 나무의 숲들이 짙은 녹색으로 최대한 곧게 솟아있었습니다. 이어서 평지에는 여인들이 들어온 곳 외에 다른 입구가 없었고, 전나무와 삼나무, 월계수, 소나무가 가득했는데, 마치 그런 것의 최고 창작자인 누군가가 심어 놓은 것처럼 잘 배치되고 잘 구성되어 있었습니다. 그리고 해가 아직 높이 있는데도, 그 나무들 사이로는 햇살이 땅바닥까지 조금만 비치거나 전혀 비치지 않았고, 바닥은 온통 섬세한 풀밭이며 진홍빛과 다른 색깔의 꽃들로 가득했습니다.

그 외에 다른 무엇보다 즐거움을 주는 것은 개울이었습니다. 개울은 그 언덕 중 두 개를 나누는 계곡에 거친 바위들의 절벽에서 아래로 떨어졌는데, 떨어지면서 듣기 좋은 소리를 냈고 물보라를 날려, 멀리에서 보면 무엇인가에 눌려 잘게 흩어지는 수은 같았습니다. 그리고 아래로 조그마한 평지에 이르러, 멋진 수로에 모여 평지의 한가운데까지 빠르게 흘러갔고, 작은 연못을 이루었는데, 그런 기회가 있는 시민들이 자기 정원에 양어장을 만드는 것과 같았습니다. 그리고 그 연못은 사람 키에서 가슴까지 닿을 정도로 깊지 않았고, 그 안에 아무런 티끌도 없이 아주 맑아 바닥의 작은 자갈들이 보였는데, 다른 할 일이 없는 사람이 원한다면 모두 헤아릴 수 있을 정도였습니다. 물속에서는 단지 바닥만 보이지 않고 물고기들이 여기저기로 헤엄치는 것까지 보였으니, 즐거움 외에 경이로움도 주었습니다. 연못 주변은 풀밭으로만 둘러싸여 있었는데, 연못의 습기가 많은 만큼 더 아름답게 자란 풀밭이었습니다. 연못에서 넘치는 물은 다른 수로로 들어갔고, 수로를 통해 계곡 밖으로 나가 더 낮은 곳으로 흘러갔습니다.

그러니까 그런 곳에 젊은 여인들이 왔으니, 사방을 둘러보고 그 장소를 많이 칭찬한 다음, 무척 더운 데다 앞에 있는 연못을 보자, 누가 볼지 의심하지도 않고 목욕을 하려고 생각했습니다. 그래서 하녀에게 자신들이 들어온 길 위에 있으면서 혹시 누가 오는지 보면 알리라고 명령한 다음, 일곱 명 모두 옷을 벗고 연못 안으로 들어갔습니다. 연못은 그들의 새하얀 육체를 감추었는데, 마치 섬세한 유리가 붉은 장미를 감추는 것과 다르지 않았습니다.

여인들은 연못 안에 들어가도 물이 전혀 흐려지지 않았으므로 여기저기로 물고기들을 뒤쫓아 다니기 시작했고, 숨을 곳이 별로 없는 물고기들을 손으로 잡으려고 했습니다. 그리고 몇 마리 잡으면서 한동안 즐겁게 머물다가 연못에서 나와 옷을 다시 입었고, 그곳을 더 칭찬할 말을 찾지 못한 채 돌아가야 할 시간이 된 것 같았기에 그곳의 아름다움에 대해 말하면서 느린 걸음으로 걸어가기 시작했습니다. 그리고 저택에 알맞은 시간에 도착했고, 청년들이 그 자리에서 아직도 놀이에 몰두해 있는 것을 발견하고 그들에게 팜피네아가 웃으면서 말했습니다.

「오늘 우리가 당신들을 속였어요.」

그러자 디오네오가 말했어요.

「아니, 어떻게? 여러분은 말하기 전에 행동부터 먼저 하는가 보군요.」

팜피네아는 말했습니다.

「그래요, 맞아요.」

그리고 자신들이 어디에서 왔는지, 그 장소가 어떤지, 거기에서 얼마나 떨어져 있는지, 무엇을 했는지 자세하게 이야기했습니다. 왕은 그곳의 아름다움에 대한 말을 듣고 그곳을 직접 보고 싶었기에, 곧바로 저녁 식사를 명령했습니다. 모두의 즐거움과 함께 저녁 식사를 마치고 세 청년은 하인들과 함께 여인들을 놔둔 채 그 계곡으로 갔고, 모든 것을 둘러보고 그들 중 누구도 그런 곳에 와본 적이 없었으므로 그곳이 세상에서 가장 아름다운 장소 중 하나라고 칭찬했습니다. 그리고 목욕하고 다시 옷을 입은 다음 너무 늦었으므로 저택으로 돌아갔고, 여인들이 피암메타의 노래에 맞추어 원무를 추고 있는 것을 발견했습니다. 원무가 끝나자 여인들과 함께 〈여인들의 계곡〉에 대해 말하면서 많이 칭찬했습니다.

그리고 왕은 집사를 불러 다음 날 오후에 그곳에서 낮잠을 자거나 누워 있고 싶은 사람을 위하여 오전에 침대를 몇 개 옮겨 준비해 두라고 지시했습니다. 그런 다음 등불과 포도주와 과자를 가져오게 하여 약간 피로를 풀고, 청년들은 모두 춤을 추라고 명령했습니다. 그리고 그가 원하는 대로 판필로가 춤을 추기 시작하자, 왕은 엘리사에게 상냥하게 말했습니다.

「아름다운 여인이여, 당신은 오늘 저에게 월계관의 명예를 주었으니, 저는 오늘 저녁 당신에게 노래를 부탁하고 싶군요. 그러니 당신이 가장 좋아하는 노래를 불러 주세요.」

그러자 엘리사는 미소를 지으며 기꺼이 그러겠다고 대답했고 달콤한 목소리로 이렇게 시작했습니다.

아모르여, 만약 당신의 발톱에서 벗어날 수 있다면,
이제는 어떤 갈고리도 나를
붙잡지 못하리라고 믿을 수 있겠지요.

나는 어린 처녀 때 당신과의 전쟁에 들어갔고,
그것이 달콤한 최고의 평화로 믿었기에
신뢰하는 사람이 안심하듯이,
내 모든 무기를 땅에 내려놓았는데,
당신은 믿지 못할 가혹한 약탈자 폭군처럼
당신의 무기와 잔인한 갈고리로
곧바로 나를 공격하였지요.

그리고 당신의 사슬로 나를 묶은 다음
내 죽음을 위해 태어난 자에게,
쓰라린 눈물과 고통으로 가득한 나를
포로로 붙잡아 그의 권력 아래 주었고,
그의 지배는 너무 가혹하였으니,
나를 소진하는 어떤 한숨이나 눈물도
그를 전혀 움직이지 못했다오.

나의 모든 애원을 바람이 가져가니,
그는 전혀 듣지 않고 들으려 하지도 않고,
그래서 내 고통은 언제나 커져
삶은 나에게 고통이고, 죽을 수도 없다오.

오! 주인님, 스러지는 나를 불쌍히 여겨
내가 할 수 없는 것을 당신이 해주어,
당신의 사슬에 묶인 그를 나에게 주세요.

만약 그렇게 하고 싶지 않다면, 최소한
희망에 묶인 속박을 풀어 주오.
오! 주인님, 간청하오니, 그렇게 해주세요.
그렇게 해준다면, 예전의 아름다운 나로 돌아가
고통이 사라지고, 하얗고 붉은 꽃들[73]로
나를 장식할 수 있다는
믿음을 아직 간직하고 있으니까요.

애처로운 한숨과 함께 엘리사가 자기 노래를 끝내자, 모두
그런 노랫말에 놀랐는데도, 아무도 그녀에게 그런 노래의 원
인이 된 사람을 짐작할 수 없었습니다. 그렇지만 기분이 좋았
던 왕은 틴다로를 불러 자기 피리를 가져오라고 명령했고, 그
피리 소리에 맞추어 오랫동안 춤추게 했습니다. 그러나 벌써
밤의 많은 부분이 지나갔으므로, 모두 잠자러 가라고 말했습
니다.

여섯째 날이 끝난다.

---

73 결혼식의 꽃들을 가리킨다.

# 일곱째 날

『데카메론』의 일곱째 날이 시작된다.
여기에서는 디오네오의 통솔 아래,
여자가 사랑을 위해서나 자신을 구하기 위해,
자기 남편이 눈치챘든 아니든,
남편을 속이는 것에 대해 이야기한다.

모든 별은 벌써 동쪽에서 달아나고, 우리가 샛별[1]이라 부르는 별만 홀로 아직 하얀 여명 속에 빛나고 있을 때, 집사는 일어나 커다란 짐 꾸러미와 함께 〈여인들의 계곡〉으로 가서 자기 주인에게서 받은 명령과 지시에 따라 모든 것을 배치하였습니다. 그러고 나서 얼마 지나지 않아 왕은 짐꾼들과 가축들의 소음에 잠이 깨어 일어났고 여인들과 청년들을 모두 일어나게 했습니다. 햇살이 아직 완전히 솟아나지 않았을 때 그들은 모두 걸어가기 시작했습니다.

밤꾀꼬리들과 다른 새들은 그날 아침만큼 그렇게 즐겁게 노래한 적이 없었던 것 같았으니, 새들의 노래와 함께 〈여인들의 계곡〉까지 갔는데, 거기서는 더 많은 새가 그들이 오는 것을 즐겁게 맞이하는 것 같았습니다. 계곡을 한 바퀴 돌면서 모든 것을 처음부터 다시 살펴보니, 그 시간이 그곳의 아

1 원문 루치페로Lucifero는 〈빛을 가져오는 자〉라는 뜻으로 지옥의 마왕을 의미하기도 하고 새벽에 동쪽 하늘에서 빛나는 금성, 즉 〈샛별〉을 의미하기도 한다.

름다움에 더 적합한 만큼 전날보다 훨씬 아름답게 보였습니다. 그리고 훌륭한 포도주와 과자로 배고픔을 약간 해결한 다음, 새들에게 뒤지지 않기 위해 노래하기 시작했으니, 계곡도 함께 그들의 노래를 똑같이 뒤따라 불렀습니다.[2]

하지만 식사 시간이 되었으므로, 왕이 원하는 대로 무성한 월계수와 다른 멋진 나무들 아래 연못가에 식탁을 차리고 앉아, 물고기들이 연못에서 큰 무리로 헤엄치는 것을 식사하며 바라보았습니다. 그 모습은 보기에도 좋았고 이야기하기에도 좋았습니다. 그리고 식사가 끝나자 음식과 식탁을 치우고 전보다 더 즐겁게 노래하기 시작했고, 노래가 끝나자 악기를 연주하면서 춤추기 시작했습니다. 그런 다음 작은 계곡 주변에 침대를 놓고, 신중한 집사가 모든 침대 주위에 프랑스식 천과 장막을 둘러놓았으니, 왕의 허락에 따라 원하는 사람은 가서 낮잠을 잘 수 있었습니다. 자고 싶지 않은 사람은 자기 마음대로 다른 즐거운 일을 할 수 있었지요. 하지만 벌써 이야기하기 위해 모여야 할 시간이 되어 모두 일어났습니다. 왕이 원하는 대로 식사한 장소에서 멀지 않은 풀밭에다 양탄자를 깔고 연못 가까이에 모여 앉아, 왕은 에밀리아에게 이야기를 시작하라고 명령했습니다. 그녀는 즐겁게 미소를 지으며 이렇게 시작했습니다.

2 말하자면 메아리쳤다는 뜻이다.

# 첫째 이야기

잔니 로테린기는 밤에 문 두드리는 소리를 듣는다.
아내를 깨우니 아내는 그것이 유령이라고 믿게 한다.
둘이 가서 기도를 외우자, 두드리는 소리가 그친다.

[저의 왕이시여, 우리가 이야기해야 하는 멋진 주제를 제가 아닌 다른 사람이 시작하면 저는 더 좋았을 것입니다만, 제가 다른 모든 이야기를 격려하기를 원하시니 기꺼이 따르겠습니다. 사랑스러운 여인들이여, 저는 앞으로 여러분에게 유용한 이야기를 하도록 노력하겠습니다. 왜냐하면 만약 다른 분들도 저와 같아서 우리 여자가 모두 겁이 많고 특히 유령을 두려워한다면, 하느님께서 아시듯이 저는 유령이 무엇인지 모르고 또 아는 사람도 아직 만나지 못했지만, 제 이야기를 잘 듣고 나면, 유령이 우리에게 왔을 때 그들을 쫓아내는 데 효과가 있는 거룩하고 좋은 기도를 배울 수 있을 테니까요.

옛날 피렌체의 산 브란카치오 구역[3]에 잔니 로테린기라는 양모업자가 살았는데, 자기 직업에서는 행운이 있었어도 다른 것에서는 별로 현명하지 않은 사람이었습니다. 단순하고 순진한 그는 종종 산타 마리아 노벨라 성당 성가대의 단장

3 피렌체 시내 산 브란카치오San Brancazio(또는 산 판크라치오San Pancrazio) 광장 주변 지역으로 로마 시대 순교자의 이름을 딴 지명이다.

일을 맡아 자주 성가대의 진행과 다른 일들을 관리했고, 그것을 자랑스럽게 생각했습니다. 그렇게 된 것은 그가 여유 있는 사람으로 종종 수도자들에게 훌륭한 기부를 했기 때문입니다. 수도자들은 자주 신발이나 수도복이나 두건을 얻었으므로 그에게 좋은 기도문을 가르쳐 주거나, 속어로 된 주기도문, 알렉시우스[4] 성인의 노래, 베르나르두스[5] 성인의 애가(哀歌), 마틸드[6]의 찬가, 그리고 다른 그런 어리석은 것을 가르쳐 주었는데, 그는 그것을 모두 소중하게 생각하였고 자기 영혼의 구원을 위해 열심히 활용하였습니다.

그는 아름답고 우아한 여인을 아내로 두었는데, 테사 부인이라는 그녀는 만누초 달라 쿠쿨리아의 딸로 신중하고 현명했습니다. 그녀는 남편의 단순함을 알고 있었기에 페데리고 디 네리 페골로티라는 멋지고 생기 있는 청년을 사랑했고, 그도 그녀를 사랑했지요. 그래서 하녀를 통해 페데리고가 자기와 함께 이야기를 나누도록 카메라타[7]에 있는 잔니의 멋진 별장으로 오라고 전했습니다. 그녀는 여름 내내 그 별장에 머물렀고, 잔니는 이따금 저녁에 그곳에 와서 식사하고 잠을

---

4 알렉시우스Alexius(이탈리아어 이름은 알레시오Alessio) 성인은 로마 시대 그리스도교 성인으로 4세기 중엽에 태어나 412년에 죽었다.

5 클레르보의 베르나르두스Bernardus Claraevallensis 성인 (1090~1153)은 베네딕투스회 수도자로 나중에 시토회를 창립하였다.

6 원문은 그냥 〈마텔다 여인donna Matelda〉인데, 마틸드 폰 마그데부르크Mechthild von Magdeburg(1212?~1283)를 가리킨다. 그녀의 환시는 산타 마리아 노벨라 성당을 운영하는 도미니쿠스회 수도자들에 의해 소개되었다.

7 Camerata. 피렌체 북쪽의 외곽 지역이었다.

잔 다음 아침에 가게나 성가대로 돌아갔습니다.

그것을 무척이나 열망하던 페데리고는 정해진 날에 시간을 내서 저녁 무렵 그곳으로 갔고, 저녁에 잔니가 오지 않았으므로 아주 편안하고 즐겁게 식사하고 여인과 함께 잤습니다. 그녀는 밤에 그의 품에 안겨 있으면서 남편의 찬가 중 여섯 개를 가르쳐 주었지요. 하지만 그녀는 그것이 처음이었던 것처럼 마지막이기를 원하지 않았고 페데리고도 마찬가지였으므로, 매번 하녀가 그에게 갈 필요가 없도록 이렇게 하기로 합의했습니다. 그러니까 페데리고가 날마다 별장보다 조금 위쪽에 있는 자기 일터로 가거나 돌아올 때, 그녀의 별장 옆에 있는 포도밭을 주의 깊게 바라보면, 포도밭의 말뚝 중 하나 위에 올려놓은 당나귀 해골이 보일 것이라고 했습니다.[8] 그리고 해골의 주둥이가 피렌체를 향하고 있는 것을 보면, 분명하고 확실하게 저녁이나 밤에 그녀에게 오고, 만약 문이 열려 있지 않으면 조용히 세 번 두드리면 그녀가 열어 줄 것이라고 했습니다. 만약 해골 주둥이가 피에솔레[9] 쪽을 향하고 있으면, 잔니가 있을 테니까 오지 말라고 했습니다.

그렇게 둘은 여러 번 함께 만났습니다. 그런데 한번은 이런 일이 있었습니다. 페데리고가 테사 부인과 함께 저녁 식사를 해야 했으므로 그녀는 커다란 수탉 두 마리를 요리했는데, 오기로 되어 있지 않던 잔니가 아주 늦게 왔던 것입니다.

---

8  당나귀 해골을 말뚝 위에 올려놓는 것은 수확물을 보호하기 위한 의례로 고대 에트루리아 시대부터 시작된 전통이라고 한다.

9  Fiesole. 별장이 있는 카메라타 지역보다 더 북쪽에 있는 지역이다.

그래서 부인은 무척 괴로웠지만, 남편과 함께 다른 한쪽에서 소금에 절인 삶은 고기 조금으로 저녁 식사를 했습니다. 그리고 하녀에게 삶은 큰 수탉 두 마리와 신선한 달걀 여러 개와 좋은 포도주 한 병을 새하얀 식탁보에 싸서 가지고 가 정원 한쪽 풀밭 옆의 복숭아나무 아래에 놔두라고 했습니다. 그곳은 집을 거치지 않고도 갈 수 있는 곳으로, 거기에서 그녀는 페데리고와 함께 저녁 식사를 하곤 했지요. 그런데 얼마나 마음이 아팠던지, 하녀에게 페데리고가 오는 것을 기다렸다가 잔니가 있으니까 오지 말고 정원에서 그것을 먹으라고 전하라고 말하는 걸 깜박 잊었습니다.

그렇게 그녀는 잔니와 잠자리에 들었고, 마찬가지로 하녀도 자러 갔는데, 얼마 지나지 않아 페데리고가 왔고 조용히 문을 두드렸습니다. 문은 방에서 아주 가까웠으므로 잔니는 곧바로 그 소리를 들었고, 부인도 들었습니다. 하지만 잔니가 자기를 의심하지 않도록 자는 척했습니다. 그리고 잠시 후 페데리고는 두 번째로 문을 두드렸고, 그 소리에 잔니는 아내를 찌르며 말했습니다.

「테사, 저 소리 들리지? 우리 문을 두드리는 것 같아.」

그보다 훨씬 잘 들었던 부인은 잠이 깬 척하며 말했습니다.

「무슨 소리예요? 응?」

잔니는 말했어요.

「그러니까 우리 문을 두드리는 것 같아.」

그러자 부인은 말했습니다.

「두드린다고요? 세상에! 잔니, 당신은 저게 무엇인지 몰라요? 저건 유령이에요. 내가 요즈음 밤에 가장 무서워하는 유령이라고요. 저 소리를 들으면, 나는 머리를 이불 속에 처박고, 날이 밝을 때까지 감히 내밀지도 못했어요.」

그러자 잔니가 말했습니다.

「그만, 부인, 유령이라 해도 두려워하지 마. 우리가 침대로 오기 전에 내가 〈테 루키스〉[10]와 〈인테메라타〉[11]와 다른 많은 기도문을 암송했고, 침대의 구석마다 성부와 성자와 성령의 이름으로 성호를 그었으니까 두려워할 필요 없어. 유령이 아무리 강하더라도 우리를 해칠 수 없을 테니까.」

부인은 페데리고가 자기 때문에 의심하거나 당황하지 않도록 일어나서 잔니가 있다는 것을 알려 주려고 생각했습니다. 그래서 남편에게 말했어요.

「좋아요. 당신은 당신의 기도를 해요. 하지만 당신이 있으니까, 우리가 함께 유령을 쫓아내지 않으면, 나는 절대 안전하다고 안심할 수 없어요.」

잔니는 말했지요.

「아니, 어떻게 유령을 쫓아내?」

부인은 말했습니다.

「나는 주문을 잘 알아요. 엊그제 사면을 받으러 피에솔레

---

10 원문은 라틴어 〈Te lucis〉로, 성무일도의 마지막 기도에 부르는 성가의 첫 구절로 밤의 유혹을 이기도록 하느님의 도움을 기원하는 노래이다. 첫 구절 전체는 〈Te lucis ante terminum〉으로 직역하면 〈당신께, 빛이 끝나기 전에〉라는 뜻이다.

11 둘째 날 둘째 이야기 주석 20 참조.

에 갔을 때, 거기에서 여자 은수자(隱修者) 한 분을 만났는데, 하느님께서 아시겠지만, 가장 거룩한 분이었어요. 두려워하는 나를 본 그분이 거룩하고 훌륭한 기도문을 가르쳐 주었어요. 그리고 은수자가 되기 전에 여러 번 시험해 보았는데, 언제나 효과가 있었다고 했어요. 하지만 하느님께서 아시겠지만, 나는 감히 혼자 해보지 못했어요. 그런데 지금 당신이 있으니, 함께 가서 유령을 쫓아 봅시다.」

잔니는 좋다고 했습니다. 그리고 두 사람은 일어나서 함께 천천히 문으로 갔습니다. 문밖에는 페데리고가 벌써 의심하면서 아직 기다리고 있었습니다. 문에 이르자 부인은 말했어요.

「내가 말할 때 침을 뱉어요.」[12]

잔니는 말했습니다.

「좋아.」

그러자 부인은 기도문을 시작하며 말했습니다.

「유령아, 밤에 다니는 유령아, 꼬리를 세우고[13] 우리에게 왔구나. 이제 꼬리를 세우고 가야 할 것이다. 정원에 커다란 복숭아나무 아래로 가라. 기름 두 덩어리와 내 암탉의 똥 백 개가 있을 테니, 술병에 입을 대고 가버려라. 그리고 나와 내 잔니를 해치지 마라.」

그렇게 말한 다음 남편에게 말했습니다.

「침을 뱉어요, 잔니!」

---

12 침을 뱉는 것은 액운을 막는 데 효과가 있다고 믿었다.
13 음란한 암시가 담긴 표현이다.

그리고 잔니는 침을 뱉었습니다. 밖에서 듣고 있던 페데리고는 벌써 질투심에서 벗어났고, 조금 울적했지만 너무나 웃고 싶어 터질 지경이었고, 잔니가 침을 뱉었을 때 천천히 말했어요.

「이빨도 뱉어라.」[14]

　　부인은 그런 식으로 세 번 유령을 쫓아낸 다음 남편과 함께 침대로 돌아갔습니다. 페데리고는 그녀와 함께 먹으려고 아직 저녁을 먹지 못했기에 기도문의 말을 잘 이해했지요. 그래서 정원으로 가서 커다란 복숭아나무 아래에서 수탉 두 마리와 포도주와 달걀을 발견했고, 집으로 가져가 아주 편안하게 먹었습니다. 그리고 나중에 부인과 함께 그 유령 쫓기에 대해 많이 웃었습니다.

　　사실 어떤 사람들은 이렇게 말합니다. 부인이 당나귀 해골을 피에솔레 쪽으로 잘 돌려 놓았는데, 어느 일꾼이 포도밭으로 지나가다 지팡이로 부딪치는 바람에 해골이 돌다가 피렌체 쪽을 향하게 되었고, 그래서 페데리고는 자기를 불렀다고 생각해 왔다고 말이죠. 그리고 부인은 이런 기도를 했답니다.

「유령아, 유령아, 하느님과 함께 가라. 당나귀 해골은 내가 돌려 놓은 것이 아니라, 다른 사람이 그랬으니, 하느님께서 그를 슬프게 해주시기를. 그리고 나는 여기 잔니와 함께 있다.」

　　그래서 페데리고는 거기에 갔지만 잠도 함께 자지 못하고

14　원문은 〈i denti〉, 즉 〈이빨들〉인데, 상대방이 액운을 막으려고 자신을 향해 침을 뱉는 것에 대응하는 표현으로, 침을 뱉을 때 이빨도 빠져 함께 뱉으라는 것이다.

식사도 하지 못했다고 말이지요.

그러나 나이가 많은 제 이웃 할머니는 말합니다. 자기가 소녀였을 때 알게 된 바에 의하면 두 이야기가 모두 사실이라는 것입니다. 다만 뒤에 일은 잔니 로테린기에게 일어난 것이 아니라, 잔니 디 넬로라는 사람에게 일어났는데, 포르타 산 피에트로[15]에 살던 그는 잔니 로테린기 못지않게 완전히 바보였답니다. 그러니까 사랑스러운 나의 여인들이여, 여러분은 둘 중에서 더 마음에 드는 것을 선택하거나 아니면 두 가지 모두를 받아들일 수 있습니다. 여러분이 들은 것처럼 그런 일에는 아주 큰 효과가 있으니까, 잘 배워 두면 여러분에게도 유용할 수 있습니다.]

## 둘째 이야기

남편이 집으로 돌아오자, 페로넬라는 연인을 통 안으로 들어가게 한다.
남편이 통을 팔았다고 하자, 그녀는 자기가 다른 사람에게 팔았는데,
그는 지금 통이 튼튼한지 보려고 통 안에 들어가 있다고 말한다.
그녀의 연인은 밖으로 나와 남편에게 통을 잘 닦으라고 말하고,
그런 다음 집으로 가져간다.

모두가 에밀리아의 이야기를 커다란 웃음과 함께 경청하

15 여섯째 날 셋째 이야기 주석 18 참조.

였고 거룩하고 훌륭한 기도문을 칭찬하였습니다. 이야기가 끝나자 왕은 필로스트라토에게 명령했고, 그는 이렇게 시작했습니다.

[사랑스러운 여인들이여, 남자들, 특히 남편들은 여러분을 속이는 일이 많습니다. 그러니 혹시 어느 여인이 남편을 속이게 된다면, 여러분은 단지 그런 일이 일어난 것에 만족하거나 그 일을 알게 된 것에 만족하지 말고, 여러분 스스로 사방에 이야기하고 돌아다녀야 합니다. 남자들이 할 줄 알면 여자들도 마찬가지임을 모두가 알도록 말입니다. 그것은 여러분에게 분명히 유용할 수 있습니다. 다른 사람들이 안다는 사실을 알고 있다면, 너무 쉽게 남을 속이려고 하지 않을 것이기 때문이지요. 그러니까 오늘 우리가 이 주제에 대해 이야기한다는 것을 남자들이 알게 된다면, 여러분도 원한다면 그들을 속일 수 있음을 알고 여러분을 속이는 일을 자제할 것임이 분명하지 않겠습니까? 그래서 저는 어느 젊은 여인이 비록 낮은 신분이지만 즉각적인 기지로 남편으로부터 자신을 구원한 일에 대해 이야기하려 합니다.

아직 그리 오래전이 아니었을 때 나폴리에서 어느 가난한 남자가 페로넬라라는 아름답고 우아한 처녀를 아내로 맞이했습니다. 미장이였던 그는 자기 기술로, 그녀는 실 잣는 일로, 가난하게 돈을 벌면서 가능한 대로 자신들의 삶을 잘 지탱했습니다. 그런데 한 멋쟁이 청년이 어느 날 페로넬라를 보고 무척 마음에 들어 사랑하게 되었고 이런저런 방법으로 그녀에게 접근하여 친해졌습니다. 그리고 둘이 함께 있기 위해 자기들끼리 이렇게 합의했습니다. 그녀의 남편은 매일 아침 일찍 일어나 일하러 가거나 일자리를 찾으러 가기 때문에, 청년은 아보리오라는 매우 한적한 그 구역에서 지켜보다가 남편이 밖으로 나가면 그녀의 집으로 들어가는 것입니다. 그리고 여러 번 그렇게 했습니다.

그런데 어느 날 아침 그 착한 남자가 밖으로 나가자, 그 청년 잔넬로 스크리냐리오는 집으로 들어가 페로넬라와 함께 있었는데, 잠시 후 낮에는 절대 돌아오지 않던 남편이 집으로 돌아왔고, 문이 안에서 잠겨 있는 것을 발견하고 두드린 다음 혼자 이렇게 말하기 시작했습니다.

「오, 하느님, 언제나 찬양받으소서! 당신은 저를 가난하게 만드셨지만, 최소한 착하고 정숙한 처녀를 아내로 주어 저를 위로해 주셨습니다! 보십시오, 제가 밖으로 나가자 누가 안으로 들어와 귀찮게 하지 않도록 곧바로 안에서 문을 잠갔습니다.」

페로넬라는 문을 두드리는 방식으로 남편임을 알고 말했습니다.

「아이고! 잔넬로, 이제 나는 죽었어요. 남편이 왔어요. 하느님, 이렇게 돌아온 그를 저주해 주세요. 무슨 일인지 모르겠네요. 이 시간에는 절대 돌아오지 않으니까. 아마 당신이 들어올 때 본 모양이에요! 하지만 하느님 도와주소서, 어떻게 되었든, 저기 보이는 통 안으로 들어가요. 나는 문을 열러 갈 테니까요. 그리고 오늘 왜 이렇게 아침 일찍 집으로 돌아왔는지 봅시다.」

잔넬로는 곧바로 통 안으로 들어갔고, 페로넬라는 가서 남편에게 문을 열어 주었습니다. 그리고 부루퉁한 얼굴로 말했어요.

「지금 이게 무슨 일이에요? 오늘 아침에는 왜 이렇게 일찍 집으로 돌아왔어요? 내가 보기에 당신은 오늘 아무것도 하고 싶지 않은 모양이군요. 손에 당신 연장을 들고 돌아온 것을 보니까요. 당신이 이러면 우리는 어떻게 살아요? 어디에서 빵을 구할 거예요? 내 치마와 다른 옷가지를 저당 잡히는 일을 내가 견디리라고 생각해요? 최소한 등잔을 켤 기름값이라도 벌기 위해 밤낮으로 실 잣는 일만 하는 내가 말이에요? 내가 그 모든 노고를 짊어지고 있는 것에 대해 나를 놀리지 않고 또 놀라지 않는 이웃 여자는 아무도 없어요. 그런데 당신은 일하고 있어야 할 시간에 빈손으로 집에 돌아오다니!」

　그렇게 말한 다음 울기 시작했고, 다시 처음부터 말하기 시작했습니다.

「아이고! 불쌍한 내 신세, 괴로운 내 신세여! 얼마나 불행하게 태어났는가! 얼마나 나쁜 별자리로 태어났기에, 유복한 청년과 결혼할 수도 있었는데 그러지 않고, 누구를 집으로 데려왔는지 생각하지도 않는 남자에게 시집오다니! 자기 연인과 함께 좋은 시간을 보내고, 누구는 두 명, 누구는 세 명과 함께 즐기고 남편에게는 달을 보여 주면서 해라고 속이지 않는 여자는 아무도 없다고요. 그런데 불쌍한 내 신세여! 나는 착해서 그런 것에 관심도 없으니까, 이렇게 불행한 운명이구나. 나는 왜 다른 여자들처럼 그런 연인을 두지 않는지 모르겠네. 내 남편이여, 잘 들어요. 만약 내가 나쁜 일을 하려고 하면, 어떤 사람과 함께할지 잘 알아 두라고요. 나를 사랑하고 좋아해서 내가 원한다면 많은 돈이나 옷, 보석을 주겠다는 멋진 청년들이 있으니까. 그래도 내 마음이 허락하지 않았어요. 나는 그런 것을 할 수 있는 여자의 딸이 아니었으니까요. 그런데 당신은 일하고 있어야 할 시간에 집에 돌아오다니!」

그러자 남편이 말했어요.

「세상에! 부인, 슬퍼하지 마오, 제발. 나는 당신이 어떤지 잘 알고 있다는 것을 믿어 줘요. 오늘 아침에도 그런 것을 조금 깨달았어요. 내가 일하러 간 것은 사실이오. 하지만 당신도 모르는 것 같은데 나도 몰랐소. 오늘은 갈레오네[16] 성인의 축일이고, 그래서 일을 안 해요. 그래서 이 시간에 집으로 돌아온 것이오. 하지만 그래도 우리가 한 달 이상 빵을 구할 방법을 찾았소. 여기 있는 이 사람에게 통을 팔았으니까. 당신도 알다시피 오랫동안 집에서 걸리적거리던 통 말이오. 5질리아토[17]를 주겠다는 것이오.」

그러자 페로넬라는 말했습니다.

「이런 것도 나에게는 고통의 원인이에요. 당신은 남자라고 사방으로 돌아다니고 세상 물정을 잘 알 텐데도 통을 5질리

16 갈레오네Galeone(또는 에우칼리오네Eucalione) 성인은 널리 알려지지 않았지만, 나폴리에 그에게 봉헌된 경당이 있었다고 한다.
17 질리아토gigliato는 1303년부터 나폴리에서 주조되기 시작한 은화로, 〈백합〉을 뜻하는 〈질리오giglio〉에서 나온 말이다.

아토에 팔았군요. 나는 여자라서 문밖에도 나가지 않으면서 집 안에서 걸리적거리는 저 통을 어느 착한 사람에게 7질리아토에 팔았어요. 당신이 들어왔을 때 그 사람은 통이 튼튼한지 보려고 안으로 들어갔어요.」

남편을 그 말을 듣고 매우 만족했기에 통 때문에 온 사람에게 말했어요.

「착한 분이여, 하느님과 함께 돌아가세요. 당신은 5질리아토만 준다고 했는데 내 아내가 7질리아토에 팔았다는 말을 당신도 들었을 테니까요.」

착한 사람은 말했습니다.

「그럼 잘 있어요!」

그러고 갔습니다. 그러자 페로넬라는 남편에게 말했어요.

「당신이 이리 와서 봐요. 이제 당신이 왔으니까, 그 사람과 함께 우리 일을 마무리해요.」

잔넬로는 혹시 걱정해야 할 일이 있을지 들어 보거나 대비하기 위해 귀를 곤두세우고 있었는데, 페로넬라의 말을 듣고 곧바로 통 밖으로 나왔습니다. 그리고 마치 남편이 돌아온 것을 듣지 못한 것처럼 말했습니다.

「어디 있어요, 착한 부인.」

그에게 남편이 다가가 말했습니다.

「무슨 필요한 것이 있어요?」

잔넬로는 말했어요.

「당신은 누구요? 나는 이 통을 판 부인과 말하고 싶어요.」

착한 남자는 말했지요.

「안심하고 나에게 말해요. 내가 남편이니까요.」

그러자 잔넬로는 말했습니다.

「통은 튼튼한 것 같네요. 하지만 안에다 포도주 지게미를 넣어 둔 것 같군요. 무엇인지 모르겠지만 마른 것이 온통 들러붙어 있는데 손톱으로 떼어 낼 수 없으니까요. 그러니까 먼저 깨끗하게 해놓지 않으면 사지 않겠어요.」

그러자 페로넬라가 말했어요.

「안 돼요. 그렇다고 거래가 깨지면 안 돼요. 제 남편이 완전히 깨끗하게 해줄 거예요.」

그러자 남편이 말했습니다.

「그래, 좋아요.」

그리고 자기 연장을 내려놓더니 옷을 벗고 셔츠 차림으로 등불과 긁개를 들고 곧바로 통 안으로 들어가 긁어내기 시작했습니다. 그러자 페로넬라는 마치 무엇을 하는지 보려는 것처럼, 아주 크지는 않았던 통의 입구 안으로 머리와 한쪽 팔을 어깨까지 집어넣더니 남편에게 말하기 시작했습니다.

「저기를 긁어요. 그리고 저기, 또 저쪽도요. 봐요, 여기 조금 남아 있어요.」

그리고 그렇게 남편에게 지적하고 가르쳐 주는 동안, 잔넬로는 그날 아침 남편이 돌아왔을 때 자기 욕망을 충분히 채우지 못했기에, 원하는 대로 할 수 없다는 것을 깨닫고 가능한 한 채우려고 생각했습니다. 그래서 통의 입구를 완전히 막고 있는 부인에게 다가갔고, 마치 널따란 들판에서 고삐 풀린 수말이 사랑에 불타올라 파르티아[18]의 암말을 덮치는 것 같은 형상으로 젊은 욕망을 채웠습니다. 욕망이 충족됨과 거의 동시에 통을 긁어내는 것도 끝났습니다. 그는 페로넬라에게서 떨어졌고, 그녀는 통에서 머리를 꺼냈으며, 남편은 밖으로 나왔습니다. 그러자 페로넬라는 잔넬로에게 말했습니다.

「이 등불을 들고 통이 깨끗해졌는지 당신이 살펴보세요.」

잔넬로는 안을 들여다보더니 좋다고, 만족한다고 말했습니다. 그리고 7질리아토를 주고 통을 집으로 운반하게 했답니다.]¹⁹

## 셋째 이야기

수도자 리날도는 대자(代子)의 어머니와 함께 누워 있는데,
방에 함께 있는 그들을 남편이 발견한다. 수도자는 기도로
어린 아들에게서 기생충을 쫓아내고 있다고 남편이 믿게 만든다.


필로스트라토는 파르티아의 암말에 대해 모호하게 말하지 않았으니, 신중한 여인들은 이해하지 못했거나 다른 것에

---

18 파르티아는 현재의 이란 북동부에 해당하는 고대 지역이다.
19 이 이야기는 보카치오의 주요 출전 중 하나인 고대 로마의 작가 아풀레이우스*Lucius Apuleius Madaurensis*(124?~170?)의 『황금 당나귀*Asinus Aureus*』9권에 나오는 이야기를 거의 그대로 반복하고 있다.

대해 웃는 척해야 했습니다. 하지만 이야기가 끝난 것을 알고 왕은 엘리사에게 이야기하라고 명령했고, 준비가 된 그녀는 이렇게 시작했습니다.

[사랑스러운 여인들이여, 에밀리아의 유령 퇴치 이야기는 저로 하여금 다른 마법의 기도 이야기를 떠올리게 해주었습니다. 그만큼 멋지지는 않지만, 지금 우리 주제에 대한 다른 이야기가 떠오르지 않으므로 이야기하도록 하겠습니다.

시에나에 명예로운 가문 출신의 매우 우아한 리날도라는 청년이 살았습니다. 그는 이웃에 사는 어느 부자의 아름다운 아내를 무척 사랑했고, 만약 의심받지 않고 그녀와 말할 수 있다면 자기가 원하는 모든 것을 그녀에게서 얻으리라 희망했지만 다른 방법을 찾지 못했는데, 그녀가 임신하고 있었으므로 아기의 대부가 되려고 생각했습니다. 그래서 그녀의 남편과 적당해 보이는 방법으로 대화하며 친해졌습니다. 그리하여 리날도는 아녜사 부인 아들의 대부가 되었고, 그녀와 말하기에 좋은 기회에 용기를 내어 자기 의도를 말로 그녀에게 전했습니다. 물론 그 이전에 자기 눈으로 그런 의도를 전했었지요. 하지만 그의 말을 듣고 그녀가 싫어하지는 않았으나 소용이 없었습니다.

그런 다음 오래 지나지 않아 어떤 이유에서인지 리날도는 수도자가 되었고, 거기에서 어떤 이익이 있었는지 계속 고수했습니다. 그리고 수도자가 된 초기에는 자기 대자의 어머니에게 품고 있던 사랑과 자신의 허영을 한쪽에 제쳐 두었지만, 시간이 지나면서 수도복을 버리지 않은 채 그런 것을 다시 찾았습니다. 그래서 멋지게 보이고, 좋은 옷을 입고, 우아하게 장식하고, 칸초네와 소네트와 발라드를 짓고, 노래하는 것을 다시 좋아하기 시작했으니, 그런 것들로 온통 가득했습니다.

그런데 저는 왜 우리의 수도자 리날도에 대해서 말하는 걸까요? 그렇게 하지 않는 수도자들이 있나요? 아, 망가진 세상의 치욕이여! 수도자들은 뚱뚱해 보이고, 혈색 좋은 얼굴을 하고, 옷과 다른 모든 것에서 세련되게 보이고, 비둘기가 아니라 가슴을 내밀고 볏을 세운 의기양양한 수탉처럼 돌아다니는 것을 부끄러워하지 않습니다. 그리고 더 나쁜 것은, 그들의 독방이 연고와 약재가 가득한 단지들, 다양한 과자가 가득한 상자들, 정제수와 기름이 담긴 용기들과 약병들, 백포도주와 그리스산 포도주와 다른 최고급 포도주가 넘치는 술통들로 가득하여, 바라보는 사람들에게 수도자의 독방이 아니라 향신료나 연고를 파는 가게처럼 보인다는 사실은 제쳐 두더라도, 자신들이 통풍 환자라는 것이 알려져도 부끄러워하지 않고, 다른 사람들은 모른다고 생각한다는 것입니다. 그러니까 단식과 적게 먹는 거친 음식과 근검한 생활이 사람을 날씬하고 섬세하고 건강하게 해주며, 혹시 병에 걸리더라도, 최소한 순결과 검소한 수도자에게 속하는 다른 모든 것이 약으로 제시되는 통풍은 걸리지 않게 해준다는 이런 사실들을 사람들이 모른다고 생각하지요. 근검한 생활 외에 긴 밤샘, 기도와 수련이 사람을 창백하고 힘들게 만들며, 도미니쿠스 성인과 프란체스코 성인도 각자 수도복 네 벌을 갖지 않았고, 섬세한 모직 천이나 다른 고급 천이 아니라 자연적인 색깔의 거친 양털로 된 옷을 잘 보이기 위해서가 아니라 추위를 막기 위해 입었다는 사실을 다른 사람들은 모른다고 믿고 있지요. 하느님, 그들을 부양하는 단순한 사람들의 영혼에 하시듯이, 그들의 필요를 배려해 주소서!

그러니까 수도자 리날도는 이전의 욕망으로 돌아갔고 부인을 자주 방문하기 시작했습니다. 그리고 더 대담해져서 자기가 욕망하는 것을 전보다 집요하게 그녀에게 요구하기 시작했지요. 착한 부인은 많은 요구를 받더니 수도자 리날도가 더 멋지게 보였는지 어느 날 요구받은 것을 허락하려는 모든 여자가 그러하듯이, 그의 요구에 시달리다가 말했습니다.

「아니, 리날도 수도자님, 수도자들이 어떻게 그런 것을 해요?」

그러자 수도자 리날도는 대답했어요.

「부인, 만약 내가 아주 쉽게 벗을 수 있는 이 수도복을 벗는다면, 나는 부인에게 수도자가 아니라 다른 남자와 똑같은 남자로 보일 것입니다.」

부인은 웃고 싶은 표정으로 말했습니다.

「세상에, 망측해라! 당신은 제 아기의 대부인데[20] 어떻게 그런 것을 할 수 있어요? 그건 너무나도 나쁜 일일 거예요. 그것이 너무 큰 죄라고 많이 들었어요. 물론 그렇지 않다면 당신이 원하는 것을 하겠지만 말이에요.」

---

20 중세에 대부나 대모는 혈연관계와 같다고 생각했고, 따라서 그런 사이의 관계는 근친상간과 같은 것으로 취급되었다.

그러자 수도자 리날도는 말했습니다.

「그렇다고 하지 않는다면 당신은 바보예요. 죄가 아니라고 말하지는 않겠어요. 하지만 더 큰 죄에 대해서도 하느님께서는 속죄하는 사람을 용서해 주십니다. 그런데 말해 보세요. 세례식 때 당신 아들을 안고 있던 나와, 낳아 준 당신 남편 중에 누가 아들과 더 가까운 관계일까요?」

부인은 대답했습니다.

「물론 제 남편이 더 가깝지요.」

수도자 리날도는 말했어요.

「사실을 말하는군요. 그렇다면 당신 남편은 당신과 잠자리를 함께하지 않는가요?」

부인은 대답했어요.

「물론 하지요.」

수도자 리날도는 말했습니다.

「그렇다면, 당신 남편보다 당신 아들과 덜 가까운 나는 당신 남편처럼 당신과 잠자리를 함께 할 수 있어야지요.」

논리를 모르고 조그마한 자극만 필요했던 부인은 수도자 리날도가 진실을 말한다고 믿었는지 아니면 믿는 척했는지, 이렇게 대답했습니다.

「당신의 현명한 말에 누가 반박할 수 있겠어요?」

그래서 아이의 대부인데도 그의 즐거움을 충족시켜 주었습니다. 그리고 단지 한 번으로 끝나지 않고, 아이의 대부라는 핑계로 의심을 덜 받았으므로 아주 편안하게 여러 번 함께 만났습니다.

하지만 어느 날 수도자 리날도가 부인의 집에 왔는데, 집에 부인의 아름답고 귀여운 하녀 외에 아무도 없는 것을 발견하고, 그녀에게 주기도문을 가르쳐 주라고 자기 동료와 함께 다락방[21]으로 보낸 다음, 자기는 아이의 손을 잡은 부인과 함께 방으로 들어가 안에서 문을 잠그고 방에 있던 소파 위에서 즐기기 시작했습니다. 그러는 동안 남편이 돌아왔고, 아무도 깨닫지 못한 사이에 방문으로 가서 두드리며 부인을 불렀습니다. 그 소리를 듣고 아녜사 부인은 말했어요.

「나는 이제 죽었어요, 남편이 왔으니까. 이제 우리가 친밀한 이유를 알게 될 거예요.」

수도자 리날도는 벌거벗고, 그러니까 수도복과 두건을 벗고 속옷 차림으로 있었는데, 그 말을 듣고 괴로워하며 말했습니다.

「정말이군요. 만약 내가 옷이라도 입고 있다면, 어떤 방법을 찾을 텐데. 하지만 만약 당신이 문을 열고 그가 이런 나를 보면, 어떤 변명도 할 수 없을 거요.」

부인은 순간적으로 대책이 떠오른 듯 말했어요.

「이제 옷을 입어요. 그리고 옷을 입고 나면, 아이를 팔에 안고 있어요. 그리고 내가 남편에게 하는 말을 잘 들어요. 내가 하는 말과 어울리는 말을 하도록 말이에요. 나에게 맡겨요.」

남편은 아직 두드리는 것을 멈추지 않았고, 아내는 대답했

21 원문은 〈palco de' colombi〉, 즉 〈비둘기들의 나무 바닥〉이다.

어요.

「지금 가요.」

그리고 일어나 밝은 표정으로 문을 열어 주고 말했습니다.

「여보, 우리 아이의 대부 리날도 수도자님이 오셨어요. 하느님께서 우리에게 보내 주셨어요. 만약 오시지 않았으면, 분명히 오늘 우리는 아들을 잃었을 테니까요.」

멍청이 맹신자는 그 말을 듣고 완전히 당황해서 말했어요.

「왜 그래?」

부인은 말했습니다.

「오, 여보, 아이가 조금 전에 갑자기 실신한 거예요. 나는 죽은 줄 알았어요. 그리고 무엇을 해야 할지, 무슨 말을 해야 할지 모르고 있는데, 그 순간에 우리 리날도 수도자님이 오신 거예요. 그리고 아이를 안고 말씀하셨어요. 〈부인, 아이 몸 안에 기생충이 있기 때문이에요. 기생충들이 심장까지 가면 분명히 아이를 죽게 할 겁니다. 하지만 걱정하지 마십시오. 내가 기생충들을 쫓아내고 모두 죽일 테니까요. 그리고 내가 돌아가기 전에 아이가 그 어느 때보다 건강한 모습을 볼 것입니다.〉 그리고 기도문을 암송하려면 당신이 있어야 하는데, 하녀가 당신을 찾지 못한 거예요. 그래서 수도자님의 동료에게 우리 집에서 가장 높은 곳으로 올라가서 기도문을 암송하라고 하셨어요. 그리고 수도자님과 나는 이 방으로 들어왔어요. 이런 일에는 아이의 어머니 외에 다른 사람은 방해가 되니까 참석하지 못하도록 문을 잠근 것이에요. 수도자님은 아직도 아이를 안고 있는데, 아마 동료분이 기도문

암송을 끝낼 때까지 기다리시는 것 같아요. 이제 끝났을 거예요. 아이가 벌써 완전히 정신을 차렸으니까요.」

맹신자는 그 말을 믿고 아이에 대한 사랑에 얼마나 사로잡혔는지 부인의 속임수를 전혀 눈치채지 못하고 큰 한숨을 쉬더니 말했습니다.

「내가 가서 봐야겠소.」

부인이 말했어요.

「가지 마세요. 당신이 일을 망칠 수도 있으니까요. 기다려요. 당신이 들어가도 되는지 내가 가서 보고 당신을 부를게요.」

그 모든 것을 들은 수도자 리날도는 아주 편안하게 옷을 다시 입고 아이를 팔에 안고 나름대로 모든 준비가 되자 부인을 불렀습니다.

「오, 부인, 거기에 남편이 와 있습니까?」

맹신자는 대답했습니다.

「네, 수도자님.」

수도자 리날도는 말했습니다.

「그렇다면 이리 오세요.」

맹신자는 그쪽으로 갔고, 그에게 수도자 리날도는 말했어요.

「하느님의 은총으로 건강해진 당신 아들을 받으세요. 조금 전만 해도 저녁 기도 시간에 살아 있는 모습을 보지 못하리라고 생각했지요. 그러니 하느님을 찬양하도록 아이 크기의 밀랍 조각상을 만들어 거룩한 암브로조[22]의 성상 앞에 바치세요. 그분의 공덕으로 하느님께서 당신에게 은총을 베푸셨으니까요.」

아이는 아버지를 보고 아이들이 그러하듯이 달려가 반갑게 맞이했습니다. 아버지는 아이를 안고 마치 무덤구덩이에서 꺼내 온 것처럼 눈물을 흘리면서 입을 맞추고 낫게 해준 대부에게 감사하기 시작했습니다. 수도자 리날도의 동료는 하녀에게 주기도문을 단지 한 번이 아니라 아마 네 번 이상 가르쳐 준 다음, 어느 수녀가 자기에게 선물한 하얀색 거친 천 지갑을 하녀에게 선물하여 자기에게 헌신적인 신자로 만들었지요. 그는 맹신자가 방의 문 앞에서 부인을 부르는 소리를 듣고, 조용히 거기에서 일어나는 일을 보고 들을 수 있는 곳으로 갔지요. 그리고 일이 잘 끝난 것을 보고 아래로 내려갔고 방으로 들어가 말했습니다.

「리날도 수도자님, 저에게 명령하신 기도문을 네 번 모두 암송했습니다.」

그러자 수도자 리날도는 대답했어요.

「내 형제여, 활력이 아주 좋군요. 잘했어요. 나는 아이 아버지가 왔을 때, 두 번밖에 하지 못했다오. 하지만 하느님께서 당신의 노고와 내 노고에 은총을 내리시어 아이가 나았어요.」

22 이야기 끝에서 명시적으로 밝히듯이, 밀라노의 수호성인 암브로조(라틴어 이름은 암브르시우스Ambrosius)가 아니라, 시에나 출신의 도미니쿠스회 수도자로 나중에 복자(福者)로 시복(諡福)된 암브로조 산세도니Ambrogio Sansedoni(1220~1286)를 가리킨다. 시에나에서는 1288년부터 그를 기리는 축일을 거행하고 있으며, 두오모 앞에는 그의 상반신 성상이 세워져 있다.

맹신자는 좋은 포도주와 과자를 내오게 했고, 수도자 리날도와 동료에게 다른 무엇보다 가장 필요한 것[23]을 대접했습니다. 그리고 함께 집 밖으로 나가 배웅한 다음 지체하지 않고 밀랍 조각상을 만들었고, 거룩한 암브로조의 성상 앞에 다른 조각상들과 함께 매달아 놓게 했습니다. 물론 밀라노의 암브로조는 아닙니다. ]

## 넷째 이야기

토파노는 어느 날 밤 아내를 집 밖으로 쫓아내고 문을 잠근다.
아내는 애원해도 안으로 들어갈 수 없자 우물에 몸을 던지는 척
커다란 돌을 던져 넣는다. 토파노는 집 밖으로 나가 우물로 달려가고,
아내는 안으로 들어가 문을 잠그고, 남편을 비난하고 질책한다.

엘리사의 이야기가 끝나는 것을 듣고 왕은 바로 라우레타를 향해 그녀가 이야기하면 좋겠다는 모습을 보였습니다. 그러자 그녀는 망설이지 않고 이렇게 시작했습니다.

[오, 아모르여, 당신의 힘은 얼마나 강하고 큰지요! 그리고 당신의 충고와 판단력은 얼마나 대단한지요! 당신의 발자국을 따르는 자에게 당신이 곧바로 보여 주는 논증, 판단력, 증명을 어떤 철학자나 예술가가 보여 줄 수 있을까요? 다른

---

23 원기 회복에 필요한 음식을 가리킨다.

누구의 가르침도 당신에 비하면 더디다는 것은 앞의 이야기들에서 분명히 잘 알 수 있습니다. 사랑스러운 여인들이여, 거기에다 저는 어느 단순한 여인이 사용한 임기응변을 덧붙이고 싶은데, 아모르 외에 다른 누가 가르칠 수 있을지 모를 정도입니다.

그러니까 예전에 아레초[24]에 토파노라는 부자가 살았습니다. 그는 기타 부인이라는 아름다운 여인을 아내로 맞이하였는데, 이유는 모르나 얼마 지나지 않아 아내에 대해 질투하게 되었습니다. 그것을 깨닫고 아내는 화가 났고, 여러 번 남편에게 질투의 원인에 대해 질문했지만, 일반적이고 나쁜 말 외에 다른 대답을 듣지 못했습니다. 그래서 부인은 이유 없이 겁주는 나쁜 버릇에 대해 남편을 괴롭히려고 결심했지요. 그리고 그녀가 판단하기에 매우 훌륭한 청년이 자기를 좋아한다는 것을 깨닫고 신중하게 그에게 뜻을 전하기 시작했습니다. 그리하여 둘 사이에 벌써 일이 많이 진행되었고, 말에 이어 행동으로 실천하는 것만 남았으니, 여인은 그렇게 할 방법을 찾으려고 생각했습니다. 남편의 나쁜 습관 중에 술을 즐긴다는 것을 알고 술 마시는 것을 권했을 뿐만 아니라 더 자주 마시도록 교묘하게 부추겼습니다.

습관적으로 그렇게 남편이 술을 마실 때면 거의 언제나 취할 때까지 마시도록 이끌었습니다. 그리고 충분히 취했다고 보면 먼저 잠자게 놔두고 자기 연인과 만났고, 나중에는 안

---

24 Arezzo. 이탈리아 중부 피렌체 동남쪽에 있는 도시이다.

심하고 여러 번 연인과 계속 만났습니다. 그러다 남편이 취했다고 믿다 보니 대담하게 연인을 자기 집으로 데려올 뿐 아니라, 때로는 밤에 그리 멀리 떨어지지 않는 연인의 집으로 자기가 가서 상당히 오랫동안 머무르기도 했습니다.

사랑에 빠진 부인이 그런 식으로 계속하는 동안 불행한 남편은 아내가 술을 마시도록 권하면서 자기는 전혀 마시지 않는다는 것을 깨달았습니다. 그리고 약간 이상하다고, 그러니까 아내가 자신을 취하게 만들어 잠든 사이에 자기 즐거움을 찾으려는 것이 아닌지 의심하게 되었습니다. 그래서 확인하고 싶었기에, 어느 날 전혀 술을 마시지 않았으면서 말이나 행동에서 어느 때보다 많이 취한 사람처럼 저녁에 집으로 돌아왔습니다. 아내는 그것을 믿고 잘 자도록 더 마시게 할 필요가 없다고 생각하여 남편을 곧바로 침대에 눕게 했습니다. 그런 다음 몇 차례 그랬던 것처럼 집에서 나가 연인의 집으로 갔고, 거기에서 자정까지 머물렀습니다.

토파노는 아내가 집에 없다는 것을 느끼자 일어났고, 문으로 가서 안에서 잠갔습니다. 그리고 아내가 돌아오면 자신이 아내의 행동을 알아챘다는 것을 그녀에게 명백히 보여 주기 위하여 창문가에 앉았고, 그렇게 한참 있으니, 아내가 돌아왔습니다. 집으로 돌아온 아내는 문이 잠긴 것을 밖에서 발견하고 무척 괴로웠고, 억지로 문을 열 수 있는지 시도해 보았습니다. 토파노는 그렇게 한동안 놔두고 있다가 말했습니다.

「부인, 헛수고하고 있군. 안으로 절대 들어올 수 없을 테니까. 이 시간까지 있던 곳으로 돌아가. 그리고 당신 친척들과 이웃들이 있는 앞에서 이 일에 대해 당신에게 합당한 명예를 받게 할 때까지는, 절대 이 안으로 들어오지 못한다는 것을 분명히 알라고.」

부인은 제발 문을 열어 달라고 애원하기 시작했습니다. 자기는 남편이 생각하는 곳에서 오는 것이 아니라, 이웃 여인과 밤늦게까지 놀다가 온 것이라고 말했습니다. 밤이 길고 이웃 부인이 집에서 혼자 밤새도록 잠을 자지 못하기 때문이라고 말입니다. 그런 애원은 아무 소용이 없었습니다. 그 짐승 같은 남자는 아무도 모르고 있는 자신들의 부끄러움을 모든 아레초 사람에게 알리려고 결심했기 때문이지요. 부인은 애원해도 소용없는 것을 알고 위협해 보려고 말했습니다.

「만약 문을 열어 주지 않으면, 당신을 살아 있는 사람 중 가장 사악한 남자로 만들 거예요.」

그러자 토파노는 말했습니다.

「당신이 나를 어떻게 할 수 있는데?」

아모르가 벌써 자신의 충고로 재능을 날카롭게 해준 부인은 대답했어요.

「당신이 부당하게 나에게 안겨 주려는 치욕을 받기 전에 나는 이 옆에 있는 우물 안으로 몸을 던질 거예요. 그래서 죽은 나를 발견하면, 당신이 술에 취해 나를 우물에 던졌다고 믿지 않을 사람은 아무도 없을 거예요. 그렇게 되면 당신은 달아나야 하고, 당신이 가진 모든 것을 잃고 망명 생활을 하거나, 아니면 정말로 나를 죽인 살인자로 머리가 잘려야 할 거예요.」

자신의 멍청한 생각에 사로잡힌 토파노는 그런 말에도 움직이지 않았어요. 그러자 부인은 말했습니다.

「그래, 좋아요. 나는 이렇게 지겨운 당신의 행동을 견디지 못하겠어요. 하느님께서 당신을 용서해 주시기를. 내가 여기 놔두는 실패는 제자리에 갖다 두세요.」

그렇게 말하고는 길거리 사람들이 서로를 보기 힘들 정도로 캄캄한 밤에 부인은 우물을 향해 갔습니다. 그리고 우물 옆에 있던 커다란 돌을 들어 우물 안에 떨어뜨리면서 외쳤습니다.

「하느님, 저를 용서해 주세요!」

돌은 물에 떨어지면서 아주 큰 소리를 냈습니다. 그 소리를 들은 토파노는 아내가 정말로 몸을 던졌다고 확고하게 믿었고, 그래서 아내를 구하려고 밧줄이 묶인 두레박을 들고 집 밖으로 나가 우물로 달려갔습니다. 부인은 문 옆에 숨어 있다가 남편이 우물로 달려가는 것을 보자 집 안으로 들어갔고, 안에서 문을 잠그고 창문가로 가서 말했습니다.

「포도주를 마시려면 물을 타야 하고, 밤늦게는 안 되는 법.」[25]

토파노는 그녀의 말을 듣고 속았음을 깨닫고 문으로 돌아갔지만, 안으로 들어갈 수 없자 문을 열라고 말했습니다. 부인은 그때까지 조용하게 말하던 것을 그만두고 거의 고함치

25 원문은 〈Egli si vuole inacquare quando altri il bee, non poscia la notte〉로, 무슨 뜻인지 약간 모호한 표현이다.

듯이 말했어요.

「하느님의 십자가에 맹세하는데, 이 지겨운 유대인 같은 사람아, 오늘 밤에 절대 들어오지 못할 거야. 당신의 그런 태도를 이제 더는 견딜 수 없어. 당신이 어떤 사람이고, 밤에 몇 시에 집에 돌아오는지 모든 사람이 보게 할 거야.」

다른 한편으로 토파노는 화가 나서 아내에게 욕을 하고 고함치기 시작했지요. 그러자 이웃 사람들은 소란한 소리를 듣고 일어났고 모두 창문가로 가서 무슨 일이냐고 물었습니다. 부인은 울면서 말하기 시작했습니다.

「이 나쁜 사람 때문이에요. 저녁에 술에 취해 집으로 돌아오거나, 술집에서 잠들었다가 이 시간에야 돌아온답니다. 그런 것을 나는 오랫동안 참았고, 많이 비난도 했지만, 아무 소용이 없었어요. 이제는 더 참을 수 없어서, 문을 잠그고 집 밖에서 이런 창피를 주고 싶었어요. 혹시 고쳐질까 보려고요.」

짐승 같은 토파노는 다른 한편으로 사실이 어땠는지 말하면서 아내를 강하게 위협했어요. 부인은 이웃 사람들에게 말했습니다.

「자, 어떤 사람인지 보세요! 만약 내가 저 사람처럼 길거리에 있고, 저 사람이 나처럼 집 안에 있다면, 여러분은 뭐라고 말하겠어요? 하느님께 맹세코, 분명히 여러분은 저 사람이 사실을 말한다고 믿지 않을 것입니다. 이걸 보면 저 사람 지능을 잘 알 수 있겠지요! 자기가 했다고 내가 생각하는 것을 오히려 내가 했다고 말하네요. 무엇인가를 우물 안에 던져 넣고 저 사람은 나를 놀라게 하려고 했어요. 하지만 정말로 몸을 던져 빠져 죽는 것을 하느님께서 원하셨다면 좋았겠어요. 그러면 지나치게 많이 마신 포도주에 아주 많은 물을 타게 되었을 테니까요.」

이웃 사람들은 남녀 모두 토파노를 비난하기 시작했고, 그가 잘못했으며 아내를 모함하여 말한 것에 대해 꾸짖기 시작했습니다. 그리고 순식간에 그런 소동은 이웃에서 이웃으로 전해졌고, 결국 부인의 가족들에게도 알려졌고, 가족들은 그곳으로 와서 이런저런 이웃에게서 상황을 듣고 토파노를 붙잡아 완전히 부서질 정도로 두들겨 팼습니다. 그런 다음 집 안으로 들어가 부인의 물건들을 챙겨 부인과 함께 자신들의 집으로 돌아가면서 토파노에게 더 나쁜 일을 위협했습니다. 엉망이 된 토파노는 질투가 나쁜 결과로 이끌었다는 것을 깨달았지요. 원래 아내를 무척 사랑하던 사람이었기에, 몇몇 친구를 중재자로 내세워 많이 노력한 끝에 잘 화해하여 아내를 자기 집으로 다시 데려왔습니다. 그리고 아내에게 이제 다시는 질투하지 않겠다고 약속했고, 그 외에도 하고 싶은 대로 하라고 허락하였지요. 하지만 부인이 아주 현명했기에 그는 눈치채지 못했답니다. 그렇게 멍청한 촌뜨기처럼 피해를 본 다음에야 타협했지요. 그러니 아모르는 오래 살고, 돈과 그의 모든 무리[26]는 죽을지어다.]

---

26 돈과 관련된 탐욕을 가리킨다.

# 다섯째 이야기

어느 질투심 많은 남자가 신부로 변장하여 아내의 고해 성사를
듣는다. 아내는 어느 신부를 사랑하고 신부가 매일 밤 찾아온다고
말한다. 그래서 질투심 많은 남자가 문에서 지키고 있는데,
아내는 지붕을 통해 연인이 들어오게 하여 함께 즐긴다.

라우레타는 이야기를 끝냈고, 모두 그 아내가 나쁜 남편에
게 합당하게 잘했다고 칭찬했습니다. 왕은 시간을 낭비하지
않으려고 피암메타를 향해 상냥하게 이야기의 짐을 지워 주
었고, 그러자 그녀는 이렇게 시작했습니다.

[고귀한 여인들이여, 앞 이야기는 비슷하게 질투심 많은
어느 남자에 대해 이야기하도록 이끄는군요. 특히 아무 이유
없이 질투하는 남편에게 아내가 하는 그런 일은 정당하다고
생각하니까요. 만약에 법을 제정하는 사람들이 모든 것을 잘
살펴보았다면, 자신을 보호하려고 누군가를 해치는 사람[27]을
위해 제정한 형벌과 다르지 않은 형벌을 여자들을 위해 제정
했어야 한다고 저는 생각합니다. 질투하는 사람들은 젊은 아
내의 삶을 위협하고 아내의 죽음을 열심히 찾는 자들이니까
요. 그 아내들은 일주일 내내 집에 갇혀서 가족과 집안에 필
요한 일들을 하면서, 모든 여자가 그러하듯이 나중에 축제일
에 약간의 위로와 평온을 얻고 재미를 얻을 수 있기를 기대

---

27 말하자면 정당방위를 하는 사람을 가리킨다.

합니다. 들판의 일꾼들, 도시의 수공업자들, 법원의 재판관들이 그러듯이 말입니다. 하느님께서는 일곱째 날에 당신의 모든 노고에서 쉬셨고, 신성한 법률이나 세속의 법률이 하느님의 영광과 모든 사람의 공통된 선을 존중하기 위해 일하는 날과 쉬는 날을 구분하는 것처럼 말입니다. 질투하는 자들은 그런 것에 동의하지 않고, 다른 모든 여자에게 즐거운 그런 날에 아내를 더 감금하고 얽매어 더 불쌍하고 괴로운 날로 만들지요. 그것이 불쌍한 아내를 얼마나 지치게 만드는지는 겪어 본 여자들만 압니다. 그러므로 결론적으로 말하자면 부당하게 질투하는 남편에게 아내가 하는 일은 형벌을 받지 않고 칭찬받아야 마땅합니다.

예전에 리미니에 돈과 소유지가 많은 부자 상인이 살았습니다. 그는 매우 아름다운 여인을 아내로 맞이하고 있었는데, 아내에 대해 엄청나게 질투하게 되었습니다. 거기에는 어떤 이유도 없었고, 다만 그는 아내를 무척 사랑했고 그녀가 아름답다고 생각했으며 아내가 온갖 노력을 기울여 자신을 즐겁게 해주려고 노력한다는 것을 알고 있었고, 따라서 모든 남자가 그녀를 사랑하고, 또 그녀가 모두에게 아름답게 보이며 자신에게 그러듯이 모든 남자를 즐겁게 해주려고 노력한다고 생각했던 것입니다. 그러니까 나쁜 남자의 지각없는 논증이었지요.

그렇게 질투심에 사로잡힌 그는 아내를 엄격하고 심하게 감시했으니, 사형 선고를 받은 사람이 옥지기들에게 엄격하게 감시받는 것과 같았습니다. 아내는 결혼식이나 축제나 성당에 가거나 어떤 식으로든 집 밖으로 발을 내놓을 수 없었을 뿐 아니라 어떤 이유로도 창문에서 바깥을 감히 내다볼 수도 없었습니다. 그러므로 그녀의 삶은 최악이었고, 자기는 아무 죄도 없다고 느끼는 만큼 그런 괴로움을 참기 어려웠습니다.

그래서 남편에게 부당한 모욕을 받는다고 생각한 그녀는 자기 자신을 위로하기 위해, 가능하다면 어떤 합당한 이유를 만들 방법을 찾으려고 생각했습니다. 그리고 창문으로는 접근할 수 없었으므로 집 근처를 지나가면서 자신에게 은근한 눈길을 보내는 누군가의 사랑을 만족시켜 줄 방법도 없었는데, 바로 옆집에 아름답고 멋진 청년이 있다는 것을 알고, 만약 자기 집과 그 집을 나누는 벽에 틈이라도 있으면, 그 틈을 통해 자주 그를 바라볼 수 있을 것이며, 그러다 청년과 말할 수 있게 되면, 그가 받으려고만 한다면 자기 사랑을 주려고 생각했습니다. 그리고 함께 만날 방법이 있다면 가끔 만나고, 그렇게 해서 남편에게서 악마 같은 질투가 떠날 때까지 비참한 생활을 보낼 수 있으리라 생각했습니다.

그리하여 남편이 없을 때 집의 벽을 때로는 이쪽, 때로는 저쪽을 살피다가 우연히도 매우 비밀스러운 쪽에 틈이 벌어져 있는 것을 보았습니다. 비록 맞은편을 잘 볼 수는 없었어도 틈이 열린 저쪽이 침실이라는 것을 깨닫고 혼자 말했습니다.

「만약 저곳이 필리포(그러니까 이웃 청년)의 침실이라면 절반은 성공했어.」

그리고 자기를 동정하는 하녀에게 조심스럽게 알아보라고 했고, 정말로 그 방에서 청년이 온전히 혼자 잔다는 것을 알았습니다. 그래서 자주 그 틈으로 가서 청년이 있다는 것을 알면 작은 돌멩이나 나뭇가지를 떨어뜨렸고, 청년은 그것이 무엇인가 보기 위해 다가왔습니다. 부인은 조용히 청년을 불렀고, 그녀의 목소리를 알아들은 청년은 대답했습니다. 그렇게 부인은 시간이 있을 때 간단히 말해 모든 자기 마음을 열어 보였고, 거기에 대해 청년은 만족했고 자기 쪽에서 틈을 더 크게 만들었습니다. 그렇지만 아무도 알아채지 못하도록 했습니다. 거기에서 둘은 자주 이야기를 나누고 손을 잡았지만, 질투하는 남편의 엄격한 감시 때문에 더 나아가지는 못했습니다. 그런데 성탄절 축일이 다가오면서 부인은 남편에게 말했어요. 만약 괜찮다면 축일 오전에 성당으로 가서 다른 그리스도인들처럼 고해하고 영성체하고 싶다고 말입니다. 그러자 질투하는 남편은 말했습니다.

　「당신이 무슨 죄를 지었기에 고해하고 싶다는 거야?」

　부인은 말했습니다.

　「뭐라고요? 당신은 내가 성녀라고 생각해요? 아무리 나를 가둬 두고 있어도 나도 다른 사람들처럼 죄를 짓는다고요. 하지만 당신에게는 말하고 싶지 않아요. 당신은 신부가 아니니까요.」

　질투심 많은 남편은 그 말에 의심이 들었고 그녀가 어떤 죄를 지었는지 알아보아야겠다고 생각해 방법을 궁리했습니다. 그리고 좋다고 대답했지만, 자기들의 성당이 아닌 다른 성당에 가면 안 된다고 했으며, 거기에서 오전에 정해진 시간에 주임 신부 아니면 주임 신부가 지정하는 신부에게 고해해야지 다른 신부에게 하면 안 되고 곧바로 집으로 돌아오라고 했습니다. 부인은 무슨 말인지 알 것 같았으나 다른 말을 하지 않고 그렇게 하겠다고 대답했습니다.

성탄일 오전이 되자 부인은 새벽에 일어나 몸단장을 한 다음 남편이 정해 준 성당으로 갔습니다. 한편 질투하는 남편도 일어나 같은 성당으로 갔는데 아내보다 먼저 도착했습니다. 그리고 성당 안에서 해야 할 일을 신부와 짜놓았으므로 곧바로 신부 옷을 입었는데, 우리가 보듯이 신부들이 입는, 뺨까지 덮는 두건이 달린 옷이었기에, 두건을 바로 앞까지 내리고 성가대에 앉았습니다. 부인은 성당에 도착하여 주임 신부를 찾았습니다. 주임 신부가 왔는데, 부인이 고해하고 싶다는 말을 듣고 자기는 들을 수 없으니 다른 동료를 보내겠다고 했습니다. 그리고 가서 불행에 빠진 질투하는 남편을 보냈습니다. 남편은 위엄 있는 태도로 왔는데, 날이 그리 밝지 않은 데다 두건을 눈앞까지 내려 썼어도 자신을 완전히 감출 수 없었기에, 부인은 곧바로 그를 알아보았습니다. 그것을 보고 부인은 속으로 생각했습니다.

「하느님 찬양받으소서, 질투꾼에서 신부가 되다니. 하지만 그냥 놔두세요. 그가 찾고 있는 것을 내가 줄 테니까요.」

그러니까 남편을 알아보지 못한 척하고 그의 발 앞에 앉았습니다. 질투하는 남편은 입안에다 작은 돌멩이 두어 개를 넣어 두었지요. 말하는 것을 돌멩이가 방해하여 자기 목소리를 부인이 알아채지 못하도록 말입니다. 그렇게 모든 것에서 완전히 변장했으므로 부인이 절대 알아보지 못하리라고 믿었습니다. 그리고 이제 고해하게 되자 부인은 먼저 자기가 결혼했다고 말한 다음, 다른 무엇보다 자기가 어느 신부를 사랑하고 신부는 매일 밤 와서 자기와 함께 잔다고 말했습니다. 질투하는 남편은 그 말을 듣고 마치 심장에 칼을 맞은 것 같았고, 더 알고 싶은 욕망이 그를 억제하지만 않았다면 고해를 내던지고 가버렸을 것입니다. 하지만 어쨌든 침착하게 부인에게 물었습니다.

「아니, 어떻게? 당신 남편이 당신과 함께 자지 않나요?」

부인은 대답했어요.

「물론 함께 잡니다.」

질투하는 남편은 말했습니다.

「그렇다면, 어떻게 신부가 당신과 함께 잘 수 있나요?」

부인은 말했습니다.

「신부님, 저는 그 신부님이 어떤 기술을 쓰는지 모르겠습니다만, 그분이 손을 대면 집에 열리지 않는 문이 없습니다. 그리고 제 방에 오실 때 문을 열기 전에 어떤 말을 하면 제 남편이 즉시 잠든다고 합니다. 그리고 그가 잠든 것을 알면 문을 열고 안으로 들어와 저와 함께 머무는데, 그것은 절대 실패하지 않아요.」

그러자 질투하는 남편은 말했어요.

「부인, 그것은 잘못된 일입니다. 그러니 완전히 그만둬야 합니다.」

그러자 부인은 대답했습니다.

「신부님, 저는 절대 그렇게 할 수 없다고 생각합니다. 저는 그분을 너무 사랑하니까요.」

질투하는 남편은 말했습니다.

「그렇다면 저는 당신을 사면할 수 없습니다.」

그러자 부인이 말했어요.

「그렇다면 괴롭군요. 저는 신부님에게 거짓말하려고 여기 온 것이 아닙니다. 거짓말할 수 있다고 믿었다면 그렇게 했을 겁니다.」

그러자 질투하는 남편이 말했습니다.

「부인, 정말로 유감입니다. 그런 일로 영혼을 잃는 당신을 보게 되니 말입니다. 하지만 당신에 대한 봉사로 제가 당신의 이름으로 하느님께 특별한 기도를 바치는 노고를 감내하고 싶습니다. 그 기도가 효과가 있을 것입니다. 그리고 가끔 제 복사(服事)를 당신에게 보낼 테니까, 효과가 있는지 없는지 그에게 말하세요. 만약 효과가 있다면 그렇게 계속할 겁니다.」

그 말에 부인은 말했습니다.

「신부님, 신부님이 집으로 사람을 보내는 일은 일어날 수 없습니다. 만약 무척 질투가 심한 제 남편이 알면, 나쁜 일을 꾸미려고 온다는 생각을 절대 머리에서 없애지 못할 것이고, 그러면 올해에는 남편과 편하게 지낼 수 없을 거예요.」

그러자 질투하는 남편이 말했습니다.

「부인, 거기에 대해서는 걱정하지 마십시오. 제가 분명히 방법을 마련할 테니까, 남편에게서 어떤 말도 듣지 않을 것입니다.」

그러자 부인이 말했어요.

「만약 신부님이 그렇게 하고 싶다면 저는 좋습니다.」

그리고 고백의 기도를 하고 참회한 다음 그의 발 앞에서 일어나 미사에 참석했습니다. 질투하는 남편은 자기 불행에 대해 식식거리며 가서 신부복을 벗고 집으로 돌아갔습니다. 신부와 아내가 함께 있는 것을 발견하여 두 사람 모두를 크게 혼내 줄 방법을 찾으려는 욕망과 함께 말입니다. 부인도 성당에서 돌아왔고, 남편의 얼굴에서 자기가 불행한 성탄절을 선물했다는 것을 잘 보았습니다. 하지만 남편은 자기가 한 일을 감추고 모르는 척하려고 노력하였고, 자기가 직접 밤에 길거리 쪽의 문 옆에서 신부가 오는지 기다리려고 혼자 결심하고 아내에게 말했습니다.

「오늘 저녁 나는 다른 곳에서 식사하고 잘 것이오. 그러니 길거리 쪽의 문과 중간 계단의 문, 침실 문을 잘 잠그고, 때가 되면 자도록 해요.」

부인은 말했습니다.

「알겠어요.」

그리고 시간이 되자 벽의 구멍으로 가서 평소대로 신호를 보냈고, 신호를 들은 필리포는 곧바로 구멍으로 갔습니다. 부인은 그에게 오전에 있었던 일과 남편이 식사하러 가면서 한 말을 해주었고, 그런 다음 말했습니다.

「분명히 그이는 집에서 나가지 않고 문을 지키고 있을 거예요. 그러니 당신이 지붕을 통해 오늘 밤 이쪽으로 올 방법을 찾아봐요. 우리가 함께하도록 말이에요.」

청년은 무척 기뻐서 말했습니다.

「부인, 저에게 맡기세요.」

밤이 되자 질투하는 남편은 무기를 들고 몰래 1층의 방에 숨었고, 부인은 모든 문을 잠갔습니다. 특히 중간 계단의 문을 잘 잠가 질투하는 남편이 올라오지 못하게 만들었습니다. 그리고 시간이 되자 청년이 신중한 길을 통해 자기 집 쪽에서 왔습니다. 둘은 함께 침대로 가서 서로에게 즐거움을 주면서 좋은 시간을 보냈고, 날이 밝자 청년은 자기 집으로 돌아갔습니다. 질투하는 남편은 괴롭고 저녁도 못 먹은 데다 추위에 시달리며 밤새도록 문 옆에서 무기를 옆에 들고 신부가 오는지 기다렸습니다. 그러나 날이 밝아 오면서 더 밤샘할 수 없어 1층 방에서 잤습니다. 그러다가 셋째 시간 무렵에 일어나 이미 집의 문이 열려 있었으므로 마치 다른 곳에서 오는 척하면서 집으로 올라가 식사했습니다. 그리고 잠시 후 아내가 고해한 신부의 복사인 것처럼 어느 소년을 보내 아내가 아는 신부가 왔는지 물어보게 했습니다. 부인은 심부름꾼 소년을 잘 알았으므로, 그날 밤에는 오지 않았고, 만약 계속 이러하면, 비록 자기는 잊고 싶지 않지만 잊을 수도 있다고 대답했습니다.

이제 제가 여러분에게 무엇을 말해야 할까요? 질투하는 남편은 들어오는 신부를 잡으려고 여러 날 밤을 보냈고, 부인은 계속해서 자기 연인과 함께 좋은 시간을 보냈습니다.

결국 질투하는 남편은 더 견딜 수 없었기에 괴로운 표정으로 아내에게, 고해한 날 오전에 신부에게 무엇을 말했냐고 물었습니다. 부인은 그건 정숙하고 합당하지 않은 일이므로 말하고 싶지 않다고 대답했지요. 그러자 질투하는 남편은 말했습니다.

「사악한 여자야, 당신이 말한 것을 나는 알고 있단 말이야. 당신이 사랑하고 마법으로 매일 밤 당신과 함께 자는 신부가 누구인지 나에게 말하는 게 좋을 거야. 그렇지 않으면 당신 핏줄을 잘라 버릴 거야.」

부인은 신부를 사랑한다는 것은 사실이 아니라고 말했지요. 그러자 질투하는 남편이 말했습니다.

「뭐라고? 고해한 신부에게 그렇다고 말하지 않았어?」

부인은 말했습니다.

「고해 신부가 당신에게 말해 준 것은 아닐 텐데, 당신은 마치 그 자리에 있었던 것처럼 잘 알고 있군요. 그래요, 나는 분명히 그렇게 말했어요.」

질투하는 남편은 말했습니다.

「그러니까 그 신부가 누구인지 당장 말해.」

부인은 미소를 짓기 시작하면서 말했습니다.

「숫양이 뿔을 붙잡혀 도살장으로 끌려가듯이 현명한 남자가 단순한 여자에게 끌려가다니 정말 재미있네요. 비록 당신은 사악한 질투심이 이유도 없이 가슴속에 들어온 순간부터 현명하지 않았고 지금도 현명하지 않지만 말이에요. 당신이 어리석고 짐승 같은 만큼 내 영광은 줄어들게 되지요. 내 남편이여, 당신은 당신 마음의 눈이 먼 만큼 내 머리의 눈도 멀었다고 믿어요? 물론 아니에요. 나는 고해 신부가 누구인지 곧바로 알아보았지요. 바로 당신이었다는 걸요.

하지만 나는 당신이 찾고 있는 것을 당신에게 주려고 마음먹었고 그래서 주었지요. 만약 당신이 생각만큼 현명한 사람이었다면, 착한 당신 아내의 비밀을 알려고 그런 식으로 시도하지 않았을 것이고, 당신 아내가 고해하는 것에 대해 헛되이 의심하지 않고, 그 말이 사실이지만 당신 아내가 어떤 죄도 짓지 않았다는 것을 깨달았을 거예요. 나는 당신에게 신부를 사랑한다고 말했지요. 그런데 내가 부당하게 사랑하는 당신이 신부가 되지 않았나요? 나는 말했지요, 그 신부가 나와 함께 자려고 할 때 우리 집에 열리지 않는 문은 전혀 없다고요. 당신이 내가 있는 곳으로 올 때 당신 집에서 어떤 문이라도 잠겨 있던 적이 있었나요? 나는 말했지요, 신부는 매일 밤 나와 함께 잔다고요. 언제 당신이 나와 함께 자지 않은 적이 있었나요? 그리고 당신의 복사를 나에게 보낼 때마다 당신은 나와 함께 있지 않았고, 그래서 나는 신부가 나와 함께 있지 않았다고 당신에게 전하게 했어요.

질투에 눈이 먼 당신을 제외하면 어떤 정신없는 사람이 이런 것을 이해하지 못했을까요? 그런데도 당신은 집에서 문을 감시하느라고 밤을 지새웠고, 나에게는 다른 곳에 가서 식사하고 잠을 잔다고 믿게 하려고 했어요. 이제 정신 좀 차리고, 예전의 당신으로 돌아가고, 나처럼 당신의 행동을 아는 사람에게 놀림거리가 되지 말아요. 그리고 당신의 그 엄격한 감시 좀 그만둬요. 왜냐하면 하느님께 맹세하지만, 만약 당신을 배신하고 싶다면, 두 개인 당신 눈이 백 개가 된다고 해도, 나는 당신이 눈치채지 못하게 내 즐거움을 찾을 수 있으니까요.」

아내의 비밀을 아주 신중하게 들었다고 생각한 질투하는 나쁜 남편은 그 말을 듣고 부끄러워졌고, 아무 대답도 못 하고 아내가 훌륭하고 현명하다는 것을 깨달았습니다. 그리고 정작 질투가 필요한 순간에 완전히 질투를 벗어던졌습니다. 불필요할 때 질투에 사로잡혀 있었던 것처럼 말입니다. 그리하여 현명한 부인은 마음대로 즐기도록 허락받은 것처럼, 연인이 고양이처럼 지붕을 통해 오지 않고 문을 통해서도 오게 했고, 신중하게 행동하면서 이후에도 여러 번 연인과 함께 좋은 시간을 보내며 행복한 생활을 하였답니다.]

## 여섯째 이야기

이사벨라 부인은 레오네토와 함께 있다가, 자기를 사랑하는
람베르투초 씨의 방문을 받는다. 그런데 남편이 돌아오고,
부인은 람베르투초 씨가 손에 칼을 들고 집 밖으로 나가게 하고,
나중에 남편은 레오네토를 바래다준다.

피암메타의 이야기는 놀라울 정도로 모두의 마음에 들었고, 부인이 짐승 같은 남편에게 어울리는 일을 훌륭하게 했

다고 모두 칭찬했습니다. 하지만 이야기가 끝나자 왕은 팜피네아에게 이어서 이야기하라고 명령했고, 그녀는 이렇게 말하기 시작했습니다.

[아모르는 사람의 지혜를 빼앗아 사랑하는 자를 무분별하게 만든다고 단순하게 말하는 사람이 많습니다. 그것은 어리석은 견해 같습니다. 지금까지 이야기한 많은 사건이 그것을 증명하였고, 저는 또다시 증명하고 싶습니다.

좋은 것들이 모두 풍부한 우리 도시에 예전에 매우 아름답고 젊은 귀부인이 살았는데, 훌륭하고 유복한 기사의 아내였습니다. 그런데 사람은 언제나 한 가지 음식만 먹지 못하고 때로는 다른 음식을 원하는 것처럼, 그 부인은 남편에 만족하지 못하고 레오네토라는 청년을 사랑하게 되었습니다. 대단한 가문 출신은 아니지만 멋지고 예의 바른 그 청년도 마찬가지로 부인을 사랑했지요. 여러분이 아시듯이 둘 모두가 원하는 것이 결실을 얻지 못하는 경우는 드물기에, 둘의 사랑이 완성되는 데에는 많은 시간이 필요하지 않았습니다.

그런데 그녀는 아름답고 우아한 부인이었기에 람베르투초 씨라는 기사가 그녀를 무척 사랑하게 되었는데, 부인에게 그는 불쾌하고 지겨운 사람처럼 보였으므로 어떤 일이 있어도 그를 사랑할 마음이 없었습니다. 하지만 여러 경로로 그녀에게 요구해도 소용없자 강력한 사람이었던 기사는 사람을 보내 만약 자기 욕망을 들어주지 않으면 모욕을 주겠다고 위협했습니다. 그래서 부인은 그가 어떤 사람인지 알고 두려웠기에 그의 욕망을 들어주게 되었습니다.

그녀 이사벨라 부인은 여름에 우리의 풍습대로 시골의 멋진 별장에서 지내려고 갔습니다. 그리고 어느 날 남편은 다른 곳에서 며칠 지내기 위해 아침에 말을 타고 떠났고, 그녀는 사람을 보내 함께 만나자고 레오네토를 불렀고, 그는 기쁜 마음으로 바로 갔습니다. 람베르투초 씨도 부인의 남편이 다른 곳에 갔다는 말을 듣고 혼자 말을 타고 그녀에게 가서 문을 두드렸습니다. 부인의 하녀는 그를 보고 곧바로 방으로 가서 레오네토와 함께 있는 부인에게 말했습니다.

「부인, 람베르투초 씨가 혼자 여기에 왔습니다.」

부인은 그 말을 듣고 세상에서 가장 괴로운 여인이 되었고, 그가 무척 두려웠기에 레오네토에게 람베르투초 씨가 갈 때까지 침대의 커튼 뒤에 잠시 숨어 있으라고 부탁했습니다. 레오네토는 부인 못지않게 그가 두려웠기에 커튼 뒤에 숨었고, 부인은 하녀에게 람베르투초 씨에게 가서 문을 열어 주라고 했습니다. 문을 열어 주니 그는 정원에서 말에서 내렸고 말을 고리에 묶어 두고 위로 올라갔습니다. 부인은 환한 얼굴로 계단 끝까지 와서 즐거운 말로 맞이하였고, 무엇을 하러 가는 길이냐고 물었습니다. 기사는 그녀를 껴안고 입을 맞추면서 말했습니다.

「내 영혼이여, 당신 남편이 없다는 것을 알고 당신과 함께 잠시 머물려고 왔소.」

그렇게 말한 다음 두 사람은 침실로 들어가 안에서 문을 잠갔고, 람베르투초 씨는 그녀에게서 즐거움을 얻기 시작했습니다. 그렇게 함께 있는 동안 부인의 믿음과는 완전히 달리 남편이 돌아왔고, 별장 가까이에 도착한 그를 발견한 하녀는 곧바로 부인의 침실로 달려가 말했습니다.

「부인, 주인께서 돌아오십니다. 벌써 아래 정원에 계실 거예요.」

부인은 그 말을 듣고 두 남자가 집 안에 있는 데다 기사의 말이 정원에 있어서 기사를 숨길 수 없다는 것을 알았으므로 이제 죽었다고 생각했습니다. 그렇지만 침대에서 내려와 곧바로 결심하고 람베르투초 씨에게 말했습니다.

「기사님, 저를 조금이라도 사랑하고 제가 죽음에서 살아남기를 원하신다면, 제가 말하는 대로 하세요. 당신의 칼을 빼서 손에 들고, 완전히 화나고 험악한 얼굴로 계단을 내려가면서 이렇게 말하세요. 〈하느님께 맹세코 어디에서든 붙잡을 거야.〉 제 남편이 제지하려 하거나 아무 질문도 하지 않더라도 제가 말한 그 말만 하세요. 그리고 말을 타고 무슨 일이 있어도 멈추지 말고 달리세요.」

람베르투초 씨는 기꺼이 그러겠다고 말했습니다. 그리고 칼을 빼서 들고 조금 전의 노고와 남편이 돌아온 것에 대한 분노로 온통 빨개진 얼굴로 부인이 말한 대로 했습니다. 부인의 남편은 벌써 정원에서 말에서 내려 다른 말을 보고 놀랐고, 위로 올라가려다가 람베르투초 씨가 내려오는 것을 보고 그의 표정에 놀라 말했습니다.

「무슨 일이오, 기사님?」

람베르투초 씨는 등자에 발을 대고 말에 올라타며 단지 이렇게 말했지요.

「하느님께 맹세코 어디에서든 붙잡을 거야!」

그리고 가버렸어요. 위로 올라가던 착한 기사는 아내가 완전히 당황한 표정으로 계단 끝에 있는 것을 보고 말했습니다.

「이게 무슨 일이오? 람베르투초 씨가 누구를 그렇게 분노하여 위협하는 것이오?」

부인은 레오네토가 듣도록 침실 쪽으로 가서 대답했어요.

「여보, 이렇게 무서운 일은 처음이에요. 제가 모르는 어느 청년이 여기 안으로 도망쳐 왔고, 람베르투초 씨가 손에 칼을 들고 쫓아왔어요. 청년은 우연히 이 침실이 열린 것을 보고 완전히 떨면서 말하더군요. 〈부인, 하느님 덕분에 제발 저를 도와주십시오. 당신 앞에서[28] 죽지 않게 해주세요.〉 저는 일어나서 그가 누구인지, 무슨 일인지 물어보려고 하는데, 바로 람베르투초 씨가 올라와서 말하는 거예요. 〈어디 있어, 배신자야?〉 저는 침실 문 앞에 서서 안으로 들어가려는 그를 제지했지요. 그러는 동안 그는 침착해져서 침실 안으로 들어오는 것을 제가 싫어한다는 것을 알고 여러 말을 하더니 당신이 본 것처럼 아래로 내려갔어요.」

그러자 남편이 말했습니다.

「부인, 잘했어요. 만약 이 안에서 누군가 살해당한다면 너무 큰 비난이 있을 거요. 람베르투초 씨가 도망친 사람을 뒤쫓아 이 안까지 들어오다니 큰 무례를 저질렀군.」

그리고 그 청년은 어디 있냐고 물었습니다. 부인은 대답했

---

28 원문은 〈당신의 팔 안에서〉이다.

어요.

「어디로 숨었는지 모르겠어요.」

그러자 남편은 말했습니다.

「어디 있소? 이제 안심하고 나와요.」

모든 것을 듣고 있던 레오네토는 정말로 두려움에 사로잡힌 사람처럼 두려운 표정으로, 숨어 있던 곳에서 나왔습니다. 그러자 남편이 물었습니다.

「람베르투초 씨와 무슨 일이 있는 것이오?」

그러자 청년은 대답했습니다.

「나리, 정말로 아무 일도 없습니다. 그래서 저는 그분이 제정신이 아니거나 저를 다른 사람과 혼동했다고 생각합니다. 이 별장에서 조금 떨어진 길거리에서 저를 보더니, 손에 칼을 들고 말했어요. 〈배신자야, 너는 이제 죽었다!〉 저는 무슨 이유인지 묻지도 못하고 힘껏 도망치기 시작했고 이곳으로 왔습니다. 여기에서 하느님과 이 귀부인 덕택에 살아남았습니다.」

그러자 남편이 말했습니다.

「이제 가시오, 두려워하지 말고. 내가 당신을 안전하게 무사히 집까지 바래다주겠소. 나중에 그와 무슨 일이 있는지 알아보도록 하시오.」

그리고 함께 저녁 식사를 한 다음 청년을 말에 태워 피렌체의 집까지 바래다주었습니다. 청년은 부인이 가르쳐 준 대로 바로 그날 저녁 몰래 람베르투초 씨와 이야기하고 함께 합의하였으니, 비록 이후에 많은 말이 오갔지만 기사 남편은

아내에게 조롱당했다는 것을 전혀 깨닫지 못했답니다.]


## 일곱째 이야기

로도비코는 베아트리체 부인에게 자신이 품고 있는 사랑을 드러낸다.
부인은 남편 에가노를 자기 모습으로 꾸며 정원으로 내보내고,
자기는 로도비코와 즐긴다. 그런 다음 로도비코는
일어나 정원으로 가서 에가노를 몽둥이로 두들겨 팬다.


팜피네아가 이야기한 이사벨라 부인의 그런 임기응변은
놀랍다고 모두 칭찬했습니다. 이어서 이야기하라고 왕의 명
령을 받은 필로메나는 말했습니다.

[사랑스러운 여인들이여, 제 생각이 틀리지 않다면 그에
못지않게 멋지다고 생각하는 이야기를 바로 들려드리겠습
니다.

그러니까 예전 파리에 피렌체 출신 귀족이 살았는데, 그는
가난했기에 상인이 되었고, 무척 훌륭한 상업 활동으로 큰
부자가 되었고, 부인과 로도비코라는 외아들을 두었습니다.
그리고 아들이 상업 활동보다 아버지의 귀족 신분에서 명예
를 얻도록 아버지는 그를 상점에 배치하지 않고 다른 귀족들
과 함께 프랑스 왕에게 봉사하게 했고, 거기에서 아들은 훌
륭한 예절과 좋은 것들을 배웠습니다.

그러는 동안 성지[29]에서 돌아온 일부 기사들이 청년들과

이야기를 나누게 되었는데, 그 자리에 로도비코도 있었습니다. 그들은 프랑스와 잉글랜드와 세상 다른 곳들의 아름다운 여인들에 대해 이야기하였는데, 그들 중 한 명이 이렇게 말했습니다. 자기는 세상 여러 곳을 돌아다니면서 많은 여자를 보았지만, 볼로냐의 에가노 데 갈루치[30]의 아내인 베아트리체 부인보다 더 아름다운 여자는 보지 못했다는 것입니다. 그와 함께 볼로냐에서 그녀를 보았던 다른 모든 동료도 동의했습니다. 그 말을 듣고 로도비코는 아직 사랑에 빠진 적이 없었는데도 그녀를 보아야겠다는 강렬한 욕망에 불타올랐고, 그 외에 다른 것은 생각하지도 않았습니다. 그리고 그녀를 보러 볼로냐까지 가서 만약 그녀가 마음에 든다면 거기에서 살려고 결심하였고, 아버지에게는 성지에 가보고 싶은 척하며 힘들게 허락을 받았습니다.

그리하여 아니키노라는 이름으로 볼로냐에 갔고, 행운이 원하는 대로 다음 날 어느 축제에서 그 여인을 보았는데, 예상했던 것보다 훨씬 더 아름다워 보였습니다. 그래서 아주 뜨겁게 그녀를 사랑하게 되었고, 그녀의 사랑을 얻지 못하면 절대 볼로냐를 떠나지 않으려고 결심했습니다. 그리고 그녀의 사랑을 얻으려면 어떤 방법을 택해야 할지 혼자 궁리하다가 다른 모든 방법을 버리고, 만약 많은 하인을 거느리고 있는 그녀 남편의 하인이 된다면, 자기가 바라는 것을 우연히

---

29 원문은 대문자로 시작되는 〈Sepolcro〉, 즉 〈무덤〉으로 예수 그리스도가 묻힌 성스러운 무덤을 가리킨다.

30 갈루치Galluzzi 가문은 볼로냐의 유력한 가문이었다.

얻을 수도 있으리라 생각했습니다. 그래서 자기 말들을 팔고 하인들이 잘 머물도록 조치하면서 절대로 자기를 아는 척하지 말라고 명령했습니다. 그리고 여관 주인과 친해진 다음, 만약 어떤 유복한 주인을 찾을 수 있다면 기꺼이 그의 하인이 되겠다고 말했습니다. 그러자 여관 주인이 말했어요.

「당신은 분명히 에가노라는 이 도시의 귀족이 좋아하는 하인이 될 수 있을 것이오. 그는 많은 하인을 거느리고 있는데, 모두 당신처럼 용모가 준수하지요. 내가 그에게 말해 보겠소.」

여관 주인은 말한 대로 에가노와 만나, 헤어지기 전에 아니키노를 잘 추천하여 가능한 한 그를 좋아하게 했습니다. 그렇게 아니키노는 에가노와 함께 살면서 사랑하는 여인을 볼 기회가 많았기에 즐겁게 에가노에게 잘 봉사하기 시작했습니다. 에가노는 아니키노를 무척 사랑하여 이제 그가 없으면 아무것도 하지 못했고, 단지 자기 자신뿐만 아니라 모든 것의 관리를 그에게 맡겼습니다.

그러던 어느 날 에가노는 매사냥하러 갔고, 아니키노는 집에 남아 있었는데 베아트리체 부인과 체스를 두게 되었습니다. 베아트리체 부인은 그의 품행을 보면서 속으로 여러 번 많이 칭찬하였고 그가 마음에 들었지만 그의 사랑을 아직 깨닫지 못하고 있었지요. 아니키노는 부인을 즐겁게 해주고 싶었으므로 아주 현명하게 져주었고, 그러자 부인은 놀라울 정도로 즐거워했습니다. 그리고 체스를 구경하던 부인의 하녀들이 모두 떠나고 단둘이 남게 되자 아니키노는 깊은 한숨을 내쉬었어요. 부인은 그것을 보고 말했지요.

「무슨 일이야, 아니키노? 내가 이겨서 그렇게 괴로운 거야?」

아니키노는 대답했습니다.

「부인, 제 한숨의 원인은 그것이 아니라 훨씬 더 큰 것입니다.」

그러자 부인이 말했습니다.

「세상에! 말해 봐, 아무리 네가 나를 좋아하더라도 말이야.」

아니키노는 무엇보다 사랑하는 부인에게서 〈아무리 네가 나를 좋아하더라도〉라는 회피의 말을 듣고 처음보다 더 큰 한숨을 내쉬었습니다. 그러자 부인은 한숨의 원인이 무엇인지 말해 주면 좋겠다고 다시 한번 말했어요. 그러자 아니키노는 말했습니다.

「부인, 제가 말씀드리면 부인께서 불편하지 않을까 무척 두렵습니다. 그리고 부인께서 다른 사람에게 말하지 않을까 두렵기도 합니다.」

그 말에 부인이 말했습니다.

「분명히 불쾌하지 않을 거야. 그러니 안심해라. 네가 나에게 무엇을 말하든지, 네가 원하지 않으면 절대로 다른 사람에게 말하지 않을 테니까.」

그러자 아니키노는 말했습니다.

「부인께서 그렇게 약속하시니 말씀드리겠습니다.」

그리고 눈가에 눈물이 가득한 채 자기가 누구인지, 부인에 대해 어디에서 무슨 말을 들었는지, 어떻게 부인을 사랑하게 되었는지, 어떻게 왔는지, 그리고 왜 그녀 남편의 하인이 되었는지 말했습니다. 이어서 겸손하게 만약 가능하다면, 그런 비밀스럽고 타오르는 열망에 사로잡힌 자신을 불쌍히 여기고 기쁘게 생각해 달라고 부탁했어요. 그리고 만약 그렇게 하고 싶지 않다면, 자기를 지금 상태로 그대로 놔두고 자기가 그녀를 사랑하는 것에 만족해 달라고 부탁했습니다.

오, 유별나게 달콤한 볼로냐 핏줄[31]이여, 그대는 언제나 그런 일들에서 얼마나 칭찬할 만했던가! 그대는 눈물이나 한숨을 절대 원하지 않았으며, 언제나 부탁을 잘 들어주고 사랑의 열망을 받아들여 주었으니, 만약 내가 그대를 찬양하기에 합당한 칭찬의 말을 갖고 있다면, 내 목소리는 절대 칭찬에 싫증 나지 않을 것이오.

베아트리체 부인은 말하고 있는 아니키노를 바라보았습니다. 그리고 그의 말을 충분히 믿었고, 그렇게 부탁하는 그의 사랑을 얼마나 강렬하게 마음속에 받아들였는지 그녀도 역시 한숨을 쉬기 시작했고 잠시 후에 대답했습니다.

「달콤한 나의 아니키노, 걱정하지 말아요. 나는 많은 남자에게서 사랑의 호소를 받았고 또 지금도 받고 있지만, 어떤 귀족이나 영주나 다른 어떤 남자의 선물이나 약속이나 호소도 누군가를 사랑할 만큼 내 마음을 움직일 수 없었다오. 그런데 당신은 그렇게 말하는 짧은 시간에 나를 나의 것이 아

31 볼로냐 사람들을 가리킨다.

니라 오히려 당신의 것이 되게 만들었어요. 당신은 가장 멋지게 내 사랑을 얻었다고 생각해요. 그러니 그 사랑을 당신에게 선물하겠어요. 그래서 약속하는데, 다가오는 오늘 밤이 완전히 지나기 전에 그 사랑을 당신이 즐기게 해줄게요. 그리고 그것이 실현되도록 자정 무렵 내 침실로 와요. 문을 열어 놓을게요. 내가 침대 어느 쪽에서 자는지 알 테니, 그쪽으로 와요. 만약 내가 자고 있으면 건드려 깨워요. 그러면 당신이 그렇게 오래 품고 있던 욕망에 대해 당신을 위로해 줄게요. 그리고 당신이 이것을 믿도록 담보로 입맞춤을 해주고 싶어요.」

그리고 그의 목을 껴안고 사랑스럽게 입맞춤하였고, 그도 입맞춤해 주었지요. 그렇게 말한 다음 아니키노는 부인에게서 떠났고, 몇 가지 할 일을 하러 가면서 세상에서 가장 즐겁게 밤이 오기를 기다렸습니다. 에가노는 매사냥에서 돌아왔고, 저녁을 먹은 다음 피곤했으므로 자러 갔고, 이어서 부인도 자러 갔습니다. 그리고 약속한 대로 침실의 문을 열어 두었어요. 아니키노는 말해 준 시간에 침실로 갔고, 조용히 침실로 들어가 안에서 문을 잠갔고, 부인이 자는 쪽으로 가서 가슴에 손을 올렸고, 부인이 자지 않고 있는 것을 발견했습니다. 부인은 아니키노가 온 것을 느끼자 두 손으로 그의 손을 강하게 붙잡고 침대에서 돌아누웠는데, 그 바람에 자고 있던 에가노를 깨웠습니다. 그러자 그에게 부인은 말했습니다.

「엊저녁 당신이 피곤해 보여서 아무 말도 하지 않으려고 했어요. 그런데 말해 봐요, 하느님께서 당신을 돌봐 주신다면 말이에요. 당신이 집에 데리고 있는 하인 중에서 가장 충직하고 훌륭해서 가장 사랑하는 하인이 누구예요?」

에가노는 대답했습니다.

「부인, 무슨 일인데 나에게 그런 것을 질문하오? 당신 모르오? 아니키노만큼 내가 신뢰하고 사랑하는 하인은 없어요. 그런데 왜 그걸 물어요?」

아니키노는 에가노가 깬 것을 알았고 자신에 대해 이야기하는 것을 듣고 부인이 자기를 속이려는 것이 아닌지 무척 두려웠고, 그래서 몇 번이나 손을 빼내고 달아나려 했습니다. 하지만 부인이 아주 단단히 붙잡고 있어서 떨어질 수 없었습니다. 부인은 남편에게 말했습니다.

「내가 말해 줄게요. 나도 당신이 말하는 대로 아니키노가 다른 누구보다 당신에게 신뢰감을 주고 있다고 믿었어요. 그런데 나를 실망하게 했어요. 왜냐하면 오늘 당신이 매사냥하러 갔을 때 그가 집에 남아 있다가 적당한 기회라고 생각했는지 뻔뻔스럽게 나에게 자기 욕망을 채워 달라고 요구하더군요. 나는 좋다고 대답했어요. 그런 것이 필요 없다는 것을 명백한 증거로 당신에게 증명해 보이고 당신이 직접 보고 확인하도록 말이에요. 그리고 오늘 밤 자정이 지나고 내가 정원으로 나가 소나무 아래에서 기다리겠다고 했지요. 그런데 나는 가고 싶지 않아요. 하지만 당신 하인의 충직함을 알고 싶다면 당신이 간단하게 내 옷 중 하나를 입고 머리에 베일을 쓰고 정원에 내려가서 그가 오는지 기다려 보세요. 분명히 올 테니까요.」

그 말을 듣고 에가노는 말했습니다.

「당연히 내가 가 봐야겠군.」

그리고 어둠 속에서 가능한 대로 일어나 아내의 옷을 입고 머리에 베일을 쓴 다음 정원으로 내려갔고 소나무 아래에서 아니키노를 기다리기 시작했습니다. 그가 침실에서 나가자, 부인은 일어나 문을 안에서 잠갔습니다. 아니키노는 엄청난 두려움에 사로잡혀 가능한 한 부인의 손에서 벗어나려 노력하면서 부인과 자신의 사랑과 그렇게 부인을 믿었던 자신을 무수하게 저주했는데, 마지막에 부인이 한 말을 듣고 누구보다도 가장 행복한 남자가 되었습니다. 그리고 침대로 돌아온 부인이 원하는 대로 부인과 함께 옷을 벗었고, 오랜 시간 동안 즐거움과 쾌락을 함께 누렸습니다. 그러다가 아니키노가 더 머무르면 안 된다고 생각한 부인은 그에게 일어나 다시 옷을 입게 하더니 이렇게 말했습니다.

「달콤한 나의 입이여, 이제 멋진 몽둥이를 들고 정원으로 가요. 그리고 나를 유혹하려고 시험한 척하고, 마치 나인 것처럼 남편에게 욕을 하고 몽둥이로 때리세요. 그러면 다음부터 놀라운 즐거움과 쾌락이 나올 테니까요.」

아니키노는 일어나 야생 버드나무 막대기를 들고 정원으로 나가 소나무 아래로 갔습니다. 에가노는 그가 오는 것을 보고 마치 아주 기쁘게 맞이하려는 것처럼 일어나 다가갔는데, 그에게 아니키노가 말했습니다.

「아! 사악한 여인아, 그래, 나왔구나. 내가 주인을 이렇게 배신하리라고 믿었느냐? 수천 번이나 잘못 나왔다!」

그리고 몽둥이를 쳐들고 때리기 시작했습니다. 에가노는 그 말을 듣고 몽둥이를 보더니 말 한마디 없이 달아나기 시작했고, 아니키노는 쫓아가면서 말했습니다.

「꺼져라, 사악한 여인아, 하느님께서 너를 저주하시기를. 내일 아침 주인님께 모두 말할 테니까.」

에가노는 한참 두들겨 맞고 가능한 한 빨리 침실로 돌아갔어요. 부인은 아니키노가 정원에 왔는지 물었고, 그는 대답했습니다.

「안 왔으면 좋았을 거요. 그 녀석은 내가 당신이라 믿고 몽둥이로 나를 두들겨 패면서 어떤 사악한 여자에게도 하지 못할 욕을 퍼부었으니까. 그 녀석이 그런 말로 나에게 치욕을 안겨 줄 마음이 있었을까 하고 나는 정말 의아하게 생각했소. 그런데 행복하고 즐거운 당신을 보고 시험해 보고 싶었던 것이오.」

부인은 말했습니다.

「그렇다면 하느님 찬양받으소서. 그 사람이 나는 말로, 당신은 행동으로 시험했군요. 그러니 당신이 그 사람의 행동을 참아 낸 것처럼, 나는 말을 인내심 있게 참아 내야 한다고 생각해요. 하지만 당신에게 그렇게 믿음직하니까 아끼고 잘 대접해 주어야겠네요.」

에가노는 말했습니다.

「분명히 당신은 진실을 말하는구려.」

그리고 그것을 계기로 그는 어떤 귀족보다 가장 정숙한 아내와 가장 충직한 하인을 데리고 있다고 생각하게 되었습니다. 그리하여 이후로 그와 부인은 아니키노와 함께 그 사건에 대해 여러 번 웃었고, 아니키노와 부인은 그런 일이 없었다면 얻을 수 없었을 만큼 훨씬 더 편안하게 즐거움과 쾌락을 누렸습니다. 그렇게 아니키노는 에가노와 함께 볼로냐에서 즐겁게 살았답니다.]


## 여덟째 이야기


어떤 남자가 아내를 질투하고, 아내는 연인이 자기에게 오는 것을
알도록 밤에 발가락을 끈으로 묶어 둔다. 남편이 그것을 깨닫고
연인을 뒤쫓는 동안, 아내는 침대의 자기 자리에 다른 여자가
누워 있게 한다. 남편은 그녀를 때리고 머리칼을 자른 다음
아내의 형제들에게 간다. 형제들은 그게 사실이 아니라는 것을
발견하고 그를 비난한다.


모두 베아트리체 부인이 남편을 속이는 데 있어서 완전히 기발하게 사악하다고 생각했고, 아니키노가 부인에게 꼭 붙잡혀 있으면서 자기가 사랑을 요구했다는 말을 들었을 때 정말 엄청나게 두려웠을 것이라고 말했습니다. 하지만 왕은 필로메나가 이야기를 마치자 네이필레를 향해 말했어요.

「이제 당신이 이야기해요.」

네이필레는 먼저 작은 미소를 짓더니 시작했습니다.

[아름다운 여인들이여, 여러분이 이전에 들려준 것처럼 멋진 이야기로 여러분을 즐겁게 해주려니 저에게는 큰 부담이 되지만, 하느님의 도움으로 그 부담을 잘 벗을 수 있으리라 기대합니다.

그러니까 여러분도 아시겠지만, 우리 도시에 전에 아리구초 베를린기에리[32]라는 아주 큰 부자 상인이 살았습니다. 오늘날에도 날마다 상인들이 그러하듯이 그는 어리석게 아내를 통해 귀족이 되려고 생각했고, 그래서 자기에게 어울리지 않는 젊은 귀족 여인을 얻었는데, 바로 시스몬다 부인이었습니다. 부인은, 상인들이 그러듯이 남편이 많이 돌아다니고 자기와 함께 지내는 경우가 별로 없었기 때문에, 오랫동안 자신을 흠모하던 루베르토라는 청년을 사랑하게 되었습니다. 그리고 그와 친숙해지면서 최고의 즐거움을 얻으려고 덜 신중하게 행동했는지, 아리구초가 어떤 낌새를 느꼈는지, 아니면 일이 그렇게 되려고 그랬는지, 아리구초는 세상에서 가장 질투심 많은 남자가 되었습니다. 그래서 돌아다니는 일과 자신의 다른 모든 일을 놔두고, 아내를 잘 감시하는 데에 거의 모든 관심을 기울였고, 아내가 먼저 침대에 들어가기 전에는 절대 잠들지 않았습니다. 그래서 부인은 어떤 방법으로도 루베르토와 함께할 수 없었으므로 무척이나 괴로웠습니다.

그래도 루베르토와 함께할 방법을 찾으려고 많이 생각했

<hr>

32  베를린기에리Berlinghieri 가문은 실제로 피렌체의 상인 가문이었다.

고 또 그도 많이 재촉했기에 이런 방법을 사용하려고 생각했습니다. 그러니까 침실이 길거리 쪽에 있었고, 아리구초가 잠들기는 어려워도 잠든 뒤에는 아주 깊이 잔다는 것을 여러 번 보았으므로, 루베르토가 자정 무렵 집으로 오게 하여 문을 열어 주고 남편이 깊이 자는 동안 함께 있으려고 했어요. 그리고 그가 왔을 때 자기만 알 수 있게 하려고, 끈을 침실의 창문 밖으로 늘어뜨려 한쪽 끝이 땅 가까이에 이르게 하고, 다른 한쪽 끝을 침실의 바닥에 닿게 하여 침대까지 끌어와 옷들로 덮어 놓고, 자기가 침대에 들어갈 때 엄지발가락에 묶어 두기로 했습니다. 그리고 루베르토에게 오면 끈을 당기라고 알려 주었어요. 그러면 그녀는 만약 남편이 자고 있으면 끈을 그대로 놔두고 문을 열어 줄 것이고, 만약 남편이 자지 않으면 끈을 단단히 잡고 당길 것이니 기다리지 말라고 했습니다. 그것은 루베르토의 마음에 들었고, 여러 번 가서 때로는 그녀와 함께했고, 때로는 그러지 못했습니다.

그들이 그런 방법을 계속하던 어느 날 밤 부인이 자고 있는데 아리구초가 침대에서 발을 뻗다가 그 끈을 발견하게 되었습니다. 그리고 손을 대보니 아내의 발가락에 묶여 있었기에 속으로 생각했습니다.

「이건 속임수가 틀림없어.」

그리고 끈이 창문 밖으로 나가는 것을 발견하고 분명하다고 생각했습니다. 그래서 조용히 아내의 발가락에서 끈을 잘라 자기 발가락에 묶고 어떻게 되는지 보려고 기다렸습니다. 얼마 지나지 않아 루베르토가 왔고 평소처럼 끈을 잡아당겼고, 아리구초는 그것을 느꼈습니다. 그런데 잘 묶지 않았기에, 루베르토가 세게 잡아당겼는데 끈이 손에 그대로 있자 기다려야 한다고 이해하고 그렇게 했습니다. 아리구초는 곧바로 일어나 무기를 들고 그가 누구인지 보고 공격하려고 문으로 달려갔습니다. 그런데 아리구초는 상인이었는데도 아주 튼튼하고 강한 남자였기에 아내가 평소에 하듯이 문을 부드럽게 열지 않았고, 그러자 기다리고 있던 루베르토는 그것을 느끼고 무슨 일인지, 말하자면 문을 연 사람은 아리구초라는 것을 깨달았습니다. 그래서 곧바로 달아나기 시작했고, 아리구초는 뒤쫓기 시작했습니다. 결국 루베르토가 상당히 오래 달아났는데도 아리구초가 멈추지 않고 계속 쫓아오자, 루베르토 역시 무장하고 있었기에 칼을 빼어 들고 몸을 돌렸고, 그리하여 서로가 상대방을 공격하고 방어하기 시작했습니다.

부인은 아리구초가 침실 문을 열었을 때 잠이 깼고, 발가락에서 끈이 잘린 것을 발견하고 곧바로 속임수가 발각되었다는 것을 깨달았습니다. 그리고 아리구초가 루베르토를 뒤쫓는 소리를 듣고 곧바로 일어났고, 무슨 일이 일어날지 알았기에, 모든 것을 아는 하녀를 불렀어요. 그리고 간곡하게 하녀에게 부탁하여 자기 대신 침대에 누워 있으라고 했고, 자기가 누군지 들키지 않도록 아리구초가 때리는 대로 그냥 맞으라고 부탁하면서, 그것에 대해 괴로워할 이유가 없을 정도로 보상해 주겠다고 했습니다. 그런 다음 침실에 켜져 있던 등불을 끄고 밖으로 나갔고, 한쪽 구석에 숨어 무슨 일이 일어날 것인지 지켜보기 시작했습니다.

아리구초와 루베르토 사이에 싸움이 벌어지자, 그 지역의 이웃 사람들이 듣고 일어나 그들에게 욕을 하기 시작했습니다. 그러자 아리구초는 사람들이 자기를 알아볼까 두려워 청년이 누구인지 알지도 못하고 아무 피해도 주지 못한 채 마지못해 그를 놔두고 화가 나서 집으로 돌아갔습니다. 그리고 침실로 가서 격분하여 말했습니다.

「어디 있어, 나쁜 여자야? 내가 너를 찾지 못하게 불을 껐나 본데 실수한 거야!」

그리고 침대로 가서 아내라고 믿으며 하녀를 잡았고, 손과 발을 휘두를 수 있는 만큼 주먹질과 발길질을 해대서 얼굴을 완전히 망가뜨렸고, 마지막으로 머리칼을 잘랐지요. 어떤 나쁜 여자도 듣지 못할 만큼 심한 욕지거리를 계속 퍼부으면서 말입니다. 하녀는 울어야 할 이유가 있는 여자처럼 크게 울었고 게다가 이따금 말했습니다.

「아이고! 제발 하느님 덕분에! 그만 해요!」

울음소리에 목소리가 갈라졌고 또 아리구초는 분노에 사로잡혀 있었기에 아내 목소리와 다른 목소리라는 걸 구별하지 못했습니다. 그래서 제가 말한 것처럼 합당한 이유로 때리고 머리칼을 자른 다음 말했어요.

「사악한 여자야, 이제 너를 건드리고 싶지도 않아. 나는 네 오빠들[33]에게 가서 네 멋진 행동을 말해 줄 거야. 그러면 그

---

33 원문은 〈형제들〉인데, 편의상 〈오빠들〉로 옮긴다.

들이 와서 합당한 명예라고 믿는 조치를 하고 너를 데려갈 거야. 너는 이제 절대로 이 집에 있지 못할 테니까.」

그렇게 말하고 침실에서 나가 밖에서 문을 잠그고 혼자 가 버렸습니다. 시스몬다 부인은 모든 것을 듣고 있다가 남편이 나간 뒤 침실 문을 열고 불을 켰으며, 완전히 망가져 엉엉 울고 있는 하녀를 발견했습니다. 그리고 가능한 한 정성껏 하녀를 위로했고, 자기 방으로 다시 데려가 조용히 치료하고 보살피게 했으며, 하녀가 만족할 만큼 충분하게 아리구초의 돈으로 보상해 주었습니다. 하녀를 자기 방으로 돌려보낸 다음 바로 침실의 침대를 정리했으니, 마치 그날 밤에는 누구도 거기에서 자지 않은 것처럼 모든 것을 정돈하고 불을 다시 켜두었어요. 그리고 마치 아직 침대에 들어가지 않은 것처럼 다시 옷을 입고 단장했지요. 그런 다음 등불을 켜고 자기 옷가지들을 들고 계단 꼭대기에 앉아 바느질하면서 사건이 어떻게 진행될지 기다리기 시작했습니다.

집에서 나간 아리구초는 가능한 한 빨리 아내 오빠들의 집으로 가서 세게 문을 두드렸으니, 그 소리를 듣고 문을 열어 주었습니다. 아내의 오빠 세 명과 어머니는 아리구초라는 말을 듣고 모두 일어나 불을 켜고 무슨 일로 그 시간에 혼자 왔느냐고 물었습니다. 아리구초는 시스몬다 부인의 발가락에 묶인 끈을 발견한 것부터 시작하여 마지막에 자기가 발견하고 한 일을 모두 이야기했습니다. 그리고 자기가 한 일에 대한 충분한 증거로 아내에게서 잘랐다고 믿는 머리칼을 그들에게 주었고, 자기는 이제 더는 아내를 집에 데리고 있고 싶

368

지 않으니까 와서 데려가고 그들의 명예에 합당하다고 생각하는 일을 하라고 덧붙였습니다.

부인의 오빠들은 그 말을 듣고 무척 상심하였고 분명한 사실이라고 생각했기에 그녀에게 화가 났고, 횃불을 켠 다음 단단히 혼내 줄 의도로 아리구초와 함께 그의 집으로 갔습니다. 그것을 보고 어머니는 울면서 뒤따라가기 시작했고, 이쪽저쪽 아들에게 제대로 보거나 알기 전에 그런 것을 그렇게 곧바로 믿지는 않아야 한다고 부탁했습니다. 남편이 다른 이유로 아내에게 화가 나서 나쁜 짓을 했을 수 있으며, 이제 자신을 변명하려고 그걸 아내 탓으로 돌리려고 할 수도 있다고 말입니다. 게다가 자기는 딸을 아주 어렸을 때부터 길렀기 때문에 잘 아는데, 어떻게 그런 일이 일어날 수 있는지 매우 놀랍다고 했고, 또 다른 비슷한 말을 많이 했습니다. 그렇게 아리구초의 집에 도착하여 안으로 들어가 계단을 올라가기 시작했고, 그들이 오는 것을 보고 시스몬다 부인은 말했습니다.

「거기 누구예요?」

그 말에 오빠 중 하나가 대답했어요.

「누구인지 네가 잘 알 거야, 나쁜 여자야.」

그러자 시스몬다 부인은 말했습니다.

「아니, 이게 무슨 일이에요? 하느님, 도와주소서!」

그리고 일어나서 말했습니다.

「오빠들, 잘 왔어요. 그런데 이 시간에 세 명 모두 여기에서 무엇을 찾고 있어요?」 오빠들은 그녀가 앉아 바느질하고 있으며, 아리구초가 완전히 엉망으로 때렸다고 했는데 얼굴에 맞은 흔적이 전혀 없는 것을 보고 처음에는 약간 놀랐고 분노의 충동을 억눌렀습니다. 그리고 아리구초가 왜 그녀 때문에 괴로워하는지 물었고 모든 것을 말하라고 강하게 위협했습니다. 부인은 말했어요.

「무슨 말을 해야 할지 모르겠네요. 남편이 왜 나 때문에 괴로워하는지도 몰라요.」

아리구초는 정신 나간 사람처럼 아내를 살펴보았어요. 아내의 얼굴에 아마 천 번은 주먹을 날리고 할퀴고 세상에서 모든 나쁜 짓을 했다고 기억하는데, 그런 일이 전혀 없었던 것 같은 모습을 보았으니까요. 간단히 말해 오빠들은 아리구초가 말한 대로 끈과 때린 일에 대해 그녀에게 모두 말해 주었습니다. 부인은 아리구초를 향해 말했습니다.

「세상에! 여보, 내가 지금 무슨 말을 듣는 거예요? 무엇 때문에 당신은 그렇지 않은 나를 나쁜 여자로 만들어 당신에게 치욕이 되게 해요? 그리고 그렇지 않은 당신을 왜 잔인하고 나쁜 남자로 만들어요? 오늘 밤에 당신은 나와 함께 이 집에 있지도 않았잖아요? 언제 나를 때렸어요? 나로서는 기억나지 않네요.」

아리구초는 말했어요.

「아니, 나쁜 여자야, 엊저녁 우리 함께 침대에 들었잖아? 내가 네 연인을 쫓아간 뒤에 돌아오지 않았어? 너를 엄청나게 때리고 머리칼을 잘랐잖아?」

부인은 대답했습니다.

「엊저녁 당신은 이 집에서 자지 않았어요. 하지만 그건 놔두지요. 거기에 대해서는 내 말 이외에 다른 증거를 댈 수 없으니까요. 그렇다면 당신이 말하는 것, 그러니까 나를 때렸고 머리칼을 잘랐다는 것을 봅시다. 당신은 절대 나를 때리지 않았어요. 여기 있는 모든 사람과 함께 당신이 봐요. 내가 누군가에게 맞은 흔적이 있는지. 그리고 당신에게 충고하겠는데, 감히 나를 때리려고 하면, 하느님께 맹세코 당신을 할퀴어 버릴 거예요. 또 내가 느끼거나 보기로는 당신은 내 머리칼을 자르지도 않았어요. 하지만 혹시 내가 모르게 그랬을 수도 있으니까, 내 머리칼이 잘렸는지 볼게요.」

그리고 베일을 벗었고, 잘리지 않고 온전한 머리칼을 보여 주었어요. 그런 것을 보고 들은 오빠들과 어머니는 아리구초를 향해 말하기 시작했습니다.

「이게 어떻게 된 거야, 아리구초? 자네가 우리에게 와서 말한 것과 다르잖아. 자네가 어떻게 해명할지 모르겠군.」

아리구초는 마치 꿈을 꾸는 것 같았고, 그래도 뭐라고 말하고 싶었지만, 자기가 믿었던 것을 증명할 수 없음을 알고 아무 말도 못 했습니다. 부인은 오빠들을 향해 말했습니다.

「오빠들, 이 사람은 내가 절대 하고 싶지 않은 것을 하도록 오빠들을 찾아간 것 같네요. 말하자면 자신의 사악함과 비열함에 대해 오빠들에게 말하라고 말입니다. 그러니 말할게요. 내 생각에 이 사람은 자기가 했다고 말한 것을 분명히 했어요. 어찌 된 일인지 들어 보세요. 오빠들이 불행하게도 나를 아내로 준 이 잘난 사람은 상인이라고 하네요. 그래서 신용이 있고, 종교인보다 더 절제력 있고, 아가씨보다 더 정숙해야 할 텐데, 저녁이면 술에 취해 술집들을 돌아다니면서 이런저런 나쁜 여자들과 몸을 섞지 않는 날이 거의 없어요. 그리고 조금 전에 본 것처럼 내가 자정까지, 때로는 새벽까지 기다리게 하지요. 그러니까 분명히 술에 취해 어떤 나쁜 여자와 잠자리에 들었다가 잠이 깨서 발가락의 끈을 발견했고, 그런 다음 자기가 말하는 그런 대단한 일들을 모두 저질렀고, 그러다 마지막에 돌아와서 그 여자를 때리고 머리칼을 자른 것이에요. 그러고도 아직 제정신을 차리지 못하고 그런 짓을 나에게 했다고 믿었던 거예요. 그리고 분명히 아직도 그렇게 믿고 있어요. 이 사람 얼굴을 잘 살펴보면 알겠지만, 아직도 반쯤 취해 있어요. 하지만 이 사람이 나에 대해 뭐라고 말했든, 단지 술에 취한 것으로만 생각하세요. 그리고 내가 용서할 테니까 오빠들도 용서하세요.」

그 말을 들은 어머니는 소란을 피우며 말했습니다.

「하느님께 맹세코, 내 딸아, 그렇게 하지 마라. 오히려 이런 파렴치하고 배은망덕한 개는 죽여야 해. 너처럼 잘 자란 딸을 차지할 가치가 없으니까. 잘 봐라! 진흙에서 데려온 딸이라 해도 어울리지 않을 것이야! 이제는 불행에 빠지겠지. 네가 당나귀 똥 같은 장사치의 더러운 말에 오르내려야 한다면 말이야. 촌뜨기 출신에 허접한 천[34] 옷을 입은 불한당 무리 출신이면서, 돈 서너 푼 가지고 있다고 반바지 차림으로

---

34 원문은 〈romagnolo〉, 즉 〈로마냐 직물〉이다(여섯째 날 다섯째 이야기 주석 28 참조).

엉덩이에다 펜을 꽂고, 귀족 집안 딸이나 훌륭한 여자를 아내로 원하고, 문장(紋章)을 만들고, 이렇게 말하지. 〈나는 이런 집안 출신이야.〉 〈우리 가문 사람들은 이런 일을 했어!〉 하고 말이야. 내 아들들이 내 말을 들었으면 정말 좋았을 텐데. 그랬다면 적은 지참금으로[35] 너를 귀디 백작 가문에 명예롭게 보낼 수 있었을 거야. 그런데 너를 이 잘난 사람에게 주려고 했어. 너는 피렌체에서 가장 훌륭하고 가장 정숙한 딸인데, 이 사람은 부끄러운 줄도 모르고 한밤중에 네가 화냥년이라고 말하는구나. 우리가 너를 모르는 것처럼 말이야. 하느님께 맹세코, 정말로 후회할 정도로 벌을 줘야 마땅할 것이야.」

그리고 아들들을 향해 말했습니다.

「아들들아, 내가 분명히 말했잖아, 그런 일은 있을 수 없다고. 서너 푼짜리 장사치인 잘난 매제가 너희 여동생을 어떻게 다루는지 잘 들었지? 내가 만약 너희라면, 여동생에 대해 저 사람이 하는 말과 행동을 보고 저 사람을 이 세상에서 사라지게 하기 전에는[36] 절대 만족하거나 기쁘지 않을 거야. 여자라 그렇지 내가 만약 남자라면, 나 아닌 다른 사람이 그렇게 하는 것을 원하지 않을 거야. 하느님, 부끄러운 줄 모르는 뻔뻔한 유대인 같은 자에게 천벌을 내리소서!」

그 모든 것을 보고 들은 오빠들은 아리구초에게 어떤 나쁜 사람도 듣지 못할 만큼 심한 욕을 퍼부었고, 마침내 말했습

---

35 원문은 〈con un pezzo di pane〉, 즉 〈빵 한 조각으로〉이다.
36 말하자면 죽기 전에는.

니다.

「이번에는 술에 취했으니까 용서하겠지만, 이제부터 네가 살아 있는 동안 그런 말은 더 이상 듣지 않을 거야. 만약 다시 우리 귀에 들리면 분명히 이번 것까지 합해서 대가를 치르게 될 테니까.」

그렇게 말하고는 가버렸습니다. 아리구초는 정신 나간 사람처럼 남아 있었으니, 자기가 한 일이 사실인지 아니면 꿈을 꾼 것인지 자기 자신도 알 수 없었고, 아무 말도 하지 못하고 아내를 그대로 놔두었지요. 아내는 현명한 술책으로 급박한 위험을 피했을 뿐만 아니라, 앞으로는 남편을 더 두려워할 필요 없이 자신의 모든 즐거움을 누릴 길을 열었답니다.]

## 아홉째 이야기

니코스트라토의 아내 리디아는 피로를 사랑한다. 피로는
그 사랑을 믿기 위해 리디아에게 세 가지를 요구하고, 그녀는
모두 해낸다. 그 외에도 니코스트라토 앞에서 그녀와 즐기고,
니코스트라토에게는 그가 본 것이 사실이 아니라고 믿게 만든다.

네이필레의 이야기가 무척이나 마음에 들었으므로 여인들은 거기에 대해 웃고 말하기를 멈출 수 없었습니다. 왕이 여러 번 조용히 하라고 말하고 판필로에게 이야기하라고 명령했는데도 말입니다. 하지만 조용해지자 판필로는 이렇게

시작했습니다.

　[존경하는 여인들이여, 아무리 힘들고 위험한 일이라도 열렬히 사랑하는 사람이 감히 하지 못할 것은 전혀 없다고 생각합니다. 그것은 많은 이야기에서 증명되었지만, 그래도 저는 다시 한번 여러분에게 들려드릴 이야기로 그것을 훨씬 잘 증명하고 싶습니다. 신중한 이성보다 행운이 너무나 우호적이었던 어느 여인의 이야기입니다. 그래서 누구라도 제가 이야기하려는 여인이 한 대로 감히 따라 하려 한다면, 저는 권하고 싶지 않습니다. 행운은 언제나 한 방식으로만 움직이지 않고, 세상의 모든 사람이 똑같이 현혹되어 있지 않기 때문입니다.

　아주 옛날 그리스의 도시 아르골리스[37]는 그 크기보다 과거의 왕들로 더 유명한데 거기에 니코스트라토라는 귀족이 살았습니다. 이미 노년에 가까운 그에게 행운은 리디아라는, 아름다울 뿐 아니라 매우 대담한 여인을 아내로 주었습니다. 그는 부유한 귀족으로 많은 하인과 개와 매[38]를 가지고 있었으며 사냥에서 큰 즐거움을 얻고 있었습니다. 그의 하인 중에는 피로라는 몸매도 멋지고 유쾌하고 아름답고 모든 일에서 유능한 청년이 있었는데, 니코스트라토는 다른 누구보다 그를 더 사랑하고 믿었습니다. 리디아는 밤낮으로 그 하인만 생각할 정도로 그를 무척 사랑했는데, 그 사랑에 대해 그는

---

　37 원문은 〈아르고Argo〉로, 그리스 펠로폰네소스반도 동쪽의 고대 도시이다.
　38 원문은 그냥 〈새〉로 되어 있다.

깨닫지 못했는지 아니면 원하지 않았는지 아무런 관심도 없었습니다. 그래서 리디아는 마음속으로 너무 괴로웠고, 그에게 알려 주려고 완전히 결심하고 많이 신뢰하는 루스카라는 하녀를 불러 말했습니다.

「루스카, 나에게서 받은 여러 혜택으로 너는 분명히 나에게 복종하고 충실해야겠지. 그러니 지금 내가 너한테 말하려는 것을 내가 명령한 사람 외에는 절대 누구도 알지 못하게 조심해야 해. 루스카, 알다시피 나는 젊고 활기찬 여자이고 누구라도 원할 만한 것이 풍부하고 가득한데, 간단히 말해 한 가지만 제외하면 불평할 것이 없어. 그것은 남편의 나이가 내 나이에 비해 너무 많다는 거야. 그래서 젊은 여자들이 큰 즐거움을 얻는 부분에 있어 나는 별로 만족하지 못하고 살아. 그리고 다른 여자들처럼 그것을 원하다 보니 오래전부터 혼자 생각했어. 만약 운명이 나에게 별로 우호적이지 않아서 그렇게 늙은 남편을 주었다면, 내 즐거움과 건강함을 만족시킬 방법을 찾는 데에 있어서는 나 자신에게 적대적이지 않겠다고 말이야. 그것을 다른 것들처럼 완전히 충족하기에 누구보다 합당한 사람으로 우리 피로를 떠올렸고, 그가 그것을 보충해 주기를 원하게 되었어. 그래서 피로를 사랑하게 되었는데, 그를 보지 못하거나 그에 대해 생각하지 않으면 편안하지 않을 정도야. 곧바로 그와 함께하지 못하면 나는 곧 죽을 거야. 그러니까 내 생명을 소중히 생각한다면, 좋다고 생각하는 방법을 찾아 내 사랑을 그에게 알려 주고, 그가 나에게 와주도록 나 대신 네가 찾아가서 부탁해 다오.」

하녀는 기꺼이 그렇게 하겠다고 말했고, 적당해 보이는 시간과 장소를 골라 피로를 한쪽으로 불러내 여주인의 뜻을 가능한 한 잘 전했습니다. 그 말을 듣고 피로는 그런 것을 전혀 예상하지 못한 사람처럼 깜짝 놀랐습니다. 그리고 여주인이 자기를 시험하려고 그런 말을 전하게 한 건 아닌지 의심하였고, 그래서 곧바로 거칠게 대답했습니다.

「루스카, 마님이 그런 말을 하다니 믿을 수 없어. 그러니 말을 조심해. 만약 마님이 그런 말을 했더라도 진심이라고는 나는 믿지 않아. 그리고 진심으로 말했다고 해도, 주인어른이 나를 내 가치 이상으로 잘 대해 주고 있으니, 내 목숨을 걸고 그분에게 그런 모욕을 주고 싶지는 않아. 그러니 다시는 그런 말을 하지 않도록 조심해.」

루스카는 그의 엄격한 말에도 당황하지 않고 말했어요.

「피로, 이런 말이나 다른 일에 대해서도 나는 마님이 명령할 때마다 너에게 전할 거야. 네게 즐겁든 괴롭든 말이야. 이 짐승아.」

화가 난 하녀는 피로의 말을 부인에게 전했고, 그 말을 들은 그녀는 죽고 싶었습니다. 그리고 며칠 뒤 부인은 다시 하녀에게 말했습니다.

「루스카, 너도 알다시피 도끼질[39] 한 번에 참나무가 쓰러지지는 않아. 그러니 이상하게 나에 대한 편견으로 주인에게 충성하려는 그에게 다시 돌아가서 적당한 기회를 보아 내 열

---

39 원문은 그냥 〈타격〉으로 되어 있다.

정을 온전히 보여 주어라. 그리고 일이 결실을 얻도록 최대한 노력해 다오. 만약 이렇게 그냥 중단한다면 나는 죽게 될 것이고, 그는 시험당했다고 믿을 테니까. 그러면 우리는 사랑을 찾는데 증오가 나오게 될 거야.」

하려는 부인을 위로한 다음 피로를 찾아갔고, 즐겁고 반갑게 맞이하는 그에게 말했습니다.

「피로, 며칠 전에 주인마님이 너에게 품은 사랑 때문에 얼마나 불타고 있는지 내가 말했지. 그리고 지금 처음부터 그것에 대해 다시 분명히 말하는데, 만약에 네가 저번처럼 계속 단호하게 군다면, 마님은 분명히 얼마 살지 못할 거야. 그러니까 부탁하는데 마님의 욕망을 위로해 주면 좋겠어. 그래도 집요하게 고집을 부린다면, 네가 아주 현명하다고 생각했는데 이제 너를 바보 취급할 거야. 그렇게 아름답고 고귀하고 부자인 마님이 다른 무엇보다 너를 사랑하는데, 그보다 큰 영광이 어디 있겠어? 그리고 행운이 젊은 너에게 어울리는 즐거움을 그렇게 앞에다 차려 놓고 또 네 욕구에 그런 피난처를 마련해 주었는데, 그런 행운을 못 알아보다니! 만약 네가 현명하다면, 너 같은 사람 중에 즐거움에 있어서 너보다 나은 사람이 있어? 만약 네 사랑을 마님에게 허용한다면, 무기와 말과 옷과 돈을 어느 누가 너만큼 가질 수 있겠어?

그러니 내 말에 마음을 열고 정신 좀 차려. 행운이 웃는 얼굴로 두 팔을 벌리고 사람을 맞이하는 일은 단 한 번이지, 두 번 다시 일어나지 않는다는 것을 기억해. 그 행운을 받을 줄 모르는 사람은 나중에 가난한 거지가 되면 행운이 아니라 자기 자신을 한탄해야 해. 그리고 친구들이나 친척들 사이에 어울리는 충성심을 주인과 하인 사이에 사용하지 않아야 해. 오히려 가능한 것에서는 주인이 하인을 다루듯이 주인을 하인처럼 다루어야 해. 만약 너에게 아름다운 아내나 어머니나 딸이나 여동생이 있는데 니코스트라토 주인어른이 그 아이를 좋아한다면, 네가 그분에게 간직하려는 그런 충성심을 그분도 지키리라고 기대해? 그렇게 믿는다면 너는 바보야. 분명히 알아 둬. 만약 유혹과 간청으로 충분하지 않으면, 네 생각과 관계없이 무력을 사용할 거야. 그러니까 그들이 우리와 우리 것을 다루듯이, 우리가 그들과 그들 것을 다루자고. 행운의 혜택을 이용해, 내쫓지 말고. 오는 행운을 가서 맞이하고 받아들여. 만약 그렇게 하지 않으면, 마님에게 닥칠 죽음은 제쳐 두더라도, 너는 죽고 싶을 정도로 수없이 후회하게 될 거야.」

피로는 루스카가 한 말에 대해 여러 번 숙고하였고, 그래서 만약 하녀가 다시 오면 다른 대답을 하고, 만약 자기를 시험하려는 것이 아니라고 확인되면 부인을 만족시켜 주려고 결심하고 있었어요. 그래서 대답했지요.

「이봐, 루스카, 네가 말하는 것이 모두 사실이라는 걸 잘 알겠어. 하지만 다른 한편으로 내가 알기로 주인어른은 매우 현명하고 신중한데 모든 자기 일을 나에게 맡기고 있으니까, 그분의 충고와 의지로 주인마님이 나를 시험하려고 이렇게 하지 않는지 무척 두려워. 그러니까 내가 안심하도록 만약 내가 요구하는 세 가지를 한다면, 나에게 다른 명령을 내릴 필요가 없을 거야. 내가 원하는 세 가지는 이런 거야. 먼저 니코스트라토 앞에서 그의 가장 훌륭한 매를 죽이는 것이고, 다음에는 니코스트라토의 수염 한 줌을 나에게 보내는 것, 그리고 마지막으로 그분의 제일 튼튼한 이빨 하나를 나에게 보내는 거야.」

그것은 루스카에게 어려워 보였고, 부인에게는 더욱 그러했습니다. 하지만 아모르는 훌륭한 위안자이며 충고의 위대한 스승이기에, 부인이 하겠다고 결심하게 만들었습니다. 그리고 하녀를 통해 그가 요구한 것을 빠르고 완전하게 해낼 것이라고 전했습니다. 그 외에도 피로가 니코스트라토를 그렇게 현명하다고 생각하고 있으니, 그 앞에서 피로와 즐길 것이며, 니코스트라토에게는 그것이 현실이 아니라고 믿게 할 것이라고 말했습니다.

그리하여 피로는 귀부인이 어떻게 할 것인지 기다리기 시작했습니다. 그로부터 며칠 뒤 니코스트라토는 자주 그랬듯이 일부 귀족들에게 큰 잔치를 베풀었는데, 식탁을 이미 치웠을 때, 부인이 장식 많은 녹색 벨벳 옷을 입고 침실에서 나와 그들이 있는 거실로 갔습니다. 그리고 피로와 다른 모든 사람이 보는 가운데 니코스트라토가 무척 아끼는 매가 앉아 있는 횃대로 가더니 마치 손으로 들어 올리려는 것처럼 끈을 풀고 젓갖을 잡아 벽에다 세게 내리쳐 죽였습니다. 그러자 니코스트라토가 그녀를 향해 외쳤습니다.

「세상에! 부인, 무엇을 하는 것이오?」

부인은 그에게 아무 대답도 하지 않고 함께 식사한 귀족들을 향해 말했습니다.

「여러분, 만약 매 한 마리 잡을 용기가 없다면 저를 능욕하려는 왕에게 복수도 제대로 하지 못하겠지요. 이 매는 남자들이 아내의 즐거움에 할애해야 할 모든 시간을 저에게서 빼앗았다는 사실을 여러분은 아셔야 합니다. 왜냐하면 새벽이 밝자마자 제 남편은 일어나서 매를 들고 말을 타고 매가 날아가는 것을 보려고 너른 들판으로 나가기 때문입니다. 그러면 저는 여러분이 보는 것처럼 혼자 불만족한 채 침대에 남아 있지요. 그래서 저는 줄곧 방금 한 말을 하고 싶었습니다. 그러지 않고 참았던 이유는 다름 아니라 저의 주장에 올바른 심판관이 될 사람들을 기다렸기 때문입니다. 저는 여러분이 그런 심판관이라고 믿습니다.」

그 말을 들은 귀족들은 니코스트라토에 대한 그녀의 사랑이 그 말과 다르지 않다고 생각했고, 그래서 모두 웃으면서 당황한 니코스트라토를 향해 말하기 시작했습니다.

「그래! 부인께서 매의 죽음으로 모욕에 대해 잘 복수하셨네!」

그리고 부인은 이미 침실로 돌아갔고, 그들은 그 사건에 대해 여러 재치 있는 말로 니코스트라토의 괴로움을 웃음으로 바꿔 놓았습니다. 피로는 그것을 보고 속으로 생각했습니다.

「마님이 내 행복한 사랑을 향해 멋지게 시작하셨군. 신이시여, 계속 잘하게 해주소서!」

그렇게 매를 죽인 지 며칠 지나지 않아 리디아는 니코스트라토와 함께 침실에서 서로 쓰다듬으면서 장난을 치기 시작했습니다. 남편은 장난으로 그녀의 머리칼을 잡았고, 그리하여 피로가 부인에게 요구한 두 번째 일을 실현할 빌미를 주었습니다. 그러니까 부인은 곧바로 그의 수염을 작게 한 움큼 잡고 웃으면서 세게 잡아당겨 턱에서 완전히 뽑아 냈습니다. 그리고 니코스트라토가 불평하자 이렇게 말했어요.

「아니, 왜 그래요? 내가 수염 대여섯 가닥 뽑았다고 그런 얼굴을 해요? 당신이 내 머리칼을 잡아당겼을 때보다 덜 아팠을 거예요!」

그렇게 이런저런 말과 함께 계속 장난하면서 부인은 뽑아 낸 수염 뭉치를 신중하게 감추었고, 바로 그날 사랑하는 연인에게 보냈습니다. 세 번째 일에 대해 부인은 많이 생각했습니다. 하지만 부인은 원래 재능이 풍부했는데 사랑이 그것을 더 풍부하게 해주었으므로 그 일을 완수할 방법을 생각해 냈지요. 니코스트라토는 귀족인 그의 집에서 좋은 예절을 배우도록 보낸 두 아이를 데리고 있었는데, 니코스트라토가 식사할 때, 한 아이는 미리 고기를 잘랐고, 다른 아이는 마실 것을 따라 주었습니다. 부인은 두 아이를 모두 불러 그들의 입에서 냄새가 난다고 믿게 하였고, 그래서 니코스트라토에게 시중들 때 머리를 가능한 한 뒤로 젖히라고 가르쳤으며, 자기가 그렇게 시켰다고 절대 누구에게도 말하지 말라고 했습니다. 아이들은 그 말을 믿고 부인이 가르쳐 준 방식대로 하기 시작했습니다. 그러다 어느 날 부인은 니코스트라토에게 물었습니다.

「이 아이들이 당신 시중들 때 어떻게 하는지 눈치챘어요?」

니코스트라토는 말했습니다.

「물론이지. 그렇지 않아도 왜 그러는지 물어보려고 했소.」

그러자 부인은 말했어요.

「묻지 말아요, 내가 말해 줄 수 있으니까요. 당신을 귀찮게 하지 않으려고 오랫동안 말하지 않고 있었는데, 이제 다른 사람들이 깨닫기 시작한 것 같으니까 더 감추지 않아야겠어요. 그건 바로 당신 입에서 심하게 악취가 나기 때문이에요. 전에는 그러지 않았으니까, 나도 이유를 모르겠어요. 이건 정말 곤란한 일이에요. 당신은 귀족들과 자주 만나야 하니까요. 그러니까 치료할 방법을 찾아야 해요.」

그러자 니코스트라토는 말했습니다.

「왜 그런 걸까? 내 입안에는 충치가 전혀 없잖아?」

그 말에 리디아는 말했어요.

「혹시 있을지도 몰라요.」

그리고 남편을 창문 옆으로 데려갔고, 입을 벌리게 한 다음 이쪽저쪽을 살펴보더니 말했습니다.

「오, 여보, 어떻게 그리 오래 참았어요? 이쪽에 충치가 하나 있는데, 내가 보기에는 단지 부식한 정도가 아니라 완전히 썩었어요. 만약 입안에 그대로 놔두면 분명히 이쪽에 있는 이빨을 모두 망칠 거예요. 그러니까 더 악화하기 전에 뽑으라고 권하고 싶네요.」

그러자 니코스트라토는 말했습니다.

「당신에게 그렇게 보인다니 그러는 것이 좋겠군. 바로 의사를 불러 뽑게 합시다.」

그러자 부인이 말했어요.

「제발 이런 일로 의사를 부르지 말아요. 내 생각엔 내가 잘 뽑아낼 수 있을 것 같아요. 그리고 의사들은 이런 일에 아주 잔인해요. 그래서 의사의 손에 있는 당신 모습을 보거나 듣는 것을 내 마음이 절대 견디지 못할 거예요. 그러니까 차라리 내가 하고 싶어요. 최소한 당신이 너무 아프다면 나는 곧바로 그만둘 테니까요. 의사는 그렇게 하지 않을 거예요.」

그리하여 작업에 필요한 도구들을 가져오게 했고, 모든 사람을 방에서 내보내고 루스카만 남게 했습니다. 그리고 안에서 문을 잠그고 니코스트라토를 탁자 위에 눕혔으며, 집게를 입안에 넣어 이빨 하나를 잡았고, 남편이 고통스러워 아무리 세게 비명을 질러도, 이쪽저쪽에서 두 여자가 단단하게 붙잡고 강한 힘으로 뽑아냈습니다. 그리고 리디아는 그 이빨을 감추고, 흉하게 썩은 다른 이빨을 손에 들고 고통스러워 거의 반쯤 죽은 남편에게 보여 주면서 말했습니다.

「당신이 그렇게 오래 입안에 갖고 있던 이빨을 보아요.」

남편은 무척 후회할 정도로 극심한 고통에 시달리면서도 아내의 말을 믿었고, 그래도 이빨을 뽑고 나니 나은 것 같았고, 이런저런 말로 위안을 받는 동안 통증이 가벼워졌기에 방에서 나갔습니다. 부인은 곧바로 이빨을 연인에게 보냈고, 피로는 그녀의 사랑을 확인했기에 자신의 모든 즐거움을 제공할 준비가 되어 있었습니다.

부인은 그를 더 안심시키고 싶었고 그와 함께하고 싶어 한 시간이 천 시간처럼 느껴졌기에, 자기가 제안한 것을 지키려고 병이 난 척했습니다. 그리고 어느 날 식사 후에 니코스트라토가 방에 들어왔는데, 부인은 피로만 남편과 함께 있는 것을 보고, 권태감을 덜기 위해 정원에 나가고 싶으니 자기를 도와달라고 부탁했습니다. 그래서 니코스트라토와 피로가 이쪽저쪽을 부축하여 정원으로 데려갔고, 풀밭에 있는 멋진 배나무 아래에 앉혔습니다. 거기에 잠시 앉아 있다가 부인이 말했습니다. 부인은 피로에게 해야 할 일을 미리 알려준 상태였지요.

「피로, 저 배를 정말로 먹고 싶구나. 그러니 나무 위로 올라가서 아래로 몇 개 던져라.」

피로는 곧바로 위로 올라가 배들을 아래로 던지기 시작했는데, 던지면서 이렇게 말했습니다.

「아니, 나리, 지금 무엇을 하고 계십니까? 그리고 마님, 제가 보는 앞에서 그걸 받아들이시다니 부끄럽지 않습니까? 제가 눈이 멀었다고 생각하십니까? 마님은 조금 전까지 심하게 아프시더니, 어떻게 그렇게 빨리 나아서 그런 짓을 하시나요? 그것을 하고 싶다면 멋진 방들이 많이 있잖아요. 왜 방에 가서 하지 않으세요? 제 눈앞에서 하는 것보다 그게 훨씬 정숙할 거예요.」

부인은 남편을 향해 말했습니다.

「피로가 무슨 말을 하는 거예요? 혹시 미친 거예요?」

그러자 피로가 말했습니다.

「아니에요, 저는 미치지 않았어요, 마님. 제가 보는 것을 믿지 않으세요?」

그러자 니코스트라토는 깜짝 놀라 말했어요.

「피로, 정말로 너는 꿈을 꾸는 모양이구나.」

그 말에 피로는 대답했습니다.

「나리, 절대 꿈이 아닙니다. 나리께서도 꿈을 꾸고 있지 않고요. 아니, 열심히 몸을 움직이고 계시니까, 이 배나무까지 흔들려서 배가 하나도 남아 있지 않겠어요.」

그러자 부인이 말했습니다.

「이게 도대체 무슨 일일까요? 피로가 말하는 것이 사실일 수 있을까요? 만약 하느님께서 나를 살려 주셔서 전처럼 건강해진다면, 저 위로 올라가서 피로가 본다고 말하는 게 어떤 놀라운 것인지 보고 싶네요.」

그런데도 피로는 배나무 위에서 계속 그런 헛소리를 했고, 그러자 니코스트라토가 말했습니다.

「내려와라.」

그러자 그는 내려왔고, 그에게 니코스트라토는 말했습니다.

「네가 무엇을 보았는지 말해 보아라.」

피로는 말했습니다.

「나리께서는 제가 정신이 나갔거나 꿈을 꾸었다고 생각하시는 것 같군요. 말하라 하시니 말씀드리자면, 저는 나리께서 마님 위에 올라타신 것을 보았습니다. 그런데 내려와서 보니, 나리께서 일어나 거기에 그렇게 앉아 계시는군요.」

니코스트라토는 말했습니다.

「네가 정말 정신이 나갔구나. 네가 배나무 위로 올라간 뒤로, 우리는 네가 지금 보듯이 조금도 움직이지 않았으니까 말이다.」

그러자 피로가 말했습니다.

「이런 논쟁이 무슨 소용일까요? 저는 분명히 보았습니다. 나리께서 마님 위에 올라타고 계신 것을 분명히 보았어요.」

니코스트라토는 점점 더 놀랐고 결국 이렇게 말했습니다.

「좋아, 내가 보고 싶구나. 이 배나무가 마법에 걸려서 위에 올라가면 놀라운 것이 보이는지 말이다!」

그리하여 위로 올라갔어요. 그리고 올라가서 보니 부인이 피로와 함께 즐기고 있었습니다. 그것을 보고 니코스트라토는 외치기 시작했어요.

「아니! 나쁜 여자야, 지금 무엇을 하고 있는 거야? 그리고 너, 피로, 내가 그렇게 믿었는데!」

그렇게 말하면서 배나무에서 내려오기 시작했습니다. 부인과 피로는 그가 내려오는 것을 보면서 말했어요.

「우리 이제 앉아요.」

그리고 조금 전의 자세로 돌아갔지요. 니코스트라토는 내려와서 전처럼 그대로 있는 그들을 보고 욕을 해대기 시작했습니다. 그러자 피로가 말했습니다.

「나리, 이제 정말로 고백하는데, 조금 전 나리께서 말씀하신 대로, 제가 배나무 위에서 본 것은 잘못 보았던 것입니다. 이런 방법을 통해서만 인정하게 되었지만, 나리께서도 잘못 보셨으니 이제 저는 알겠습니다. 그리고 지금 제 말이 진실임은 무엇보다 이렇게 증명되지요. 정말로 정숙하고 누구보다 현명한 마님께서 설령 나리께 그런 모욕을 주고 싶더라도 감히 나리 앞에서 그러겠는지 고려하고 생각해 보시는 겁니다. 저에 대해서는 말씀드리고 싶지 않습니다. 제가 그런 생각을 하느니, 나리 앞에 오기는커녕 그 전에 갈가리 찢겨 죽을 것입니다. 그러니까 그런 잘못된 착각은 이 배나무에서 나오는 것이 분명합니다. 나리께서 여기에서 마님과 함께 육체적으로 결합하셨다고 저에게 믿게 할 것은 이 세상에 없을 테니까요. 만약 제가 절대 하지 않은 것은 물론이고, 절대 생각조차 하지 않은 것을 마치 한 것처럼 나리께 보였다는 말을 나리에게서 듣지 않았다면 말입니다.」

이어서 부인은 엄청나게 화가 난 것처럼 일어나더니 말했습니다.

「당신이 보았다고 말하는 그런 사악한 행동을 설령 내가 하고 싶더라도, 당신 눈앞에서 할 것이라고, 그렇게 나를 잘못 알고 있다니 불행이군요. 이것은 분명해요. 만약 그런 욕망이 있다면 나는 여기에 오지 않고 우리 방들 중 하나에서 몰래 할 수 있을 거예요. 혹시 당신이 알게 되면 나에게 큰일이 될 정도로 말이에요.」

니코스트라토는 두 사람의 말이 사실로 보였고, 그들이 자기 눈앞에서 그런 행동을 하지는 않았을 것 같았기에, 그것에 대한 말과 비난을 중단했고, 배나무 위로 올라가는 사람에게 다른 것이 보이는, 그런 이상한 사실과 경이로움에 대해 생각하기 시작했습니다. 하지만 부인은 니코스트라토가 자신에 대해 가진 것 같은 견해에 화가 난 듯 말했습니다.

「이 배나무가 나나 다른 여자에게 절대로 그런 수치를 주지 않도록 해야겠어요. 내가 할 수 있는 한 말이에요. 그러니까 피로, 이걸 잘라서 나와 너의 복수를 한꺼번에 할 수 있도록 달려가서 도끼를 가져오거라. 아무런 배려도 없는 지성의 눈이, 그렇게 쉽게 현혹되게 방치한 주인어른의 머리에 도끼질하는 것이 더 낫겠지만 말이야. 비록 당신의 눈에는 당신이 말하는 것이 보였을지라도, 당신 마음의 판단에서는 정말로 그랬다고 절대로 상상하거나 인정하지 않았어야 하니까요.」

피로는 곧바로 가서 도끼를 가져와 배나무를 잘랐고, 부인은 쓰러진 배나무를 보고 남편에게 말했습니다.

「내 정절의 적이 쓰러진 것을 보니까 분노가 사라졌어요.」

그리고 용서를 구하는 남편을 너그러이 용서하면서 자기 자신보다 남편을 더 사랑하는 자신에 대해 절대 그렇게 추측하지 말라고 당부했습니다. 그렇게 부인과 그녀의 연인에게 속은 불쌍한 남편은 저택으로 돌아갔고, 그 저택에서 이후로 피로와 리디아는 더 편안하게 서로의 즐거움과 쾌락을 많이 즐겼답니다. 하느님, 저희에게도 즐거움과 쾌락을 주세요. ][40]

# 열째 이야기

두 시에나 남자가 한 사람의 대자의 어머니를 사랑한다.
대부는 죽어 친구에게 약속한 대로 그에게 나타나
저승에서 어떻게 사는지 이야기해 준다.

    이제 이야기할 사람은 왕뿐이었습니다. 왕은 아무 죄도 없이 잘린 배나무를 동정하던 여인들이 조용해지자 말하기 시작했습니다.

    [모든 정의로운 왕은 자기가 제정한 법률의 첫 번째 준수자여야 한다는 것은 명백한 일입니다. 만약 그렇게 하지 않으면 왕이 아니라 벌을 받아야 하는 하인으로 심판되어야 하는데, 여러분의 왕인 제가 바로 그런 죄와 비난을 받아야 할 처지에 놓여 있습니다. 사실 어제 제가 오늘 이야기할 주제를 부여했을 때 저는 제 특권을 사용하지 않고 여러분과 함께 여러분 모두가 이야기한 주제를 따르려고 했습니다. 하지만 제가 이야기하려고 생각한 것을 여러분이 모두 이야기했을 뿐만 아니라 그 주제에 대한 훨씬 더 멋진 다른 많은 이야기를 했기 때문에, 저로서는 아무리 기억을 더듬어도 그런 주제에 대해 이미 이야기한 것에 비할 만한 것이 떠오르지

    40 이 이야기의 주요 출전은 12세기 프랑스 작가 방돔의 마테우스 Matthaeus Vindocinensis의 『리디아*Lidia*』(또는 『리디아의 희극*Comoedia Lydiae*』)이다.

않습니다.

그러므로 저 자신이 제정한 법률에서 죄를 짓게 되었으니, 합당한 처벌로 지금부터 저에게 명령하실 모든 보상을 할 준비가 되어 있음을 고백하고 이전의 제 특권으로 돌아가겠습니다. 그래서 말씀드리건대, 엘리사의 대부와 대자의 어머니 이야기와 이어진 어리석은 시에나 사람들 이야기[41]는 대단히 흥미로웠습니다. 그래서, 사랑스러운 여인들이여, 현명한 아내가 어리석은 남편을 속이는 주제는 놔두고, 저는 그들에 대한 짧은 이야기를 들려드리고 싶습니다. 그 이야기는 믿기 어려운 것들을 담고 있지만 그래도 부분적으로는 듣기에 즐거울 것입니다.

그러니까 시에나에 틴고초 미니와 메우초 디 투라라는 두 서민 청년이 포르타 살라이아[42]에 살고 있었습니다. 그들은 거의 언제나 함께 다녔고 서로 무척 좋아하는 것처럼 보였습니다. 사람들이 그러하듯이 그들은 성당을 다니고 설교를 들으면서, 죽은 사람들의 영혼이 자기 공덕에 따라 저승에서 받는 영광이나 비참함에 대해 많이 들었습니다. 그런 것에 대하여 정확한 소식을 알고 싶었으나 방법이 없었기에 두 사람은 함께 약속했습니다. 만약 가능하다면, 먼저 죽는 사람이 살아 있는 사람에게로 가서 그가 원하는 것에 대해 알려주기로 말입니다. 그리고 그것을 맹세로 약속했습니다.

41 앞의 일곱째 날 셋째 이야기이다.
42 Porta Salaia. 〈소금길 성문〉이라는 뜻으로 시에나 중심지 캄포 광장 서쪽에 있던 성문 주변 지역이었다.

그렇게 약속한 뒤에도 앞에서 말한 대로 계속 함께 어울리며 살고 있었는데, 틴고초가 캄포레지[43]에 사는 암브루오조 안셀미나라는 사람 아들의 대부가 되었습니다. 그가 미타 부인이라는 아내에게서 아들을 얻었던 것입니다. 틴고초는 메우초와 함께 대자의 어머니를 몇 번 방문하였는데, 그녀는 매우 아름답고 우아한 여인이었기에 대부 관계인데도 불구하고 그녀를 사랑하게 되었고, 메우초도 그녀가 마음에 든데다가 틴고초가 그녀를 많이 칭찬하는 말을 들으면서 사랑하게 되었습니다. 그리고 그런 사랑에 대해 서로가 서로에게 말하지 않으려고 조심했는데 똑같은 이유로 그런 것은 아니었습니다. 틴고초는 대자의 어머니를 사랑하는 것은 자기 생각에도 나쁜 행동으로 보였고 또 누군가 그것을 알면 부끄러울 것이기 때문에 메우초에게 드러내지 않으려고 했고, 메우초는 틴고초가 그녀를 좋아한다는 것을 이미 눈치채고 있었기 때문이었습니다. 그래서 이렇게 생각했어요.

「만약 내가 이런 마음을 드러내면 그는 나를 질투할 거야. 그리고 아들의 대부로서 그녀에게 자기 좋은 대로 말할 수 있으니까, 그녀가 나를 증오하게 만들 수도 있고, 그러면 그녀는 절대로 나를 좋아하지 않을 거야.」

그러니까 조금 전에 말한 대로 그 두 청년이 그녀를 사랑하고 있는 동안, 틴고초가 더 쉽게 부인에게 자기 욕망을 모두 드러낼 수 있었으므로 말과 행동으로 노력하여 그녀에게

43 Camporeggi. 시에나 중심지 북부 지역으로 현재의 〈드라고 구역 Contrada del Drago〉이다.

서 즐거움을 얻게 되었습니다. 그것을 메우초는 깨달았고, 비록 무척 불쾌했지만, 언젠가 자기 욕망의 목표에 도달할 것이라고 희망하면서, 틴고초가 자기 행동을 방해하거나 망칠 이유나 빌미를 갖지 못하도록 그런 일을 전혀 모른 척했습니다.

그렇게 두 청년은 사랑에 있어 한 명이 다른 한 명보다 더 행복했습니다. 그런데 틴고초는 대자 어머니의 소유지에서 달콤한 땅을 얼마나 열심히 파고 얼마나 열심히 일했는지[44] 병에 걸렸고, 며칠 뒤 병이 급속도로 악화하면서 견디지 못하고 이승을 떠났습니다. 그리고 죽고 나서 아마 그전에는 할 수 없었는지, 사흘째 되는 날 약속한 대로 밤에 메우초의 방으로 왔고, 곤히 자고 있던 그를 불렀습니다. 메우초는 잠에서 깨어 말했습니다.

「당신 누구요?」

그러자 그는 대답했어요.

「나는 틴고초야. 너에게 약속한 대로 저세상의 소식을 전해 주려고 왔어.」

메우초는 그를 보고 약간 놀랐어도 안심하고 말했습니다.

「잘 왔네, 내 형제여!」

그런 다음 그에게 잃어버렸냐[45]고 물었고, 그러자 틴고초

---

44 성적인 암시가 담긴 표현이다.

45 원문 〈perduto〉는 〈perdere〉의 과거 분사로, 〈잃다〉라는 의미와 함께 〈지다〉, 〈파멸하다〉를 뜻하기도 한다. 여기에서는 죽은 뒤에 지옥에 떨어졌느냐는 뜻으로 묻고 있다. 그리고 거기에 대해 틴고초는 말장난으로 대답한다.

는 대답했습니다.

「잃어버린 것은 다시 찾지 못하는 물건들이지. 만약 내가 잃어버렸다면, 어떻게 지금 여기 있겠어?」

메우초는 말했습니다.

「이런! 그런 말이 아니야. 나는 네가 지옥의 영원한 불 속 저주받은 영혼들 사이에 있냐고 묻는 거야.」

그러자 틴고초는 대답했어요.

「그건 아니야. 내가 지은 죄 때문에 매우 괴롭고 힘든 형벌을 받고 있지만 잘 지내고 있어.」

그러자 메우초는 틴고초에게 특히 이승에서 짓는 각각의 죄에 대해 저승에서 어떤 형벌을 받는지 물었고, 틴고초는 모두 말해 주었습니다. 그런 다음 메우초는 자기가 이승에서 그를 위해 해줄 것이 있는지 물었고, 틴고초는 그렇다고 대답했으니 자기를 위해 미사를 올리고 기도하고 기부해 달라고 했습니다. 그런 것이 저승에 있는 영혼에게는 매우 유용하기 때문이라고 말입니다. 그러자 메우초는 기꺼이 그렇게 하겠다고 말했습니다. 그리고 틴고초가 떠나려 하자 메우초는 대자의 어머니가 생각나 고개를 약간 들면서 말했습니다.

「그래, 이제 생각나는데, 틴고초, 네가 이승에 있을 때 대자의 어머니와 같이 잔 것에 대해서는 저승에서 어떤 형벌을 받았어?」

그러자 틴고초는 대답했습니다.

「형제여, 내가 저승에 도착하니까 내 모든 죄를 소상하게 알고 있는 것 같은 자가 있었어. 그는 아주 무거운 형벌로 내

죄를 참회하는 장소로 가라고 명령했어. 거기에서 나와 똑같은 형벌을 선고받은 동료를 많이 만났지. 그들과 함께 있으면서 내가 대자의 어머니와 한 일을 기억하고 주어진 형벌보다 훨씬 큰 형벌을 받으리라고 생각했어. 그래서 아주 뜨겁게 타오르는 불 속에 있으면서도 두려움에 완전히 떨고 있었지. 그것을 보고 옆에 있던 사람이 말했어. 〈왜 불 속에 있으면서도 여기 있는 다른 사람들보다 더 떨고 있소?〉 그래서 내가 말했지. 〈아! 친구여, 내가 예전에 지은 큰 죄에 대해 받을 심판이 너무 두렵다오.〉 그러자 그는 무슨 죄냐고 묻더군. 그래서 내가 말했지. 〈그 죄는 내가 내 대자의 어머니와 함께 잔 것인데, 너무 많이 함께 자서 병에 걸렸지요.〉 그러자 그는 웃으면서 말하더군. 〈에이, 바보 같은 사람, 걱정하지 마오. 여기서는 대자의 어머니에 대해서는 신경도 쓰지 않으니까요!〉 그 말을 듣고 나는 완전히 안심했다네.」

그렇게 말하고 날이 밝아 오자 말했습니다.

「메우초, 하느님과 함께 잘 있게. 이제 나는 자네와 함께할 수 없으니까.」

그리고 바로 가버렸지요. 메우초는 저승에서는 대자의 어머니에 대해서는 신경도 쓰지 않는다는 말을 듣고 자신의 어리석음을 비웃었습니다. 벌써 여러 번 그런 기회를 피했으니까요. 그래서 자신의 무지를 떨쳐 버리고 그것에 있어 앞으로는 현명해졌습니다. 만약 수도자 리날도[46]가 이 사실을 알

---

46 앞의 일곱째 날 셋째 이야기 참조.

았다면, 자기 대자의 어머니와 즐거움을 누릴 때 복잡한 삼단 논법을 찾을 필요도 없었을 것입니다.]

태양이 서쪽으로 다가가면서 서풍이 불었을 때 왕은 자기 이야기를 마쳤고 이야기할 사람이 남아 있지 않았으므로, 머리에서 월계관을 벗어 라우레타의 머리에 씌워 주면서 말했습니다.

「여인이여, 우리 모임의 여왕으로 당신에게 당신 자신[47]의 관을 씌워 드립니다. 이제 모두의 즐거움과 위안이라고 생각하는 것을 통솔자로서 명령하십시오.」

그리고 다시 앉았습니다.

여왕이 된 라우레타는 집사를 불러 상쾌한 계곡에 평소보다 가능한 한 빨리 식탁을 차리라고 명령했습니다. 나중에 편안하게 저택으로 돌아가기 위해서 말입니다. 이어서 자기가 통솔하는 동안 해야 할 일을 설명했습니다. 그런 다음 동료들을 향해 말했어요.

「어제 디오네오는 오늘 주제로 아내가 남편을 속이는 것에 대해 이야기하기를 원했습니다. 그러니 저는 즉각 복수하는 사나운 개[48]의 족속처럼 보이고 싶지 않지만, 내일은 남편이 아내를 속이는 것에 대해 이야기하면 좋겠지요. 하지만 그건 놔두고 언제나 남자가 여자를, 또는 여자가 남자를, 또는 한

---

47 라우레타Lauretta라는 이름은 〈월계수〉를 뜻하는 라우로lauro에서 파생되었다.

48 원문은 〈can botolo〉로, 작고 통통하지만 잘 짖고 매우 위험한 개를 가리킨다.

남자가 다른 남자를 속이는 것에 대한 이야기를 생각해 보라고 말하고 싶습니다. 그것도 오늘 이야기한 것 못지않게 즐거우리라 생각합니다.」

그렇게 말한 다음 일어났고, 저녁 식사 시간까지 동료들에게 자유 시간을 주었습니다.

그리하여 여인들과 청년들은 일어났고, 일부는 맨발로 맑은 물에 가기 시작했고, 일부는 곧고 멋진 나무들 사이의 녹색 풀밭을 한가로이 걸었습니다. 디오네오와 피암메타는 함께 아르치타와 팔레모네[49]에 대해 한참 노래했고, 그렇게 다양한 여러 즐거움을 누리면서 저녁 식사 시간까지 아주 즐겁게 지냈습니다. 식사 시간이 되자 연못 주위에 차린 식탁에 앉아, 수많은 새가 노래하고 주위의 낮은 산에서 부드러운 미풍이 시원하게 불어오는 가운데 파리 한 마리 없이 편안하고 즐겁게 식사했습니다.

그리고 식탁을 치운 다음 한동안 쾌적한 계곡을 한 바퀴 돌았고, 아직 태양이 저녁 기도 시간 중간에 있었으므로 여왕이 바라는 대로 익숙한 거처를 향해 느린 걸음으로 걷기 시작했습니다. 그리고 다른 날들처럼 그날 이야기한 것들과 다른 많은 일에 대해 농담하고 잡담하면서 밤이 가까워질 무렵 멋진 저택에 이르렀습니다. 그리고 시원한 포도주와 과자로 잠시 걸어온 피로를 쫓아냈고, 곧이어 아름다운 분수 주위에서 때로는 틴다로의 피리에, 때로는 다른 악기의 반주에

49 아르치타Arcita와 팔레모네Palemone는 보카치오의 이야기 시 『테세이다Teseida』의 주인공이다.

춤을 추기 시작했습니다. 그러다 마침내 여왕은 필로메나에게 노래하라고 명령했고, 그녀는 이렇게 시작했습니다.

세상에! 고달픈 내 인생이여!
내가 괴롭게 떠나온 곳으로
돌아갈 수 있는 날이 있을까?
내 가슴속에 품고 있는 열망이
너무나 뜨거우니, 세상에! 내가 있던 곳으로
다시 돌아갈 수 있을지 확실히 모르겠다오.
내 심장을 붙잡고 있는
오, 내 사랑, 내 유일한 휴식이여,
아! 그대가 말해 주오, 다른 사람에게 묻지도 못하고,
누구에게 물을지도 모르니까요.
아! 내 주인이여, 아! 길 잃은 내 영혼을
위로하도록 나에게 희망을 주오.

내가 밤낮으로 평온을 찾지 못할 정도로
나를 불태운 즐거움이 무엇이었는지
나는 제대로 다시 말할 수 없다오.
듣고 느끼고 보는 것이 모두
이상할 정도로 강렬하게
새로운 불이 타오르게 했고,
그 안에서 나는 완전히 불타고 있으니,
그대 외에 누구도 나를 위로하거나

약해진 생명력을 되찾아 주지 못한다오.


아! 나를 죽인 그 눈에 입맞춤하던 곳에서
내가 그대를 만날 수 있을지,
그때가 언제일지 말해 주오.
말해 주오, 내 사랑, 내 영혼이여,
그대가 언제 거기에 올지, 그리고
〈금방〉이라는 말로 나를 위로해 주오.
그대가 올 때까지 기다리는 시간은 짧고,
그대가 머무는 시간은 길게 해주오,
아모르가 준 상처를 나는 치료할 수 없으니.


혹시 그대를 더 붙잡지 못하는 일이 있다면,
그대가 떠나게 놔두었을 때처럼
나는 또 그렇게 바보가 될지 모르겠지만,
그런 일이 없도록 그대를 붙잡을 것이고,
그 달콤한 입으로
내 욕망을 채우도록 할 것이오.
다른 것은 지금 말하고 싶지 않으니,
어서 빨리 와서 나를 껴안아 주오,
생각만 해도 노래하게 만드니까요.


  그 노래에 모임의 모든 사람은 새롭고 즐거운 사랑이 필로
메나를 사로잡고 있다고 생각했습니다. 노랫말을 통해 그녀

가 겉모습에서 보이는 것보다 더 행복하다고 생각했고, 그래서 부러워하는 사람도 있었습니다. 하지만 노래가 끝나자, 여왕은 다음 날이 금요일이라는 것을 기억하고 모두에게 상냥하게 말했습니다.

「고귀한 여인들이여, 그리고 청년들이여, 여러분이 알다시피, 내일은 우리 주님의 수난에 봉헌된 날입니다. 잘 기억하시겠지만, 네이필레가 여왕이었을 때 우리는 이날을 경건하게 기념하였고 재미있는 이야기를 중단했습니다. 이어지는 토요일에도 똑같이 그랬습니다. 따라서 저는 네이필레의 좋은 예를 따르고 싶으므로, 지난번에 그랬던 것처럼 내일과 모레 우리의 즐거운 이야기를 자제하고, 그런 날에는 우리 영혼의 구원이 되는 것을 기억하는 편이 정숙하다고 생각합니다.」

여왕의 경건한 말은 모두의 마음에 들었습니다. 밤이 이미 상당히 깊어졌으므로 여왕은 모두 가서 쉬도록 허락했습니다.

일곱째 날이 끝난다.

〈하권에 계속〉

**열린책들 세계문학 297** 데카메론 중

**옮긴이 김운찬** 한국외국어대학교 이탈리아어과와 동 대학원을 졸업하였고, 이탈리아 볼로냐 대학교에서 움베르토 에코의 지도로 화두(話頭)에 대한 기호학적 분석으로 박사 학위를 취득하였다. 1991년부터 2022년까지 대구가톨릭대학교 교수로 재직하였고 지금은 명예 교수다. 지은 책으로 『현대 기호학과 문화 분석』, 『「신곡」 읽기의 즐거움』, 『움베르토 에코』가 있고, 옮긴 책으로 단테의 『신곡』, 『향연』, 페트라르카의 『칸초니에레』, 아리오스토의 『광란의 오를란도』, 타소의 『해방된 예루살렘』, 레오파르디의 『노래들』, 에코의 『논문 잘 쓰는 방법』, 『이야기 속의 독자』, 『일반 기호학 이론』, 『문학 강의』, 칼비노의 『우주 만화』, 『교차된 운명의 성』, 파베세의 『달과 불』, 『레우코와의 대화』, 『피곤한 노동』, 비토리니의 『시칠리아에서의 대화』 등이 있다.

**지은이** 조반니 보카치오 **옮긴이** 김운찬 **발행인** 홍예빈
**발행처** 주식회사 열린책들 **주소** 경기도 파주시 문발로 253 파주출판도시
**전화** 031-955-4000 **팩스** 031-955-4004
**홈페이지** www.openbooks.co.kr **이메일** literature@openbooks.co.kr
Copyright (C) 주식회사 열린책들, 2026, *Printed in Korea.*
**ISBN** 978-89-329-1297-4 04800 **ISBN** 978-89-329-1499-2 (세트)
**발행일** 2026년 1월 20일 세계문학판 1쇄